英美文学作品选读研究

张　珍　张铁虎　朱　琳　著

西北工业大学出版社

西　安

【内容简介】 全书从英美作家的大量作品中选取“少而精”的代表作品，涵盖了各个历史时期的经典作品，包含了各种文体的精华之作，并对节选的作品从思想意义、文学价值、写作风格、社会意义、语言技巧等方面进行了赏析和批评研究，以便让读者对作品的认识更加深入、全面，对英美文学发展脉络有一个清晰系统的把握。通过阅读作品及点评，读者可以培养良好的鉴赏英美文学的素养和能力，检验英语学习者英美文学的基本理论知识和理解，提高鉴赏英美文学原著的能力。

本书可以作为高等院校英语专业课的课外读物，也可供其他英美文学爱好者阅读参考。

图书在版编目（CIP）数据

英美文学作品选读研究/张珍，张铁虎，朱琳著. —西安：西北工业大学出版社，2018.8
ISBN 978-7-5612-6188-0

Ⅰ.①英… Ⅱ.①张… ②张… ③朱… Ⅲ.①英国文学-文学研究 ②文学研究-美国 Ⅳ.①I561.06 ②I712.06

中国版本图书馆CIP数据核字（2018）第179832号

YINGMEI WENXUE ZUOPIN XUANDU YANJIU

英美文学作品选读研究

责任编辑：杨　睿　　**策划编辑**：杨　睿　黄　佩
责任校对：王　尧　　**装帧设计**：李　飞
出版发行：西北工业大学出版社
通信地址：西安市友谊西路127号　　邮编：710072
电　　话：(029) 88491757，88493844
网　　址：www.nwpup.com
印 刷 者：西安日报社印务中心
开　　本：787 mm×1 092 mm　1/16
印　　张：18.375
字　　数：392千字
版　　次：2018年8月第1版　2018年8月第1次印刷
定　　价：59.00元

如有印装问题请与出版社联系调换

前言
Preface

英美文学阅读在各高等学校英语专业中属于文化拓展课，英语专业的学生对英美主要文学发展脉络和代表作品的阅读和理解对提高英语学习非常重要。文学作品提供了人类最美好的语言，提供了丰富多彩的世界，提供了多样的人文素养，这正是英语专业教学中的重要板块。不仅越来越多的专家和英语学习者认识到了英美文学学习的重要性，就连翻译专业和商务英语专业的教师也认识到文学作品在培养合格人才中起到的重要作用。除了文学作品原文或节选的阅读外，从各个角度去研究和发掘作品深层的东西，既能开拓学生的文学视野，也能培养学生的思维能力。本书系统地介绍了英美文学中各个时期的代表作品，多角度、多维度探讨了诸多英美作品和国内外对于作品的评价和认识。

本书应西安航空学院商务英语专业本校人才培养方案的要求而产生，可作为商务英语专业学生英美文学课的补充和拓展阅读。同时，本书也是“十三五”规划陕西省“四个一流”建设下的商务英语本科专业人才培养定位研究——以西安航空学院为例研究项目（项目编号SGH17H374）的成果之一。

在此感谢西安航空学院英语专业教研室的老师和项目组成员对本书编写过程中的支持和贡献。本书的编写也得到西北工业大学出版社的大力支持及编辑老师提出的宝贵意见，在此一并致谢。写作本书曾参阅了相关文献、资料，在此谨向其作者深致谢意。

由于笔者知识水平有限，书中难免存在疏漏之处，欢迎广大读者提出宝贵意见。

著　者

2018年3月

目 录
Contents

第一章　英国文学史概述

英国文学史源远流长，经历了长期复杂的发展过程。其中文学本体以外的各种现实的、历史的、政治的、文化的力量对文学影响巨大，文学内部遵循自身规律，历经盎格鲁–撒克逊、文艺复兴、新古典主义、浪漫主义、现实主义和现代主义等不同阶段。

1. 中世纪文学（约公元5世纪至公元15世纪）

英国最初的文学同其他国家最初的文学一样，不是书面的，而是口头的。故事与传说口耳流传，并在讲述中不断得到加工、扩展，最后才有写本。公元5世纪中叶，盎格鲁、撒克逊、朱特三个日耳曼部落开始从丹麦以及现在的荷兰一带地区迁入不列颠。在盎格鲁–撒克逊时代给我们留下的古英语文学作品中，最重要的一部是《贝奥武甫》（*Belworf*），它被认为是英国的民族史诗。《贝奥武甫》讲述了主人公贝奥武甫斩妖除魔，与火龙搏斗的故事，具有神话传奇色彩。这部作品取材于日耳曼民间传说，随盎格鲁–撒克逊人入侵传入今天的英国。现在我们看到的诗是8世纪由英格兰诗人写定的，而当时不列颠岛正处于从中世纪异教社会向以基督教文化为主导的新型社会过渡的时期。因此，该作品反映了七八世纪不列颠的生活风貌，呈现出新旧生活方式的混合，兼有氏族时期的英雄主义和封建时期的理想，体现了非基督教日耳曼文化和基督教文化两种不同的传统风貌。

1066年，居住在法国北部的诺曼底人在威廉公爵率领下越过英吉利海峡，征服英格兰后，封建等级制度得以加强和完备，法国文化占据了主导地位，法语成为宫廷和上层贵族社会的语言。这时期风行一时的文学形式是浪漫传奇，流传最广的是关于亚瑟王和他的骑士的故事。《高文爵士和绿衣骑士》（*Sir Gawain and the Green Knight*）以亚瑟王和他的骑士为题材，歌颂勇敢、忠贞、美德，是中古英语传奇最精美的作品之一。传奇文学专门描写高贵的骑士所经历的冒险生活和浪漫爱情，是英国封建社会发展到成熟阶段的一种社会理想的体现。

14世纪以后，英国资本主义工商业发展较快，市民阶级兴起，英语逐渐恢复了它的声誉，社会各阶层普遍使用英语，这为优秀英语作品的产生提供了条件。杰弗里·乔叟（Geoffrey Chaucer，1343—1400）的出现标志着以本土文学为主流的英国书面文学历史的开始。《坎特伯雷故事集》（*The Canterbury Tales*）以一群香客从伦敦出发去坎特伯雷朝圣为线索，通过对香客们的生动描绘和他们沿途讲述的故事，勾勒出中世纪英国社会千姿百态的生活风貌的图画。乔叟首创英雄诗行，即五步抑扬格双韵体，对英诗韵律做出了很大贡献，被誉为“英国诗歌之父”。乔叟的文笔精练优美、流畅自然，他的创作实践将英语提升到一个较高的文学水平，推动了英语统一民族语言的进程。

2. 文艺复兴时期英国文学（15世纪后期至17世纪初）

相对于欧洲其他国家来说，英国的文艺复兴起步较晚，通常认为是在15世纪末。文艺复兴时期形成的思想体系被称为人文主义，其主张以人为本，反对中世纪以神为中心的世界观，提倡积极进取，享受现世欢乐的生活理想。托马斯·莫尔（Thomas More，1478—1535）是英国最主要的早期人文主义者，他的《乌托邦》（*Utopia*）批评了当时的英国和欧洲社会，设计了一个社会平等、财产公有，人们和谐相处的理想国。乌托邦原是作者对当时社会状况进行严肃思考的结果，而“乌托邦”现已成为空想主义的代名词。《乌托邦》开创了英国哲理幻想小说传统的先河，这一传统不仅影响了培根的《新大西岛》（*The New Atlantis*），斯威伏特的《格列佛游记》（*Gulliver's Travels*），还一直影响了20世纪的科幻小说。文艺复兴时期诗歌创作繁荣，埃德蒙·斯宾塞（Edmund Spenser，1552—1599）的长诗《仙后》（*The Faerie Queen*）歌颂女王，宣扬人文主义思想。他创造的“斯宾塞诗体”每节诗有九行，韵律复杂，音乐柔和动听、萦绕耳际。弗朗西斯·培根（Francis Bacon，1561—1626）是这一时期重要的散文家，他对文学的主要贡献是《论说文集》（*Essays*），共58篇。这些文章题材广泛，内容涉及哲学、宗教、政治制度、婚姻、爱情、友谊、园艺、读书等，文笔典雅，略带古风而又明白畅达。

英国戏剧起源于中世纪教堂的宗教仪式，取材于圣经故事的神秘剧和奇迹剧，在14—15世纪英国舞台上占有主导地位，随后出现了以抽象概念作为剧中人物的道德剧。到了16世纪末，戏剧进入了一种新戏剧时代。《贴木儿大帝》（*Tamburlaine the Great*）、《浮士德博士的悲剧》（*The Tragical History of Doctor Faustus*）、《马耳他岛的犹太人》（*The Jew of Malta*）等剧作反映了文艺复兴时期那种永无止境的探索精神和极端个人主义精神。马洛将戏剧情节集中于一个主要角色的做法，他对人物性格的分析以及他的素体诗戏剧对白，对英国戏剧的发展做出了不可磨灭的贡献。

英国文艺复兴时期最杰出的作家是威廉·莎士比亚（William Shakespeare，1564—1616），他的全部作品包括2首长诗，154首十四行诗和38部戏剧。莎士比亚塑造人物形象性格鲜明，展现了封建制度和资本主义制度交替时期波澜壮阔的历史画面，宣扬了人文主义和个性解放。他的剧作思想内容深刻，艺术表现手法精湛，历经几个世纪常演不衰。莎士比亚是语言大师，他娴熟地运用英语，将英语的丰富表现力推向极致。与莎士比亚同时代还有一批剧作家，本·琼森（Ben Jonson，1572—1637）是其中之一，莎士比亚曾在他的喜剧《人人高兴》（*Every Man in His Humor*）中扮演角色。琼森的讽刺喜剧揭露了当时社会人们追逐金钱的风气，喜剧性很强。

3. 17世纪英国文学

1603年女王伊丽莎白一世去世后，英国国王与国会的矛盾日趋激烈，政局动荡。1649年1月国王查理一世被送上断头台，同年5月，英国宣布为共和国。约翰·弥尔顿（John Milton，1608—1674）积极投入资产阶级革命，曾任共和国政府拉丁文秘书，写下了不少文章捍卫共和国。1660年，查理二世回国复辟，弥尔顿一度被捕入狱，在朋友帮助下才免得一死，获释回家。在双目失明的情况下，他完成了长诗《失乐园》（*Paradise Lost*）和《复乐园》（*Paradise Regained*），诗剧《力士参孙》（*Samson Agonistes*）。这些作品反映了王政复辟后弥尔顿内心的痛苦以及对资产阶级革命始终不渝的态度。

17世纪英国诗歌另一支为玄学派诗歌，代表诗人有约翰·邓恩（John Donne，1572—1631）。玄学派诗歌的特点是采用奇特的意象和别具匠心的比喻，将细腻的感情与深邃的思辨融为一体。玄学派诗歌在18世纪和19世纪一直为世人所忽视，直到20世纪初时才从历史的尘封中重见天日，对现代主义诗风产生了很大影响。王政复辟时期最受人欢迎的作家是约翰·班扬（John Bunyan，1628—1688），他的《天路历程》（*The Pilgrim's Progress*）采用梦幻的形式讲述宗教寓言，揭开梦幻的面纱，展现了一幅17世纪英国社会的现实主义图景。查理二世复辟后，被清教徒关闭的剧院重新开放，英国戏剧获得新生。17世纪下半叶，约翰·德莱顿（John Dryden，1631—1700）驰骋文坛，集桂冠诗人、散文家、剧作家于一身。德莱顿关于戏剧创作和舞台艺术的论述构成了英国戏剧史第一组有分量的戏剧评论，其简洁明朗的散文文体影响了18世纪许多作家的文风。

4. 启蒙时期英国文学（17世纪后期至18世纪中期）

1688年的“光荣革命”推翻复辟王朝，确定了君主立宪制，建立起资产阶级和新贵族领导的政权，英国从此进入一个相对稳定的发展时期。18世纪初，新古典主义成为时尚，新古典主义推崇理性，强调明晰、对称、节制、优雅，追求艺术形式的完美与和谐。亚历山大·蒲伯（Alexander Pope，1688—1744）是新古典主义诗歌的代表，他模仿罗马诗人，诗风精巧隽秀，内容以说教与讽刺为主，形式多用英雄双韵体，但缺乏深厚感情。18世纪时英国散文繁荣，散文风格基于建立在新古典主义美学原则上，期间发表了许多以当时社会的日常生活、文学趣味等为题材的文章，文风清新秀雅，轻捷流畅，成为后人模仿的典范。

乔纳森·斯威伏特（Jonathan Swift，1667—1745）是英国文学史上最伟大的散文作家，他的文风淳朴而有力。斯威伏特的杰作《格列佛游记》是一部极具魅力的儿童故事，同时包含着深刻的思想内容。作者通过对小人国、大人国、飞岛国、贤马国等虚构国度的描写，以理性为尺度，极其尖锐地讽刺和抨击了英国社会各领域的黑暗和罪恶。塞谬尔·约翰逊（Samuel Johnson，1709—1748）是18世纪英国人文主义文学批评的巨擘，《莎士比亚戏剧集序言》（*The Preface to Shakespeare*）和《诗人传》（*Lives of the Poets*）是他对文学批评做出的突出贡献。他从常识出发，不仅在一些方面突破了新古典主义的框架，还不乏真知灼见。约翰逊的散文风格自成一家，集拉丁散文的典雅、气势与英语散文的雄健、朴素于一体。此外，约翰逊在英语词典编撰史上占有独特地位，他克服重重困难，一人独自编撰《英语词典》（*A Dictionary of the English Language*），历时七年得以完成。《英语词典》是英国史上第一部也是随后一百年间英国唯一的标准辞书。约翰逊青史留名也得益于詹姆斯·鲍斯韦尔（James Boswell，1740—1795）为他撰写的传记《约翰逊传》（*The Life of Samuel Johnson*），该书逼真地描述了约翰逊的神态容貌及人格力量。

18世纪被称为“散文世界”的另一个标志是小说的兴起。丹尼尔·笛福（Daniel Defoe，1660—1731）的《鲁滨逊漂流记》采用写实的手法，描写主人公在孤岛上的生活，塑造了一个资产阶级开拓者和殖民主义者的形象。这部小说被认为是现实主义小说的创始之作，为笛福赢得“英国小说之父”的称号。

现实主义小说在亨利·菲尔丁（Henry Fielding，1707—1754）的笔下得到进一步发展。他的《汤姆·琼斯》故事在乡村、路途及伦敦三个不同的背景下展开，向读者展现了当时英国社会风貌的全景图。小说以代表自然本性的汤姆与代表理智与智慧的索非亚终成眷属结尾，表达了感情要受理性节制的思想。全书共18卷，每卷都以作者对小说艺术的讨论开始，表现出菲尔丁对小说创作的一种理论上的自觉意识。

18世纪60年代，英国发生工业革命。许多作家对资本主义工业化发展给传统生活方式带来的破坏发出悲哀的感叹，以大自然和情感为主题的感伤主义作品一度流行。其中，奥利弗·葛密（Oliver Goldsmith，1730—1774）的长诗《荒村》（*The Deserted Village*）是感伤主义诗歌的代表作。他的《世界公民》（*The Citizen of the World*）原名为《中国人信札》（*Letter from Chinese*），虚构了一个在伦敦游历的中国人李安济，把他在伦敦的所见所闻写成书信寄回北京礼部官员，以中国人的视角对英国的政治、司法、宗教、道德以及社会风尚进行批评。而托马斯·格雷（Thomas Gray，1716—1771）的《墓园哀歌》（*Elegy Written in a Country*

Churchyard）表达了诗人对时代纷乱状态的厌恶和对“自然简朴安排”的向往。可见，英国诗歌开始逐渐摆脱新古典主义的束缚，理性的优势地位为感情或感受所代替。

5. 浪漫主义时期英国文学（1798—1832）

18世纪末，英国诗风大变。苏格兰农民诗人罗伯特·彭斯（Robert Burns，1759—1796）给英国诗坛带来一股新鲜的气息。他的抒情诗自然生动，感情真挚，讽刺诗尖锐锋利，妙趣横生。威廉·布莱克（William Blake，1757—1827）是版画家兼诗人，想象奇特，极富个性。他的短诗意象鲜明，语言清新，后期的长诗内容比较晦涩。他在长诗中建立自己的一套独特的神话体系，具有神秘主义色彩。布莱克诗歌的革命性、独创性和复杂性使他成为浪漫主义诗人的先驱。

1798年，威廉·华兹华斯（William Wordsworth，1770—1850）与塞谬尔·泰勒·柯勒律治（Samuel Taylor Coleridge，1772—1834）合作出版了小说集《抒情歌谣集》（*Lyrical Ballads*）。其中，大部分诗歌出自华兹华斯之手，他用简朴的语言描写简朴的生活。《抒情歌谣集》的问世标志着英国浪漫主义文学的真正崛起。华兹华斯在1802年诗集再版时写的序中对诗歌做出了著名的定义：“好诗是强烈感情的自然流溢。浪漫主义是对古典主义的反驳：诗歌内容不再是对现实的反映或道德说教，而是诗人内心涌出的真情实感；诗歌语言不是模仿经典作家去追求高雅精致，而是要贴近普通人的日常用语。”

浪漫主义诗人崇尚自然，主张返璞归真。浪漫主义是一个比较笼统的概念，每个诗人各有其特征。作为“湖畔派”诗人，华兹华斯将大自然视为灵感的源泉，自然美景能给人力量和愉悦，可使人的心灵净化和升华。而柯勒律治则擅长描绘瑰丽的超自然幻景，赋予自然神秘色彩。乔治·戈登·拜伦（George Gordon Byron，1788—1824）和波西·比希·雪莱（Percy Bysshe Shelley，1792—1822）都是革命诗人。拜伦自我表现意识强烈；雪莱深受柏拉图哲学的影响，憧憬美丽的理想和理念。约翰·济慈（John Keats，1795—1821）一生追求美，是创造艺术美的天才诗人。19世纪20年代初，拜伦、雪莱和济慈相继逝世，英国浪漫主义诗歌由强转弱，势力渐衰。

6. 现实主义时期文学（19世纪30年代至20世纪20年代）

1837年，维多利亚，成为登基女王。在她统治时期，英国取得了世界贸易和工业垄断地位，科学、文化、艺术也出现繁荣发展的局面。维多利亚时代的英国诗歌表现出与浪漫主义截然不同的诗风，诗人们不再沉浸于主观感情的发泄，而是注重形式的典雅，对诗艺精益求精。

罗伯特·布朗宁（Robert Browning，1812—1889）早年从事过戏剧创作，后来专门写戏剧独白。戏剧独白是一种通过主人公的自白或议论来抒发情感的无韵体诗。在《皮帕走过了》（*Pippa Passes*）、《指环与书》（*The Ring and the Book*）等作品中，诗人带上“面具”，进入戏剧人物内心世界，以其口吻娓娓而谈，语言极为生动，说话者跃然纸上。阿尔弗雷德·丁尼生（Alfred Tennyson，1809—1892）在他漫长的艺术生涯中创作了大量的抒情诗、哲理诗和叙事诗，诗风凝重、典雅。丁尼生的剑桥挚友哈勒姆溺水而死，这对他的诗歌创作产生深远影响。丁尼生在挽诗《悼念》（*In Memoriam*）中表达了真切的伤感和悲痛，同时反映了自我对生活本质和人类命运的思索和忧虑，成为时代的心声。

19世纪中期，英国经济发展迅速，国力昌盛，物质丰富。但是资本主义制度所引起的各种社会矛盾也日益尖锐起来，如作为西方文明基石的基督教受到科学思想的挑战，日益衰微，并且在繁荣景象的背后潜伏着焦虑不安的暗流。马修·阿诺德（Matthew Arnold，1822—1888）敏锐地捕捉到了时代的脉搏，在《写于雄伟的卡尔特寺院的诗章》（*Stanzas from the Grand Chartreuse*）中揭示了人们的处境：“彷徨在两个世纪之间，一个已经死去，另一个无力诞生。”阿诺德是19世纪英国人文主义文学批评的杰出代表，他关于文学与文化的论述对后世影响很大。

与诗歌相比，19世纪英国小说成就更加辉煌。沃尔特·司各特（Walter Scott，1771—1832）的浪漫主义历史小说为他赢得“西欧历史小说之父”的称誉。其著作《密德洛西恩监狱》（*The Heart of Midlothian*）、《艾凡赫》（*Ivanhoe*）等小说都是从讲述卷入重大历史事件的普通人物的故事入手，层层深入地展开导致书中人物所作所为的那些社会力量和历史力量情况。与此同时，简·奥斯丁（Jane Austen，1775—1817）则以女性作家特有的敏锐和细腻刻画英国乡村中产阶级的生活和思想。她认为“一个乡村中的三四户人家是合适的写作对象”。《傲慢与偏见》（*Pride and Prejudice*）、《艾玛》（*Emma*）等作品涉及婚姻、爱情、门第和财产。她的小说结构精巧，人物对话机智，语言幽默含蓄，耐人寻味。勃朗特三姐妹在19世纪英国文学史上占有独特的地位。夏洛蒂·勃朗特（Charlotte Bronte，1816—1855）的《简·爱》（*Jane Eyve*）是一部关于女主人公克服男权社会对女性种种压制，最后取得自主独立的成长小说，浪漫爱情故事的背后饱含着严肃的思想内容，受到了20世纪女性主义批评家的青睐。爱米丽·勃朗特（Emily Bronte，1818—1848）想象奇特，《呼啸山庄》（*Wuthering Heights*）采用间接叙述手法讲述一段刻骨铭心的恋情，小说中野性与文明、浪漫与现实反差强烈，具有神秘恐怖色彩。安妮·勃朗特在《简·爱》和《呼啸山庄》问世后，于1847年也发表了小说《哈格尼斯·格雷》（*Agnes Grey*）。乔治·爱略特（George Eliot，1819—1880）是马丽·安·伊万斯（*Mary Ann Evans*）的笔名，她是19世纪现实主义小说的真正代表。《弗罗斯河上的磨房》（*The Mill on the floss*）、《职工马南》（*Silas Marner*）和《米德尔马契》（*Middlemarch*）等作品以写实手法展现英国的社会人生图画，对人物内心活动和行为动机的刻画十分生动细致。因此爱略特被誉为心理小说的先驱。查尔斯·狄更斯（Charles Dickens，1812—1870）是19世纪英国最伟大的小说家，其作品的深度和广度超过了同时代的任何作家。狄更斯的著名小说《雾都孤儿》（*Oliver Twist*）《大卫·科波菲儿》（*David Copperfield*）《远大前程》（*Great Expectations*）等均以孤儿为主人公，这与他不幸的童年经历有关。《荒凉山庄》（*Bleak House*）揭露了英国司法制度的腐败与黑暗；《双城记》（*A Tale of Two Cities*）以法国大革命为背景，生动再现了当时伦敦和巴黎的局势，情节跌宕起伏。狄更斯在他的小说中展现了一幅幅维多利亚时代英国社会生活的画卷，同时他也是一位具有浪漫、幽默气质的作家，笔下经常出现性格迥异的人物。威廉·麦克皮斯·萨克雷（William Makepeace Thackray，1811—1863）是19世纪英国另一位出色的小说家，曾一度与狄更斯齐名。他的小说《名利场》（*Vanity Fair*）通过对女主人公夏普不择手段跻身上流社会的故事的描写，充满了对势力者无情的揭露和嘲讽。此外，萨克雷的《亨利·埃斯蒙德》（*Henry Esmond*）也是英国文学史上一部杰出的历史小说。

20世纪初，英国不少小说家都以“幻灭”为主题撰写小说，最为典型的是托马斯·哈代（Thomas Hardy，1840—1928）。哈代的小说以故乡多塞特郡附近的农村地区作为背景，早期作品常描写英国农村的恬静景象和明朗的田园生活，后期作品明显变得阴郁低沉，其主题思想是无法控制的外部力量和内心冲动决定着个人命运，并造成悲剧。他的《德伯家的苔丝》（*Tess of the Durbervilles*）和《无名的裘德》（*Jude the Obscure*）讲述了英格兰南部农村青年男女走投无路，陷于绝望的悲剧故事。

第二章 乔叟及其作品研究

一、乔叟对英国文学的影响研究

在现有文献记载中，对乔叟生前的描述，大多未提及其诗人身份。而直到亨利五世时，乔叟的成就才逐渐被认可。在乔叟生活的时代，甚至连英语都没有被大众接受，只是作为一种地方性语言而存在。15世纪后，经过了众多人的努力，英语才成为正式的书面语言。

关于乔叟，其一生的经历主要受到了两个国家的影响，一个是法国，另一个是意大利。由于乔叟的父亲是伦敦显赫的酒商，与皇室和贵族一直有着来往，于是在乔叟十三四岁的时候，有幸被送到王府去做侍从，这在当时来说，对一个青少年的前途是十分有利的。当时的英国皇室仍使用传统宫廷礼仪，所谓的英国文学其实就是法国宫廷文学的翻版。正因如此，乔叟深受法国文学的影响，他早期的作品多在模仿法国文学的写作风格，这在他的第一部诗作《公爵夫人颂》（*The Book of the Duchess*）里已有体现。

除了在王府的经历，乔叟的写作还受到了意大利文化的影响。乔叟十分聪颖，不仅在王府做侍从时得到王妃的喜爱，也得到了皇室的重用。他曾多次被派遣到欧洲行使重任，其中有至少两次出使到意大利，停留时间也比较长，每次至少在三个月以上。他出使意大利时居住的地方，正是孕育了一大批伟大作家的佛罗伦萨。那时也是薄伽丘的《十日谈》（*Decameron*）在意大利风靡的时候，薄伽丘以民族语言进行创作取得的成功，使乔叟坚定了用英文创作的信心。而薄伽丘的写作风格也深受古希腊、罗马、印度等等的影响，打开了乔叟的眼界。同时，在意大利居住期间，乔叟深刻感受到了古典人文主义在意大利复兴的成功，这给了乔叟很大的启发。这让乔叟开始努力学习各国甚至东方文化的精华，并尝试将其转化为自身创作的土壤。这一时期的创作如《百鸟会议》（*The Parliament of Fowles*）《特罗伊勒斯和克莱西德》（*Troilus and Cressie*）《好女人的故事》（*The Legend of Good Women*），反映了乔叟开始面向生活现实的创作态度和人文主义观。而这些都在乔叟的重要作品，也是英国文学史上较为重要的故事集《坎特伯雷故事》（*The Canterbury Tales*）里有所体现。

旅居在意大利的经历使乔叟开始努力学习其他各国文化的精髓，这些在《坎特伯雷故事》里体现较多。

（1）在阅读大量拉丁文学和古希腊、罗马等文学后，再结合英语本身的特点，乔叟将古英语诗歌的基本形式头韵体改为音步体，这无疑为英语诗歌指明了方向。乔叟敢于创新，他自己尝试了多种音步的形式，并创造了英语诗歌的基本形式，即五步抑扬格。

（2）英语诗歌里的大部分音节都是乔叟创造的，这些种类繁多的音节有三行、四行、五行、六行、七行、十二行等。其中，乔叟最喜欢的是七行诗节，在他后来的很多作品，包括《坎特伯雷故事》里都有用到。这些音节也被后来的很多作家如莎士比亚使用。后来这些音节后来传入苏格兰，当时一部广为流传的诗作《国王书》用的就是这种音节，据传这部著作为苏格兰国王所做，因此这种音节也被称为“君王体”。

（3）英语诗歌里有一种重要的格式叫作“英雄对句”，也是由乔叟创造的。这种形式在《坎特伯雷故事》里被广泛引用。

（4）在《坎特伯雷故事》里，乔叟描写了各种各样的人，几乎囊括了英国的所有职业。他擅长人物描写，描述一个人时并不是直接评价这个人，而是通过对他的言行举止的描写，让角色自己“说出”自己的形象。这种写法被称为“戏剧性独白”。这种描写手法在后来也得到了广泛的运用。

（5）在《坎特伯雷故事》里，乔叟首先将市井故事引进英语诗歌。市井故事原本是法国中世纪晚期的一种常见体裁，内容多描述男女关系、欺诈、捉弄与复仇，最常见的主题是骗子被骗，因此语言都比较粗俗，却深得英国各阶层的喜爱。这些故事虽然十分有趣，语言却十分简单。乔叟却看到了市井故事反映社会现实、暴露道德堕落和抨击社会丑恶方面的独特的艺术效果，因此他在《坎特伯雷故事》里也引入了五个小故事，这些故事具有明显的现实主义性质，是现实主义叙事文学的开端。

而乔叟最突出的贡献，还是在英语并不被看好甚至被认为是“粗鲁的大不列颠语言”时，依然坚定地用英文进行创作。虽然说当时用英文创作的不止他一个，但其他作家要么同时也用其他语言创作，要么根本对英语的未来不抱希望，只有乔叟一直坚定不移地使用英语创作，这在当时是绝无仅有的，他的精神也值得尊重。

乔叟写下《坎特伯雷故事》时大约是在1386—1400年，按时间来看属于他创作生涯的第三阶段。这时的他基本已经具备了较深厚的文学功底，因此，无论是在内容还是在技巧上《坎特伯雷故事》都达到了他创作的顶峰。这部故事集由总引、结束语和21个完整故事组成，是一部长约两万行，主题和结构完整的文学巨著。诗集不仅有对皇室和农夫以外的各阶级的人的生动形象的描写，还有各种各样对英国社会的深刻描写。

乔叟实际上开创了英国文学的现实主义传统，在他的书中对人物的形象刻画十分传神，运用了大量幽默和讽刺的手法，这也是他对英语文学的又一重要贡献。《坎特伯雷故事》讲述的是一群基督徒香客相聚在一家旅店，相约一起去坎特伯雷朝圣，其中有人提议每人在旅途中讲两个故事，讲的最好的人将得到白吃一顿饭的奖励。乔叟的《坎特伯雷故事》确实受到了《十日谈》的影响，但乔叟的《坎特伯雷故事》也有自己的特色。正是由于乔叟对于人物的刻画，使得乔叟笔下记录的每个故事和他的讲述者都是一一对应的，每个讲述者都有自己鲜明的形象，每一个故事也是独一无二的。同样的事，在不同的人眼里完全不同，讲故事的人不仅讲了故事，也展示了他自己的故事。

除此之外，《坎特伯雷故事》也表达了一种象征意义，它象征着人类从俗世追求精神世界、从尘世到天堂的旅程。这样的设定，符合当时文学作品以宗教为核心的传统，但乔叟不落俗套，试图从普通人身上进行精神探索，从而探索宗教精神的真谛。从这些来看，乔叟作为“英国诗歌之父”实至名归。

二、乔叟作品的文学价值研究

乔叟被尊为“英国诗歌之父”。但在他生前，除被个别诗人在诗中偶尔提到外，在现存的493条关于他生前的各种历史档案记载中，并未提及或暗示他是诗人。然而他死后不久，在15世纪初，他的名声开始迅速上升。从1407年起，他就被许多诗人热情歌颂，被称为乔叟大师（Master Chaucer）或“文学之父”（Father Chaucer）。

值得注意的是，英国诗人在1410年前后写的赞颂乔叟的诗大都与亨利五世有关。这些诗要么是献给亨利，要么是由亨利授意而作。亨利五世是英国历史上比较有作为的国王，他即位后在同法国的百年战争中取得一系列重大胜利，莎士比亚在查理二世、亨利四世、亨利五世等剧本中都对他有大量描写。亨利五世特别重视激发英国人的民族情绪和爱国热情，用以支持战争。在他还是王子时，就大力提倡使用英语和发展英国文学。他曾在1412年授意当时最著名的诗人利德盖特（1370—1450）用“我们自己的语言”来翻译关于特洛伊战争的故事。他身体力行使用英语写作，成为第一位用英语写手谕的国王，而且他的手谕成为当时书面英语的典范，为众人所效仿。到1430年时，英语终于取代法语成为英国国会和政府文件的正式语言。亨利五世大力提倡使用英语，这和发展英国文学有着深刻的历史、社会、政治、文化根源和国际背景，而乔叟的名声和他在英国文学史上的地位迅速上升也与之密切相关。实际上，不仅是乔叟名声的上升，就连他之所以能取得那样的成就，都同英国的社会、历史和文化大背景分不开。每一个时代都有自己的诗人，而每一个诗人的成就，特别是像乔叟那样首开传统的大诗人的成就，自然也必须与他的时代相关联。

14世纪中叶，英国在军事上比较强大，经常发动对法国的战争，但在经济和文化方面，英国却远远落后于法国和意大利。不仅英国本土文学（或者称英语文学）十分贫弱，就连英语本身也被认为是粗俗语言，曾被当时意大利著名文学家、罗马帝国崩溃以来欧洲第一位桂冠诗人彼特拉克轻蔑地称为“野蛮的不列颠语”。

同时，英语的发展也不顺利。盎格鲁-撒克逊人于五六世纪入主不列颠群岛后，又遭斯堪的纳维亚人不断入侵，到9世纪时，这些北欧人已占领包括伦敦在内的约三分之二的英格兰。在这些地区，通用语是入侵者的语言同当地语言的混合语。而今天通常所说的古英语（Old English），其实是在方言——西撒克逊语（West Saxon）基础上发展起来的一种书面语言，与拉丁语相似，它并非英国人的日常用语，其使用范围也主要局限于大约占英格兰三分之一领土的西南部，即由撒克逊人建立的威塞克斯王国（Wessex）所管辖地区。也就是说，早期英语不仅使用区域狭窄，而且在诺曼征服之前，其书面用语和日常用语在很大程度上就已经脱离。

然而，由于威塞克斯王国大力提倡教育和推广书面语，在当时的欧洲，古英语文学相对比较繁荣，其成就超过同时期欧洲其它民族语言文学。但即便如此，以现存作品计算，在1066年以前的三百年间，也不过三万余行诗，也就是说，一年大约一百行，这自然很难认真说形成了任何传统。然而，很多诗作本身就没有流传开来。它们大多是修道院里修士们的即兴之作，有些就写在拉丁文宗教书籍或历史书籍手稿的空白处。古英诗的名篇《凯德蒙之歌》（*The Song of Cademon*）就是如此，原本是不可能流传的，而它们之所以能存留至今，有一定的偶然因素。它们尘封在修道院内，几个世纪后才被陆续发现。实际上，除史诗《贝奥武甫》曾提及和暗示到其他条顿民族的故事外，大多数古英语文学作品之间几乎没有任何引用或影射。

英语语言和文学发展史上一个极为重要的时期是14世纪下半叶，也就是所谓乔叟时代。这一时期，英语成为可以同法语和意大利语匹敌的文学语言，英国文学也发展成为能与法国文学和意大利文学媲美的民族文学。英语语言和文学之所以得到发展，除了英国同西欧各国之间交流日益增多，英国经济商贸长足发展等重要原因外，英法之间由争夺王位引发的长期战争也是极为重要的因素。一个民族往往是在同外部的冲突中形成的。1337—1453近百年间，战争激发了英国人的爱国热情，促进了英国民族的形成和民族意识的发展，使得乔叟和其他一些诗人竭力探索英国文学发展的道路，创作出《坎特伯雷故事》、《特罗伊勒斯与克丽丝达》（*Troyles and Krista*）、《高文爵士和绿衣骑士》、《珍珠》（*Pearl*）、《农夫皮尔士》（*Farmer Peirce*）、《情人的自白》（*The Confession of the lover*）等一大批杰作，形成了英国历史上第一次文学大繁荣。在这些文学家中，成就最为突出而且为英国文学发展做出最大贡献的自然是乔叟。

乔叟的父亲为伦敦显要酒商，专为王室和贵族提供法国和意大利酒，与上流社会关系密切，所以乔叟得以在1357年（十四五岁）被送到乌尔斯特伯爵夫人（即爱德华三世的三王子里昂内尔的王妃）府上当少年侍从。在当时，送儿子进王府当侍从是中产阶级家庭梦寐以求的。乔叟在王府的经历不仅使他的一生受益匪浅，还深刻影响了他的文学创作。当时的英国文学其实是法国宫廷文学的翻版，不仅从体裁到内容都是对法国文学的模仿，而且大多用法文创作。乔叟的法国式宫廷文学也从这里开始。乔叟一开始就深受法国文学的熏陶，创作生涯的前期，主要是在模仿法国文学。他不仅用英语翻译了法国诗歌名篇《玫瑰传奇》，而且他的第一部诗作是为兰开斯特公爵的第一位夫人逝世而写的《公爵夫人颂》，虽系英语创作，也明显属于法国宫廷体浪漫传统。

随着英法百年战争的深入，英国人的民族意识不断增强，民族情绪日益高涨，乔叟也越来越强烈地认识到，英国文学要发展，英国人要培育自己的文学，就必须用英语创作，就必须摆脱法国文学的控制。

乔叟能取得如此杰出的成就，一个主要原因是他深受意大利文学的影响。乔叟受王室派遣，多次出使欧洲大陆，其中至少两次到过意大利，亲自目睹和感受了早期意大利文艺复兴的文化繁荣。特别是第一次，他大部分时间住在诞生了但丁、彼特拉克和薄伽丘等伟大文学家的佛罗伦萨。这时，但丁已经成为广受崇拜的文学大师，而尚健在的彼特拉克和薄伽丘已是老人，都是在欧洲享有盛誉的诗人和作家。彼特拉克于1341年受封为自罗马帝国没落以后欧洲第一位桂冠诗人，而薄伽丘的作品尤其是《十日谈》所拥有的读者之广泛更是前所未有。当时佛罗伦萨文化界正在热烈商讨为公众开系列讲座，讲授《神曲》。那是一件空前盛事，就连维吉尔这样在欧洲受崇拜上千年的诗人也还没能享此殊荣，而主讲人正是薄伽丘。

旅意期间的感受和随后几年对意大利文学的阅读使乔叟受益匪浅。他因但丁、薄伽丘等人用民族语言创作而取得那样辉煌的成就倍受鼓舞，增强了用英语创作的信心。他也认识到，意大利文学的繁荣还仰赖于但丁、彼特拉克、薄伽丘等文学家广泛吸收古希腊、罗马、中世纪、中亚、阿拉伯乃至东方文学的营养以丰富本民族的文学。这为乔叟打开了一个广阔的创作空间。而薄伽丘的现实主义创作使乔叟受到启发，他把目光也投向了英国现实和现实中的英国人。更重要的是，他在意大利期间，从意大利文学中深切感受到了古典人文主义的复兴精神。尽管英格兰还没有像佛罗伦萨那样已经基本走出中世纪，但意大利文艺复兴时期的人文主义思想使他成为时代的先驱，使他能从新的视角、用新的观点来考察和表现处在中世纪末期的英国社会并能以人为本地进行创作。这在英国文学史上是一场革命性的转变。同时，经意大利文学同古典主义结合，也使他可以更全面地进入欧洲文化传统的主流。从总体上看，把以人文主义为核心的古典主义传统同民族语言、民族文学结合，博采世界各民族文学之长，反映英国社会的现实，塑造现实中活生生的人，并以此表现人的本性和体现人的价值与追求，是乔叟从意大利文学中获得的启示，并最终在《坎特伯雷故事》以及其他诗作里得以实现。

乔叟的诗歌艺术、他对英国文学发展的巨大贡献，都集中表现在《坎特伯雷故事》里。在很大程度上，这部诗作指明了英国文学未来发展的方向，对后世英国乃至欧洲文学，特别是叙事文学产生了难以估量的影响，被认为是现代小说的代表作之一。这部故事集不是故事的简单堆积，而是被充分发展的叙事框架凝结成的结构紧密的艺术整体。无论在艺术形式还是内容上，它都受到《十日谈》的影响，而《十日谈》本身也深受古希腊、罗马、中世纪、印度、中亚和阿拉伯文学中如《一千零一夜》在内的许多故事集的影响。但在薄伽丘笔下，叙事框架已成为故事集不可分割的重要组成部分，并非简单交代讲故事的原因和背景。薄伽丘在叙事框架上的创新也启发了乔叟。在《坎特伯雷故事》里，他也用开篇的总引、各故事前后的引子和尾声以及结束语等，建构了一个高度发展的叙事框架。这个框架不仅把所有的故事紧密联系在一起，使故事成为一个有机整体，而且它本身就具有很高的艺术价值。

乔叟在总引里指出，他同另外29个香客结伴，从伦敦出发，去坎特伯雷朝圣。他们决定在路上讲故事消遣，对于讲得最好的人，回伦敦后，由大家出钱请客，作为奖赏。按乔叟最初的计划，每个香客将在往返途中各讲2个故事，也就是说，每人要讲4个故事，这样故事总数将达120个。乔叟于14世纪80年代中期开始故事集的创作，虽然他后来试图大幅度缩减创作计划，但直到他于1400年去世，也未能最终完成。不过经他最后努力，这部主要用诗体写成，包括总引、结束语、21个完整故事和另外一些故事的片段，以及大量引子、尾声的故事集，已是一部主题和结构都大体完整、长约两万行的文学巨著。

《坎特伯雷故事》的总引是全书的核心，具有很高的艺术价值。总引之精华在于对香客们的介绍与描写，在858行中，人物描写竟达672行。这些人物是英国文学史上第一组形象生动、个性鲜明的现实主义者，这也是《坎特伯雷故事》优于《十日谈》的体现。香客中有骑士、修士、修女、修道院长、托钵僧、商人、学士、律师、医生、地主、磨房主、染坊匠、旅店老板、伙房采购、管家、农夫、厨师、卖赎罪券教士、差役、各大行会成员，等等。可以说，除了王室、高等贵族和农奴之外，他们来自当时英国所有的阶级，囊括了几乎所有主要职业，他们成为当时英国社会的缩影。实际上乔叟正是要把英国社会浓缩在他的故事集里，把各阶层的人一一展现。诗人布莱克在1809年就对此做了高度评价："正如牛顿将星星分类、林奈将植物分类一样，乔叟也把各阶层的人做了分类。"

乔叟对香客们的穿戴、头发、皮肤、神情和举止均做了生动入微的描写，十分恰当地表现出他们的身份和职业。这在当时为法国式浪漫故事所统治的英国文坛绝无仅有。因此，《坎特伯雷故事》实际上开创了英国文学的现实主义先河。然而，乔叟的现实主义并不仅仅是把香客们描绘成其所属阶级或阶层的代表人物，他们还被塑造成现实生活中具有独特个性的活生生的人，而不是传统的英雄史诗、浪漫故事或者宗教寓言里那种道德理想、价值观念或者宗教精神的体现者。这在英国文学中并无先例。

乔叟在总引里细致刻画的20多位香客全是有血有肉的艺术形象，极具特色，活灵活现，没有一个脸谱化人物。他写修女院院长如何小心翼翼地把食物送到嘴边，尽力让举动显示出高贵气度；修道士如何讲究享受，按当今世界的方式过日子；那个把大部分心思和朋友的所有救济都用于学问的书呆子学士如何不识时务，得不到教会职位，所穿外套已经纬毕露；律师如何利用法律购置地产，赢得了酬金和高贵袍服；医生如何利用时疫获益，至今存着大瘟疫时期挣的钱；见多识广、嫁过五个丈夫的巴思妇人如何俗气，随便哪个星期日她头上的饰物准有十磅之重，而且帽子宽度竟有盾牌大；而那个管家又如何拿主人东西借给或送给主人换来衣帽的赏赐和道谢之声；等等。这些描写全是传神之笔，且十分幽默。从这里也可看出，乔叟成功的一个重要因素是他把幽默和讽刺大量运用于人物塑造，这也是他对英国文学的重要贡献。

乔叟对人物的塑造最精彩的还在于他对差役、托钵修士、卖赎罪券教士等贪婪、卑鄙、腐化、虚伪、道德上堕落的人的嘲笑与讽刺。比如，那个卖赎罪券的教士贪婪奸诈，用猪骨头之类乱七八糟的东西冒充圣物，凭着花招和胡乱吹捧，糊弄教士和众多的百姓。他为了挣银钱，一有机会就无耻地兜售刚从罗马带来的赎罪券。诗人对他极其厌恶，暗示他同差役是有暧昧关系的一丘之貉，并说："他的嗓音像山羊叫，又细又尖；他没有胡子，以后也永远不长，脸上光洁得就像刚刮过一样；依我看，他不是骟马便是牝马。"

乔叟对香客们的生动描写后来极大地影响了现代小说的发展，并为后世历代文学家和批评家所称道。几百年来把这一特色评述得最精彩的恐怕还有被塞缪尔·约翰逊称为"英国文学批评之父"的德莱顿。德莱顿是理性时代的第一位大诗人，也是英国历史上第一个正式受封的桂冠诗人，他在《寓言集》（*Fables*，1700）中用古英语翻译了荷马、奥维德、薄伽丘和乔叟的一些作品，并且在西方第一次较为全面地比较了这些大师们的叙事手法。他说乔叟具有最了不起的包容性，在《坎特伯雷故事》里，乔叟将其整个时代英国民族的各种习惯与特质全囊括于内，且并没有遗漏任何一类人物。他笔下的所有香客各具特色，互不相同。德莱顿进一步指出："他们（指香客们）的故事的内容与体裁，以及他们讲故事的方式，完全适合他们各自不同的教育、气质和职业，以至于把他们中任何一个故事放到另外一个人嘴里，都是不适合的。"实际上德莱顿指出了《坎特伯雷故事》一个十分重要的艺术特点：故事叙述者同他所讲的故事之间的内在统一。这种统一只有在叙述者本身被塑造成个性鲜明的人物时才有可能。比如，在《十日谈》里，任何一个故事由那十个青年男女中的任何一个人来讲，并没有什么区别，因为他们自己就没有真正成为独具特色的个性化人物；而在《坎特伯雷故事》里则不是这样。

乔叟的香客们之所以能成为个性鲜明的人物，是因为《坎特伯雷故事》里，并不仅仅是香客们在讲故事，他们的故事也反过来在讲述着他们自己，而且他们的行为、他们之间的对话和相互间的冲突戏剧性地展示出他们各自的性格和思想。这是《坎特伯雷故事》的一大特色，也是其引人入胜的地方。乔叟还特别注重用香客自己的话来揭示其性格和内心世界，其中巴思妇人、卖赎罪券教士和教士跟班等人的引子以及平民地主的话等部分堪称此手法的典范。乔叟是第一个运用独白来塑造人物的作家，这种手法的绝妙之处在于不是由人物直接说出自己是什么样的人，而是让他在独白中往往不知不觉地把自己的本质、性格戏剧性地暴露出来。比如，卖赎罪券教士的卑劣主要不在于他说出了自己是如何贪婪与无耻，而在于他对此津津乐道。他不是在悔罪，而是在宣扬。同样，巴思妇人在她那长达856行的引子里，也是通过自己的独白展示出她大胆、泼辣、毫不畏惧的反传统性格。

乔叟在《坎特伯雷故事》里创造了一种新的文学体裁，即戏剧性独白（the dramatic monologue）。戏剧性独白的核心在于说话者通过其说话方式来揭示出他是什么样的人。戏剧性独白后来在莎士比亚及一些玄学派诗人那里得到进一步发展，在19世纪诗人罗伯特·勃朗宁那些脍炙人口的诗作里达到顶峰。戏剧性独白致力于内心的探索与性格的表现，它在手法上讲究用布斯在《小说修辞学》里的术语说展示（showing），而非直说（telling），这正好符合20世纪的文学潮流和美学思想，因此对现代文学特别是现代主义诗歌和小说产生了很大影响。这也是乔叟对现代文学的一大贡献。

乔叟不仅创造了戏剧性独白，而且为英国文学引进了许多其它文学体裁。虽然乔叟的《坎特伯雷故事》里只有21个完整的故事和另外一些未完成的片段，它们却包括了当时欧洲的大多数文学体裁，如骑士浪漫故事、市井故事、悲剧故事、喜剧故事、传奇、圣徒传、历史传说、宗教奇迹故事（miracle story）、动物寓言（animal fable）、宗教寓意故事（religious allegory）、布道词，等等。乔叟把悲剧故事体裁引入英国文学尤其具有特殊意义。中世纪前，英国并无悲剧作品，且人们连悲剧的性质也不甚清楚，这是因为上帝统治着一切，人的形象还十分渺小，而悲剧的产生与繁荣总是以人文主义的大发展为前提的。即使到了中世纪后期人文主义已开始发展、古希腊罗马的文学发挥着日益重要的影响时，文学家们对悲剧的性质仍不甚了解。就连但丁也把悲剧看作是关于高雅主题的高雅诗体，把自己的抒情诗也算在其中。

乔叟不仅是第一个把悲剧性体裁引入英国文学的文学家，而且是中世纪欧洲第一个既比较准确理解悲剧的意义，同时又有意识地创作悲剧性作品的文学家。他的长诗《特洛勒斯与克丽西德》是英国文学史上最杰出的宫廷爱情式浪漫传奇（court love romance），同时也是第一部悲剧性作品。《特洛勒斯与克丽西德》根据薄伽丘的《苔塞伊达》（*Teseida*）改写而成，里面许多诗行直接译自后者，但不论在主题思想还是在艺术手法上，它都与原作大为不同。值得注意的是，乔叟不仅在作品后面的部分突出了主人公特洛勒斯的悲剧命运，而且在诗里一直揭示他性格中的悲剧性弱点（tragic flaw）。在《坎特伯雷故事》里，乔叟通过修道士之口第一次在英语文学中为悲剧下了定义，认为悲剧是某一种故事，其主人公曾兴旺发达，后陷入苦难，最终悲惨死去。接着，修道士一口气讲了18个从《圣经》到各国历史上乃至现实中的悲剧故事。尽管这些故事大多简单，情节没有充分发展，人物形象也不丰满，但它们突出了主人公从高位坠落的悲剧并揭示了其根源。不过更重要的是，乔叟的开拓性尝试为后来文艺复兴时期英国悲剧的繁荣打下了基础。

此外，乔叟是第一个把市井故事引入英国文学的诗人。市井故事本是法国中世纪后期一种很流行的通俗诗歌体裁，其主要内容不外乎男女关系、欺诈、捉弄与复仇，而最通常的主题是骗子被骗。市井故事的语言和内容都比较粗俗，但深得各阶层喜爱。现存的法文中世纪市井故事有350多个。与代表贵族文学的浪漫故事相对，这一体裁代表了新兴的资产阶级的文学。不过这些故事虽然十分有趣，但大多比较简单，很难说具有深刻的现实意义或很高的文学价值。但乔叟也敏锐地意识到市井故事在表现现实生活、暴露道德堕落和抨击社会丑恶方面具有独特的艺术效果，所以他把市井故事加以改造，并以牛津、剑桥、伦敦等城市为背景来表现当时的英国人和英国社会，这在同时代的英国文学中绝无仅有。《坎特伯雷故事》里包括五个这样的故事，其中《磨房主的故事》和《管家的故事》被认为属于乔叟的最佳故事之列。这些故事具有明显的现实主义性质，不仅是英国文学中现实主义叙事文学的开端，还在英国文学的发展史上占有重要的地位。

《坎特伯雷故事》里的故事不仅具有很高的艺术价值，它们的安排与组合也表现出乔叟的匠心。由于乔叟的手稿没能保留下来，现存最早的是15世纪的手抄稿，这些手抄稿在故事的分组和前后安排上都有一些差别，不一定是乔叟的本意，但从总体上看，还是体现了一些乔叟的创作意图。故事集的安排与分组既注意主题的相对集中，又显得活泼多变。乔叟不仅考虑到故事的相同或相似之处，似乎还更注重它们的差别与对立。所以他在结构上广泛运用了并置对照（juxtaposition）的原则。各故事之间，从人物形象到情节主题，乔叟都在进行对照，这使每个故事都获得了十分强烈的艺术效果。他尤其注意利用香客们之间的相互应对特别是冲突来安排故事，这样就更加自然且具有戏剧性。

但在《坎特伯雷故事》的结构中起着最突出作用的还是朝圣旅程本身。朝圣（pilgrimage）在几乎所有的宗教信徒中都具有特殊意义。在中世纪，朝圣是基督徒们普遍从事的宗教活动，那时最令人向往的是去耶稣受难地耶路撒冷，其次是去教廷所在地罗马，而一般教徒的朝圣地往往是家乡附近供奉圣徒的寺院。伦敦地区和英格兰东南部的教徒主要到离伦敦大约53英里（1英里≈1.6千米）外的坎特伯雷大教堂，朝拜英国著名圣徒托马斯（St.Thomas Becket，1118—1170）。乔叟独具匠心地以朝圣旅途为讲故事的场合。在朝圣路上，香客们往往结伴而行，讲故事正是消遣方式。这种以朝圣旅途作为故事集的叙事框架，既妥帖又自然，而且还深具象征意义。而在乔叟之前，这些叙述手法并未使用过。

英语文学有着十分突出的精神和道德探索传统，而《坎特伯雷故事》在这方面具有里程碑式的意义。乔叟用朝圣旅途作为故事集的叙事框架，其实就是把这些故事置于精神探索这个总主题的框架之内。朝圣既是一种宗教活动，也是人的精神探索旅程的象征，它象征着人从世俗世界到精神世界，从尘世到天堂的旅途。从基督教的观点看，朝圣甚至象征着人类因堕落而被赶出伊甸园后在痛苦、灾难和罪孽中向上帝回归的历程。《坎特伯雷故事》开篇那几句著名的诗行极具象征意义地指出，正是在万物从死亡中复活的春天，这些香客踏上了朝圣之路。在故事集结尾时，堂区长在其故事的引子中点明道："愿耶稣以他的恩典赐我智慧，让我在这旅途中给你们指路，指出一条完美而光明的路途，这叫作耶路撒冷的天国之路。"尽管其中含有几个宗教故事，但这绝不是说《坎特伯雷故事》是一部宗教故事集。在中世纪，宗教是文学最基本的主题，但乔叟的杰出之处在于，他能够超越传统的宗教文学的束缚。他不像大多数作家那样以故事来表达或解释宗教思想，而是作为一个忠于现实的艺术家，力图在生活现实中的人身上进行精神探索。把现实主义同精神探索结合起来是《坎特伯雷故事》最根本的特征，也是乔叟之后几百年来英国文学传统的核心。

诚然，乔叟对英国文学的贡献远不止这些，他不仅创作出了饮誉世界的作品，而且还开创了英国悲剧文学的创作传统。他的实验和探索开辟了英国文学的新时代，特别是为伊丽莎白时代英语文学的全面繁荣奠定了基础，莎士比亚等后来者是乔叟时代的探索与创新的最大受益者。故乔叟可以说是英国英语文学的开创者、奠基者，因此被尊为"英国诗歌之父"。

三、《坎特伯雷故事》片段鉴赏

When the sweet showers of April fall and shoot,
Down through the drought of March to pierce the root.
Bathing every vien in liquid power,
From which there springs the engendering of the flower.
When also Zephyrus with his sweet breath,
Exhales an air in every grove and heath.
Upon the tender shoots, and the young sun,
His half-course in the sign of the Ram has run,

And the small fowls are making melody.
That sleep away the night with open eye,
So nature pricks them and their heart engages,
Then people long to go on pilgrimages.
And palmers long to seek the stranger strands,
Of far-off saints, hallowed in sundry lands.
And specially, from every shire's end,
In England, down to Canterbury they wend.
To seek the holy blissful martyr, quick,
In giving help to them when they were sick.

It happened in that season that one day,
In Southwark, at The Tabard, as I lay,
Ready to go on pilgrimage and start,
For Canterbury, most devout at heart.
At night there came into that hostelry,
Some nine and twenty in a company,
Of sundry folk happening then to fall.
In fellowship, and they were pilgrims all,
That towards Canterbury meant to ride.
The rooms and stables of the inn were wide,
They made us easy, all was of the best.
And shortly, when the sun had gone to rest,
By speaking to them all upon the trip.
I was admitted to their fellowship,
And promised to rise early and take the way,
To Canterbury, as you heard me say.

中文赏析：

当四月的甘霖渗透了三月枯竭的根须，
沐灌了丝丝茎络，触动了生机，
使枝头涌现出花蕾，当和风吹拂，
使得山林莽原遍吐着嫩条新芽，
青春的太阳已转过半边白羊宫座，
小鸟唱起曲调，通宵睁开睡眼，

是自然拨弄着它们的心弦。
这时，人们渴想着朝拜四方名坛，
游僧们也立愿跋涉异乡。
尤其在英格兰地方，
他们从每一州的角落，
向着坎特伯雷出发，
去朝谢他们的救病恩主、
福泽无边的殉难圣徒。

那是个初夏方临的日子，
我到泰巴旅店投宿歇息；
怀着一颗虔诚的赤子心，
我准备翌日出发去朝圣。
黄昏前后华灯初上时分，
旅店院里涌入很多客人；
二十九人来自各行各业，
不期而遇都到旅店过夜。
这些香客人人虔心诚意，
次日要骑马去坎特伯雷。
客房与马厩宽敞又洁净，
店主的招待周到而殷勤。
夕阳刚从地平线上消失，
众人同我已经相互结识；
大家约好不等鸡鸣就起床，
迎着熹微晨光干燥把路上。

第三章　莎士比亚及其作品研究

莎士比亚一生获得无数称誉，歌德说“说不尽的莎士比亚”，莎士比亚被称为“人类文学奥林匹斯山上的宙斯”。他是“英国戏剧之父”，本•琼生称他为“时代的灵魂”，马克思称他为“人类最伟大的天才之一”。

莎士比亚少年时代曾在一所主要教授拉丁文的“文学学校”学习，掌握了写作的基本技巧与较丰富的知识，但因父亲破产，未能毕业就走上独自谋生之路。他当过肉店学徒，也曾在乡村学校教过书，还干过其他职业，这使他增长了许多社会阅历。历史学家乔治·史蒂文森说，后人从这些文字资料中可大概看出莎士比亚的生活轨迹：20岁后到伦敦，先在剧院当马夫、杂役，后入剧团，做过演员、导演、编剧，再成为剧院股东；1588年前后开始写作，先是改编前人的剧本，不久即开始独立创作。而就是这么一位曾被嘲笑为“粗俗的平民”“暴发户式的乌鸦”的无名小卒却在后来赢得了包括大学生团体在内的广大观众的拥护和爱戴。他的一些世界闻名的巨作就是在那时诞生的，如《哈姆雷特》《错误的喜剧》等。随后莎士比亚创作的剧本逐渐在社会各界蜚声遐迩。1616年4月23日莎士比亚在52岁时不幸去世。虽然这位“人类最伟大的戏剧天才”停止了他伟大的创作，却阻挡不了其作品经久不衰、熠熠生辉。

莎翁可谓是一个神话，普通家庭出身的他，最终成为欧洲最伟大的作家之一，作品传遍世界各地，这需要一个人多大的人格魅力，需要他的作品有什么样的吸引力呢？当时西方每户人家必备两本书一本是《圣经》，还有一本就是《莎士比亚全集》。他们认为一本是宗教信仰的神，还有一本是艺术的神。

一、莎士比亚三大时期的作品研究

莎士比亚是文艺复兴时期英国以及欧洲最重要的作家。这一时期的英国正处于伊丽莎白女王统治的鼎盛时期，王权稳固统一，经济繁荣。因此莎士比亚生活在的封建制度开始瓦解，新兴资产阶级开始上升的大转折时期。当时中世纪以宗教神学为代表的蒙昧主义思想逐渐没落，资产阶级以个人主义为中心的世界观日益深入人心，人文主义在社会文化思潮中开始占据主导地位。莎士比亚则以他的剧作，大胆地批判了封建制度的残酷黑暗及对人性的禁锢，深刻反映了新兴的资产阶级希望建立新型的社会关系和伦理思想的要求，为人文主义在英国和欧洲的传播起到了巨大的推动作用。莎士比亚的许多剧作都遗失了，流传下来的只有37个，按思想和艺术的发展分为三个时期。

1. 历史剧和喜剧时期（1590—1600）

在莎士比亚戏剧创作的最初十年中，他共创作了九部历史剧。在这些剧本中除了《约翰王》描写的是13世纪封建王朝内部的争斗外，其他的剧作则构成了两个内容衔接的四部曲：《亨利六世》上、中、下部（1590—1591）与《理查三世》（1592）；《理查二世》（1595）《亨利四世》上、下部（1597—1598）与《亨利五世》（1599）。这些剧本的艺术成就不一，而最为人们津津乐道的是《理查三世》《亨利四世》和《亨利五世》。理查三世是英国历史上出了名的暴君，莎士比亚怀着无比愤怒的心情，在剧中描写了阴险狡诈的贵族理查如何以血腥手段挤掉了六个合法继续人，登上王位的故事，揭露谴责了理查三世的凶狠残暴和昏庸无道，塑造了一个虚伪狡诈、残酷无情的暴君形象。《亨利五世》描写了亨利五世当太子时不甘心宫廷中的刻板生活，在下层社会厮混，与流氓无赖为伍，即位后改邪归正，成为英明的理想君主的故事。这两个剧本从正反两方面反映了莎士比亚的人文主义思想：他谴责封建贵族争权夺利给国家造成的内乱，认为通过道德改善可以产生开明君主，实行自上而下的改革，建立和谐的社会关系与理想的社会制度。

2. 悲剧时期（1601—1608）

悲剧时期，是莎士比亚思想与艺术成熟和深化的阶段。当时是伊丽莎白女王统治末期，王权与资产阶级关系开始紧张，宫廷贵族生活日趋腐朽。莎士比亚已看清理想与现实之间不可逾越的鸿沟，但他把这些归结为善与恶的道德冲突，他反对暴力，强调理性的作用，因此创作了一批辉煌而又抑郁愤怒的悲剧剧作，揭露了资本主义原始积累时期已开始出现的社会罪恶与资产阶级的利已主义，体现了人文主义美好理想与残酷现实之间的矛盾。剧中的浪漫主义光辉越来越弱，现实主义描写却日益突出。其悲剧的主要内容是人与社会、人与人、人的内心深处的冲突，被称做“性格悲剧”和“社会悲剧”的典范。

《哈姆雷特》（1601）是莎士比亚最重要的作品，这部悲剧就其表现的社会内容和哲学内涵来说都是最丰富的。莎士比亚以精湛的艺术形式，博大的思想内容表现出主人公哈姆雷特人文主义理想的幻灭，反映出莎士比亚对人生价值和意义的探索。早在12世纪就流传着丹麦王子为父报仇的故事，英法两国的剧作家都据其情节写过中世纪的血亲复仇为中心的剧本。1601年，莎士比亚将其改编成一部深刻反映时代面貌、具有激烈矛盾冲突的杰出悲剧，使这一复仇故事有了广泛的社会意义。

悲剧《奥赛罗》（1604）同样反映了文艺复兴时期深刻的社会矛盾。在威尼斯，黑皮肤的摩尔人大将奥赛罗和贵州小姐苔丝狄蒙娜相爱而结婚，遭到贵族们的反对。威尼斯大公派战功赫赫的奥赛罗去抵御土耳其人入侵，故对婚事不加干涉。伪善、狡诈而又阴险的旗官伊阿古因奥赛罗未任命他为副将怀恨在心，为了报复，他巧使诡计诬陷苔丝狄蒙娜不贞。轻信他人而又嫉恶如仇的奥赛罗陷入极大的悲愤与绝望中，怒火中烧，他亲手扼死了无辜的苔丝狄蒙娜，还自以为做了一件正义的事。伊阿古的妻子当场揭发了真相，奥赛罗悔恨万分，为了惩罚自己铸下的大错，挥剑自刎。

《李尔王》（1605）取材于古代英国的历史传说：年老昏聩的李尔王把王国分给了虚伪的大女儿里根、二女儿贡纳莉，却把诚实率直不会取悦父王的小女儿考迪丽霞驱逐到国外。李尔王自己仅保留国王的尊号和一百名侍从，准备轮流住在两个女儿家中安享晚年。谁料两个女儿达到目的后却原形毕露，把老父赶出家门，李尔王饱受颠沛流离之苦。在一个雷电交加的暴风雨之夜，被逼疯癫的李尔王奔向旷野，对苍天呼喊着自己的悲愤与无奈。李尔王在狂风暴雨下的大段对天独白，在为读者展现了一个痛苦心灵的同时，也揭示了这个曾被权利异化的君王的人性觉醒过程。小女儿得知李尔王的遭遇，起兵讨伐两个姐姐，不幸却被杀，而李尔王也在悲痛疯癫中死去。莎士比亚站在人文主义者的立场，通过王室家族的内乱和李尔王人生的大起大落，批判了资本主义社会伪善的人伦关系，肯定了同情、博爱的道德原则。

《麦克白》（1605）是莎士比亚戏剧中心理描写的佳作。苏格兰大将麦克白从战场上凯旋而归，途中听信女巫说他能当国王的预言，在野心驱使与其妻的怂恿下，趁国王邓肯到家中作客之机，弑君篡位，最终落得众叛亲离、兵败被杀的下场，他的妻子也因精神分裂而死。全剧弥漫着一种阴鸷可怕的气氛。莎士比亚通过对曾经屡建奇勋的英雄麦克白变成一个残忍暴君的过程的描述，批判了野心对良知的侵蚀作用。由于女巫的蛊惑和妻子的影响，不乏善良本性的麦克白想干一番大事业的雄心蜕变成野心，而野心实现又导致了一连串新的犯罪，结果是倒行逆施，必然死亡。在迷信、罪恶、恐怖的氛围里，莎士比亚不时让他笔下的罪人深思、反省、剖析内心，麦克白夫妇弑君前后的心理变化显得层次分明，这就更加增大了悲剧的程度。

以上四部剧作被称做莎士比亚的“四大悲剧”。在这些剧作中，莎士比亚看到了正在兴起的资本主义社会关系的内在矛盾，抨击资本主义利益原则的邪恶性质，展现出阶级压迫给广大劳动人民带来的痛苦。但他把社会斗争归结于抽象的善恶好坏的道德问题，仅仅看到思想的力量、个人的作用，而忽视了人民大众，因此在冷酷的、充满罪恶的社会面前，单枪匹马的个人主义英雄往往被碰得头破血流，悲观、茫然、幻灭，陷入不可解脱的内心矛盾与悲剧结局。

3. 传奇剧时期（1609—1613）

晚期的莎士比亚创作呈现出脱离现实，转向梦幻世界的倾向，以幻想来解决与现实之间的矛盾，风格也转变为充满童话式的想象，富于明快的节奏。其作品有《辛白林》（1609）、《冬天的故事》（1610）和《暴风雨》（1611）等。这些剧本的情节大同小异，都是主人公先遭到灾难与不幸，后来得于偶然契机转危为安，甚至因祸得福。虽然对黑暗现实有所揭露，但宽恕和谅解的精神贯穿全剧，主张用爱心医治旧日的创伤，强调忏悔、改过能产生新的希望。剧本的人物和背景极富传奇性，人物动机近似荒诞，突出运用了大量巧合与偶然事件。

这一时期的重要作品是《暴风雨》。《暴风雨》讲述了米兰公爵普洛斯比罗被弟弟安东尼奥篡夺了爵位，只身携带襁褓中的独生女米兰达逃至一荒岛，他依靠魔法成了岛的主人；后来，他制造了一场暴风雨，把经过附近的那不勒斯国王和王子费迪南及陪同的安东尼奥等人的船只弄到荒岛，又以法术促成了王子与米兰达的婚姻，结局是普洛斯比罗恢复了爵位，宽恕了敌人，返回家园的故事。玄妙的幻想、瑰丽的描写、生动的形象、诗意的背景使此剧成为莎士比亚晚期戏剧艺术的代表。

二、中国莎士比亚研究评述

1.近年来莎士比亚研究概况

学术研讨会的举行，对团结莎学研究者、交流信息、切磋莎学、扩大影响具有重要作用。2002年6月，21世纪中国莎学界的首次学术盛会“中国（杭州）莎士比亚论坛”在西子湖畔召开，海内外20多所大学以及戏剧研究机构的莎学专家出席了会议。2004年12月，“莎士比亚与中国：回顾与展望”全国研讨会在复旦大学隆重召开，此次研讨会以纪念莎士比亚诞辰440周年为契机，在回顾近年来中国莎学研究的基础上，展望了中国莎学研究的发展前景。

近几年来，中国的莎学研究尽管比较沉寂，“危机”之说也时有耳闻，但在广大学者的努力下，在国内各种学术刊物上发表的莎学研究论文仍然独占鳌头。自2000年方平主编主译的《新莎士比亚全集》出版以来，2001年，在中国出版的莎学论著17部，其中包括刘炳善编纂的《英汉双解莎士比亚大辞典》和台湾大学彭镜禧编著的两部莎学论著。根据笔者搜集的资料，2001—2005年在中国报刊上共发表了约400余篇莎氏研究论文。《英语研究》为推动国内莎士比亚研究的进一步繁荣，2005年第3期还推出了近年来少见的“莎士比亚研究专辑”。

成绩纵然明显，但综观5年来的中国莎学研究态势，困难和危机并存，主要表现在： 莎学研究缺乏长远规划，没有形成重大的理论突破；研究方法老化，引进西方最新莎学成果不足，与西方莎学界缺乏长期、固定和经常性的交流；国内学者与学者之间、研究与演出之间缺乏对话渠道，莎剧演出困难较多，研究经费匮乏等等。但毋庸讳言的是，随着中外文化交流的进一步繁荣，国外莎剧演出的引入，中国莎剧演出经过不断打磨后日趋成熟，西方文学艺术理论所带来的某些新的研究方法，使中国莎学研究的问题意识增强了，研究视野开扩了，中青年莎学学者逐渐成熟，研究的范围有所扩大，研究的方法也较以前更加多样化了，与20世纪八九十年代中国莎学研究纵向对比，应该说，在危机与困难面前，中国莎学研究并没有就此止步。

2.莎剧演出激活中国莎学研究

中国现代戏剧从萌芽期开始受到莎剧艺术的滋养，显性影响表现为对莎作的阅读、翻译、研究、传播：深层影响表现为莎剧在人物塑造、情节丰富性、生动性、语言诗意化、风格浪漫化和莎氏悲剧审美方式对中国现代戏剧的影响。实践证明，莎剧和中国戏剧、戏曲的结合相得益彰，从莎剧中我们更看到了中国戏曲的优越性和生命力。事实证明，中国的京剧和各地的地方戏，用来表现莎士比亚戏剧，具有它无比的优越性。很多采用中国戏曲形式改编的莎剧受到了观众的喜爱，一百年来《李尔王》戏剧的、戏曲的不同形式在中国舞台上常演不衰就是证明。大型广场话剧《无事生非》导演、舞台制作、演出都从实践和理论的角度丰富了对于莎剧表演、导演的认识。通过莎剧演出实践，人们认识到，既可以有传统形式的莎剧演出，也可以借莎剧表现现代生活和现代意识与观念，二者并不矛盾。

近几年来，莎剧如何为中国当代观众所接受并喜爱，一直是莎剧研究关注的课题之一。在排演《理查三世》的过程中要达到三位一体，故这个莎剧不是解释莎氏的《理查三世》，而是借用莎氏表现现代意识。作为专业戏剧学院的重要教学内容，莎剧排演在专业教学中具有不可替代的作用，为此，中央戏剧学院和上海戏剧学院从导演和表演的角度，探讨了包括《将心比心》（莎剧《一报还一报》）在内的几部莎剧的教学演出，探讨如何利用导演艺术处理弥补演员表演功力的不足以及现实主义与现代观念的处理手法。从舞台演出的角度切入，有的研究强调《威尼斯商人》具有童话的基本特征，从而得出这是《威尼斯商人》始终活跃在舞台上的原因之一。也有学者从翻译艺术与舞台艺术结缘分析了杨世彭翻译的《仲夏夜之梦》和《李尔王》。

3.莎剧与中国戏剧研究

近几年来中国莎士比亚研究成果的增多，表现为随着比较文学这门学科的发展和壮大，从比较的角度，采用比较文学、比较文化研究方法解析莎作，以及从中西文明视角出发的文学批评，获得了更广泛的研究空间，也为中国莎学做出了一定的贡献。据统计，与其他域外作家和中国作家、作品的比较文学研究相比，“关于莎士比亚与中国文学的关系研究，成果最多”。近20年来，有莎士比亚与中国作家的平行研究，如莎士比亚与汤显祖、关汉卿、李渔、纪君祥、曹雪芹及其相关作品的比较研究，也有莎士比亚在中国的传播问题的研究。比较文学中的莎学研究主要是在五个层面上展开的，即莎士比亚戏剧与中国古典戏剧的比较；莎士比亚对中国现代文学、现代作家影响的比较；莎士比亚与外国作家、作品的比较；关于中国戏剧、戏曲改编莎剧的争论；莎士比亚在中国的研究。从比较文学研究中的莎氏研究来看，在一般的比较文学著作中，对莎士比亚的比较主要借鉴了莎学研究者的成果，而在平行研究中，由于平行研究在可比性问题上一直没有得到根本的解决，莎士比亚与中国作家的平行比较就很难超越同异比附的僵硬模式。但是，我们也应该看到，从中西戏剧比较出发，对莎士比亚和中国戏剧、戏曲，有助于人们从更加广泛的层面认识文化的包容性与兼容性，能在更深更广的层面上互相借鉴，并最终在这种交流中不断扩大自己的影响力与文化交流中的穿透力。

自20世纪80年代以来，从中国戏曲、戏剧与莎剧比较角度探讨中西戏剧的异同构成了莎剧研究的一个重要方面。在这种比较中，研究者痴迷地将中国古典戏曲中的人物与莎剧中的人物进行形象、性格、审美以及主题、情节、结构之间的比较。如，对黄崇瑕和鲍西娅女扮男装，闯入男性社会的女性形象进行比较，得出她们反映了16世纪中西方文学“对女性的重新发现”。强调《仲夏夜之梦》与《西厢记》二者的苦乐相间、悲喜交错的异同形成与主题和中西戏剧审美心理有关。研究者相信，如果说性格、矛盾冲突、剧情发展在戏剧中占有重要地位的话，那么《奥赛罗》突出典型而又变化的人物性格，与《孔雀胆》偏重典型而又复杂的人物性格、矛盾冲突的“火药味”、剧情的快速展开、情节的单纯集中，使观众体会了异质文化之间的巨大差异。而《麦克白》与《伐子都》的比较则使人们认识到中西剧作家在运用幻觉、鬼魂超自然因素时，情节、结构之间既有主客观之间的对峙，更不乏情感宣泄的类同。从比较中，人们体会到《仲夏夜之梦》《西厢记》在戏剧结构、人物刻画、创作手法之间的迥异，《仲夏夜之梦》与《牡丹亭》通过梦与醒、幻与真探索了爱情的本质，《春江花月夜》则与莎氏十四行诗的乐调、声韵与情感演奏了一组组对应的交响乐。把悲剧人物放在世界文学史的范围内进行比较，有助于人们更清晰地认识到悲剧人物的共性与不同的个性，李尔王、泰门、高老头的悲剧命运的对比、戏剧人物语言和舞台提示对莎氏和奥尼尔戏剧在舞台技巧上的共同要求、戏剧语言、舞台艺术手法外化的共同特征的探讨、莎氏在题材、情节、结构、人物塑造和文学艺术的基本理念方面对古希腊戏剧的继承和超越等等，诸如此类的比较有助于人们从西方文学、戏剧的审美把握莎氏戏剧的美学与道德意义，更深刻地领悟到中西文学艺术之间的相同之处与不同之处思辨。

4. 莎剧与西方文化语境

随着中国莎学研究的发展，近年来，从西方文化语境出发阐释莎作在中国莎学研究中的比重在逐年增加。不仅有宗教、心理角度的研究，又有从后现代主义、女性主义、后殖民主义、叙事文学、后结构主义、原型理论、文学符号学研究的相关论文。这种情况的出现与近年来国内对西方文论的引进有很大的关系。

弗莱理论已经成为中国莎剧批评经常使用的批评方法之一。研究者认为，弗莱从宏观上概述喜剧作品的四种叙事结构的喜剧批评，对西方文学批评与莎剧研究实践具有一定的指导意义。莎士比亚早期喜剧狂欢化色彩表现为笑谑地给狂欢国王加冕、脱冕、各种狂欢式的变体或者狂欢节的辅助性礼仪、“绿色世界”的建构和语言戏谑，体现了人文主义世界观与人生观的“狂欢精神”。运用弗莱的原型批评理论研究《暴风雨》，得出了该剧与《圣经·创世纪》的主要内容、整体结构有对应关系，甚至隐含了圣经特有的叙事结构，贯穿了圣经中的惩罚与拯救思想。有学者研究指出，影片已不再是原作者的创作，而更多地体现了导演对文学原作的理解，即创作理论、创作技巧、表现手法的综合运用，以及迎合目标观众——20世纪90年代美国青少年观众的审美需求。

从女性主义角度出发研究莎作也得到了研究者的青睐。研究者看到，鲍西娅受到男性话语的压迫，但她没有意识到这种压迫，她对男性话语的颠覆是当时社会的权力场所能允许的，而且也受到了某种抑制。莎士比亚通过具有神经症心理倾向的非理性意识，表现了物欲和利益角逐为核心的社会理性的极端发展对人性的异化和摧残，及社会自身的异化和非理性化。莎剧的主题在后来时代表现的适时性，是在阅读和阐释获得的意义，即在特定语境下“读入”的意义。莎士比亚的“适时”和“用处”在于情感的丰富性和思想的深刻性，一句话“更具有人情味和人性的力量”。而文学符号学所涉及的“能指与所指”，不仅从福斯塔夫的语言、行动、信仰与肢体等特征剖析了福斯塔夫的喜剧个性，而且对《泰特斯·安德洛尼克斯》中的神话献祭仪式和神话典故也给以了合理的阐释，对喜剧性格、丑角个性、讽刺、主题深化，则从比较层面凸显了波顿和马伏里奥这两个喜剧丑角在莎剧中的重要作用。

5.从语言及其他角度

近年来莎氏语言研究也正在尝试这种转向。研究者发现莎氏在他的作品中显示了独特的语言创造能力和善于操纵及发展语汇意义的能力。他的作品拥有丰富的词汇、生动的比喻、一词多义形成的戏剧性俏皮滑稽的双关语、通俗语、俚语、行话和切口，这些语言和修辞手段往往在莎剧中起到了画龙点睛的作用，而且对近代英语的发展有明显的影响。中国莎学研究者早就注意到莎氏语言中的这种现象。因此，研究者对莎氏语言与现代英语的关系，莎氏语言的结构、语法、修辞、用词特色、时态等语言特点进行了长期的关注与研究。人们从可塑性、共性角度分析了莎氏语言与美国黑人英语的共性与差异。从词汇、语法、修辞三个层面对莎氏语言的开拓性、可塑性和戏谑性切入，分析了其中的奇特句式、表义功能，认为莎剧中的双关语起到了烘托气氛、讽刺、幽默的效果，展示了人物性格和内心活动；从讨论莎剧气氛的建立、人物刻画与修辞、主题的呈现、著名独白对比的诗歌形式繁复的散文风格，到从莎剧语言入手，注意语言与戏剧的结合；从语义学理论、词条分析了《英汉双解莎士比亚大词典》的释义与莎作的语言特点、言语特色，此类从语言角度的研究有其积极意义。

围绕着莎士比亚的身世与莎士比亚的著作权问题，中国莎学研究不时出现相关争论。这些争论在介绍西方有关研究情况的基础上，提出了各自的观点。然而，与西方莎学研究一样，尽管人们可以对莎士比亚的身世与著作权提出各种看法，进行大胆的怀疑，但是至今也没有学者能够提出确凿的证据，否定莎士比亚和他的著作权。数百年来，否定派在这方面进行了大量的工作，尽管成效甚微，但令人不容忽视的是，他们在这方面已经形成了一个学派，这个学派虽然至今没有得到莎学界的承认，但他们在莎学研究中经常会提出令莎学界尴尬的问题，刺激莎学界的神经，同时也能够引起对莎氏知之不多的一般读者的兴趣，甚至误导他们。给人的感觉是，争论双方的观点都犹如雾里看花，因为双方谁也提不出能得到双方共同认同的实证的材料来说服对方。如有关文章介绍了西方某些所谓“研究”成果，把莎剧作者视为牛津伯爵的观点等。针对争论，有人认为不能把正常的学术讨论庸俗化，把对方的观点“妖魔化”，同时亦应注意“反莎派”的观点。针对西方的《哈姆莱特》是否具有自传性的争论，提出争论对莎学和西方文学史有重要意义，也对文学理论发出了挑战，莎士比亚有可能也是雷特伦德伯爵；而反对一方则指出，对莎氏身世、创作的怀疑和消解是不公正的，也缺乏科学依据并且举出西方莎学研究中的大量史实证明前者的子虚乌有。此类争论在短期内难以取得一致意见，但客观上也不能完全视为对莎学研究毫无益处。

新世纪的中国莎学针对研究中存在的困难与危机，同时也孕育了期望，面对困难与危机，中国莎学研究到底面临着以下主要问题：如何建立有鲜明特色的中国莎学学派；如何构建中国莎学学科理论体系；如何构建高等院校莎学学科教学体系；如何加强中外莎学国际交流研究？如何追踪国际莎学动态等。这些问题都是中国莎学研究在未来亟需回答的，也是中国莎士比亚研究者需要不断努力使之实现的目标。

三、莎士比亚悲剧之美及其人性探索——以《哈姆雷特》为例

有人说，悲剧是崇高的诗，它有一种美，一种冷峻而又壮丽的美。莎士比亚是文艺复兴时期的文学巨匠，是欧洲文学史上一颗耀眼的明星。他的每一篇著作都脍炙人口，而他的悲剧更是有一种震撼人心的美。莎士比亚的悲剧以《哈姆雷特》《奥赛罗》《李尔王》和《麦克白》为代表，主题思想颇富深意，其人其事充分反映了社会转型时期伟大的人文主义者对人的价值、人的尊严的关注和思考，对对抗现实、超越自我、超越时空的伦理规范的追索。这里以《哈姆雷特》为例，探讨悲剧的美感，以及莎士比亚悲剧人性探索的意义。

1. 悲剧之美

如果说生命的诞生带来了无尽的喜悦，那么生命的逝去就带来了无尽的美感。死亡是一种形式完满的艺术，生命逝去的那一瞬间所爆发出来的力量是无穷的，是生命最真实最彻底的呐喊。在人们的生活中，欣赏悲剧会止不住的流泪，因为在悲剧中美受到摧残的同时，又更加显示出其光辉品质。“悲剧美”就是指悲剧给人一种特殊的审美情感，给人以强烈的道德震撼，它通过怜悯、畏惧达到惊叹和义愤，从而激励人类从事伟大艰巨的实践斗争的决心和信念，使人们获得崇高的体验，心灵得到净化和陶冶。悲剧所具有的特殊审美功能对陶冶人的情操，升华人的精神境界，使人们坚定地追求真、善、美都有特殊的作用。

莎士比亚的悲剧是命运悲剧、性格悲剧，也是时代的悲剧。欣赏莎士比亚的悲剧之美要理解其悲剧作为文学作品的形式与结构之美、作为戏剧作品的艺术之美以及作为人类文化产品的精神力量之美。

（1）莎士比亚悲剧作为文学作品的形式与结构之美。威廉·莎士比亚一生从事写剧和演剧，虽然他写剧的目的是为了自己所属的戏班能有戏演，但不可否认的是莎士比亚的悲剧作品具有极大的文学成就，这些悲剧作品的结构、形式、语言、人物形象，以及故事情节都为欧洲戏剧的发展打开了一种新的局面。

《哈姆雷特》的情节丰富生动，戏剧冲突错综复杂，结构严谨精巧。几条线索交错以及多变的场景，使悲剧波澜起伏，跌宕多姿，引人入胜。同时，悲剧的语言丰富多彩，生动隽永。莎士比亚通过学习当时人民的口语和文学语言，千锤百炼，形成了自己特殊的语言风格，既有典雅的诗句，也有通俗的散文，甚至还有俚语。莎士比亚用不同的语言刻画不同的人物性格，使各种幽默语、双关语、讽语、戏言都含有丰富的思想含义。

在人物形象的塑造上，莎士比亚的悲剧中的人物并不是单一的纯善或纯恶的，而是一个善恶的共同体，人物内心充满了善与恶的斗争。哈姆雷特爱好哲学和艺术，重友谊、忠于爱情；他是能干的实践者，在紧急关头能够挺身而出。他的性格

是一个矛盾的集合体，这才有了他在后面的复仇行动中的犹豫和困惑。他在斗争中因循隐忍，徘徊不前，但整体而言，哈姆雷特是勇敢而坚定的。正是这种在痛苦中的挣扎向我们展现了一个完整的具有个体意义的人。

《哈姆雷特》是戏剧史上的一个奇迹。莎士比亚把一个原来充满血腥气的中古式报仇故事写成了一个不仅情节生动而且思想深刻的近代戏剧。在那个时代，阴影变成了笼罩一切的黑夜，然而，黑夜里还有人世家屋里的灯光和天空的星光。哈姆雷特又给人希望，是的，他曾沉痛的诅咒："时代脱节了；呵，可咒的命运！怎么偏生要我来重整这乾坤！"这诅咒中有壮志、有理想。整个剧形式上的匀称给读者以美学上的享受。主角哈姆雷特的死使人惋惜，然而剧本却不以悲调结束：恶人除掉了，原则伸张了，悲壮的模范行为给后世以鼓励，阴雾拨开了一些，光明增加了一分。一代一代的观众被吸引着来看《哈姆雷特》，当他们离开的时候，会有许多人仰起头来看灿烂的星空，体会震撼之后的清醒和安慰。

（2）莎士比亚悲剧作为戏剧作品的艺术之美。黑格尔认为，戏剧是以冲突为艺术特性的叙述范式。悲剧是一种崇高的美，是崇高的集中形态。只有那些具有审美价值的悲剧现象，才能作为审美范畴的悲剧反映在艺术中。

《哈姆雷特》体现了"悲剧是时代的缩影"这一观点。悲剧中人物虽然穿着古老的丹麦服装，但是他们却演绎出了文艺复兴时期英国的社会问题，如实地反映了当时的社会矛盾。哈姆雷特与克劳狄斯及其帮凶的基本冲突，各自代表着进步的革新的社会势力和落后的反动的社会势力。

哈姆雷特坚决反对封建势力，却又深感力量不足，总在不断怀疑、苦闷、思索，又不断谴责、解剖、激励自己。他说："我到处碰见的事物都在谴责我，鞭策我起来复仇！"但又感叹："时代整个儿脱节了，啊，真糟，天生我偏要把它重新整好。"在任务与行动之间，他陷入了困惑。他看到人生是多么美好，但又看到人间也有蛆虫和邪恶势力，发出了"生存还是毁灭，这是个问题"的疑问。他怀疑人生的美好，反映了资产阶级人文主义思想的危机。作为新旧交替时期的新人，哈姆雷特内心也存在新与旧的矛盾。作为王子，带有封建的思想，有相信鬼神的一面，父王关于鬼魂的话激起他复仇的念头；作为人文主义者，又不信鬼神，所以不立即行动，要调查研究。所以哈姆雷特的犹豫并非性格软弱造成的，而是社会冲突在人物内心中的反映。

这些美与丑的对比，善与恶的交锋，正义与邪恶的斗争。都带给我们心灵的冲撞和对人性对社会的反思。

（3）莎士比亚悲剧作为人类文化产品的精神力量之美。悲剧给人的情感体验虽然有痛苦和遗憾，但同时也给人一种精神上的震撼。悲剧在本质上通过正义的毁灭、英雄的灾难激发人们伦理精神的高扬，使人奋发，提高精神境界，产生审美愉悦。车尔尼雪夫斯基认为，悲剧通过他们（悲剧主角人物）不应受到的毁灭引起观众的悲悯与畏惧，人将心中悲苦之情宣泄出来，就可以由痛感转化为快感，使人的心灵得到净化。

2.莎士比亚悲剧人性探索的意义

人无完人，诚如莎士比亚在他的剧作中表现得那样，任何一个英雄式的人物都不是没有瑕疵的上帝的作品。他的悲剧人物正如雨果所夸赞的那样“真实之中有伟大，伟大中有真实”。悲剧冲突的发展，突出了哈姆雷特形象的人物特征。从实质上讲，他是17世纪初英国人文主义者的典型。莎士比亚把自己的全部人文主义思想感情注入王子的形象。诚然，他在斗争中因循隐忍，徘徊不前，但就整体而言，他是勇敢而坚定的。就像恩格斯说的，他具有巨人式的“完人的那种性格上的完整和坚强”。他有浓重的自觉意识，坚持美好理想，坚持社会改造，宁愿为重整乾坤而受苦难。这种自觉意识始终贯穿在他为父复仇的思考与行动中。

莎士比亚的悲剧突显他对人性中存在的弱点有着高度的人性精神关注。以四大悲剧为例展现其塑造人物所显现的人性多角度视野。其悲剧作品中包含着对人性善的赞美、人性恶的讽刺以及人性中善与恶的相互冲突，都透露出其对人的生存状态的密切关注，试图去探寻人性最深层次的特点和本质，认清人性中的善和恶。如何去发扬人性中美好的一面，摒弃人性丑恶的一面，是一种人道主义式的关怀，正是对文艺复兴时期人文主义的发扬。这个时期的人文主义强调个性和自我，意在摆脱中世纪神学的桎梏，实现人性的自我升华。莎士比亚的悲剧，对人物进行了全面的塑造，展现了一个自我的个性，其深层次的目的便在于对人性的思考和感悟。

莎士比亚悲剧对人性探索的意义表现在其对欧洲戏剧的发展具有重大意义。莎士比亚强调人物性格对悲剧形成的作用，他在悲剧中突出人物的个性、情欲、自觉意识和心理活动，把人物的外在矛盾融于人物的内在矛盾中。这是莎士比亚对欧洲近代戏剧的重大贡献。

莎士比亚悲剧对人文主义的发展及人性自觉具有极大的推动作用。文艺复兴时代是一个重新发现人、肯定人的时代，人从“神的附属品”的桎梏中解放了、觉醒了。莎士比亚的悲剧主人公是觉醒了的一代新人的形象写照，虽然他们都以死亡告终，但他们对人尊严、自由、价值的义无反顾的追求精神却震撼了人们的心灵。

莎士比亚所写的性格悲剧与时代背景、社会条件、生活环境有密切的关系，并且有积极的思想性。悲剧人物哈姆莱特的忧郁连同他对人的生存意义的探索；李尔王的刚愎自用连同他的人性复苏；奥赛罗的轻信连同他的人性淡化；麦克白的野心连同他的人性沦丧，无一不在一定的社会条件下形成，他们的悲剧都具备伦理道德教育作用。这些人物悲剧性格的深层结构，可以看出复杂的社会矛盾，也不难发掘其深远的社会意义与引人深思的审美理想和审美价值。悲剧引起的快感，常常激发人们积极地认识世界，力图改造世界的想法。悲剧表现的人性的痛苦和毁灭让人联想到“我们”的“共同本性”，使人在假定的情形中检阅了自己的灵魂和欲望发动的真实情况，具有道德和伦理教育意义。

莎士比亚悲剧启示着现代社会对人文主义的探索，对现实生活中人们的生存发展状态和文明进步程度有着一种审美的关注。直到今天，很多涌现出来的现当代文学和影视作品都是以反映人性为主题的，这也说明了人对人本身的探索是无止境的。

四、莎士比亚十四行诗的结构及意象特征

对莎士比亚十四行诗的研究首先体现在对诗作的结构和意象的研究上。莎士比亚十四行诗中的结构并非是一成不变的4—4—4—2形式，而是多样化的。诗中的意象具有时代性、谚语性、中心性、系列性和矛盾性等特点。除此之外，对莎士比亚十四行诗中的个别作品进行诠释和评析也是国内学者赏析的重点之一。

莎士比亚十四行诗的结构特征：在十四行诗的独特形式，使其形式和内容紧密关联。莎士比亚的十四行诗不仅在选词上，而且在结构上也同样发挥着表达诗歌意蕴的作用。

莎士比亚写作的十四行一般遵照英式的韵脚格式，一般分为四节：三个四行和一组对句。前三节集中阐述一个主题，结论出现在最后发人深省的对句之中，实现逻辑推理的升华，具体如下：

惊涛骇浪来拍岸，时光匆匆奔向前，
长江后浪推前浪，一天过了又一天。
光海诞生小生命，不知不觉长成材，
纯洁高尚美青年，世上人人都惊叹。
于是时间来捣乱，将它作品来摧残，
在他脸上刻皱纹，破坏他的娇丽颜。
谁能对抗恶时间？唯我不朽美诗篇，
直到最后审判日，我的诗歌尚流传，
风流倜傥美青年，诗歌里面舞翩跹。

本诗的结构和韵脚严格按照4—4—4—2的四部格式。各个部分循序渐进不断强化主题，情绪也逐渐加强，直至最终的对句拨云见雾，达到高潮。

在莎士比亚的154首十四行诗中，英式格式的十四行诗在数量上占据多数，而意大利式十四行诗的二段结构也为数不少。这种十四行诗一般是前八行铺垫主题，引出矛盾或表达渴望，利用余下的六行给出结果。比如：

时间将来逞凶残，青年将和我一般。
老眼昏花没精神，如同落叶在飘零，
青春活力不再来，如同太阳落西山。
我为青年赋诗篇，君之风采永相传。
诗歌长吟人常在，死神拿你也无奈。
直到最后审判日，世上的人都死去，
风流倜傥美青年，诗歌里面舞翩跹。

意象对诗歌艺术而言尤为重要，因为意象是诗歌以词语为笔触勾勒出的画面。莎士比亚在十四行诗中的意象运用非常丰富，正确解读这些意象是理解莎士比亚十四行诗的关键。莎士比亚十四行诗中的意象主要分为两大类：自然意象和社会意象。自然意象包括自然界中的万事万物，社会意向则涵盖了人类社会的方方面面。莎士比亚在第二个类别意向的运用上具有鲜明的时代特征。如在第23首诗中，诗人把为爱情所困的自己比作笨拙的演员："像舞台上笨拙的演员，在慌乱中忘掉了台词。"在16世纪的英国，戏剧演出盛行，莎士比亚就投身其中，曾写过剧本，也曾上台表演，生活富足之后又投资剧院，对舞台表演是非常的熟悉，这就是莎士比亚十四行诗意象具有时代特征的例证之一。莎士比亚十四行诗中的意象还具有中心性、衍生性和冲突性等特点。有些诗是围绕着一个中心意象展开的，解读了这个中心意象，也就解读了全诗，

按照莎士比亚154首十四行诗的顺序，他在本诗中首次对挚友产生微词，但态度仍旧温和谦逊、不怒不燥，甚至极力为友人的背叛寻找借口，将其比喻成暂被乌云遮蔽的太阳，而这一意象贯穿始终，对诗歌意境构造发挥了举足轻重的作用。莎士比亚十四行诗意象的衍生性也是其高超技巧之一，他的一些诗并不是围绕一个中心意象发展，而是衍生出多个系列意象，而且这些意象通常具有某方面的共性。这种共性就像一条无形的线，把诗中的多种意象串联起来，共同为主题服务。莎士比亚为了表达复杂矛盾的情感，常把截然相反的词语搭配在一起，构成充满矛盾的意象。"爱恨交织，我内心斗争若狂，以至自己最终沦为一名同党，帮你这温柔贼肆意打劫自方"。虽然诗人的挚友对其不忠，但诗人却为友人的错误不断开脱。"温柔贼"这一自相矛盾的意象，深刻恰当地表达了此刻诗人内心深处矛盾重重、爱恨交织的复杂情感。

在莎士比亚十四行诗集中，几乎每首诗都可以独立出现，有并包含自己的思想情感和艺术特征。在整体上，这些诗作又隶属于一个系列，组成一部完整的十四行抒情诗集。

五、莎士比亚作品节选赏析

1.《哈姆雷特》经典独白赏析

To be，or not to be：that is the question：
Whether it's nobler in the mind to suffer.
The slings and arrows of outrageous fortune，
Or to take arms against a sea of troubles，
And by opposing end them? To die：to sleep；
No more；and by a sleep to say we end.
The heart-ache and the thousand natural shocks
That flesh is heir to，it's a consummation.
Devoutly to be wish'd. To die，to sleep；
To sleep：perchance to dream：nay，there's the rub；
For in that sleep of death what dreams may come.
When we have shuffled off this mortal coil，
Must give us pause：there's the respect.
That makes calamity of so long life；
For who would bear the whips and scorns of time，
The oppressor's wrong，the proud man's contumely，
The pangs of despised love，the law's delay，
The insolence of office and the spurns.
That patient merit of the unworthy takes，
When he himself might his quietus make
With a bare bodkin? Who would fardels bear，
To grunt and sweat under a weary life，
But that the dread of something after death，
The undiscover'd country from whose bourn.
No traveller returns，puzzles the will.
And makes us rather bear those ills we have.
Than fly to others that we know not of?
Thus conscience does make cowards of us all；
And thus the native hue of resolution.
Is sicklied o'er with the pale cast of thought，
And enterprises of great pith and moment.
With this regard their currents turn awry，

And lose the name of action.

译文：

生存还是毁灭，这是一个值得思考的问题；
默然忍受命运的暴虐的毒箭，
或是挺身反抗人世的无涯的苦难，
在奋斗中扫清那一切，
这两种行为，哪一种更高贵？
死，睡去，什么都完；
要是在这一种睡眠之中，我们心头的创痛，
以及其他无数血肉之躯所不能避免的打击，
都可以从此消失，那正是我们求之不得的结局。
死了，睡去，睡去了也许还会做梦。
嗯，阻碍就在这儿：
因为当我们摆脱了这一具腐朽的皮囊以后，
在那死的睡眠里，究竟将要做些什么梦？
那不能不使我们踌躇顾虑。
人们甘心久困于患难之中，
也就是为了这一个缘故。
谁愿意忍受人世的鞭挞和讥嘲、压迫者的凌辱、傲慢者的冷眼、
被轻蔑的爱情的惨痛、法律的迁延、
官吏的横暴和俊杰大才费尽辛勤所换来的得势小人的鄙视，
要是他只要用一柄小小的刀子，就可以清算他自己的一生？
谁愿意负着这样的重担，在烦劳的生命的压迫下呻吟流汗，
倘不是因为惧怕不可知的死后，
惧怕那从来不曾有一个旅人回来过的神秘之国，
是它迷惑了我们的意志，使我们宁愿忍受目前的折磨，
不敢向我们所不知道的痛苦飞去？
这样，重重的顾虑使我们全变成了懦夫，
决心的赤热的光彩被审慎的思维盖上了一层灰色，
伟大的事业在这一种考虑之下也会逆流而退，失去了行动的意义。
且慢，美丽的奥菲利娅！——女神，在你的祈祷之中，
不要忘记替我忏悔我的罪孽。

赏析：

这是哈姆雷特在第三幕第一场中的关于生死问题的经典独白。这段“经典独白”与复仇行动的发展状况有着密切关系，也更深刻地展现了哈姆雷特的人物性格和戏剧的内涵。这段看似对复仇计划有所延迟的“经典独白”放在此处，同时也留下了是否具备合理性等质疑，以及艺术上进行更深层次探讨与思索的空间。

独白一开始即表达出了如何对生存与毁灭进行选择的巨大困惑，不知对命运的忍受和奋起反抗这两种行为哪个更高贵。之后主人公说到死，如果死可以让人消除一切所遭受的痛苦和折磨，那固然是求之不得的；可是死后的情景是人们所不可知的，这就成为了死的阻碍。哈姆雷特更将这种生死抉择的问题与社会的黑暗现实联系在了一起：人们都不愿意忍受“人世的鞭挞和讥嘲、压迫者的凌辱、傲慢者的冷眼、被轻蔑的爱情的惨痛、法律的迁延、官吏的横暴和俊杰大才费尽辛勤所换来的得势小人的鄙视”，但因为惧怕不可知的死亡，人们宁愿忍受目前的折磨。就是因为这些顾虑，使得伟大的行动也要停滞。这又与他还没有实施复仇计划行动相联系。

凡是研究《哈姆雷特》的人，都自然会非常关注这一段独白，因为这段独白哲思深邃、但出现在此处又颇为令人费解，它似乎割裂了剧本的完整性。哈姆雷特在计划复仇的过程中，竟然抛开了行动，而去思考人生、社会等重大问题，因此对这段独白的理解备受争议。有些学者认为，这段独白正是表现了哈姆雷特性格的软弱和缺乏行动力的特点，认为他此时将思想“深深纠缠和分散到各种带根本性的社会道德、行为意志、生死存亡等重大问题上面去了……表明哈姆雷特直到此时还没有进入同强大对手短兵相接时应有的精神状态”“迷惘若失，目标涣散”。歌德也解读说：“莎士比亚的意思是要表现一个伟大的事业承担在一个不适宜胜任的人的身上的结果。”还有一些学者把这段独白理解为哈姆雷特在权衡“自杀”的利弊。20世纪初的权威评论家布雷德利在《莎士比亚悲剧》中指出：“在这段独白中，哈姆雷特想的根本不是自负的重任。他在权衡自杀的利弊”。前苏联莎评家莫罗佐夫认为，在这里，“哈姆雷特又再次萌发了自杀的念头。不过，再次萌发这个念头的已是一个成熟的人了”。梁实秋在翻译该剧的注释里说，这段独白是讲“哈姆雷特蓄意自杀，于第一幕第二景之独白中已有表示”。在对整个剧本阅读后，这些感受和评价固然有一定的道理，因为从整个剧本的故事发展来看，哈姆雷特在他的独白中确实表达了他内心的矛盾和行动的迟疑。但对整个剧本的情节和人物性格的发展进行深入研究后会发现，这样一段独白的出现是有其深刻的内涵与合理性的。

从主人公的性格谈其“独白”的合理性与不可残缺性。哈姆雷特本是一个贵族身份的王子，一直生活在无忧无虑中，接受着良好的教育，有崇高的理想和青春的热情，他有一颗爱护民众的善良之心，他有在社会上建功立业的坚定信念。莎士比亚在这里显然是将他塑造成为人文主义思想的代表。但当他回到丹麦的王宫，面对的是父王的意外死亡，叔父掌握政权，母亲神速般的改嫁。将这些突如其来的变故加于一个初入社会的青年身上，他的心灵将遭受多么大的冲击。沉重的打击使他开始变得忧郁，但随之而来的是更大地冲击，他从父亲的鬼魂口中得知这一切是一场巨大的阴谋，他的叔父是戴着伪善面具的罪大恶极之人，他的母亲也是一个软弱的女人。哈姆雷特曾经美好的理想与残酷的现实发生碰撞后，彻底地被粉碎，他开始怀疑人生、怀疑社会、怀疑周围一切的人和物，精神世界的危机为他的忧郁注入了更深刻的内涵。他用装疯来逃避和宣泄他的忧郁，但他肩负的重大责任又要求他必须快速地摆脱精神危机，重建起已破碎的人生观和世界观，完成自己复仇的使命。因此，这样一段独白正是他在这些怀疑和顾虑中为自己的精神寻找出路，重建起已丧失的人生观，这是必不可少的一个环节，也是确保复仇行动能够完成的精神支柱。

“独白”在戏剧情节发展中的不可或缺性。剧中其他人物的表现也推动了哈姆雷特进行这样一番思考。通过他父亲鬼魂的叙述，哈姆雷特认识到了他叔父的真实面目，认识到了他的虚伪；但同时他的母亲竟然向那副丑恶的嘴脸屈从了，从前辅佐自己父王的大臣也完全倒向了篡夺王位的新主人，曾讨厌克劳狄斯的人“现在都愿意拿出二十、四十、五十、一百块金洋来买他的一副小照”（第二幕第二场），连他曾经的同学都成了阴谋的工具，他深爱的情人也在此时远离他，并且即将要成为试探他的工具。哈姆雷特在巨大的打击和孤独中必然要开始质疑自己的生命选择。他厌恶一切的黑暗和丑恶，但黑暗的势力却远比他个人强大得多，他的孤军奋战使他思考到这些问题也是人之常情。这不是空洞的生存和社会问题，而是人生倾向的问题：是屈辱的生，还是高洁的死。这是深处于戏剧环境中的个人思想的必然发展。

从社会意义角度谈“独白”的不可或缺性。在这段独白中，哈姆雷特提到了很多社会上黑暗的现实状况。他在这种情况下没有只是考虑他个人，而更多的想到了民众，他开始站在民众的角度想问题。显然，这表现出哈姆雷特已经将自己的复仇任务扩大化了，他的行动不仅是简单的除掉仇人，而是要除掉罪恶的整个势力。因此面对这样的社会重担，他必须要思考自己如何担负。哈姆雷特对生命与社会重大问题的思考与莎士比亚将他塑造成一个人文主义思想的代言人是有内在一致性的。他这复仇行动的社会意义在剧本的前面就已有表现，哈姆雷特的父王在交代给他这一重大任务后，他所感叹的就是：“这是一个颠倒混乱的时代，唉，倒霉的我却要负起重整乾坤的重任。

显然，哈姆雷特早已将自己的复仇视作整顿丹麦黑暗社会秩序的重大行动。此时他最大的问题不是能否勇敢地去抗争，而是这个阴谋只有他一个人知道，这个任务也要他一个人去完成，他不知道单凭自己的力量能否摧毁整个黑暗集团，他杀死了叔父后是否就能肃清整个社会上不公正的现象。因此，他要为自己即将去做的伟大事业寻找一个正确的出路。正如黑格尔所说的：“当理想与现实冲突后，哈姆雷特固然没有决断，但是他所犹疑的不是应该做什么，而是应该怎么去作。”这是复仇行动的巨大社会意义引发了他的这种思考。

逐字解读“独白”中的“哲理意蕴”——对生与死的思考。要断定这段独白的真正意蕴，弄清它出现的确切时间及哈姆雷特在这之前是否采取过行动和在此之后将采取什么行动，是非常关键的。布雷德利在一条注释里特别说明：“‘生存还是毁灭’的独白以及和奥菲莉亚的会面现在在剧中的位置，是莎士比亚经过考虑后才定下来的，因为在第一个四开本中，它们是在伶人们到来之前发生的，而不是在其后，并由此安排了演戏那一场。”正是在伶人们到来之后，哈姆雷特才灵机一动，决定上演一场与父王之死类似的戏来试探和证实叔父的罪恶，首次采取了复仇行动。这可以看出莎士比亚的这种匠心很好的表明了独白里“默然忍受”还是“挺身反抗”，哪一种行为更高贵的疑问在哈姆雷特心中是确有所指的，是有感而发的。与两个月前那段满怀悲愤的独白相比，哈姆雷特所面对的情况已大大变化了。而几个小时后就要上演决定一切的“捕鼠剧”，面临这个“挺身反抗”的行动，他情不自禁地思考起与之相对的“默然忍受”以及由此引发的生死思辨，既符合哈姆雷特耽于思考的习惯，也符合这一特定时刻所思内容的情理。反过来，在此重大时刻，断定他“在思考着自杀的可能性”，既令人莫名其妙，又会大大削弱这段独白的深刻意义。看来，把这段独白理解为在“权衡自杀的利弊”的说法可能不源于剧本别处，而是受了独白中片言只语的表面语义的影响。有了对全剧和上下文的如实把握，确定了这段独白的语境，其字面含义应当更加显豁。“To be”指现世的“生”，“not to be”即指结束现世生存的“死”，首行“生存还是毁灭，这是一个值得思考的问题”便点明了整段独白的主题。这个“是生还是死”的问题，意味着是“默然忍受”着“生”还是“挺身反抗”（指他将要采取的行动）而“死”。同时关于这段独白体现了哈姆雷特的软弱和行动力差的评价，笔者认为并不准确。他是一个有果断行动力和强大意志的人，但他将复仇之心最终坚定下来是有一个发展推进的过程的。这一段矛盾的思考是他逐步坚定自我决定的一个必不可少的阶段。之前已经讨论过他在经受了一系列打击之后，他已有的人生观受到了巨大冲击，他对他所处的世界开始感到绝望，感到荒芜。但正是因为他有伟大的理想和强大的行动力，那么他必然想要做些什么事情来挽救这样一个邪恶丑陋的社会。但他在行动之前，他必须要得到精神上的支持，必须弄清面对这样一个虚空丑恶的世界，他的斗争是否有意义，他到底应该逃避还是应该勇敢斗争。从这一角度来看，哈姆雷特的这段独白就绝对不是一个软弱者的独白。一个真正的软弱者是不会直面自己的懦弱和缺点，来思考生与死这一人类伟大的抗争命题的。在这段思考中处处迸发着他对丑恶现实的不满，虽然他看似在犹豫，但实际上他已经做了勇敢抗争的决定，他清醒地认识到“重重的顾虑使我们全变成了懦夫，决心的赤热的光彩，被审慎的思维盖上了一层灰色，伟大的事业在这一种考虑之下，也会逆流而退，失去了行动的意义”这样一种现象。内心中两个“我”经过激战后，抗争的“我”最终压倒软弱的“我”。

可见，这一段矛盾的思考不是可有可无的，这段独白恰恰表现了哈姆雷特这一人物形象的可贵之处。哈姆雷特是一个丰满的人物，平常的人物，伟大的人物。说他丰满是因为作者不仅展示了他外在的种种表现，也表现出了他内心的各种思想和冲突等，人物表现得很全面；说他平常，是说他的身上表现出来的东西正是一个普通的、正常的人所具备的，他有对理想的坚定信念，也有对死亡的恐惧，这一人物处处反映着“人性”，他是“人”的代表，他内心的挣扎、困惑、悲伤、勇猛等品质正是表现出了对“人”的认识；说他伟大，是因为他并不是一个空洞的思想者，也不是一个鲁莽的行动者，他将思想与行动有机地融合在一起。他的每一点思考都是外在行动所引发的，他的每一步行动也都是在思想的决定之后进行的。这一复仇行动是秘密而艰难的，首先，他叔父的罪行他父王的鬼魂只让他一人知晓。其次，他所面对的是丹麦的最高政权，是比他强大得多的敌人。他不仅面对种种困境，并且他有义务完成父亲的重托和保护母亲的责任，同时，他个人所受的打击也要由他一人承受。由此种种，剧中的这一人物要解决的是思想与行动的双重问题，稍有偏颇，他最后的复仇计划都无法完成。他这段独白不仅是在他生命遭受打击、理想遭到粉碎后的必然的困惑与挣扎，也是在力图为他所要进行的行动寻找理念上的支撑，他要真正弄清他行动的意义与价值。他的复仇不是简单的报杀父之仇，而是向一种制度、一种社会现实发起挑战。这样一场行动靠他个人是否能完成，他复仇之后其所能带来多大的意义，如果这些问题不思考清楚，不在矛盾的挣扎中坚定自我意志，即使他向世人揭露出他叔父的罪行，那他最后也不过会成为邪恶势力的牺牲品，成为克劳狄斯设的圈套中的受难者。值得特别指出的是，哈姆雷特在这段独白里一直使用的是“我们”“他”“谁”等称谓，分明是在泛指一切人因此，他是站在“人”“人类”的立场，以“我们”大家的身份在说话。他深刻的人生思辨已经超越了个人，俨然是人类面对生存的意义、生的痛苦死的疑惧、思与行的矛盾等人生问题的诘问和喟叹。

由此可见，这样一场复仇活动的准备工作是在思想与行动两方面进行的，哈姆雷特在这部剧中面临的是双重斗争，一个是复仇的斗争，一个是心灵的斗争，即个人理想与社会现实的斗争。莎士比亚在此处写这段话的目的不是为了展示哈姆雷特的软弱、延宕、犹豫不决的缺点，而是要展现这样一个伟大的青年在遭受生命的沉重打击后再一次坚强地站立起来的蜕变史，要生动地展现一个充满着自我意识和自我决断力的人的真实表现。可以认为，这段独白也是将戏剧最终推向高潮的基础与铺垫。

2.莎士比亚十四行诗鉴赏分析

Shall I compare thee to a summer's day?
Thou art more lovely and more temperate:
Rough winds do shake the darling buds of May,
And summer's lease hath all too short a date:
Sometime too hot the eye of heaven shines,
And often is his gold complexion dimmed,
And every fair from fair sometime declines,
By chance，or nature's changing course untrimmed:
But thy eternal summer shall not fade,
Nor lose possession of that fair thou ow'st,
Nor shall death brag thou wander'st in his shade,
When in eternal lines to time thou grow'st,
So long as men can breathe，or eyes can see,
So long lives this，and this gives life to thee.

译文：
我是否可以把你比喻成夏天？
虽然你比夏天更可爱更温和：
狂风会使五月娇蕾红消香断，
夏天拥有的时日也转瞬即过；
有时天空之巨眼目光太炽热，
它金灿灿的面色也常被遮暗；
而千芳万艳都终将凋零飘落，
被时运天道之更替剥尽红颜；
但你永恒的夏天将没有止尽，
你所拥有的美貌也不会消失，
死神终难夸口你游荡于死荫，
当你在不朽的诗中永葆盛时；
只要有人类生存，或人有眼睛，
我的诗就会流传并赋予你生命。

（朱生豪译）

赏析：

原诗每行10个音节，非常整齐。前人翻译时总喜欢使译文每行保持字数相同，这其实是一种作茧自缚的形为，强求形式上的绝对整齐，往往限制了内容的完美。前人的译文常常有凑韵（为了押韵，用词勉强）、不流畅和用词搭配不当的毛病，其原因在此。更重要的是，英文原诗有着非常讲究的格律，每行都含有相同数量的重音节和轻音节，朗诵时每行所用时间基本一致；而对每行字数相同的中译文进行朗诵时，每行所用的时间则不尽相同，因为每行译文中所含有的虚词（如“的”“地”“了”，朗读时较轻声、短促）个数未必相同。因此，笔者的译文不强求每行字数相同，这样便将内容从形式中解放出来，得以更好地协调，且更利于押韵和用词的搭配。

诗人一开头就把他的爱友比作美好的“夏天”，其中“夏天”一词颇有争论。因为英国的夏天相当于我国的春天或春末夏初，这是一年中最美好的季节，风和日暖，枝头绿叶冒新芽，百花含苞待放，大地充满一派生机活力，迷人可爱。开篇第一句便直入主题，用一问一答得方式毫不含蓄的点名她的美。虽然夏天如此美丽，但仍然不及她之美。作者意不在提出疑问，而是通过疑问句，引出第二句肯定的回答，恰如其分地达到赞赏的目的，诗人如此煞费苦心，说明她的美丽不仅令他赞赏，而且还令他崇敬。这比开篇便用一陈述句更有说服力。

接着第3、4、5、6句，诗人进一步解释为什么“你比它可爱也比它温婉”，那是因为 “狂风”会把“五月的嫩芽摧残”，“夏天的期限”太过于短暂，阳光过于“强烈”，有时却也会被“遮掩”。这一系列的意象，为我们勾勒出一副副夏景图，引人遐想。其中不难看出，作者对这一副副图景产生的是一种怜惜之情，这时让我们不禁思考，那诗人对她的怜爱，该有多么深沉。后接着的两句：“世上娇艳之物都会凋零，受机缘或大自然的局限”，为我们阐释这样一个哲理：世界上所有美丽的事物都会有遵循着大自然的规律，随着时间的流逝而消失。这虽为一个众所周知的事实，却令古今多少文人墨客所感叹。

接着，诗人用一个转折，说“你的长夏永远不会消逝，永不会失去迷人的光彩；不会在死神阴影中漂泊”这的用暗喻的手法，将她的美丽比作“长夏”，意为有夏天的美丽，而且比夏天更长，有取夏天之长，补夏天之短的意味。后面接着补充，他的美丽不会时间而失去光泽，永远留存。

“这诗将与你同在，只要人活着，眼睛还能看。这诗将永存，赋予你生命。”到最后，诗人转向写诗歌，说诗歌是永存的。从这里我们不难看出，诗人内心是矛盾的，他大肆笔墨去描写他的美，去高歌他的美是永存的，事实上他只是在欺骗他自己，他深知“世上娇艳之物都会凋零，受机缘或大自然的局限”，当然他的美丽也属于“世上娇艳之物”，可是诗人不愿意承认，他无法说服他自己去接受这个事实，于是他想把他的美丽长存于他的心中，但是每个人都会到死神那里报到，怎么办呢？这时，他知道了，永存的，只有诗歌，他只有将他的美丽写入诗歌，才能永恒。

本诗的主题思想为：爱和美。这首诗以夏天的意象展开了想象，我们的脑海会立即浮现出绿荫的繁茂，娇蕾的艳丽。夏日既表示诗人的友人可爱，让人感到可意，又暗指他的友人正处于年轻、精力旺盛的时期，因为夏天总是充满了生机和活力。万物在春季复苏，夏天旺盛，所以夏天是生命最旺盛的季节，诗歌前六句，诗人歌颂了诗中的主人公“你”作为美的存在，却把“夏天”“娇蕾”和“烈日”都比下去，因为它们不够“温婉”“太短暂”“会被遮暗”，所以“你”的魅力远远胜于夏天。第7和第8两句指出每一种美都会转瞬即逝，禁不住风吹雨打，而第9句到第12句指出“你”的美将永驻，连死神都望而却步，与时间同长的美才是永恒的美。因为“你”在诗歌中永恒，千百年来天地间只要有诗歌艺术的存在，诗歌和“你”就能够永生。所以“你”的美永不枯凋，这是一种生命的美，艺术的美，永驻人间。

这首诗语言优美，不仅体现在用词的精确上，而且还体现在表达方法的多变上，全诗使用的了大量的修辞手法。在这一首简短的十四行诗中，莎士比亚灵活巧妙地运用了多种修辞手法，这些修辞手法为表达主题锦上添花，更体现了莎士比亚诗歌中的语言之美。诗歌中所运用到的修辞手法一一细数开来，如明喻、暗喻、拟人、矛盾修饰法等等，不少于十种。诗歌中的第一行“能不能让我来把你比作夏日？”就使用了明喻和设问两种修辞手法。明喻是对表面上不相似的东西进行明确的比拟，找出两者的相似之处。夏天和“你”的相似之处就是都是美的体现。这一句同时也是一个设问句，即它形式上是个疑问句，但不需要作答，因为它的答案本身就很清楚。暗喻和拟人的使用。暗喻是对表面上不相似的东西进行不明确的比拟。如在第四行，夏季的日子又未免太短暂中用到的“期限”这个词上，意思是把夏日比作是房屋，是向大自然租借来的东西，因此它的使用期是有限的，同时，其也暗指青春、美丽持续的时间都是有限的。拟人是将一件事情、一个物体，或一个想法当作人物来呈现。双关和夸张的使用。双关是一种文字游戏，指利用读音或词根相似的词的不同含义或语法功能。英语里的双关有两种，一种是利用同一个词的不同意思；另一种是利用同一个词的不同语法功能。该诗用到的双关属於前一种情况，在第七行“世上娇艳之物都会凋零，受机缘或大自然的局限”，这里的两个“娇艳之物”含义就不同，第一个意为“美的人或物”；而第二个的意思则是指“美本身”，所以这是运用了双关。夸张就是言过其实的陈述，一般是为了强调。夸张的手法在该诗中也多次使用，如第九行中的“永恒”这个词。根据自然规律，每一种美的事物都将逐渐丧失其美丽，那么诗中人的美又怎能永恒呢？“不会在死神阴影中漂泊”，每个人早晚总免不了一死，我们都不可能不朽，那么诗中人又怎能不受这种自然规律的约束呢？

诗中除了使用到以上修辞手法外，还使用了倒装和矛盾等多种手法。这首十四行诗中用到的修辞格不仅多，而且全面，我们不得不为莎士比亚语言艺术的风采所折服、感叹。

总得来说，莎士比亚的这首诗为我们描绘了夏日的璀璨，无论从形式还是内容，从主题方面还是语言方面，都能堪称是诗歌中的精品。这首诗描绘了生命与自然是永恒的和谐美好的存在，唤起我们 对生活和生命的热爱。它让我们感到人与自然息息相融，它犹如大自然变幻的感觉，掠过我们的发际，走过我们赏花于五月的心田，并凝住我们美好的希望。这种贮藏于心灵的永恒之美与世之真爱，应该为全人类共同拥有，永世传唱。

3.莎士比亚十四行诗中英文对照节选欣赏

One

From fairest creatures we desire increase,
That thereby beauty's rose might never die,
But as the riper should by time decease,
His tender heir might bear his memory:
But thou contracted to thine own bright eyes,
Feed'st thy light's flame with self-substantial fuel,
Making a famine where abundance lies,
Thy self thy foe，to thy sweet self too cruel:
Thou that art now the world's fresh ornament,
And only herald to the gaudy spring,
Within thine own bud buriest thy content,
And tender churl mak'st waste in niggarding:
Pity the world，or else this glutton be,
To eat the world's due，by the grave and thee.

译文：

一

对天生的尤物我们要求蕃盛，
以便美的玫瑰永远不会枯死，
但开透的花朵既要及时雕零，
就应把记忆交给娇嫩的后嗣；
但你，只和你自己的明眸定情，
把自己当燃料喂养眼中的火焰，
和自己作对，待自己未免太狠，
把一片丰沃的土地变成荒田。

你现在是大地的清新的点缀，
又是锦绣阳春的唯一的前锋，
为什么把富源葬送在嫩蕊里，
温柔的鄙夫，要吝啬，反而浪用？
可怜这个世界吧，要不然，贪夫，
就吞噬世界的份，由你和坟墓。

Two

When forty winters shall besiege thy brow,
And dig deep trenches in thy beauty's field,
Thy youth's proud livery so gazed on now,
Will be a tattered weed of small worth held:
Then being asked, where all thy beauty lies,
Where all the treasure of thy lusty days;
To say within thine own deep sunken eyes,
Were an all-eating shame, and thriftless praise.
How much more praise deserved thy beauty's use,
If thou couldst answer' This fair child of mine
Shall sum my count, and make my old excuse'
Proving his beauty by succession thine.
This were to be new made when thou art old,
And see thy blood warm when thou feel'st it cold.

译文：

二

当四十个冬天围攻你的朱颜，
在你美的园地挖下深的战壕，
你青春的华服，那么被人艳羡，
将成褴褛的败絮，谁也不要瞧：
那时人若问起你的美在何处，
哪里是你那少壮年华的宝藏，
你说，“在我这双深陷的眼眶里，
是贪婪的羞耻，和无益的颂扬。”
你的美的用途会更值得赞美，
如果你能够说，“我这宁馨小童

将总结我的账，宽恕我的老迈，”
证实他的美在继承你的血统！
这将使你在衰老的暮年更生，
并使你垂冷的血液感到重温。

Three

Look in thy glass and tell the face thou viewest,
Now is the time that face should form another,
Whose fresh repair if now thou not renewest,
Thou dost beguile the world，unbless some mother.
For where is she so fair whose uneared womb
Disdains the tillage of thy husbandry?
Or who is he so fond will be the tomb,
Of his self-love to stop posterity?
Thou art thy mother's glass and she in thee
Calls back the lovely April of her prime,
So thou through windows of thine age shalt see,
Despite of wrinkles this thy golden time.
But if thou live remembered not to be,
Die single and thine image dies with thee.

译文：

三

照照镜子，告诉你那镜中的脸庞，
说现在这庞儿应该另造一副；
如果你不赶快为它重修殿堂，
就欺骗世界，剥掉母亲的幸福。
因为哪里会有女人那么淑贞
她那处女的胎不愿被你耕种？
哪里有男人那么蠢，他竟甘心
做自己的坟墓，绝自己的血统？
你是你母亲的镜子，在你里面
她唤回她的盛年的芳菲四月：
同样，从你暮年的窗你将眺见
纵皱纹满脸——你这黄金的岁月。

但是你活着若不愿被人惦记，
就独自死去，你的肖像和你一起。

Four

Music to hear，why hear'st thou music sadly?
Sweets with sweets war not，joy delights in joy:
Why lov'st thou that which thou receiv'st not gladly,
Or else receiv'st with pleasure thine annoy?
If the true concord of well-tuned sounds,
By unions married do offend thine ear,
They do but sweetly chide thee，who confounds
In singleness the parts that thou shouldst bear:
Mark how one string sweet husband to another,
Strikes each in each by mutual ordering;
Resembling sire，and child，and happy mother,
Who all in one，one pleasing note do sing:
Whose speechless song being many，seeming one,
Sings this to thee，Thou single wilt prove none.

译文：

四

我的音乐，为何听音乐会生悲？
甜蜜不相克，快乐使快乐欢笑。
为何爱那你不高兴爱的东西，
或者为何乐于接受你的烦恼？
如果悦耳的声音的完美和谐
和亲挚的协调会惹起你烦忧，
它们不过委婉地责备你不该
用独奏窒息你心中那部合奏。
试看这一根弦，另一根的良人，
怎样融洽地互相呼应和振荡；
宛如父亲、儿子和快活的母亲，
它们联成了一片，齐声在欢唱。
它们的无言之歌都异曲同工。
对你唱着：“你独身就一切皆空。”

第四章　弗朗西斯·培根及其作品研究

一、弗朗西斯·培根的主要成就及哲学思想

弗朗西斯·培根（1561—1626），是英国文艺复兴时期最重要的散文作家、哲学家。他不仅在文学、哲学上多有建树，在自然科学领域里也取得了巨大成就。培根是一位经历了诸多磨难的贵族子弟，复杂多变的生活经历使他的阅历丰富，思想成熟，言论深邃，富于哲理。虽然他坚信上帝，但他的世界观是现世的而非宗教的。他是一位理性主义者而不是迷信的崇拜者，是一位经验论者而不是诡辩学者。在政治上，他是一位现实主义者而不是理论家。

培根一生的成就很多，在哲学上的贡献最大。虽然他一生中的绝大部分时间和精力都投入到他的政治生涯中，但对后世影响最大的却是他的哲学思想。马克思、恩格斯称培根是“英国唯物主义的第一个创始人”，是“整个实验科学的真正始祖”，这是对培根哲学特点的科学概括。“知识就是力量”是培根在近代科学冲破宗教思想后的第一声呐喊。“第一”和“始祖”这两个词高度概括了培根在哲学思想领域的杰出成就，他为后来哲学的发展打下了坚实的基础。

培根重视知识的掌握。因为在他看来，只有知识才是推动一切的力量。但与以往的哲学家不同的是，他并不认为知识是已知条件，而认为我们应当从已知条件中寻求知识。从他的观点中可以发现，我们不能够停留在已知的世界中，抱着已有的成就不思进取，而应当从周围的客观事物中发现问题，不断思考，挖掘深藏在大自然中的知识，让未知变为已知。书本上的知识固然有它的道理，但我们不能够完全信任和依赖那些固有知识，而应当积极思考，从中发现问题，勇于质疑，从而探索更多未知领域的知识。

众多哲学家强调演绎的反面即归纳的重要性，在这类禀有科学气质的哲学家漫长的世系中，培根为第一人。培根也如同大多数的后继者，他力图找出优于所谓“单纯枚举归纳”的某种归纳。单纯枚举归纳可以借一个寓言作实例来说明。昔日有一位户籍官须记录下威尔士某个村庄里全体户主的姓名。他询问的第一个户主叫威廉·威廉斯；第二个户主、第三个、第四个……也叫这名字；最后他自己说：“这可腻了！他们显然都叫威廉·威廉斯。我来把他们照这登上，休个假。”可是

他错了；单单有一位名字叫约翰·琼斯的。这个实例表明假如过于无条件地信赖单纯枚举归纳，可能走上岔路。

培根相信，他有方法能够把归纳作成一种比这要高明的东西。例如，他希望发现热的本质，据他设想（这想法正确），热是由物体的各个微小部分的快速不规则运动构成的。他的方法是作出各种热物体的一览表、各种冷物体的表，以及热度不定的物体的表。他希望这些表会显示出某种特性，在热物体总有，在冷物体总无，而在热度不定的物体有不定程度的出现。凭借这方法，他希望通过一系列这类法则得到初步先具有最低级普遍性的一般法则。他希望求出有二级普遍性的法则等等依此类推。如此提出的法则必须用到新情况下加以检验；假如在新情况下也适用，在这个范围内便得到证实。某些事例让能够判定按以往的观察来讲均可能对的两个理论，故特别有价值，这种事例称作"特权"事例。

通过比较可知，单纯的枚举归类法太过武断，即哲学上所说的，看东西太过孤立和片面，没有用运动的、联系的观点来看问题。培根敢于质疑，敢于猜想，然后经过不断的试验，从试验中找出事物的普遍性。最终用无数的事例和不同的表，归纳总结出了他的结论。用归纳法总结出的结论不仅具有很强的说服力，还清楚明了，让人一目了然。

在日常生活中，人们应当有全局观念，要学会用归纳法来看问题。不可主观臆断，也不可瞎子摸象。培根的归纳法在当今世界仍然适用，尤其在各个科学领域中。身为一名科学家，当面临未知的东西时，必定是经过了无数次的猜想和验证而得来的。这也解释了事物为何从其特殊性归纳出普遍性的一般规律。这些思想至今影响着我们。

除此之外，培根还有很多名言佳段，如"安逸和满足易成为腐败与堕落的温床""知识本身并没有告诉人们怎样运用它，运用的方法乃在书本之外""无论你怎样地表示愤怒，都不要做出任何无法挽回的事来""只知哲学一些皮毛的人，思想会导向无神论，但是，深入了解哲学，会把人带回宗教。""一个机敏谨慎的人，一定会交一个好运。""一切真正伟大的人物（无论是古人、今人，只要是其英名永铭于人类记忆中），没有一个因爱情而发狂的人：因为伟大的事业抑制了这种软弱的感情。""礼节要举动自然才显得高贵。假如表面上过于做作，那就丢失了应有的价值"等。

二、《论读书》作品的赏析研究

Of Studies

Studies serve for delight，for ornament，and for ability. Their chief use for delight，is in privateness and retiring；for ornament，is in discourse；and for ability，is in the judgment and disposition of business.

For ecpert and execute，and perhaps judge of particulars，one by one；but the general counsels，and the plots and marshalling of affairs，come best form those that are learned. To spend too much time in studies is sloth；to use them too much for ornament，is affectation；to make judgment wholly by their rules，is the humor of a scholar.

They perfect nature，and are perfected by experience：for natural abilities are like natural plants，that need pruning by study；and studies themselves do give forth directions too much at large，except they be bounded in by experience.

Crafty men contemn studies，simple men admire them，and wise men use them；for they teach not their own use；but that is a wisdom without them，and above them，won by observation.

Read not to contradict and confute；nor to believe and take for granted；nor to find talk and discourse；but to weigh and consider.

Some books are to be tasted，others to be swallowed，and some few to be chewed and digested；that is，some books are to be read only in parts；others to be read，but not curiously；and some few to be read wholly，and with diligence and attention. Some books also may be read by deputy，and extracts made of them by others；but that would be only in the less important arguments，and the meaner sort of books；else distilled books are，like common distilled waters，flashy things.

Reading maketh a full man；conference a ready man；and writing an exact man. And therefore，if a man write little，he had need have a great memory；if he confer little，he had need have a present wit；and if he read little，he had need have much cunning，to seem to know that he doth not.

Histories make men wise；poets witty；the mathematics subtile；natural philosophy deep；moral grave；logic and rhetoric able to contend. Abeunt studia in morse.

Nay there is no stand or impediment in the wit，but may be wrought out by fit studies：like as diseases of the body may have appropriate exercises. Bowling is good for the stone and reins；shooting for the lungs and breast；gentle walking for the stomach；riding for the head；and the like. So if a man's wit be wandering，let him study the mathematics；for in demonstrations，if his wit be called away never so little，he must begin again. If his wit be not apt to distinguish or find differences，let him study the schoolmen；for they are cymini sectores. If he be not apt to beat over matters，and to call up one thing to prove and illustrate another，let him study the lawyers'cases. So every defect of the mind may have a special receipt.

译文：

论读书

读书可以怡情，可以摭拾文采。其怡情也，最见于独处幽居之时；其傅彩也，最见于高谈阔论之中；其长才也，最见于处世判事之际。

练达之士虽能分别处理细事或一一判别枝节，然纵观统筹，全局策划，则舍好学深思者莫属。读书费时过多易惰，文采藻饰太盛则矫，全凭条文断事乃学究故态。

读书补天然之不足，经验又补读书之不足，盖天生才干犹如自然花草，读书然后知如何修剪移接，而书中所示，如不以经验范之，则又大而无当。

有一技之长者鄙读书，无知者羡读书，唯明智之士用读书，然书并不以用处告人，用书之智不在书中，而在书外，全凭观察得之。

阅读时不可存心诘难读者，不可尽信书上所言，亦不可只为寻章摘句，而应推敲细思。

书有可浅尝者，有可吞食者，少数则须咀嚼消化。换言之，有只需读其部分者，有只须大体涉猎者，少数则须全读，读时须全神贯注，孜孜不倦。书亦可请人代读，取其所作摘要，但只限题材较次或价值不高者，否则书经提炼犹如水经蒸馏，淡而无味。

读书使人充实，讨论使人机智，笔记使人准确。因此不常做笔记者须记忆力特强，不常讨论者须天生聪颖，不常读书者须欺世有术，始能无知而显有知。

读史使人明智，读诗使人灵秀，数学使人周密，科学使人深刻，伦理学使人庄重，逻辑修辞之学使人善辩；凡有所学，皆成性格。

人之才智但有滞碍，无不可读适当之书使之顺畅，一如身体百病，皆可借相宜之运动除之。滚球利睾肾，射箭利胸肺，慢步利肠胃，骑术利头脑，诸如此类。如智力不集中，可令读数学，盖演题需全神贯注，稍有分散即须重演；如不能辩异，可令读经院哲学，盖是辈皆吹毛求疵之人；如不善求同，不善以一物阐证另一物，可令读律师之案卷。如此头脑中凡有缺陷，皆有特效可医。

《论读书》收录于培根第一本散文集《论说文集》（*Essays*）中。此文集是作者多年反复锤炼、推敲、修改而成的精工之作。培根的《论读书》带有塞尼加式（罗马政治家和哲学家）的散文结构特征，言简意赅，结构精悍，警句迭起。有些至今尚有重要的指导意义。如读书使人充实，讨论使人机敏，作笔记使人精确（Reading maketh a full marl，conference a ready man：and writing an exact）；读书时不可存心与作者辩难，也不可轻信（Read not to contradict and confute；nor to believe and take for granted）。就像中国的古语中的“尽信书，则不如无书”。

下文以《论读书》为例，从排比、省略、类比等修辞手段和语言节奏方面对其文体效果进行分析，以更广阔的视野欣赏这一名篇。

1. 作品的文体赏析

在培根的作品中，三部结构或三项排比的使用是非常普遍的修辞手段。排比是把结构相同或相似、意义相关、语气一致的几个词组或句子并列使用。排比的次序一般由轻到重，由低潮到高潮。排比使语言简洁明了，结构精致对称，形成视觉上的匀称美。从文体功能方面来说，排比便于表达强烈的感情，突出所强调的内容，同时能够增强语言的气势。培根的《论读书》中的大多数排比句中同时又使用了省略手段，二者结合应用使句子更加简洁，信息重点更加突出。以下选取的篇章可体现这点。

例1. Some books are to be tasted，others to be swallowed，and some few to be chewed and digested；that is，some books are to be read only in parts.

例2. Histories make men wise；poets witty；the mathematics subtile；natural philosophy deep；moral grave；logic and rhetoric able to contend. Abeunt studia in morse.

修辞手段的综合运用使语言简洁易懂，气势充沛，重点突出，论述深刻，也是作者表达思想不可多得的重要载体。因此，在欣赏文学作品时，分析其文体时不应忽视语言节奏产生的效果。

《论读书》开篇第一句向我们展示了读书的种种作用：读书可以怡情，可以摭拾文采，可以增长才干（Studies serve for delight，for ornament，and for ability）。

2.《论读书》对学习方法的启示

培根的《论读书》体现了“知行合一”的学习方法 。这与我国古代社会的治学方法相近。宋代理学主张的“先知后行”，将知行分开，以为必先知然后能行，形成了重知轻行、“徒悬空口讲说”的学风，为纠正这种不良之风，哲学家王守仁首创“知行合一说”，指出人的意识的学习与自身实践是分不开的。“知中有行，行中有知”，二者相辅相成。培根在谈论学习相关问题的时候，同样提倡“知行合一”的方法。阅读本身就是一种获取知识的活动，或者说是意识学习的活动，是“知行合一”中“知”的范畴；而“怡情、摭拾文采、长才”则是读书所引发的在人身体行动的表现，是“知行合一”中“行”的范畴。

论及人们对待学问的态度时，培根指出“多诈的人藐视学问，愚鲁的人羡慕学问，聪明的人运用学问；因为学问的本身并不教人运用技艺，不要为了辩驳而读书，更不要为了信仰与盲从，也不要为了言谈与议论。”在对待学习的态度方面，培根特别强调“学以致用”，学习的目的就是使学到的意识思想在实践中表现出来，达到“知行合一”的目的。当今社会上出现的一些高学历的人“有知识没文化”，这本身也是一种“知行分离”的现象，也许这部分人意识已具备较高的素养了，但在日常行动方面，则较欠缺，即所谓“知识的巨人，行动的矮子”。

弗朗西斯·培根谈到读书方法时，指出“书有可浅尝者，有可吞食者，少数则须咀嚼消化。”这种吃法看似将“知行”分离开，其实只是把“知”隐藏起来了。哪些书浅尝即可，哪些书需要吞下，还有哪些书要咀嚼消化；这就需要根据我们大脑中储存的知识，或者已有的经验来判断。而这些脑子里所储存的知识及现有的经验就是所隐藏的“知”的范畴。在现实生活中，一些人会出现盲目读书的情况，这也是一种“知行分离”的表现。

谈到“学问造就气质”这个话题时，弗兰西斯写到“读史使人明智，读诗使人灵秀，数学使人周密，科学使人深刻；伦理学使人庄重；逻辑修辞之学使人善辩。”（Histories make men wise；poets witty；the mathematics subtile；natural philosophy deep；moral grave；logic and rhetoric able to contend.）这里主要讲的是学习内容的不同对人格的影响，也就是“知”对“行”的影响。正是因为“知”可以对“行”产生影响，所以可以利用“知”来补救“行”，针对自己的人格缺陷，学习不同的知识。“如果一个人心志不专，他最好研究数学。如果他的精神不善于辨别异同，那么他最好研究经院学派的著作；如果他不善于推此及彼，旁征博引，他最好研究律师们的案卷。”这是“知行合一”学习方法最重要的体现，知中有行，行中有知。

第五章　17世纪英国文学及作品研究

英国文学在不同时期都有其特点，这些特点在文学作品中都有着充分的体现。英国文学从14世纪后半叶就达到了高峰，在16世纪新航路发现后，英国经济、国力进一步增强，民族主义高涨，文化上也出现了又一个活跃期，各类文学活动频繁。大学里恢复了古希腊语的教学，并出现了规模宏大的翻译活动，教育家、政治家、历史学家、哲学家、宗教人士纷纷从事著述，诗歌等文学创作空前活跃。

一、17世纪文学创作背景研究

在17世纪初，由于英国国内政治经济矛盾的加深，人心动荡，英国文学受到一定影响，很多文学作品围绕政治与宗教问题的论争进行论述，特别是在17世纪40年代革命爆发后，文学作品以反映现实的政论文居多，从而形成17世纪英国文学独特的特点。17世纪的欧洲大陆处于资产阶级与封建贵族继续斗争并取得相对平衡的阶段。1603年，伊丽莎白女王去世后，英国政局动荡，国王与议会矛盾日趋激烈，并在1649年爆发了资产阶级革命，将国王查理一世送上了断头台，废除了君主制，建立了共和国，克伦威尔成了护国公。他去世后，王党分子利用军队内讧，于1660年迎回查理二世，复辟了斯图亚特王朝。在当时，任共和国政府拉丁秘书的约翰·弥尔顿（John Milton，1608—1674）积极投入资产阶级革命，撰写了很多捍卫共和国的文章。他在双目失明的情况下，完成了诗剧《力士参孙》和长诗《失乐园》（*Paradise Lost*）、《复乐园》（*Paradise Regained*）。这些作品文体雄伟庄严，悲怆壮烈，不仅反映了王政复辟后弥尔顿内心的痛苦，也反映了他对资产阶级革命始终不渝的态度。1688年，英国确立了君主立宪制，从此成为世界强国，文艺复兴时期的动荡纷争过去了，代之以相对统一安定的生活，人心思定，遵循理性与秩序的思想占了上风，从而形成了新的历史文化氛围。凭着雄厚的经济实力和稳定的政治局面，英国建立了富丽堂皇的王宫，成为贵族瞩目的中心。宫廷的时尚和趣味加之新的文化氛围，直接影响了英国文学的发展。

1. 17世纪英国文学发展特点

思想内容的时代性：英国文学在17世纪的突出特征就是受到王权的直接干预，在政治思想上主张国家统一，反对封建割据，歌颂英明的国王，把文学和现实政治结合得非常紧密。文学作品大多描写主人公的情感与家族责任或国家义务的冲突，表现了情感服从责任、个人服从义务的主题。不少作品直接歌颂国王贤明，或者由国王充当矛盾的裁决者和调停人。对于不利于社会稳定的非法活动应加以犀利抨击，表现出拥护中央王权的强烈政治倾向性。17世纪英国资产阶级革命在宗教的外衣下进行，斗争主要在保王的国教与革命的清教之间展开，因而17世纪的英国文学以体现清教徒思想的作品最为出色，并产生了清教徒文学。以约翰·弥尔顿和约翰·班扬为代表的清教徒反对国教铺张豪华的宗教仪式和贵族奢侈淫靡的生活方式，主张教会纯洁，清除国教中天主教的影响，敌视戏剧娱乐活动，提倡勤俭节约，以利资本积累。同时其还宣扬理性，要求克制个人情欲，即要以理性去处理个人与国家利益、家庭义务和荣誉观念的矛盾，

艺术形式的多样性：英国文学发展到17世纪，无论是形式还是题材都逐渐趋于多样化，作家们在诗歌和散文上效仿古代作家加以应用。当时的悲剧和喜剧已经与以往的悲剧和喜剧有很大的不同，他们已经具备现代喜剧的基本形式，有一定的幕数，适宜于在一定的时间内演出。喜剧冲突十分尖锐，心理刻画非常细腻，达到了悲剧和喜剧的新高峰。此外，文学作品更趋于语言的准确、精练、华丽、典雅，表现出较多的宫廷趣味。不同形式的悲剧不仅表现庄重、典雅的风格，还表现出雄健、柔情的特点。诗体同典雅关系密切，因为诗歌语言精练，而且出于押韵的需要，表达较之散文委婉曲折，且诗体悲剧比散文悲剧的情调高雅。诗剧往往是完美的艺术品，不仅精练，还表达优美，有的诗歌语言具有雄辩遒劲的阳刚之美，代表了作者崇高的写作风格，也有的诗歌具有柔情、细腻动人之美。

文学作品的哲理性：文学与哲学的紧密结合成为17世纪英国文学呈现的另一大特点。英国的17世纪是其历史上最具影响力、最动荡不安的一个时期，许多文学作品都与当时的哲学和社会的变革有着密切联系，各种哲学思想对文学家及其作品影响巨大。同时，文学对哲学的发展也起到了巨大的推动作用。许多伟大的哲学家往往成为世人所瞩目的文学家，其文学作品充满深刻的哲理性。尤其在培根时代，虽然科学领域已得到了快速的发展，但传统的旧哲学对科学的发展未起到任何推动作用。虽然培根是一位哲学家，但他十分重视自然科学。他把自然科学局限于能感觉到的具体事物，认为可以通过对它们的归纳总结来进行理性的认知，并且认为自然科学关系到哲学最基本的东西。培根对现有的科学分支进行了分类，指出诗歌源于想象，哲学源于理性。事实上，培根的文章言简意赅，文字畅酣淋漓，逻辑严密，哲理性很强。此外，他还用拉丁文创作了许多优秀的散文。虽然文章中的修辞不

多，但运用得准确、恰当、生动、形象。除此以外，约翰·克和托马斯·霍布斯也是倍受瞩目的两位17世纪英国哲学家。他们创造了大量的哲学和文学作品。语言朴实、自然，观点明确，且充满哲理性。综上，英国的哲学家们通过他们犀利的笔锋创作了大量的论文，形成17世纪英国哲学与文学的交相辉映、相互促进的局面，因此，也有人把17世纪誉为英国文学的哲学革命时代。

17世纪英国文学在纷繁复杂的社会背景下产生了不同类型文学作品，形成了艺术形式多样化的发展景象。哲学与文学的结合使哲学与文学互相促进，产生了一批哲学与文学相结合的划时代著作。在诗歌中出现了玄学派诗诗歌，或抒情、或叙事、或讽刺、或探讨哲理，都反映出了当时社会变化，体现了鲜明的时代性。

二、约翰·弥尔顿及其作品《失乐园》研究

1.环境因素对弥尔顿创作《失乐园》的影响

约翰·弥尔顿是17世纪英国著名的诗人、思想家、政治家和政论家，也是欧洲17世纪进步文化的基石。其著作《失乐园》家喻户晓。弥尔顿从小受人文主义的教育，反对封建礼教，反对不彻底的英国宗教改革，同时他又宣扬自由、平等、博爱，鼓吹弑君无罪论，被称为启蒙思想的先驱者。他的文学成就主要体现在三个阶段：早期的诗韵散文、中期的散文以及晚年的史诗。《失乐园》在英国文学史不仅具有极大的影响力，同时也颇具争议。

《失乐园》是一篇无韵体史诗，分为12卷。诗中的故事源自《圣经·旧约》，主要包括了下述几方面内容：上帝创造世界；撒旦与众天使对上帝的反叛；撒旦与众天使战败后，被逐出天堂；上帝创造了亚当、夏娃；被放逐到地狱的众天使谋划对上帝的抗争；撒旦引诱夏娃；亚当、夏娃被迫离开伊甸园。

《失乐园》的主题是“人类的堕落”，因为人类反抗上帝，他们失去了天堂这样一个乐土，而究其原因是撒旦。虽然《失乐园》是以具有神圣性质的宗教为基调，但其内容可以折射出弥尔顿的一些个人生活经历。

（1）弥尔顿父母对他的影响——体现了《失乐园》中作者的人生观。弥尔顿的启蒙老师是他的父亲。从父亲那里他继承了对艺术、音乐及文学的热爱。诗中通过对在天堂里的亚当和夏娃偷吃禁果的描写，体现了作者求知若渴的特点，“渊博的学识得来不易”。“优雅犹胜于美貌，而智慧则是永恒公平的”。

（2）弥尔顿的欧洲旅行——形成《失乐园》中作者的科学观。17世纪30年代，弥尔顿到法国和意大利旅游，拜访了巴黎的法学家、神学家雨果和佛罗伦萨的天文学家伽利略。在《失乐园》中，有一段亚当就天体转动问题提出疑问的描写，反映出伽利略思想对弥尔顿的影响：

弥尔顿在欧洲的游历同样也为他对伊甸园的风景描写提供了丰富的素材："花朵、果实一片片黄橙橙金灿灿，夹杂在彩釉般五光十色中显身"；我们可以看到引文对景色的描绘栩栩如生，仿佛我们都能够通过想象嗅到伊甸园里的花香，尝到那些甜美的果实一样。

弥尔顿的旅行确实使他大大增长了见识。1590年以后，资产阶级与君主专制的拥护者，即新旧政体之间由于不可调和矛盾而展开了激烈的殊死争斗。作为大众利益的坚定拥护者之一，弥尔顿在《失乐园》里通过塑造撒旦这一形象宣泄对革命者即资产阶级的感情，表达自己的政治观。在《失乐园》中，撒旦以彻底的革命者形象出现。诗作的前几卷集中凸显了撒旦的大无畏精神，对革命者的积极评价和热情歌颂：《失乐园》里的撒旦与参加英国革命的革命者有一些相同点，这些相同点得到了弥尔顿的高度赞扬。"在天堂里，撒旦领导了一场反对上帝的斗争。斗争失败后，他和参与斗争的众天使都被打入地狱。然而，撒旦不肯接受他的失败，他认为'未曾失败'，并且发誓要复仇。"而资产阶级同样也焕发出为寻求自由而斗争的精神及顽强的意志。他们都宁愿站着死，不愿跪着生；他们也都把这样的失利看作是荣耀。撒旦在即将被投入大火之前说："战场失利算什么？还没有全丧失；不可征服的意志……那降服的荣誉，他发火或动武都休想从我身上巧取豪夺……"撒旦的性格特征包括了他的大无畏精神、不屈的信念及不可战胜的意志力，体现出作者借撒旦来颂扬当时的资产阶级革命精神。

资产阶级在斗争刚刚取得胜利时，革命阵营就一分为二。有一段时期，他们甚至忘记了英王的统治曾经带给人民的苦痛。弥尔顿认为人民的需求被忽视了："这么多善良忠诚的人，他们愿意为了自己国家的自由而献身，难道他们能因为愚蠢的妥协而如此地遭人轻视、被人遗忘，而使正义得不到伸张吗？"撒旦的软弱在第十章也是显而易见的，他从一位领导革命家的形象变成了一只丑陋而令人讨厌的蛇；从一个无畏的、敢于挑战上帝权力的反叛者变成了一个只敢报复伤害亚当和夏娃两个无辜的人的懦夫，而不是直接与上帝战斗。

清教徒教义与天主教的教义不同，"清教徒反对旧教会把大量钱财浪费在购买长袍、蜡烛及筹办盛大的游行活动"。清教徒谴责世俗的享乐，认为其有害，主张"克勤、克俭和勤奋不停地工作"。弥尔顿是一个虔诚的清教徒，所以这首诗描写的几个方面都引用了圣经和古典典故，内容选自《圣经·旧约》。诗作的主要情节是撒旦的反抗，以及他诱惑亚当和夏娃偷吃知识果树果实。基督教文化的印记在《失乐园》中随处可见。天使的形象，从弥尔顿对上帝、上帝的儿子（耶稣基督）和天使的描述可以看出一些被强调的宗教因素。弥尔顿认为，真正的天使应该是无欲无求的。每一个天使都有相似的相貌和类似的想法。而这些天使的形象正符合清教徒禁欲主义的要求。

2. 约翰·弥尔顿《失乐园》中撒旦形象分析

弥尔顿在英国文学史上是一位具有重要地位的作家。他在新旧思想的搏斗中，在困苦艰难中写出诗作《失乐园》。整部著作长达万行，分12卷。作者从作品思想内容出发，赋予圣经这个古老的故事以新的内容。艺术再现了英国资产阶级革命的进程。同时，弥尔顿通过对主宰宇宙的上帝、魔鬼撒旦和人类始祖亚当、夏娃等不同人物的塑造以及对他们的褒贬，体现了诗人创造史诗的寓意。

关于《失乐园》的争论长期都集中在对于撒旦这一人物的看法上。因此，对于撒旦这个人物的正确理解是欣赏弥尔顿《失乐园》的关键。

一直以来人们从不同的角度对撒旦的艺术形象进行阐释，认为撒旦是一个非常复杂的人物形象，关于撒旦的形象研究“撒旦主义派”“正统派”和“调和派”。他们有的研究撒旦形象的革命性，有的研究撒旦形象的宗教性。

（1）撒旦是魔鬼的化身，教唆人类堕落的元凶。在诗中撒旦是神的对立者，他嫉妒神子在天上的地位，要求凌驾于一切法律和权利之上，享受绝对自由，于是率同叛逆的天使反抗上帝，战败被打入地狱之后仍设计报复。当他意识到自己不是上帝的对手后，转而偷入上帝创造的伊甸园百般引诱亚当、夏娃违背神的旨意，偷食禁果使其开始沉沦，把人类作为报复的工具。阴谋得逞之后得意而去，留下灾难和痛苦让人类的先祖独自承受，他为了自私的目的毁灭他人。在弥尔顿看来，谁侵犯了他人的自由，那个人便首先失去自由，变成一个奴隶。撒旦正是这样的人，因此他将是自己罪恶的奴隶，必定要坠入罪恶的深渊。

从这个意义上说，撒旦的失败与堕落体现的不是上帝的万能，而是弥尔顿的思想，撒旦还是“罪”和“死”的根源。他从头部生下女儿“罪”，然后与之乱伦生下儿子“死”。“罪”和“死”又交媾生下一大堆怪物。“罪”和“死”来到人间给人类带来各种各样的痛苦。

（2）撒旦身上也体现了其英雄气概和崇尚美的特点。撒旦能得到众多学者的赞叹，得益于这个形象体现了意志的自由。无论后来撒旦变得多么的渺小和可憎，也不论他的内心多么的痛苦和悔恨，在他身上体现出来的永不屈服的自由意志不曾改变过。撒旦不是泛泛之辈。他仪态威武，声音宏亮，意志坚定，勇于冒险，富有谋略，在地狱发表演说时，整个地狱都想起回声。他身穿金甲，佩戴利剑，背负巨盾，手持长矛，身材魁梧硕大，有帝王般的威严，能够上天入地，潜身变形，他在统帅叛军向全能的上帝挑战失败之后，陷入地狱之中，依然保持他的王者之风，高呼自己有着不挠的意志，热切的报复心，永不屈服和永不退让的勇气，并非什么都失去，声称自己宁愿在地狱为王，也不愿在天上称臣。这正体现了撒旦是一位深陷逆境，为自由而战的英雄。

（3）诗中体现了撒旦是人兽的综合体。撒旦一直被认为是黑暗之源，罪恶之父。但“成者为王，败者为寇”的黄金法则束缚着人们对撒旦形象的全方位剖析。虽然撒旦身上有着邪恶的因素，但是在他的思想里面仍然有一些可取之处。从这个角度来讲，撒旦是神人鬼兽的综合体。他拥有神的智慧与坚强意志，人类的情感与愤怒，魔鬼的狡诈及野兽的欲望。正是由于这四种因素组合的不平衡性，使他扭曲了意志成为魔鬼。

撒旦在被打入地狱以后，天使的光芒虽然被削减了，但他仍比众天使光亮得多，仍保有身为君主的威严。他的脸留有战斗的痕迹，眉宇之间仍透露着不屈不挠的神色。带着天使的余晖，他号令群魔：

> “胜利者的狂暴，都不能叫我改变初衷，虽然外表的光彩改变了，但坚定的心志和岸然的骄矜，决不改变……”

帝王般的形象和振奋人心的语言，分明使我们看到了一个伟岸的、崇高的神性灵魂，而并非一个单纯的魔鬼。当撒旦还没有背叛的时候，这个天国中高级别的天使也像其他天使一样，每天都向上帝献上清晨的赞礼，不断欢呼开辟天国的丰功伟绩，高唱赞歌。但是撒旦逐渐看出了这些举动后面隐藏的虚伪，并厌恶了这种伪善的行为。他认为由此保持的高贵地位玷污了神的真诚，纵使在天国中享有永恒的生命和显赫、安逸的生活，那也是一种无聊的永恒和不自由的奴隶的生活。于是，其内心萌动发起罪恶念头，要“升到高云之上”“和至高者平等”，最终发展为叛逆意志，决心向上帝挑战。从一定意义上说，撒旦的这种叛逆意志才是神性的终极体现。

撒旦充分运用其聪颖的头脑成功说服管理地域大门的堕落女神，是她取出不详的钥匙，人间万祸的媒介；将巨大的格子吊闸高高地拔起来，那吊闸坚固、沉重，除了她，即使用全地狱天使的力量也拔不动。他集智慧与勇敢为一身，在第二卷中，面对奇丑的可怕怪物的恫吓时，毫不惧怕，毅然反抗。同时，撒旦做事具有计划性，他把每一个生物都详细调查过，发现蛇是野地里的生物中最灵巧狡猾的。他经过深思熟虑，决定选择蛇，为最合适的工具。可见，成功诱使夏娃食禁果的过程体现了撒旦的缜密谋略。撒旦凭借自己的号召力登上首领的宝座，并且不断地学习经验。在与天军战斗失败后，他分析了战况，认为战败的原因在于武器，于是改进了武器装备。

他主动承担任务，出去破坏人类世界、成功诱惑人类始祖后，回到地狱。他以天军最低级士兵的姿态，隐蔽地从众人中间走过去，从地狱的大殿门口进到里面，悄悄地登上他的高座，放射着帝王的光环。

在“天上大年”（据说诸天每三万六千年有一次大循环，回到原点的那一年叫天上大年）的一天里，上帝命令所有的天使来他的住处，当天使们簇拥在上帝周围排成广大无比的圆圈时，他们发现上帝怀里抱着个孩子。上帝宣布他的独子诞生，并在这圣山上受膏就位。这件事情激怒了撒旦。他厌倦了永远卑躬屈漆地侍奉上帝，憎恶这种不平等的天界的等级制度。《失乐园》第五卷记载撒旦对众天使发表演讲，提倡平等自由，反对上帝的神权统治。他的高论中有这样一段话："如果我没错认你们，你们必也自知都是天上的子民，本来不从属于谁，即使不完全自由，却都自由，平等地自由；因为地位和等级，跟自由不相矛盾，可以和谐地共存。那么，论理性或正义，谁能对平等的同辈冒称帝王而君临？论权力和光荣，虽有所不同，但论自由，却都是平等的。我们本来没有法律，也不犯罪，怎能拿法律和救令压在我们头上？"

可以说，这是撒旦为自由平等取得的最有力的呐喊，后来他凭实力登上高位，独立承担了一个艰险的探索，将自由意志推向顶峰。

撒旦这个形象十分雄伟，在凶险的地域背景衬托下，他的战斗决心表现的更鲜明。撒旦具有崇高美的叛逆者形象，他不愿做奴仆，不向上帝折腰，只要自己做神的颇具叛逆精神的形象。他有勇有谋，桀骜不逊，在战败被打入地狱之后，依然能有着不屈不挠的勇气，堪称革命家和野心家。

撒旦深谙运用心理战术的方法。他激愤人心的演讲召唤了三分之一的天使反抗上帝，寻求自由。同时，由于他掌握了夏娃的心理，使她相信蛇正是由于吃了禁果才变得聪慧理智的。他利用夏娃渴望智慧与理性的心理成功地促使自己这次诱骗行动圆满完成。

撒旦的形象可以看到一个个人主义者的面貌，他认为自己个人是"衡量万物的标准"，是整个宇宙的中心。面对上帝的权力，他会失去理智的反抗，不惜令其追随者付出鲜血、惨痛。为了成为天地的统领，他诱使纯洁的人类始祖走向罪恶。撒旦的好战、无止境地追求个人主义性格在《失乐园》中充分体现。

在诗歌中，撒旦首先被描述成为一位与上帝为敌的反叛者。撒旦意识到，上帝把他置于高位并非出于善意和仁慈，而是出于自私的目的，向撒旦索取永恒的谢意和服从，这种自尊和不公平导致了撒旦的第一次反叛，也促成了后来的再次反叛，即使在失败后明知向上帝乞求怜悯就可以求得解脱也拒绝臣服，继续抗争。所以在撒旦看来，他反上帝是为了追求自由，争取平等。然而，揭竿而起的撒旦并未能如愿，他被上帝打入地狱。面对着失败后的惨象，撒旦毫不在意，他说：

> "行善不是我们的任务，作恶才是我们唯一的乐事，这样才算是反抗我们敌对者的高强意志。如果他想要从我们的恶中寻找善的话，我们的事业就得颠倒目标，就要寻求从善到恶的途径。如果我不失算，定会屡次奏效，使他烦恼，搅乱他极密的计划，使他们对不准所预定的目标。"

他首先破坏宇宙的中心，后来的人类也是由于他的诱导，失去了乐园。这集中体现在他失败后引诱人类的图谋上，在伊甸园中先化作蟾蜍给夏娃托梦，被天使识破后又潜身蛇体，凭那巧妙地言语成功地引诱了夏娃，使人类失去了乐园，同时也使自己真身难复，变成了蛇。虽然撒旦经历了由反抗者到引诱者的转变，但是其主要性格仍是反抗，他反抗上帝的独断专行，争取自由平等，即使是作为引诱者在某种程度上也是对上帝的反抗。

作为地狱之王，撒旦并不是正义的化身，而是邪恶和受惩罚的代表。同时，在他身上也充斥着渺小、猥琐的因素。《失乐园》记录了撒旦从一个敢于向万能上帝挑战的叛逆英雄堕落为一个不敢直接向上帝复仇而去伤害两个从未得罪过他，而且永远不会也不能加害于他的弱小生灵的懦夫，但可以暂时避开当场被逮的难堪、恐惧。

撒旦经历了战争失败，在总结经验教训后认识到战争的失败源于武器，所以应该发明一种厉害的武器。随后，他得意地宣称他发明了一种“长圆中空”的机械武器（实际是后世人间所用的大炮）。但后来这种武器也被制服，那是一场毁灭性的战争，同伴们被压在山下，盔甲破裂并插进他们的体内，痛楚难忍。继而撒旦诱惑亚当、夏娃，最终受到惩罚，化为蛇身，终日啃噬尘土。

可以说，撒旦在不断的受挫过程中蜕变为一个被异化者的形象。他一直进行着战斗，从未停止过反抗。这巨大的压力以及自我的丧失扭曲了他的心理及性格，最终使之被异化。

3. 撒旦形象的时代意义

王朝复辟后，弥尔顿双目失明，但仍坚持创作。弥尔顿通过对圣经故事的改编反映了其在王政复辟后内心的痛苦以及对资产阶级矢志不渝的态度。长诗通篇贯穿了弥尔顿高昂的革命激情和对英国资产阶级革命的反思。

撒旦对上帝的反抗，展示了资产阶级反对封建专制统治的革命精神和英雄气概，而撒旦失去天国的乐园和亚当、夏娃失去人间的乐园则寓意着资产阶级的失败和封建势力的复辟。

撒旦是弥尔顿精心塑造的一个坚强不屈，反抗权威的资产阶级革命者形象，也是《失乐园》中最具有争议的人物形象。颇具人性色彩的撒旦性格又表现出很强的双重性。撒旦敢于反抗、坚决斗争的意志体现了资产阶级革命家的风范。同时，撒旦内心的自傲、狡诈又暗示了资产阶级失败的原因：英国资产阶级革命出于道德堕落、骄奢淫逸而惨遭失败。纵观撒旦反叛的整个过程，我们可以体会到资产阶级革命运动的发展与失败。

撒旦在《失乐园》中扮演了个人主义者的角色，这反映了资产阶级个性崇拜，盲目地追求自我的思想受到了弥尔顿的批判。撒旦不向强大势力屈服的自由意志在革命者弥尔顿身上产生了共鸣。

弥尔顿所处的“宗教战争”时期，随着欧洲资产阶级兴起，自然科学迅速发展，17世纪中叶以后，宗教宽容思想开始形成。弥尔顿现实生活的工作提倡宗教自由，正是撒旦反对上帝的权势所作的工作。弥尔顿继承了16世纪的人文主义思想，他肯定人生，但否定无限制的享乐。这也反映了弥尔顿的清教思想。

撒旦形象之于今天，仍然具有重大的现实意义。撒旦的性格特征体现在我们每一个人身上。正如撒旦，每个人身上都存在着善和恶两个因素。其实，用来诱惑我们的是苹果，而玷污我们灵魂的是罪恶。因而，撒旦的堕落警醒了人类：人类应该发挥正义的力量，而不应该让身体里的善恶失衡，沦为魔鬼。撒旦身上所体现的人性特点折射出来了人性思考。人类不幸的根源由于理性不强，意志薄弱，经不起外界的影响和引诱，因而感情冲动，走错道路，丧失了乐园。

从审美的角度来说，撒旦的存在是必要的。世界万物都是以对立统一的形式存在的。正因为撒旦是罪恶和魔鬼的代表，是与光明力量相对的邪恶黑暗之源，才会激励了基督教圣徒不懈地奋斗。可以说，撒旦的存在成为西方文化的触发点，这个点式黑暗之源，成为多姿多彩的整个宗教画卷的基色。富有智慧的上帝的旨意如此：有的人要吹笛，有的人要哭泣。而撒旦就是个吹低音的人，他吹奏出了诱惑人类始祖的堕落之音。虽然他代表着邪恶之声，但这个低音却是整个音乐的基础。音乐家在校准乐器的音调时，第一次拨动的总是低音琴弦。上帝在使一个人的灵魂跟他和调时，也是首先拨动这条琴弦。

三、17世纪“玄学派”诗歌研究

玄学派诗人（The Metaphysical Poets）是指英国17世纪以约翰·多恩为首的一派诗人，包括赫伯特、马韦尔、克拉肖、亨利·金、克利夫兰、特勒贺恩、沃恩、考利、凯利、拉夫莱斯等。玄学派诗人并不是一个有组织的文学团体，只有在诗歌风格上有共同点。用“玄学派”这名词的是17世纪英国诗人、批评家德莱顿，他指出多恩这一派诗人太学究气，他们用哲学辩论和说理的方式写抒情诗，用词怪僻晦涩，韵律不流畅。18世纪英国批评家约翰逊进一步分析了这一派的特点，指出“玄学派诗人都是学者”，他们的“才趣”在诗歌中的表现是“把截然不同的意象结合在一起，从外表绝不相似的事物中发现隐藏着的相似点”“把最不伦不类的思想概念勉强地束缚在一起”，即所谓“奇想”。

18世纪古典主义诗人重视规范，19世纪浪漫派诗人强调自然，他们都不重视玄学派诗歌。20世纪初英国学者格里尔逊先后编选了《多恩诗集》（1912）和《十七世纪玄学派抒情诗和诗歌》（1921），引起了强烈反响。美裔英国诗人、批评家艾略特广为传布，并指出玄学派诗人是“把思想和情感统一起来”，是“统一的感受性”的典范。英美文学评论界对玄学派的兴趣迄今未衰，大多对玄学派诗歌持肯定态度。他们之间有意见分歧，但基本态度是肯定的。

玄学派诗歌主要有爱情诗、宗教诗、挽歌、诗简、讽刺诗、冥想诗等。爱情诗用说理辩论的方式，从科学、哲学、神学中摄取意象，反映出对流行于文艺复兴时期的彼特拉克式的“甜蜜的”抒情诗的不满。宗教诗和其他诗歌则多写信仰上的苦闷、疑虑、探索与和解。玄学派诗歌反映了17世纪初斯图亚特王朝日趋反动和旧教重新抬头的情况下人文主义传统中肯定生活、歌颂爱情、个性解放的思想遇到的危机。玄学派诗歌的情绪较符合第一次世界大战后普遍存在的怀疑气氛，符合对维多利亚和爱德华两朝的温情和庸俗道德观念的不满情绪，也符合作家追求新的生活体验和表现方式的要求，因而风行。

玄学派诗人具有强烈的叛逆精神，他们试图从伊丽莎白时期传统的爱情诗歌中分离出去。诗人的措辞采用简洁的白描法，大大区别于伊丽莎白时期或新古典主义时期的诗歌风格，并反映了普通语言和强弱自然的节奏。诗中的意象都是从现实的生活中提取。诗歌的形式经常都是以作者同爱人、同上帝、甚或同自己进行争论的方法存在的。由于品味的不同，邓恩及其后继者们的作品在18世纪与19世纪初期备受冷落，然而到了19世纪晚期及20世纪初期，越来越多的人开始青睐于邓恩等玄学派诗人的作品。这种对邓恩的重新承认是由于人们认识到了他们创艺术的严肃性，并对他们的叛逆精神、现实主义以及他们与现代人思想品味的相似非常感兴趣，同时还由于邓恩等玄学派诗人创作了绝妙的作品。T.S.艾略特，约翰·兰塞姆与埃伦·泰特都是深受玄学派影响的现代诗人典例。

1. 约翰·邓恩及其十四行圣诗研究

约翰·邓恩是“玄学派”的代表人物。他的诗歌给人一种固有的戏剧性，展示了看上去零散多样的经历与观念，以及漫无边际的情感与心境。他的诗歌形式是动态的，语言别致精巧，意象栩栩如生，韵律生动活泼，与其他单纯静谧，乐感十足而平淡无奇的伊丽莎白时代爱情诗相比大相径庭。邓恩诗作最显著的特点是那强烈的现实主义气息，也就是说诗歌多反映的是现实的世界。

邓恩的诗歌与他的前辈及和他同时期的诗人的诗歌有很大的不同，伊丽莎白时期的大部分诗歌辞藻华丽、韵律优美、意象和谐，而邓恩的诗歌在语言上经常采用口语体，用词怪僻，韵律不流畅，尤其是运用大量的“奇喻”使得邓恩的诗歌别具一格，充满了哲学辩论与说理，同时却也晦涩难懂。邓恩是英国历史上诗人中引用科学意象最多也是最成功的诗人，上至天体、星球、流星，下至花草、动物（包括跳蚤、飞蛾等）、几何学中的圆规都可以入诗，且运用得恰到好处，颇具新意。邓恩诗歌中的三个最为典型的“奇喻”的意象，即圆规、跳蚤、太阳进行分析，剖析他的玄学诗中奇喻的深邃的哲学意味。

（1）“圆规”的哲学内涵。在邓恩赠给妻子的诗《别离辞——节哀》中，他使用“圆规”来表达恋人之间的坚贞的爱情，从而使该意象成为玄学派诗人最著名的“奇思妙喻”。用圆规的双脚来比喻一对永不分离的情人，这对于一贯以鸳鸯、蝴蝶、孔雀等动物意象来歌颂爱情的中国文学来说，无疑是十分新奇而大胆的，同时也表明邓恩对圆规本质的理解。

邓恩将恋人们比作圆规中的两条腿，这看似在生活中毫不关联的两个事物，在邓恩富有哲理的揭示和对比中显露出更深层次的相似之处。这种全新大胆的比喻超越了所有陈腐过时的意象，其想象力更为强烈，构成了一种建立在惊讶之上的诗歌张力。邓恩在诗中写道：

就还算两个吧，两个却这样，
和一副两脚圆规情况相同；
你的灵魂是定脚，并不移动，另一脚一移，它也动。
虽然它一直是坐在中心，
可是另一个去天涯海角，
它就侧了身，倾听八垠；
那一个一回家，它马上挺腰。
你对我就会这样子，我一生，
像是另外那一脚，得侧身打转；
你坚定，我的圆圈才会准，
我才会终结在开始的地点。

邓恩将恋人中的女方比作圆规的圆心脚，“这只脚虽然在中心坐定”，将男方比作围绕圆心转动的圆周脚，后者始终倾斜着身子围绕前者持续“转圈”。“你坚定，我的圆圈才会准。”这表明爱情的持久需要男女双方共同的努力，女方对爱情坚贞不渝，男方也同样矢志不渝地爱着对方，即使他们将会分离，他们的爱情也会像“圆规”的两只脚，始终紧紧铆在一起，所以他们不必为离别而忧伤。

邓恩采用的“圆规”意象，虽然表面看起来奇谲诡异，不合常理，本质上却极为符合自然辩证法的规律。让读者觉得“玄”，正是邓恩想要达到的目的，因为他厌恶当时流行的词语华而不实的浮躁诗风，而他的感情也不是能够用通常的华丽诗体所能表达出来的，因此他选择了走一条迥异于常人的创新之路，给文艺复兴时期的英国诗坛刮来一股清新的诗风。

邓恩采用的“圆规”意象并不是凭空捏造，而是扎根于文艺复兴的博大精深之中的。在文艺复兴时期，人们普遍认为万事万物都是普遍联系，而且共处于一个矛盾统一体之中，正是由于矛盾统一的双方相互作用、相互影响，世界才得以永恒发展。所以邓恩将“圆规”比作男女之间的爱情，这种比喻堪称妙极，正如中国古诗中的“两情若是长久时，又岂在朝朝暮暮”。爱情若要地久天长，须得男女双方相互理解，心心相印，不离不弃，而圆规的圆心脚和圆周脚也恰恰是矛盾统一体中不可分离的两个方面，倘有一方离去，圆规也就不成其为圆规，这个矛盾统一体就会分崩离析，试想一下一个只有圆心或圆周脚的圆规如何去画出一个完美的圆。同样道理，男女双方只有共同维护彼此的爱情这一矛盾的统一体的稳定，才能将爱情演绎得完美和永恒。

邓恩认为世俗的生活是用“圆规”逐步画出的一个从点到点的圆，从一开始就是一个周而复始的完美无缺的圆。人的一生总会经历生离死别，从出生、离别到死亡以及来世的轮回，这是一个完完整整、生生不息的圆，是一个由“圆规”画出的所有人类的矛盾的统一体。在邓恩的笔下，“圆规”的奇喻意象不仅仅纯粹地象征人类的坚贞的爱情，也同样昭示了人类生命的周而复始及高尚精神的生生不息。

（2）“跳蚤”的哲学内涵。在传统的中国人的审美观中，用以赞颂美好事物的东西本身也应该是完美的。因此，中国诗人常用皎洁的圆月来象征团圆和美满，表达明月千里寄相思的思念之情，如在苏轼传诵千古的佳作《水调歌头·明月几时有》中：“但愿人长久，千里共婵娟”。歌颂爱情时，人们又会赋予鸟儿的人的灵性，如“在天愿为比翼鸟，在地愿作连理枝”，鸟儿的坚贞，树枝的缠绵仿佛是最好的爱情宣言，更不用说那让人心泣不已的“孔雀东南飞，五里一徘徊”的凄婉爱情了，似乎这样的比喻才是实实在在而又合情合理的。相比之下，邓恩对于爱情与婚姻的另一奇喻“跳蚤”则显得那么突兀，那么让人难以接受。谁也无法将让人见人厌的“吸血跳蚤”与人类视之神圣不可侵犯的爱情及婚姻联系在一起，这又是邓恩再一次将矛盾的统一的原理运用在他大胆而又合理的奇喻中。《跳蚤》一诗这样写道：

看这个小跳蚤，
你就明白你对我的否定是多么渺小。
它先吮吸我的血液，然后是你，
我们的血液在它体内融合在一起；
你知道这不能向人提及，
这种罪恶和耻辱足以令少女失掉首级，
然而它在求爱前尽情享乐。
身体因两种血液组成的血液而膨胀，
这远比我们要做的勇敢无数。
请停手，赦免这个跳蚤中的三条性命，
在它体内我们已有婚姻的约定。
这个跳蚤就是你与我的代替，

就是我们的婚床和举行婚礼的圣地。
尽管父母相互仇恨，我们依然相遇，
在这黑色的城墙内隐居，
虽然世俗让你有杀死我的意图，
别再增加自我谋杀和对神圣的亵渎，
及谋杀三条性命的三份罪数。
突然而残忍地，你的指甲染上无辜的紫色血液，
而你却对此毫无知觉，
这个跳蚤究竟犯了什么罪孽，
无非是从你那吸取的一滴血液。

在这首诗中，诗人将神圣的爱情比喻为跳蚤，恋爱双方通过一种特殊的方式结合在一起："它先吮吸我的血液，然后是你，我们的血液在它体内融合在一起。"这样跳蚤的身体就成为情侣秘密举行婚礼的场所，而跳蚤肚子的膨胀象征着孕育着新生命的女子，这就说明了恋人们在没有正式结婚之前便已享受了肉体之爱，而这种行为是世俗所不容的，是"足以令少女失掉首级"的"罪恶和耻辱"。因此，诗中的情侣不敢将他们的关系公诸于世，而看似卑微的跳蚤却远比他们要勇敢，它"在求爱前尽情享乐"，而且敢于将自己"膨胀"的身体展露在人们面前，即使它最终惨死在"染上紫色血液"的指甲之下。相形之下，渺小的跳蚤才是爱情最完美的结合，它足以战胜一切的世俗力量。

邓恩将跳蚤的身体看作是可以提供秘密场所的"屏障"是有一定道理的，因为跳蚤既吸了"你"的血，也吸了"我"的血，在某种意义上来说，"我们"已经融合为一体，而这样的结合其实是爱情在精神上的结合，邓恩十分崇尚柏拉图式的精神之爱，外人看不到的，因此就不会被人们冠之以"罪恶和耻辱"之名。肉体之爱在世俗中遭到禁锢，而精神之爱在跳蚤体内的得到了统一，但很可惜的是，最后女方用指甲掐死了跳蚤，也就破坏了矛盾统一体的平衡，矢志不渝的爱情也就随之烟飞灰灭了，爱情被否定，一个矛盾解体了，另一个矛盾自然而然地产生了，这正是自然辩证法在人类世界的集中体现。一个小小的跳蚤居然能引发诗人如此出位而奇异的想象，可见玄学派领军人物邓恩的思想风格。正是他能娴熟地把科学的真理蕴藏在奇思妙喻中，才使得一代又一代的文人骚客对他推崇备至。

（3）太阳的意象。"太阳"给人们的感觉往往是温暖与光明，对于某些民族来说，太阳是他们的图腾，是他们生生不息的源泉，太阳神就是他们崇拜的至高无上的主神。而在传统的中国诗句中，如"日出江南红似火""日照香炉升紫烟"等诗句更是脍炙人口。在中外诗作中太阳也多是以褒义的意象出现的。而邓恩却独辟蹊径。在他的《日出》中，太阳以一种崭新的意象出现。

爱管闲事的老傻瓜，不守本分，
为什么要干这个？
穿过窗户和帐子照射我们，
难道情人的季节要跟你转。
坏脾气的冬烘老家伙，去责备，
迟到的学生和懒惰的徒弟吧。
告诉猎户们国王快上马了，
号召蚂蚁赶紧去觅食吧。
爱情可不懂季节或气候，
不知月、日、钟头，那都是时间的破烂。

这首诗将众多诗人歌颂的太阳进行强烈指责，因为它干涉了诗人和他的情人的美梦。对于那些徜徉在爱情甜蜜中的恋人们来说，“太阳”是不需要的，是“爱管闲事的老傻瓜”，因为真正的爱情可以跨越时空乃至生命的界限，“月、日、钟头，那都是时间的破烂”。曾几何时，太阳成了“爱管闲事的老傻瓜”和“时间的破烂”，让人觉得莫名其妙。然而仔细推敲，对于正在热恋中的伴侣们而言，彼此就是世界的全部，其他任何东西显然是多余的，而打扰他们快乐的“太阳”，理所当然要遭到他们的斥责，责怪它“不守本分”，所以邓恩的奇思是有一定道理的。

实际上，任何事物都是矛盾的统一的，因为任何事物都具有两面性，而矛盾的双方有时可以相互转化的，邓恩的有关“太阳”的奇喻并没有违背自然辩证法的原理，恰恰相反，“多事”的“太阳”正是自然辩证法的客观规律在人类生活中的有效体现。有人认为《日出》中的奇喻“太阳”的描绘是邓恩出于自己对牵强的比喻的病态偏爱，而这正是读者未能在自然辩证法和历史唯物主义思想的指导下客观、科学、系统地分析文本和解读文本丰富的内涵的体现，这种看似“牵强”实则科学的奇喻使邓恩的诗歌具有了一种不同常人的另类之美。大量的事实证明，邓恩的奇喻并非以外观的类似为基础，而是以物体的功能和本质性感受而得来的相像为基础的。邓恩奇特的构思、夸张的形象和诙谐的愤懑正是建立在对于人与自然客观规律的遵循之上，才会展现经久不衰的魅力。

第六章　18世纪启蒙主义与英国文学研究

1688年的“光荣革命”推翻复辟王朝，确立了君主立宪制，建立起资产阶级和新贵族领导的政权，从此英国进入一个相对安定的发展时期。18世纪初，新古典主义盛行。新古典主义推崇理性，强调明晰、对称、节制、优雅，追求艺术形式的完美与和谐。

18世纪时英国散文出现繁荣，散文风格基本建立在新古典主义美学之上。乔纳森·斯威夫特（Jonathan Swift，1667—1745）是英国文学史上最伟大的讽刺散文作家，他的文风纯朴平易而有力。斯威夫特的杰作《格列佛游记》（*Gulliver's Travels*）是一部极具魅力的儿童故事，同时包含着深刻的思想内容。作者通过对小人国、大人国、飞岛国、慧马国等虚构国度的描写，以理性为尺度，极其尖锐地讽刺和抨击了英国社会各领域的黑暗和罪恶。塞缪尔·约翰逊（Samuel Johnson，1709-1784）是18世纪英国人文主义文学批评的巨擘，《莎士比亚戏剧集序言》和《诗人传》是他对文学批评的突出贡献。约翰逊从常识出发，在某些方面突破了新古典主义的框架，不乏真知灼见。约翰逊的散文风格自成一家，集拉丁散文的典雅、气势与英语散文的雄健、朴素于一体。约翰逊在英语词典编纂史上占有独特地位，他克服重重困难，一人独自编纂《英语词典》（*A Dictionary of the English Language*），历时七年完成。《英语词典》是英语史上第一部也是随后一百年间英国唯一的标准辞书。约翰逊青史留名，得益于詹姆斯·鲍斯韦尔（James Boswell，1740—1795）为他写的传记《约翰逊传》（*The Life of Samuel Johnson*），该书逼真地再现了约翰逊的神态容貌及人格力量，标志着现代传记的开端。

18世纪被称为“散文世纪”的另一个原因是小说的兴起。丹尼尔·笛福的《鲁滨逊漂流记》（*Robinson Crusoe*）采用写实的手法，描写主人公在孤岛上的生活，塑造了一个资产阶级开拓者和殖民主义者形象，具有一定的时代精神。这部小说被认为是现实主义小说的创始之作，为笛福赢得了“英国小说之父”的称号。笛福的另一部长篇小说《摩尔·弗兰德斯》（*Moll Flanders*）叙述女主人公摩尔在英国因生活所迫沦为娼妓和小偷的经历。

现实主义小说在亨利·菲尔丁（*Henry Fielding*，1707—1754）的笔下得到进一步发展。他的《汤姆·琼斯》（*Tom Jones*）故事在乡村、路途及伦敦三个不同背景下展开，为读者展现了当时英国社会风貌的全景图。

文艺复兴时期英国的资产阶级知识分子始终强调以人为本。他们相信并且颂扬人的价值、人的尊严、人的力量和伟大，认为人可以创造一切。从根本上说，文艺复兴运动解除了封建神学的枷锁，极大地解放了人们的思想，而人们思想的解放又动摇了英国封建统治的根基，英国社会开始激烈动荡，先后经历了革命和王朝复辟时期，直到1688年“光荣革命”之后，英国资产阶级才逐渐取得了统治权力。与此同时，英国文学也出现了多样性的发展趋势。如果说文艺复兴时期英国的文学表现形式主要是戏剧和诗歌，那么小说作为文学的重要表现形式，则18世纪登上英国文学发展的历史舞台，并逐步兴盛起来。

一、丹尼尔·笛福及其作品研究

丹尼尔·笛福，英国作家、新闻记者，英国启蒙时期现实主义小说的奠基人，被誉为欧洲“小说之父”。其作品可读性强，主要构架为：主人公通过个人努力，靠智慧和勇敢战胜困难，体现了当时追求冒险、倡导个人奋斗的社会风气。

丹尼尔·笛福被后世认为英国小说界的鼻祖。笛福一生阅历广泛，多才多艺，著述颇丰，笔触所及涵盖政治、经济、宗教、心理学及文学等众多领域。当然，笛福一生最重要的建树是在文学领域，是英国启蒙时期现实主义文学的奠基人。笛福的文学作品主要有《辛条顿船长》（*Captain Singleton*）《杰克上校》（*Captain Jack*）《摩尔·费兰德斯》（*Moll Flanders*）和《鲁宾逊漂流记》（*Robinson Crusoe*）。其中，《辛条顿船长》描写了主人公幼年被绑架，当了海盗，在非洲和东方冒险致富的故事。《杰克上校》讲述了主人公幼年时沦为小偷，成年后被征入伍，后被诱骗到美洲的弗吉尼亚，经过自己在“新大陆”的奋斗，衣锦还乡，回到英国的故事。《摩尔·费兰德斯》则描写了女主人公费兰德斯从小命途多舛，成年后靠勾引男子，以多次结婚和偷窃为生，最终改邪归正、重新做人的故事。而《鲁宾逊漂流记》是一部脍炙人口、情节曲折、流传甚广的佳作。小说采用了第一人称的叙述方法，讲述了主人公鲁宾逊离开人群28年，三次出海航行，历经磨难，多次死里逃生，最终只身一人漂流到一个荒芜人烟的小岛上，并在小岛上自强不息、顽强生存下来的故事。整部小说可被看成是主人公的成长史。鲁滨逊在荒岛上异常艰苦的条件下，为了生存，以顽强的毅力、百折不挠的精神，解决了所有的衣食住行等问题。作品热情地讴歌了人类生生不息与大自然进行顽强搏斗的英雄壮举，同时真实地反映了资产阶级上升时期自我奋斗的精神。

1. 笛福代表作《鲁宾逊漂流记》分析

笛福的代表作《鲁滨逊漂流记》标志英国现实主义小说的诞生，他采用流浪汉小说的结构，以普通人的现实生活为描写对象，通过对这些普通人的遭遇和命运地描写，反映了18世纪英国初期资本主义丰繁的现实，表现了强烈的海外殖民扩张意识。其蕴含的有下述特点。

（1）个人以勤勉工作来追求物质财富并将其作为人生而降世的唯一的内容。鲁宾逊出身于一个并不十分富裕但还算殷实家庭，在他幼小的时候，头脑里就充满了云游四海的念头，他不安心于过那种四平八稳的日子，而是向往和追求新奇和刺激的生活。虽然父母为他安排好了一切，他可以过一辈子美满幸福的生活。正如他父亲所说的："既用不着劳心劳力，为每日的面包去过奴隶生活，也用不着被欲望和发大财的野心所苦。只不过舒舒服服地过日子，品尝着生活的甜美滋味。"而鲁滨逊却认为，老守田园的生活无法满足他的追求。正是这种不满足生活现状的想法，不安于父母给他安排好的命运，不顾任何危险，到海外去经商，使他一再出海冒险，并向往更为富有的生活，谋求更大的发展。经济利益使他努力挣脱家庭的束缚，他不满足于中产阶级庸庸碌碌的生活，一心要到海外去冒险，去创造一番事业，这是一种个人主义生活模式的典型特征。这种不断追求的热情及雄心勃勃促使他毅然舍弃安逸生活，宁愿与风浪为友，去实现自己遨游的梦想。在经营了四年种植园后，他又冒着更大的风险去非洲进行奴隶贸易，未经开拓的非洲对他有着不可抗拒的诱惑力，那里劳动力廉价，有利可图，使他不顾一切地往前冲。于是鲁宾逊与人合伙置船远航，而正是在这次航行中，他遇上了大风暴、全船覆没，仅他一个幸免于难，飘落到一个荒岛上。在荒岛上的28年间，鲁滨逊身处荒凉的孤岛之上，在这个岛上，他拥有一大片虽然未经开发却很富饶的地产的完全占有权，他的地产及其随之拥有的各种丰富物产，再加上得自于沉船的积存货物，成为他表现其个人奋斗及坚韧毅力的支撑点和必要条件。面对绝境，鲁宾逊很快就克服了消极情绪，不畏惧、不颓丧，进行了一场征服大自然的斗争，充分表现出了一种新兴资产阶级积极向上的态度。

（2）作为清教徒，笛福借助鲁滨逊这个人物阐发了清教核心教理——"上帝应许的唯一生存方式不是要人以苦修的禁欲主义超越世俗道德，而是要人完成个人在现世世界所处地位赋予他的责任和义务，这是他的天职"。

在荒岛上，鲁滨逊几乎不给自己休息时间，他说："这一切足以说明我从来都没游手好闲过，为了丰衣足食，生活舒适，凡是需要做的事情。我都会不遗余力而为之……"。最后他拥有了自己的种植园、牧场、住所和许多家具，甚至还建立一个包括狗、猫、羊、鹦鹉在内的热闹家庭。

鲁滨逊完全成为"劳动雇佣的工人"，不计较劳动的大小与成败，只关注每项劳动的内容，以此来获得道德和精神上的满足，鲁滨逊由一无所有失魂落魄几近被恐惧孤独而毁灭，到慢慢成为"主人""总督司令"。这一系列他在孤岛上不计大小不计成败的劳动努力，都体现了清教徒劳动天职论的价值意义。

（3）个人经济利益至上的观念，以及在商业活动体现出来的个人自主性，促使个人主义成为一种主导的、正面的社会思潮 。摩尔少年修瑞是随鲁滨逊一起出逃海盗魔掌的孩子，可以说是鲁滨逊的恩人，当修瑞想拿自己的生命来表达对鲁滨逊的忠诚时，鲁滨逊决定要“从那以后一直爱他”并允诺要把它培养成一个大人物，可当葡萄牙船长拿出金币并且是相当可观的数目，想买下修瑞时，鲁滨逊那种不得已要在此时表现仁慈怜爱的潜道德命令，强迫着他做出转着眼珠的犹豫，呈现出一幅相当诚信的外表，随后在船长允诺“只要那个孩子改信基督教，那么十年以后便给他自由”时，他终于给自己的怜悯找到了台阶，那一点犹豫与不舍的诚信，足以让可怜的修瑞平息愤怒，这样这种对个人有着实际用处的善良美德，给鲁滨逊带来一笔不小的财富，他用一种肤浅的诚实，换得了良心的廉价满足，并换取了高额的实际财富。

他在离开孤岛之后又重新找到那位当年救他的老船长，鲁滨逊听着老人的痛苦经历和其正直的财产报告，鲁滨逊留下了眼泪，他问老船长：“你有没有这笔财富，拿出这笔钱会不会使你手头拮据？”此时老船长已是将他船的股权转让了，他却不是给于安慰和同情，可见，与其说鲁滨逊的泪是出于对老船长的同情和感动，倒不如说是出于要回金钱的央求，是一滴讨债的泪。

（4）在18世纪初，当非洲黑人或少数民族的部落人还停留在刀耕火种时代时，英国等欧洲资本主义国家的资本主义经济已经得到了很大的发展。这时的英国国民在对待遥远的其他国家人民时，产生了一种自豪感和优越感，即所谓的帝国主义文化心态。在笛福心目中白种人是有文化的优等民族，欧洲是世界的中心。因此，笛福作品中的鲁滨孙也深受这种社会环境的影响。认为只有白人才能拯救这些落后文明。异国异族形象在笛福笔下成了不文明的典型，野蛮而又落后。

黑人愚笨、无理、丑陋、懒惰、怪异、悲观。白人说黑人丑陋因为他们赤身裸体，小说中提到黑人女的和男的一样身体赤裸。黑人看起来很强壮，在野兽面前，他们很害怕而且很容易遭到野兽攻击。他们只会用棒子来抵挡野兽的袭击，而这根本无济于事。他们看到鲁滨逊用高级武器——枪和火药打死一只豹子时，他们非常吃惊。因为有些黑人遇到这个情况会吓死，或是被吓得晕死过去。同时，愚蠢的黑人还朝拜枪和枪的主人，他们认为枪的主人是上帝。这点暗示了拥有枪的白人是黑人的上帝。

在笛福及西方白人眼里，黑人是那样的丑陋、愚蠢，甚至是傻，他们对黑人充满了歧视。笛福详尽地描写了黑人的愚笨，揭示只有殖民者的枪声才能使得一个民族向另一个民族屈服。他认为毫无疑问，这些愚蠢的人们需要被公平仁慈的白种人来点化从而变得文明。这个表达无疑是把殖民合理化了。

另一个反面是残忍的食人者。“星期五”生活在一个吃人的野蛮部落，这样的行为在文明社会是不能被接受的，因为这是世界上最没人性和罪恶的行为。这些美洲印第安人被描写成野蛮人，有血腥和野蛮的习俗，比如当他们享受食人宴的时候，他们会围着火堆跳舞。

然而“食人者”的故事最早出现在哥伦布的航海日记和信件里，“食人者”是他自己创造的。研究证实哥伦布并未见过食人者。第一个关于食人部落的说法出现在莎士比亚的《暴风雨》中，这种野蛮的半人半兽形怪物叫作“凯列班”。可见，食人者并不是真实存在。而在小说中，作者把当地人描写成食人者，非常野蛮。

笛福及其作品赞扬了处于上升时期的资本主义的开拓进取、不畏艰难、勇于冒险的精神，蕴含了劳动创造美的思想，却因歌颂了一种永不满足地对外扩展的殖民意识，以及无节制的对自然的洗劫行为等表现出了时代的局限性和消极意义。

2. 丹尼尔·笛福文学作品中的殖民主义烙印

笛福生活在社会发生重大变革的18世纪英国自由竞争资本主义的快速发展阶段，他可谓是时代的典型产儿，也是时代的突出代表。他具有资产阶级启蒙思想，鼓吹发展资本主义工商业、开展自由贸易和开拓海外殖民地。伴随着英国海外殖民地的逐步扩张，笛福的作品，如《鲁滨孙漂流记》《辛格顿船长》《杰克上校》等，也深深打上了殖民主义的烙印。

笛福的文学作品可从历史成因、表现形式以及社会影响三方面分析，以窥探其中隐含的殖民主义烙印。

（1）笛福文学作品中的殖民主义烙印的历史原因。研究笛福的作品，须着眼于他生活的历史环境。作为一个现实主义小说家，当时的英国就是笛福世界观、人生观和价值观形成。笛福生活于17—18世纪初，这一时期，正是英国资本主义发展的黄金阶段。丁建弘先生在其主编的《发达国家的现代化道路》中对此阶段做了详尽的分析：这一时期，英国正在酝酿进行工业革命，资本主义相对于封建主义的优越性已经初露端倪。同时，由于大量先进技术被应用到生产生活当中，英国成为世界制造业的中心，号称“世界工厂”。随着国家实力的疯狂积累，英国逐步取代西班牙、葡萄牙和荷兰，开始大步走向海外，占领更多的殖民地，以获取发展资本主义工商业所急需的原材料和市场。笛福生活在这一时期，他人生的价值取向必然“先天性”的就沾染了资产阶级“重商主义”理念，推崇“经济个人主义”。笛福认为“贸易与制造业，航海业是母与女的关系，”因此他的作品富有浓烈的商业气息，因此极其容易受到当时英国资产阶级的欢迎。如笛福的《鲁滨孙漂流记》广为流行，就是因为迎合并代表了当时英国大多数民众的心态，可引起人们的强烈共鸣。笛福通过耳闻目睹英国的殖民地扩张过程，对英国资本主义原始积累的方式形成了更为深刻的了解。笛福毫不掩饰对殖民主义的赞同。在他的眼中，以坚船利炮为工具，对弱小、落后民族和地区的占领和统治都是完全合法和必要的，是一种历史必然。侵略不但不是罪行，反而是一种对殖民地人民的“恩赐”。这充分验证了马克思关于资本主义的论断："资本来到世间，从头到脚，每个毛孔都滴着血和肮脏的东西。"同时，笛福本人的生活经历也深化着他的这种认识。他曾经做过酒商，做过记者，有过军队生涯，还曾试图进入政坛而积极努力，并游历了欧洲多个国家。见多识广的他，对于殖民主义带来的丰厚利润是有着切肤之感的。因此，在欧洲整体资本主义大发展的历史时期，笛福是以一名亲历者的眼光，见证了殖民主义对于英国经济奇迹不可磨灭的"功勋"。笛福对殖民主义有着如此强烈的好感，淋漓尽致地展现在其作品之中了。

（2）笛福作品中彰显的殖民主义烙印的表现形式。笛福的作品大多是以人物经历为主线，并通过对人物行为、语言的塑造，反映其人生观和价值观。因此，其殖民主义烙印也是可以通过对其作品中人物的分析得以展现的。笛福笔下的人物，在展现殖民主义方面扮演了三个角色，即：侵略扩张的急先锋、种族歧视的吹鼓手和拜金主义的反射镜。

在笛福的多部作品中，其主人翁对于殖民者的侵略扩张行为都是持肯定态度的。如《鲁滨逊漂流记》中的鲁滨逊、《辛格顿船长》中的威廉医生等都是积极主张对外扩张的急先锋。对于鲁滨逊而言，他之所以远涉重洋，其最重要的目的是去非洲贩奴。而贩奴的目的，竟然是为了给自己在南美洲巴西的种植园输送劳动力。仅从鲁滨逊的出海动机分析，他是资产阶级侵略和扩张行为的坚定支持者和既得利益者。对于鲁滨逊，笛福是浓墨重彩地描绘了他在荒岛之上的"英雄战绩"，连对当地土著的杀戮行为都合理合法：仅仅为了营救自己的奴隶"星期五"，鲁滨逊就杀死两个土著。而在《鲁滨逊漂流记》第二卷中描述的"英国人强奸土著女孩案"中，鲁滨逊的水手，为给那名已经作恶多端的英国强奸犯复仇，对当地土著展开了大规模的杀戮，则无疑更加暴露了殖民主义的嗜血本性。当然，也有学者认为，《鲁滨逊漂流记》虽是构建于一定的现实素材之上，但鲁滨逊在荒岛上对食人部落的杀戮"其实并不存在于现实中"，那只不过是笛福为了宣扬西方的帝国思想，将其"殖民主义的空间叙事"转换为"政治功能"而已。但是，即便如此也并不能掩饰笛福内心深处对"弱肉强食"的资本主义扩张的好感。而《辛格顿船长》中的威廉医生，则更是当之无愧的侵略扩张的代言人。在辛格顿船长在非洲通过海盗、劫掠等一系列手段发现并得到黄金，并在遇到威廉后为自己的行为表示忏悔，想要把财富分给劳动人民的时候，威廉却告诉他："不然，我们舍弃所有的财富，就是把财富交给无权取偿的人们……相反，我们应该把它（财富）小心的保存在一起，尽我们可能把它处理的公平妥当。"这种堪称无耻的自我辩解，把资产阶级资本原始积累的血腥和下作诠释的淋漓尽致：在他们心中，即使取得了不义之财，也不能做任何善事，只能按照他们自己的价值观去处置掠夺来的财富。而更为讽刺的是，在笛福眼中，威廉医生是"诚实商人"的杰出代表。是那种"工作勤奋，尽心尽力地投入到他所从事的工作中去的生意人"。然而正是这些所谓的生意人，让非洲在短短的一个世纪内，损失了近一亿精壮劳动力，并以此换得了自己在殖民地里的丰厚利润。由此可见，笛福对这些主人翁侵略扩张行为的赞颂，恰恰是其殖民主义烙印的体现。

在这里必须提到一个与鲁滨逊齐名的人物——“星期五”。“星期五”的出现，是在鲁滨逊已经用从沉船上取下的现代生活工具并在岛上生活了一段时间之后。他的出场，是作为现代文明之下的荒岛的一名“被奴役者”而存在的。他与鲁滨逊的相识，也是在鲁滨逊用象征资本主义扩张行为的步枪，将追杀他的土著人杀死后，才得以实现。可以说，他的存在，最大限度的满足了鲁滨逊作为一个“岛主”的虚荣心和作为一个“统治者”的满足感。在这一段中，笛福曾这样写道：“我对他微笑着，做出和蔼的样子……末了，他走到我跟前，在跪下去，吻着地面，把头贴在地上，把我的一只脚放在他的头上，看样子仿佛是在宣誓终身做我的奴隶”。在这里，笛福通过鲁滨逊说出了自己的心声：有色人种天生就是为我所用、被我奴役的，并称呼当地土著为“野人”，尤其是这种对“星期五”表示感谢的动作进行的无比强权的霸道理解，恰是当时英国殖民者普遍的共识。而在得到“星期五”之后，鲁滨逊开始对他进行全面改造：如，教他说英语，要求其信仰基督等等。这实际上代表着殖民主义带来的另一个副产品——“文化侵略”。因为在殖民者眼中，只有他们创造的文明才是正确的文明，其他的人类文明都是落后的垃圾，由此可以得知，在军事侵略、经济掠夺的同时，文明多样性的毁灭，也是殖民主义的罪证之一。

笛福作品中殖民主义烙印，还体现在对于物质和财富的疯狂的、无节制的追逐之上，即拜金主义。以三个来自笛福三部小说的主人翁——鲁滨逊、辛克顿船长和杰克上校为例，他们都是在疯狂追求物质财富的过程中造就了各种各样的历险。如鲁滨逊本来家境殷实，但却不满于平庸的资本主义中产阶级的生活，一心想通过海上大冒险和殖民地获得更多财富；而辛克顿船长则是因为从小被拐卖，一向以做海盗为理想，向葡萄牙人学会了各种非法勾当，他对于物质财富的追求已经成为一种本能；杰克上校从小就是与犯罪结缘，是一个“天生的罪犯”，并且有过当奴隶的切身经历。所以，杰克不同于前两者的最大区别是，他主张对奴隶进行人性化管理，通过奴隶对自己的感激，进而获取更大的财富。

在当时的历史环境下，在英国无论他们的出身如何，一旦获得出海创业的机会，他们都会以殖民者的心态去追逐物质财富，把资产阶级对于金钱的崇拜表现的畅快淋漓。他们的勇敢和智慧，也都为金钱而生，并受金钱支配。可见，笛福描绘出了一幅英国殖民者的拜金主义画面。

3.《鲁滨孙漂流记》片段欣赏

However，I traveled along the shore of the sea towards the east，I suppose about twelve miles，and then setting up a great pole upon the shore for a mark，I concluded I would go home again； and that the next journey I took should be on the other side of the island，east from my dwelling，and surround till I came to my post again； of which in its place. I took another way to come back than that I went，thinking I could easily keep all the island so much in my view that I could not miss finding my first dwelling by viewing the country.

But I found myself mistaken； for being come about two or three miles，I found myself descended into a very large valley，but so surrounded with hills，and those hill covered with wood，that I could not see which was my way by any direction but that of the sun，nor even then，unless I knew very well the position of the sun at that time of the day. It happened to my farther misfortune that the weather proved hazy for three or four days while I was in this valley； and not being able to see the sun.

I wandered about very uncomfortably，and at last was obliged to find out the seaside，look for my post，and come back the same way I went； and then by easy journeys I turned homeward，the weather being exceeding hot，and my gun，ammunition，hatchet，and other things very heavy. In this journey my dog surprised a young kid，and seized upon it，and I run in to take hold of it，caught it，and saved it alive from the dog. I had a great mind to bring it home if I could，for I had often been musing whether it might not be possible to get a kid or two，and so raise a breed of tame goats，which might supply me when my powder and shot should be all spent. I made a collar to this little creature，and with a string，which I made of some rope-yarn，which I always carried about me，I led him along，though with some difficulty，till I came to my bower，and there I enclosed him and left him，for I was very impatient to be at home，from whence I had been absent above a month.

I cannot express what a satisfaction it was to me to come into my old hutch，and lie down in my hammock-bed. This little wandering journey，without settled place of abode，had been so unpleasant to me，that my own house，as I called it to myself，was a perfect settlement to me compared to that； and it rendered everything about me so comfortable，that I resolved I would never go a great way from it again，while it should be my lot to stay on the island. I reposed myself here a week，to rest and regale myself after my long journey； during which most of the time was taken up in the weighty affair of making a cage for my Poll，who began now to be a mere domestic，and to be mighty well acquainted with me.

Then I began to think of the poor kid which I had penned in within my little circle，and resolved to go and fetch it home，or give it some food. Accordingly

I went, and found it where I left it, for indeed it could not get out, but almost starved for want of food. I went out and cut boughs of trees, and branches of such shrubs as I could find, and threw it over, and having fed it, I tied it as I did before, to lead it away; but it was so tame with being hungry, that I had no need to have tied it, for it followed me like a dog. And as I continually fed it, the creature became so loving, so gentle, and so fond, that it became from that time one of my domestics also, and would never leave me afterwards.

The rainy season of the autumnal equinox was now come, and I kept the 30th of September in the same solemn manner as before, being the anniversary of my landing on the island, having now been there two years, and no more prospect of being delivered than the first day I came there. I spent the whole day in humble and thankful acknowledgments of the many wonderful mercies which my solitary condition was attended with, and without which it might have been infinitely more miserable. I gave humble and hearty thanks that God had been pleased to discover to me even that it was possible I might be more happy in this solitary condition, than I should have been in a liberty of society, and in all the pleasures of the world; that He could fully make up to me the deficiencies of my solitary state, and the want of human society, by His presence, and the communication of His grace to my soul, supporting, comforting, and encouraging me to depend upon His providence here, and hope for His eternal presence hereafter. It was now that I began sensibly to feel how much more happy this life I now led was, with all its miserable circumstances, than the wicked, cursed, abominable life I led all the past part of my days. And now I changed both my sorrows and my joys; my very desires altered, my affections changed their gusts, and my delights were perfectly new from what they were at my first coming, or indeed for the two years past. Before, as I walked about, either on my hunting, or for viewing the country, the anguish of my soul at my condition would break out upon me on a sudden, and my very heart would die within me, to think of the woods, the mountains, the deserts I was in, and how I was a prisoner, locked up with the eternal bars and bolts of the ocean, in an uninhibited wilderness, without redemption. In the midst of the greatest composers of my mind, this would break out upon me like a storm, and make me wring my hands and weep like a child. Sometimes it would take me in the middle of my work, and I would immediately sit down and sigh, and look upon the ground for an hour or two together; and this was still worse to me, for if I could burst out into tears, or vent myself by words, it would go off, and the grief, having exhausted itself, would abate. But now I began to exercise myself with new thoughts. I daily read the Word of God, and applied all the comforts of it to my present state.

One morning, being very sad, I opened the Bible upon these words, "I will never, never leave thee, nor forsake thee." Immediately it occurred that these words were to me; why else should they be directed in such a manner, just at the moment when I was mourning over my condition, as one forsake of God and man? "Well, then, " said I, "if God does not forsake me, of what ill consequence can it be, or what matters it, though the world should all forsake me, seeing on the other hand, if I had all the world, and should lose the favor and blessing of God, there would be no comparison in the loss? " From this moment I began to conclude in my mind that it was possible for me to be more happy in this forsaken solitary condition, that it was probable I should ever have been in any other particular state in the world, and with this thought I was going to give thanks to God for bringing me to this place. I know not what it was, but something shocked my mind at that thought, and I durst not speak the words. "How canst thou be such a hypocrite, " said I, even audibly, "to pretend to be thankful for a condition which, however thou mayest endeavor to be contented with, thou wouldest rather pray heartily to be delivered from? " So I stopped there; but though I could not say I thanked God for being there, yet I sincerely gave thanks to God for opening my eyes, by whatever afflicting providences, to see the former condition of my life, and to mourn for my wickedness, and repent. I never opened the Bible, or shut it, but my very soul within me blessed God for directing my friend in England, without any order of mine, to pack it up among my goods, and for assisting me afterwards to save it out of the wreck of the ship.

Thus, and in this disposition of mind, I began my third year; and though I have not given the reader the trouble of so particular account of my works this year as the first, yet in general it may be observed, that I was very seldom idle, but having regularly divided my time, according to the several daily employments that were before me, such as, first my duty to God, and the reading the Scriptures, which I constantly set apart some time for, thrice every day; secondly, the going abroad with my gun for food, which generally took me up three hours in every morning, when it did not rain; thirdly, the ordering, curing, preserving, and cooking what I had killed or catched for my supply; these took up great part of the day; also it is to be considered that the middle of the day, when the sun was in the zenith, the violence of the heat was too great to stir out; so that about four hours in the evening was all the time I could be supposed to work in, with this exception, that sometimes I changed my hours of hunting and working, and went to work in the morning, and abroad with my gun in the afternoon. To this short time allowed for labor, desire may be added the exceeding laboriousness of my work; the many hours which, for want of tools, want of help, and want of skill, everything I did took up out of my time. For example, I was full two and forty days making me a board for a long shelf, which I wanted in my cave; whereas two sawyers, with their tools and a saw-pit, would have cut six of them out of the same tree in half a day.

My case was this: it was to be a large tree which was to be cut down, because my board was to be a broad one. This tree I was three days a-cutting down, and two more cutting off the boughs, and reducing it to a log, or piece of timber. With inexpressible hacking and hewing, I reduced both sides of it into chips till it begun to be light enough to move; then I turned it, and made one side of it smooth and flat as a board from end to end; then turning that side downward, cut the other side, till I brought the plank to be about three inches thick, and smooth on both sides. Any one may judge the labor of my hands in such a piece of work; but labor and patience carried me through that, and many other things. I only observe this in particular, to show the reason why so much of my time went away with so little work, viz., that what might be a little to be done with help and tools, was a vast labor, and required a prodigious time to do alone, and by hand. But not withstanding this, with patience and labor, I went through many things, and, indeed, everything that my circumstances made necessary to me to do, as will appear by what follows.

二、乔纳森·斯威夫特及其作品研究

乔纳森·斯威夫特是英国启蒙运动中激进民主派的创始人，在世期间写了很多具有代表性的讽刺文章，被称为英国18世纪杰出的政论家和讽刺小说家。乔纳森·斯威夫特于1667年出生于爱尔兰都柏林，其父母均是移居爱尔兰的英国人。1688年爱尔兰发生政变，斯威夫特赴英国避难，开始担任政治家田普尔的私人秘书。正是在此期间，斯威夫特发现了自己的讽刺才能，完成了《书的战争》和《桶的故事》等经典的讽刺作品。1714—1745年，斯威夫特积极参与爱尔兰人民反抗英国殖民统治的斗争，创作了多篇战斗檄文来揭露英国殖民统治的恶行，痛批殖民政策的罪恶，号召爱尔兰人民自给自足、团结一致抵抗英国的政治经济压迫。在反英斗争中，斯威夫特完成了其主要作品的创作，包括《普遍使用爱尔兰的工业产品的建议》《布商书信》《一个使爱尔兰的穷孩子不致成为他们父母负担的平凡的建议》《格列佛游记》，使他达到了讽刺作家的创作巅峰。

1.《格列佛游记》反讽艺术研究

《格列佛游记》是英国文学史上一部不可多得的佳作，也是斯威夫特讽刺文学的代表作。斯威夫特利用绝妙的讽刺艺术，采用夸张、反语等艺术手法在幽默中深刻揭露了英国资本主义的腐败无能。整部小说的内容是讲述主人公格列佛外出航海探险的种种经历。在布局上采用的是离家—远游—返回的传统欧洲流浪小说的模式，这些千奇百怪的海外国家探险经历就像一部童话，而且格列佛游历每一个国家所遇到的问题都真真实实地存在于英国现实社会里，童话与现实一一对应，就像一个充满讽刺意味的笑话，尖锐地批判了英国政府的腐朽堕落，鞭挞了英国政府在其殖民地所犯下的累累罪行，揭露了资产阶级唯利是图、不近人情、贪婪暴戾的丑恶嘴脸。

（1）斯威夫特讽刺艺术的来源。斯威夫特生活在17世纪中后期至18世纪前期的英国。斯威夫特是一个破落贵族孤儿的后代，他的血液里流淌着英国贵族独有的优雅高贵、自命不凡的气息，这影响了他的性格，为他的仕途坎坷埋下了伏笔。长大后的斯威夫特挤进了英国一家党报做编辑，踏入政坛，但他的性格使得他仕途坎坷。坎坷的人生经历让斯威夫特对英国社会愈发不满，变得愤世嫉俗，积攒着力量等待爆发。直到《格列佛游记》的出版发行，他的怒火澎涌而出，震惊了当时的英国民众以及执政者。斯威夫特处在英国封建社会向资本主义社会转型的过渡时期。“光荣革命”的胜利并没有使英国人民的生活状况、居住条件得到改善，反而那些刚刚掌握实权的资产阶级，为了攫取更大的经济利益，加大了资本主义工商业发展的力度。资产阶级工商业的本质就是剥削工人，榨取他们的剩余价值，完成资本积累，导致人民生活在水深火热之中。作为一家党报的著名编辑，斯威夫特看透这些政治资本家的本质，上层社会的腐朽生活作风也让他无法适应。苦于能力有限，他也不能改变这样的现状。当时英国政府设立了极其严格的出版审查制度，只能通过夸张的影射、鲜明的对比、多含义的反语刻画来讽刺英国政治制度的腐败。特殊的生活时期，严格的出版审查制度使斯威夫特在《格列佛游记》中大量使用讽刺。

（2）《格列佛游记》讽刺艺术手法的魅力。出色的反语运用，所谓的反语是指在行文过程中故意使用与所要表达意思相反的词语或者语句甚至是整个段落去阐述作者本身所要表达的观点。在《格列佛游记》这部小说中使用了大量的反语来讽刺小说中的人物，针砭时政，勾勒了人性的丑恶。

在《格列佛游记》的第二卷中有这样一段对话，格列佛向大人国的国王谈及自己祖国的文化、历史、政治制度时，国王表示不屑乃至嘲讽："他这样一直说下去……我那高贵的祖国原是学术、武功的权威，法兰西的灾难……想不到他竟这样瞧不起。"斯威夫特本来是想借巨人国国王的话来抨击英国的政治制度以及资产阶级丑陋的人性。但作者并没有通过巨人国国王的话直接对英国进行批判，而是透过国王的不屑与轻蔑，把他们比作渺小的昆虫族；利用格列佛看似对自己祖国的维护之词进行反面的表达，用一种委婉而巧妙的反语来表达自己的主张，借此来讽刺英国当局者狂妄自大、鱼肉百姓的特征。此外，在小说的第一卷中有一段称颂小人国国王的话语将反语手法运用得淋漓尽致、精妙绝伦。寥寥几句就将国王醉心奉承、迷恋权力的心理以及贵族大臣们早已奴化的特征刻画得入木三分："利立浦特国王至高无上的皇帝……像冬天那样可怖……"典型的反语手法，读起来令人觉得滑稽可笑，极具艺术美感。

杰出的对比讽刺是通过主人公格列佛对比小人国与大人国游历时所产生的不同感觉来呈现的。格列佛在小人国时，用小人国的渺小卑微来衬托自己的高大威猛，还极力刻画自己通过一己之力帮助利立浦特王国击退敌军的故事，意在说明英国君主立宪制的优越性，相比于小人国，英国的制度简直太先进了，英国人民真是太智慧了。而当格列佛进入大人国游历时，格列佛突然发现自己在这些大人面前，自己就像一个无知小孩，什么都不知道。看着大人国人民幸福的生活，文明的制度，联想到自己的国家人民所处的境况，突然醒悟，发现国家并没有那样的优越。不仅如此，国家还存在很多很多的不足和弊端。斯威夫特先是通过与小人国的对比，再借助与大人国的对比，刻画了主人公格列佛不同的心理。最后将这两种心理历程进行对比，否定英国现今社会制度的落后，揭露了英国社会暴露出的种种问题。借助对比手法，将讽刺艺术的力量最大程度地展示出来。

整部小说都采用夸张的讽刺手法，比如在小人国，每个人的身高不超过6英寸，还有用鞋跟高低来划分政党的搞笑情节；在大人国，人的最高身高为60英寸；在飞岛国、巫人岛等地的奇怪见闻；在慧马国，对公正又爱好和平的马这一形象的刻画等等，这些都体现着幽默和夸张的手法。这些夸张手法的运用，以一种幽默搞笑的方式讽刺了英国统治集团的斗争，谴责了英国政府的腐败和侵略战争，抨击了英国的殖民制度。这些讽刺艺术手法的综合应用使《格列佛游记》在讽刺小说的长河中散发出永恒的魅力。

2. 斯威夫特《一个温和的建议》与鲁迅《狂人日记》比较研究

自从鲁迅的《狂人日记》1918年在《新青年》发表后，已经有许多对这篇短篇小说的研究，"围绕这部短篇小说产生的评说和争议而形成的文字已数百乃至上千倍于作品本身"。近年来的研究有把它与马克·吐温比较的，有与尼采比较的，当然，与戈果里的《狂人日记》作比较的，更是"从来未终止过"。关于吃人和拯救孩子主题，英国新古典主义时期的讽刺作家斯威夫特的《一个温和的建议》以十分辛辣的讽刺，揭露英国当局“吃人”的嘴脸，其一本正经背后的荒谬和鲁迅先生《狂人日记》主人公满嘴胡言背后的真实，在表现同样的主题上有异曲同工之妙。

鲁迅虽然自称很少看英语文学作品，但是他却提到过斯威夫特。鲁迅生于中华民族多灾多难的时刻，从危机中挽救中华民族是当时有识之士的首务。斯威夫特生长在爱尔兰，处在英国的统治之下，虽然有自己的国会，却不能自主处理政务。《一个温和的建议》发表于1729年，当时，“爱尔兰已经连续三年遭受自然灾害，民不聊生，乞丐成群，国家和民族处在危难之中。”孩子是一个民族的未来，处于危机中的民族更会自觉地把孩子的处境和出路看得比自己还重要。鲁迅和斯威夫特都是具有强烈社会责任感的作家，他们都自觉参加并领导各自国民的反殖民斗争，这种反抗精神也构成了他们创作的原动力。面对嗜血的侵略势力，他们往往采取离奇和荒谬的方式表达自己的讽刺。下面将从“吃人”主题入手，就这两篇时间跨度近三百年的作品进行探索。他们一个疯话连篇，一个则一本正经提出建议，究其目的，都是为了共同的“救救孩子”的主题。

（1）疯话背后的真情。《狂人日记》发表于1918年，正值五四运动的前夕。鲁迅先生对以“仁义道德”为标榜的传统文化的拷问，一个神经失常的“狂人”道出了正常人无法说出的真情，表现了鲁迅对民族未来的关注和对中国文化的深度反思。

鲁迅笔下的“狂人”声称，他不见月光已三十多年；因为20年前踹过古久先生的陈年流水簿子；怀疑人们要吃了他；他认定医生是刽子手，准备和他哥哥合伙吃他；他大哥给他讲道理的时候，“唇边还抹着人油”；“前天赵家的狗，看我两眼，可见它也是同谋，早已接洽”；“连小孩子，也都恶狠狠地看着我”；大哥从冷笑转为眼光凶狠，挨进来的人中有的看不清面目，有的仍旧是青面獠牙；妹子被大哥吃了，母亲也会知道；“我未必无意之中，吃了我妹子的几片肉，现在也轮到我自己”；“没有吃过人的孩子，或者还有？”……通过这一系列的狂言疯语，鲁迅为我们展示了一个十足疯癫的狂人。小说主人公是一个被害狂想症患者，从认定中国人会吃人开始，担心自己“被人吃”，对他垂涎三尺迫不及待想要分一杯羹的大有人在，包括了邻居、医生、狗，甚至他的大哥也是同谋；继而觉得吃人是不对的，感到自己充满了勇气想要让包括大哥在内的吃人者改悔；接着怀疑自己是否在无意中也曾吃过人肉，出现了一幅人人都可能吃人，人人都可能被人吃的令人惶惶不可终日的恐怖图景。恐怕只有天真的孩子才没有吃过人，最终发出“救救孩子”的呼吁。

在狂人混乱的逻辑中，压迫者与被压迫者，人与兽都混在一起，都秉承着弱肉强食的丛林法则。在这里，人性的泯灭与兽性的张扬，使得人性向兽性趋同。“狮子似的凶心，兔子的怯弱，狐狸的狡猾”，在弱肉强食这点上，人在向野兽看齐，既想吃人，又怕被人吃。更糟的是，既要把人吃了，还想落下一个好名声：于是，小说主人公觉得想吃自己的那伙人早已布置好，预备下一个疯子的名目罩上我。将来吃了，不但太平无事，怕还会有人见情。佃户说的大家吃了一个恶人，正是这方法。这是他们的老谱！在狂人主人公混乱的逻辑背后，鲁迅建立起了中国“礼教吃人”的“个人神话”这些人，无论贫富贵贱与社会地位高低，都有吃人的欲望。中国人是否天生就是吃人的？这可是“凡事总须研究，才会明白”了。在满本写满“仁义道德”的书中，到处都发现“吃人”两个字。就是说，中国人之吃人，是中国文化遗传下来的劣根性，是满篇“仁义道德”幌子下的一种真实。这种真实的发现，让小说主人公找到了中国人“吃人”的根源。从古代流传下来的以“仁义道德”为标榜的中国礼教，竟然是“吃人”的罪魁祸首。通过现实与历史、群体行为与文化劣根性的联系，《狂人日记》构建了一个“神话”，一个经得起推敲的真实艺术。神话的建构，是通过“吃人”的悖论建构起来的。从这种认知理性出发可以知道，虽然中国人在非正常年景下，灾荒、战争都可能导致吃人，但正常的和平年景吃人是被否定的，而《狂人日记》的背景属于相对正常的年份，则物质上真正吃人的可能性并不大，因而可以推定小说主人公的话属于神经错乱的胡言乱语。悖论的另一方面，是小说主人公“胡言乱语”建构起来的真实艺术。除了实体意义上的吃人外，其建构出来的是象征意义的“吃人”，那是从“仁义道德”背后看出来的“吃人”的真实。在礼教和“仁义道德”名义下冤死的男男女女，世世代代不绝于耳，那一个个鲜活的生命的毁灭，就是对被封建礼教的强有力控诉。

鲁迅艺术建构的一个焦点是中国文化的劣根性。中国文化讲究和谐，这本来很好。但是，因为和谐的考虑而走到极致，变成了当面讲好话，背后下刀子，那就成为劣根性了。想吃人，又怕被人知道吃人，于是就把被吃的人加上恶名，既把他给吃了，又落下一个除去恶魔的美名，这就是《狂人日记》小说主人公建构起来的真实艺术，是理性的人不敢想象、只能由狂人口中才能够说出的真实。

（2）理性背后的荒谬。理性主义是西方引以为荣的文化传统。从某种角度看，西方的理性主义是孕育其现代灿烂文化的重要支柱之一。写于新古典主义时期的《一个温和的建议》，其历史背景正是理性主义盛行的时代。与之形成对照的是，此时的爱尔兰却是连年灾荒、乞丐成群，饿殍遍野。面对着满目苍凉的情景，当局不是考虑怎样解救饥民，各种“献策者”反而提出旨在加深人民灾难的建议。于是，斯威夫特提出了“温和”的建议，对当局和“献策者”进行了辛辣的讽刺。尽管表面上显得非常理性，但其建议假设的推理起点极其荒谬，读起来毛骨悚然。《一个温和的建议》遵循了常规论文模式，即提出问题、分析问题、提出方法。斯威夫特抓住当时爱尔兰天主教徒的悲惨遭遇，以街头巷尾三五成群女性为首、背后背着、手上牵着、身后跟着孩子的乞丐作为问题，开始探寻一个合理、省钱且易行的解决办法，使这些乞丐群落成为社会的有用成员，找到解决方法的人便会成为拯救民族的英雄，将被雕塑为塑像流芳后世。

然后，作者煞有介事地吹嘘其建议能够使某一年龄段所有无力抚养的穷困家庭都受益，以数据说明问题是理性主义的一个特点，他认为原来别人提出的解决方法之所以难以实施，原因在于计算错误。于是他一本正经地摆出了一连串的数据：当时爱尔兰的总人口约150万，其中育龄妇女人数约20万，从中减去3万养得起孩子的，还有17万没有能力养活自己孩子的。从17万中再除掉5万流产或者孩子在满1周岁前夭折的，每年仍有12万衣食无着的孩子出生。按照斯威夫特的说法，即使最能干的，也至少要6岁才可以靠偷窃养活自己，而要能够出售，必须养到12岁。作者说，一个12岁的孩子售价最多3英镑～3.5英镑，而养到12岁的成本至少要4倍于售价，因此无论对其父母还是对社会，都是亏本生意。而如果按照他的建议，这些孩子就可以不必成为家人和社会的累赘，而且，“反过来他们还可以为数以千计的别的人的餐桌添彩，也可以部分为别人衣着作贡献”。按照他的计算，孩子出生到1岁为止的花费不会超过2先令，而这区区2先令即使一个乞丐也是不难挣到的。而恰好1岁的时候，孩子就可以为社会作贡献了。

原来，他的建议是，孩子1岁时将他们杀死，在鹿肉不当季的季节卖给有钱人做菜肴，或煎或煮、或炸或炒，都将成为美味佳肴。他建议，在12万衣食无着的孩子中，留下2万继续生育（其中四分之一为男性，其余为女性，以收到最佳生育效果），其余10万可以卖给有钱人食用。小孩的肉不仅可以成为美味佳肴，他们的皮革还可以制成手套、皮靴等名贵日用品，供有钱的太太小姐们享用。斯威夫特都以非常冷静的口吻，似乎在讨论一件非常平凡的事情，甚至对于孩子的肉应该怎样吃这样的话题都非常“理性”地提出建议。

斯威夫特还“理性”地比较了他的建议与其他人的建议。其中有一个建议是把12～14岁的孩子宰杀吃肉。斯威夫特认为，这一阶段的男孩肉太硬、太瘦，不是做美味佳肴的好材料，经济账也不合算，而此时的女孩差不多已经长大，自己很快就可以生育了，杀掉吃肉实在可惜。为了寻找依据，斯威夫特查遍典籍，企图为他笔下的故事增添真实性，但这把吃人的始作俑者罪名推到一个遥远的“野蛮人”身上，体现了西方文化的傲慢。

斯威夫特声称自己提出的“温和建议”至少有六大优势，包括能够大大减少爱尔兰天主教徒的数量；赤贫的居民能够有点自己的收入，可以偿还本来很难清偿的债务；增加国家的财政收入；因为不用再养育1岁以上的孩子，其家庭可以大大降低开支；增加美味佳肴的品种，推进美食的发展；刺激婚姻，增加人们的幸福指数等。叙述越是平静、越是理性，其所产生的情感震撼也越是惊心动魄。这种反讽的反差正是作者想要达到的效果。“吃人”是不允许的，起码在自誉为“文明社会”的西方，把孩子当作牲口宰杀吃肉，更是道德所不容的。可是作者却大谈吃孩子肉的好处，而且最好是买活的孩子，自己动手宰杀：“就我们都柏林市而言，在大部分地方可以由屠宰场宰杀，我敢肯定屠夫是绝对够用的，尽管我宁可建议用户买活的回去，就如做烤乳猪那样自己动手宰杀，那才叫新鲜热辣，美味可口。”而这些错误导致斯威夫特所有假装出来的理性背后充满了荒谬。以“人可以吃人”为基点出发的逻辑推理，无论推理过程多么合理，其结论都是荒诞的。而这种荒诞的背后，正突显了斯威夫特的辛辣讽刺。讽刺的对象包括为富不仁的地主基层、英国政府当局，以及导致天主教徒赤贫的宗教压迫等“人吃人”现象。比如斯威夫特对爱尔兰地主阶层进行的辛辣讽刺：“我承认这一食品有点贵，因而卖给地主们食用是适当的，既然他们把这些孩子的父母大多吞噬了，他们最有权利享用这些孩子的肉。”

（3）殊途同归的艺术效果。鲁迅和斯威夫特都意在“救救孩子”，他们的艺术手法有相似的一面，而更多的是差异。两位作家不约而同地采取了“隐义以藏用”的手法，以割裂理智与情感之间的联系达到情感震撼的目的。两位作家均预设了一个非同寻常的逻辑起点：鲁迅的逻辑起点是一个神经错乱的人，以其满篇疯癫的文本讲述一个神经正常的人不容易说得出来的艺术真实，以疯话对中国文化的糟粕进行反思，指出数千年来中国礼教“吃人”的事实。而斯威夫特则设置了一个荒唐的逻辑起点：孩子的肉是可以吃的，这一逻辑起点构建了斯威夫特辛辣讽刺的基础。当时爱尔兰天主教徒在宗教和政治双重压迫下的悲惨境遇，这些人没有土地，生计无着，社会也不需要，其出路或者去当雇佣军、或者变成小偷，否则就只有饿死一途，因此应该对他们的悲惨境遇负责任的个人或者群体就成了斯威夫特辛辣讽刺的对象。

鲁迅要救孩子，就要阻止人吃人，尤其小说主人公在关系到自身的“生死存亡”大事上，更欲不遗余力地阻止包括其大哥在内的人们吃人的欲望。让小说主人公绝望的是，似乎每个人，包括自己最亲的亲人，甚至还有自己本身，都可能有意无意吃过人肉。数千年的历史和传统，使得几乎每个中国人都变成了礼教的受害者，反过来又以礼教毒害别人。唯有天真烂漫的孩子，才可能没有受到礼教的毒害。所以，鲁迅发出了“在中国，要救人，须先从救孩子”的呐喊。

而斯威夫特却用了讽刺的手法，把救人的目的推到另一个极端：建议把孩子宰杀吃肉，以收到既减少孩子的数量，解脱其家庭和社会的负担，又能够“造福于”人类，解决人们部分吃肉和穿戴的问题的效果。斯威夫特反话正说，既然社会和有钱人群体造成了孩子们衣食无着、忍饥挨饿的惨境，让他们把孩子们吃了岂不是干脆？毋庸讳言，斯威夫特同样使用比喻方式，控诉英国当局、宗教管理阶层、以及有钱的地主阶层对天主教徒孩子的罪恶勾当。当然，斯威夫特并不真的要让孩子给吃掉，恰恰相反，他用他的一片苦心意在拯救水深火热中的爱尔兰天主教徒的孩子。

在“吃人”的问题上，两位作者的处理手法迥异，反映了各自受到的传统文化的影响。鲁迅揭露了礼教传统的虚伪；斯威夫特则直截了当地提出了请享用人肉的“温和”建议。文章不直截了当，才会“言之者无罪”。历史上众多的文字狱，虽然不一定是中国独有，但其规模与残酷程度，是世界上其他地方罕见的。所以，《狂人日记》主人公觉得他周围的人虽然很想吃了他，却没人愿意背负“吃人”的恶名。他们没有直接说“我要吃了你”，而是说“你有病”，甚至可以给你安上一个“恶人”的罪名，这样一来，吃了你不仅不用担恶名，还可以得到一个“铲除罪恶”的好名声。虽然小说主人公处于疯癫状态，说出来的话却一针见血地道破了封建礼教的吃人本质及其虚伪性，其流毒之深之广，恐怕只有未谙世事的孩子才能幸免，所以救人须从“救救孩子”入手。

与《狂人日记》反射出来的礼教的虚伪恰恰相反，斯威夫特几乎是直截了当地告诉英国当局、宗教团体和那些有钱人：各位大人，你们既然把这些可怜的孩子们逼迫到生活无着的悲惨境地，还不如干脆把他们宰了吃了。他采取的是欲擒先纵的手法，为了救孩子，以极端的建议让把孩子都杀了。可以说，在英国文学史上，斯威夫特是最早发出“救救孩子”呼声的文学家之一。其后的华兹华斯等浪漫主义作家对边缘小人物和对孩子的关注，是这一呼声的回响；现实主义小说家查尔斯·狄更斯的突出贡献，更是把“救救孩子”这一主题推到了前所未有的深度，直接影响了英国立法保护儿童权益。从历史观点看，斯威夫特的开创性的贡献功不可没。

孩子是一个民族的未来，关心孩子的合法权益就是关注未来。所以，有远见的作家会不约而同地关注孩子的命运。鲁迅和斯威夫特两个时代悬殊且相隔万里的伟大作家，以不同的方式处理同样的主题，达到了同样的艺术追求。

3 《格列佛游记》原文节选中英文鉴赏

Chapter II

The emperor of Lilliput, attended by several of the nobility, comes to see the author in his confinement. The emperor's person and habit described. Learned men appointed to teach the author their language. He gains favour by his mild disposition. His pockets are searched, and his sword and pistols taken from him.

When I found myself on my feet, I looked about me, and must confess I never beheld a more entertaining prospect. The country around appeared like a continued garden, and the enclosed fields, which were generally forty feet square, resembled so many beds of flowers. These fields were intermingled with woods of half a stang, and the tallest trees, as I could judge, appeared to be seven feet high. I viewed the town on my left hand, which looked like the painted scene of a city in a theatre.

I had been for some hours extremely pressed by the necessities of nature; which was no wonder, it being almost two days since I had last disburdened myself. I was under great difficulties between urgency and shame. The best expedient I could think of, was to creep into my house, which I accordingly did; and shutting the gate after me, I went as far as the length of my chain would suffer, and discharged my body of that uneasy load. But this was the only time I was ever guilty of so uncleanly an action; for which I cannot but hope the candid reader will give some allowance, after he has maturely and impartially considered my case, and the distress I was in. From this time my constant practice was, as soon as I rose, to perform that business in open air, at the full extent of my chain; and due care was taken every morning before company came, that the offensive matter should be carried off in wheel-barrows, by two servants appointed for that purpose. I would not have dwelt so long upon a circumstance that, perhaps, at first sight, may appear not very momentous, if I had not thought it necessary to justify my character, in point of cleanliness, to the world; which, I am told, some of my maligners have been pleased, upon this and other occasions, to call in question.

When this adventure was at an end, I came back out of my house, having occasion for fresh air. The emperor was already descended from the tower, and advancing on horseback towards me, which had like to have cost him dear; for the beast, though very well trained, yet wholly unused to such a sight, which appeared as if a mountain moved before him, reared up on its hinder feet; but that prince, who is an excellent horseman, kept his seat, till his attendants ran in, and held the bridle, while his majesty had time to dismount. When he alighted, he surveyed me round with great admiration; but kept beyond the length of my chain. He ordered his cooks and butlers, who were already prepared, to give me victuals and drink, which they pushed forward in a sort of vehicles upon wheels, till I could reach them. I took these vehicles and soon emptied them all; twenty of them were filled with meat, and ten with liquor; each of the former afforded me two or three good mouthfuls; and I emptied the liquor of ten vessels, which was contained in earthen vials, into one vehicle, drinking it off at a draught; and so I did with the rest. The empress, and young princes of the blood of both sexes, attended by many ladies, sat at some distance in their chairs; but upon the accident that happened to the emperor's horse, they alighted, and came near his person, which I am now going to describe. He is taller by almost the breadth of my nail, than any of his court; which alone is enough to strike an awe into the beholders. His features are strong and masculine, with an Austrian lip and arched nose, his complexion olive, his countenance erect, his body and limbs well proportioned, all his motions graceful, and his deportment majestic.

He was then past his prime, being twenty-eight years and three quarters old, of which he had reigned about seven in great felicity, and generally victorious. For the better convenience of beholding him, I lay on my side, so that my face was parallel to his, and he stood but three yards off: however, I have had him since many times in my hand, and therefore cannot be deceived in the description. His dress was very plain and simple, and the fashion of it between the Asiatic and the European; but he had on his head a light helmet of gold, adorned with jewels, and a plume on the crest. He held his sword drawn in his hand to defend himself, if I should happen to break loose; it was almost three inches long; the hilt and scabbard were gold enriched with diamonds. His voice was shrill, but very clear and articulate; and I could distinctly hear it when I stood up. The ladies and courtiers were all most magnificently clad; so that the spot they stood upon seemed to resemble a petticoat spread upon the ground, embroidered with figures of gold and silver. His imperial majesty spoke often to me, and I returned answers: but neither of us could understand a syllable. There were several of his priests and lawyers present (as I conjectured by their habits), who were commanded to address themselves to me; and I spoke to them in as many languages as I had the least smattering of, which were High and Low Dutch, Latin, French, Spanish, Italian, and lingua franca, but all to no purpose. After about two hours the court retired, and I was left with a strong guard, to prevent the impertinence, and probably the malice of the rabble, who were very impatient to crowd about me as near as they durst; and some of them had the impudence to shoot their arrows at me, as I sat on the ground by the door of my house, whereof one very narrowly missed my left eye. But the colonel ordered six of the ringleaders to be seized, and thought no punishment so proper as to deliver them bound into my hands; which some of his soldiers accordingly did, pushing them forward with the butt-ends of their pikes into my reach. I took them all in my right hand, put five of them into my coat-pocket; and as to the sixth, I made a countenance as if I would eat him alive. The poor man squalled terribly, and the colonel and his officers were in much pain, especially when they saw me take out my penknife: but I soon put them out of fear; for, looking mildly, and immediately cutting the strings he was bound with, I set him gently on the ground, and away he ran. I treated the rest in the same manner, taking them one by one out of my pocket; and I observed both the soldiers and people were highly delighted at this mark of my clemency, which was represented very much to my advantage at court.

Towards night I got with some difficulty into my house, where I lay on the ground, and continued to do so about a fortnight; during which time, the emperor gave orders to have a bed prepared for me. Six hundred beds of the common measure were brought in carriages, and worked up in my house; a hundred and fifty of their beds, sewn together, made up the breadth and length; and these were four double: which, however, kept me but very indifferently from the hardness of the floor, that was of smooth stone. By the same computation, they provided me with sheets, blankets, and coverlets, tolerable enough for one who had been so long inured to hardships.

As the news of my arrival spread through the kingdom, it brought prodigious numbers of rich, idle, and curious people to see me; so that the villages were almost emptied; and great neglect of tillage and household affairs must have ensued, if his imperial majesty had not provided, by several proclamations and orders of state, against this inconveniency. He directed that those who had already beheld me should return home, and not presume to come within fifty yards of my house, without license from the court; whereby the secretaries of state got considerable fees.

In the mean time the emperor held frequent councils, to debate what course should be taken with me; and I was afterwards assured by a particular friend, a person of great quality, who was as much in the secret as any, that the court was under many difficulties concerning me. They apprehended my breaking loose; that my diet would be very expensive, and might cause a famine. Sometimes they determined to starve me; or at least to shoot me in the face and hands with poisoned arrows, which would soon despatch me; but again they considered, that the stench of so large a carcass might produce a plague in the metropolis, and probably spread through the whole kingdom. In the midst of these consultations, several officers of the army went to the door of the great councilchamber, and two of them being admitted, gave an account of my behaviour to the six criminals above-mentioned; which made so favourable an impression in the breast of his majesty and the whole board, in my behalf, that an imperial commission was issued out, obliging all the villages, nine hundred yards round the city, to deliver in every morning six beeves, forty sheep, and other victuals for my sustenance; together with a proportionable quantity of bread, and wine, and other liquors; for the due payment of which, his majesty gave assignments upon his treasury—for this prince lives chiefly upon his own demesnes; seldom, except upon great occasions, raising any subsidies upon his subjects, who are bound to attend him in his wars at their own expense.

An establishment was also made of six hundred persons to be my domestics, who had board-wages allowed for their maintenance, and tents built for them very conveniently on each side of my door. It was likewise ordered, that three hundred tailors should make me a suit of clothes, after the fashion of the country; that six of his majesty's greatest scholars should be employed to instruct me in their language; and lastly, that the emperor's horses, and those of the nobility and troops of guards, should be frequently exercised in my sight, to accustom themselves to me. All these orders were duly put in execution; and in about three weeks I made a great progress in learning their language; during which time the emperor frequently honoured me with his visits, and was pleased to assist my masters in teaching me. We began already to converse together in some sort; and the first words I learnt, were to express my desire "that he would please give me my liberty"; which I every day repeated on my knees. His answer, as I could comprehend it, was, "that this must be a work of time, not to be thought on without the advice of his council, and that first I must lumos kelmin pesso desmar lon emposo"; that is, swear a peace with him and his kingdom. However, that I should be used with all kindness. And he advised me to "acquire, by my patience and discreet behaviour, the good opinion of himself and his subjects". He desired "I would not take it ill, if he gave orders to certain proper officers to search me; for probably I might carry about me several weapons, which must needs be dangerous things, if they answered the bulk of so prodigious a person." I said, "His majesty should be satisfied; for I was ready to strip myself, and turn up my pockets before him." This I delivered part in words, and part in signs. He replied, "that, by the laws of the kingdom, I must be searched by two of his officers; that he knew this could not be done without my consent and assistance; and he had so good an opinion of my generosity and justice, as to trust their persons in my hands; that whatever they took from me, should be returned when I left the country, or paid for at the rate which I would set upon them. " I took up the two officers in my hands, put them first into my coat-pockets, and then into every other pocket about me, except my two fobs, and another secret pocket, which I had no mind should be searched, wherein I had some little necessaries that were of no consequence to any but myself. In one of my fobs there was a silver watch, and in the other a small quantity of gold in a purse. These gentlemen, having pen, ink, and paper, about them, made an exact inventory of every thing they saw; and when they had done, desired I would set them down, that they might deliver it to the emperor. This inventory I afterwards translated into English, and is, word for word, as follows: Imprimis: in the right coat-pocket of the great manmountain (for so I interpret the words quinbus flestrin) after the strictest search, we found only one great piece of coarse-cloth, large enough to be a foot-cloth for your majesty's chief room of state. In the left pocket we saw a huge silver chest, with a cover of the same metal, which we, the searchers, were not able to lift. We desired it should be opened, and one of us stepping into it, found himself up to the mid leg in a sort of dust, some part whereof flying up to our faces set us both a sneezing for several times together. In his right waistcoat-pocket we found a prodigious bundle of white thin substances, folded one over another, about the bigness of three men, tied with a strong cable, and marked with black figures; which we humbly conceive to be writings, every letter almost half as large as the palm of our hands. In the left there was a sort of engine, from the back of which were extended twenty long poles, resembling the pallisados before your majesty's court: wherewith we conjecture the man-mountain combs his head; for we did not always trouble him with questions, because we found it a great difficulty to make him understand us. In the large pocket, on the right side of his middle cover (so I translate the word ranfulo, by which they meant my breeches), we saw a hollow pillar of iron, about the length of a man, fastened to a strong piece of timber larger than the pillar; and upon one side of the pillar, were huge pieces of iron sticking out, cut into strange figures, which we know not what to make of. In the left pocket, another engine of the same kind. In the smaller pocket on the right side, were several round flat pieces of white and red metal, of different bulk; some of the white, which seemed to be silver, were so large and heavy, that my comrade and I could hardly lift them. In the left pocket were two black pillars irregularly shaped: we could not, without difficulty, reach the top of them, as we stood at the bottom of his pocket. One of them was covered, and seemed all of a piece: but at the upper end of the other there appeared a white round substance, about twice the bigness of our heads. Within each of these was enclosed a prodigious plate of steel; which, by our orders, we obliged him to show us, because we apprehended they might be dangerous engines. He took them out of their cases, and told us, that in his own country his practice was to shave his beard with one of these, and cut his meat with the other. There were two pockets which we could not enter: these he called his fobs; they were two large slits cut into the top of his middle cover, but squeezed close by the pressure of his belly. Out of the right fob hung a great silver chain, with a wonderful kind of engine at the bottom. We directed him to draw out whatever was at the end of that chain; which appeared to be a globe, half silver, and half of some transparent metal; for, on the transparent side, we saw certain strange figures circularly drawn, and thought we could touch them, till we found our fingers stopped by the lucid substance. He put this engine into our ears, which made an incessant noise, like that of a water-mill; and we conjecture it is either some unknown animal, or the god that he worships; but we are more inclined to the latter opinion, because he assured us, (if we understood him right, for he expressed himself very imperfectly) that he seldom did any thing without consulting it. He called it his oracle, and said, it pointed out the time for every action of his life. From the left fob he took out a net almost large enough for a fisherman, but contrived to open and shut like a purse, and served him for the same use: we found therein several massy pieces of yellow metal, which, if they be real gold, must be of immense value.

Having thus, in obedience to your majesty's commands, diligently searched all his pockets, we observed a girdle about his waist made of the hide of some prodigious animal, from which, on the left side, hung a sword of the length of five men; and on the right, a bag or pouch divided into two cells, each cell capable of holding three of your majesty's subjects. In one of these cells were several globes, or balls, of a most ponderous metal, about the bigness of our heads, and requiring a strong hand to lift them; the other cell contained a heap of certain black grains, but of no great bulk or weight, for we could hold above fifty of them in the palms of our hands.

This is an exact inventory of what we found about the body of the man-mountain, who used us with great civility, and due respect to your majesty's commission. Signed and sealed on the fourth day of the eightyninth moon of your majesty's auspicious reign. Clefrin Frelock, Marsi Frelock. When this inventory was read over to the emperor, he directed me, although in very gentle terms, to deliver up the several particulars. He first called for my scimitar, which I took out, scabbard and all. In the mean time he ordered three thousand of his choicest troops (who then attended him) to surround me at a distance, with their bows and arrows just ready to discharge; but I did not observe it, for my eyes were wholly fixed upon his majesty. He then desired me to draw my scimitar, which, although it had got some rust by the sea water, was, in most parts, exceeding bright. I did so, and immediately all the troops gave a shout between terror and surprise; for the sun shone clear, and the reflection dazzled their eyes, as I waved the scimitar to and fro in my hand. His majesty, who is a most magnanimous prince, was less daunted than I could expect: he ordered me to return it into the scabbard, and cast it on the ground as gently as I could, about six feet from the end of my chain. The next thing he demanded was one of the hollow iron pillars; by which he meant my pocket pistols. I drew it out, and at his desire, as well as I could, expressed to him the use of it; and charging it only with powder, which, by the closeness of my pouch, happened to escape wetting in the sea (an inconvenience against which all prudent mariners take special care to provide), I first cautioned the emperor not to be afraid, and then I let it off in the air. The astonishment here was much greater than at the sight of my scimitar. Hundreds fell down as if they had been struck dead; and even the emperor, although he stood his ground, could not recover himself for some time. I delivered up both my pistols in the same manner as I had done my scimitar, and then my pouch of powder and bullets; begging him that the former might be kept from fire, for it would kindle with the smallest spark, and blow up his imperial palace into the air. I likewise delivered up my watch, which the emperor was very curious to see, and commanded two of his tallest yeomen of the guards to bear it on a pole upon their shoulders, as draymen in England do a barrel of ale. He was amazed at the continual noise it made, and the motion of the minute-hand, which he could easily discern; for their sight is much more acute than ours. He asked the opinions of his learned men about it, which were various and remote, as the reader may well imagine without my repeating; although indeed I could not very perfectly understand them. I then gave up my silver and copper money, my purse, with nine large pieces of gold, and some smaller ones; my knife and razor, my comb and silver snuff-box, my handkerchief and journal-book. My scimitar, pistols, and pouch, were conveyed in carriages to his majesty's stores; but the rest of my goods were returned me.

I had as I before observed, one private pocket, which escaped their search, wherein there was a pair of spectacles (which I sometimes use for the weakness of my eyes), a pocket perspective, and some other little conveniences; which, being of no consequence to the emperor, I did not think myself bound in honour to discover, and I apprehended they might be lost or spoiled if I ventured them out of my possession.

Chapter III

The author diverts the emperor, and his nobility of both sexes, in a very uncommon manner. The diversions of the court of Lilliput described. The author has his liberty granted him upon certain conditions. My gentleness and good behaviour had gained so far on the emperor and his court, and indeed up and indeed upon the army and people in general, that I began to conceive hopes of getting my liberty in a short time. I took all possible methods to cultivate this favourable disposition. The natives came, by degrees, to be less apprehensive of any danger from me. I would sometimes lie down, and let five or six of them dance on my hand; and at last the boys and girls would venture to come and play at hide-and-seek in my hair. I had now made a good progress in understanding and speaking the language. The emperor had a mind o one day to entertain me with several of the country shows, wherein they exceed all nations I have known, both for dexterity and magnificence. I was diverted with none so much as that of the rope-dancers, performed upon a slender white thread, extended about two feet, and twelve inches from the ground. Upon which I shall desire liberty, with the reader's patience, to enlarge a little.

This diversion is only practised by those persons who are candidates for great employments, and high favour at court. They are trained in this art from their youth, and are not always of noble birth, or liberal education. When a great office is vacant, either by death or disgrace (which often happens), five or six of those candidates petition the emperor to entertain his majesty and the court with a dance on the rope; and whoever jumps the highest, without falling, succeeds in the office. Very often the chief ministers themselves are commanded to show their skill, and to convince the emperor that they have not lost their faculty. Flimnap, the treasurer, is allowed to cut a caper on the straight rope, at least an inch higher than any other lord in the whole empire. I have seen him do the summerset several times together, upon a trencher fixed on a rope which is no thicker than a common packthread in England. My friend Reldresal, principal secretary for private affairs, is, in my opinion, if I am not partial, the second after the treasurer; the rest of the great officers are much upon a par.

These diversions are often attended with fatal accidents, whereof great numbers are on record. I myself have seen two or three candidates break a limb. But the danger is much greater, when the ministers themselves are commanded to show their dexterity; for, by contending to excel themselves and their fellows, they strain so far that there is hardly one of them who has not received a fall, and some of them two or three. I was assured that, a year or two before my arrival, Flimnap would infallibly have broke his neck, if one of the king's cushions, that accidentally lay on the ground, had not weakened the force of his fall.

There is likewise another diversion, which is only shown before the emperor and empress, and first minister, upon particular occasions. The emperor lays on the table three fine silken threads of six inches long; one is blue, the other red, and the third green. These threads are proposed as prizes for those persons whom the emperor has a mind to distinguish by a peculiar mark of his favour. The ceremony is performed in his majesty's great chamber of state, where the candidates are to undergo a trial of dexterity very different from the former, and such as I have not observed the least resemblance of in any other country of the new or old world. The emperor holds a stick in his hands, both ends parallel to the horizon, while the candidates advancing, one by one, sometimes leap over the stick, sometimes creep under it, backward and forward, several times, according as the stick is advanced or depressed. Sometimes the emperor holds one end of the stick, and his first minister the other; sometimes the minister has it entirely to himself. Whoever performs his part with most agility, and holds out the longest in leaping and creeping, is rewarded with the blue-coloured silk; the red is given to the next, and the green to the third, which they all wear girt twice round about the middle; and you see few great persons about this court who are not adorned with one of these girdles.

The horses of the army, and those of the royal stables, having been daily led before me, were no longer shy, but would come up to my very feet without starting. The riders would leap them over my hand, as I held it on the ground; and one of the emperor's huntsmen, upon a large courser, took my foot, shoe and all; which was indeed a prodigious leap. I had the good fortune to divert the emperor one day after a very extraordinary manner. I desired he would order several sticks of two feet high, and the thickness of an ordinary cane, to be brought me; whereupon his majesty commanded the master of his woods to give directions accordingly; and the next morning six woodmen arrived with as many carriages, drawn by eight horses to each. I took nine of these sticks, and fixing them firmly in the ground in a quadrangular figure, two feet and a half square, I took four other sticks, and tied them parallel at each corner, about two feet from the ground; then I fastened my handkerchief to the nine sticks that stood erect; and extended it on all sides, till it was tight as the top of a drum; and the four parallel sticks, rising about five inches higher than the handkerchief, served as ledges on each side. When I had finished my work, I desired the emperor to let a troop of his best horses twenty-four in number, come and exercise upon this plain. His majesty approved of the proposal, and I took them up, one by one, in my hands, ready mounted and armed, with the proper officers to exercise them. As soon as they got into order they divided into two parties, performed mock skirmishes, discharged blunt arrows, drew their swords, fled and pursued, attacked and retired, and in short discovered the best military discipline I ever beheld. The parallel sticks secured them and their horses from falling over the stage; and the emperor was so much delighted, that he ordered this entertainment to be repeated several days, and once was pleased to be lifted up and give the word of command; and with great difficulty persuaded even the empress herself to let me hold her in her close chair within two yards of the stage, when she was able to take a full view of the whole performance. It was my good fortune, that no ill accident happened in these entertainments; only once a fiery horse, that belonged to one of the captains, pawing with his hoof, struck a hole in my handkerchief, and his foot slipping, he overthrew his rider and himself; but I immediately relieved them both, and covering the hole with one hand, I set down the troop with the other, in the same manner as I took them up. The horse that fell was strained in the left shoulder, but the rider got no hurt; and I repaired my handkerchief as well as I could: however, I would not trust to the strength of it any more, in such dangerous enterprises.

About two or three days before I was set at liberty, as I was entertaining the court with this kind of feat, there arrived an express to inform his majesty, that some of his subjects, riding near the place where I was first taken up, had seen a great black substance lying on the ground, very oddly shaped, extending its edges round, as wide as his majesty's bedchamber, and rising up in the middle as high as a man; that it was no living creature, as they at first apprehended, for it lay on the grass without motion; and some of them had walked round it several times; that,by mounting upon each other's shoulders, they had got to the top, which was flat and even, and, stamping upon it, they found that it was hollow within; that they humbly conceived it might be something belonging to the man-mountain; and if his majesty pleased, they would undertake to bring it with only five horses. I presently knew what they meant, and was glad at heart to receive this intelligence. It seems, upon my first reaching the shore after our shipwreck, I was in such confusion, that before I came to the place where I went to sleep, my hat, which I had fastened with a string to my head while I was rowing, and had stuck on all the time I was swimming, fell off after I came to land; the string, as I conjecture, breaking by some accident, which I never observed, but thought my hat had been lost at sea. I entreated his imperial majesty to give orders it might be brought to me as soon as possible, describing to him the use and the nature of it; and the next day the waggoners arrived with it, but not in a very good condition; they had bored two holes in the brim, within an inch and half of the edge, and fastened two hooks in the holes; these hooks were tied by a long cord to the harness, and thus my hat was dragged along for above half an English mile; but, the ground in that country being extremely smooth and level, it received less damage than I expected.

Two days after this adventure, the emperor, having ordered that part of his army which quarters in and about his metropolis, to be in readiness, took a fancy of diverting himself in a very singular manner.

He desired I would stand like a Colossus, with my legs as far asunder as I conveniently could. He then commanded his general (who was an old experienced leader, and a great patron of mine) to draw up the troops in close order, and march them under me; the foot by twenty-four abreast, and the horse by sixteen, with drums beating, colours flying, and pikes advanced. This body consisted of three thousand foot, and a thousand horse. His majesty gave orders, upon pain of death, that every soldier in his march should observe the strictest decency with regard to my person; which however could not prevent some of the younger officers from turning up their eyes as they passed under me: and, to confess the truth, my breeches were at that time in so ill a condition, that they afforded some opportunities for laughter and admiration.

I had sent so many memorials and petitions for my liberty, that his majesty at length mentioned the matter, first in the cabinet, and then in a full council; where it was opposed by none, except Skyresh Bolgolam, who was pleased, without any provocation, to be my mortal enemy. But it was carried against him by the whole board, and confirmed by the emperor. That minister was galbet, or admiral of the realm, very much in his master's confidence, and a person well versed in affairs, but of a morose and sour complexion. However, he was at length persuaded to comply; but prevailed that the articles and conditions upon which I should be set free, and to which I must swear, should be drawn up by himself. These articles were brought to me by Skyresh Bolgolam in person attended by two under-secretaries, and several persons of distinction. After they were read, I was demanded to swear to the performance of them; first in the manner of my own country, and afterwards in the method prescribed by their laws; which was, to hold my right foot in my left hand, and to place the middle finger of my right hand on the crown of my head, and my thumb on the tip of my right ear. But because the reader may be curious to have some idea of the style and manner of expression peculiar to that people, as well as to know the article upon which I recovered my liberty, I have made a translation of the whole instrument, word for word, as near as I was able, which I here offer to the public.

Golbasto Momarem Evlame Gurdilo Shefin Mully Ully Gue, most mighty Emperor of Lilliput, delight and terror of the universe, whose dominions extend five thousand blustrugs (about twelve miles in circumference) to the extremities of the globe; monarch of all monarchs, taller than the son of men; whose feet press down to the centre, and whose head strikes against the sun; at whose nod the princes of the earth shake their knees; pleasant as the spring, comfortable as the summer, fruitful as autumn, dreadful as winter; his most sublime majesty proposes to the man-mountain, lately arrived at our celestial dominions, the following articles, which, by a solemn oath, he shall be obliged to perform:

1st, the man-mountain shall not depart from our dominions, without our license under our great seal.

2nd, he shall not presume to come into our metropolis, without our express order; at which time, the inhabitants shall have two hours warning to keep within doors.

3rd, the said man-mountain shall confine his walks to our principal high roads, and not offer to walk, or lie down, in a meadow or field of corn.

4th, as he walks the said roads, he shall take the utmost care not to trample upon the bodies of any of our loving subjects, their horses, or carriages, nor take any of our subjects into his hands without their own consent.

5th, if an express requires extraordinary despatch, the man-mountain shall be obliged to carry, in his pocket, the messenger and horse a six days journey, once in every moon, and return the said messenger back (if so required) safe to our imperial presence.

6th, he shall be our ally against our enemies in the island of Blefuscu, and do his utmost to destroy their fleet, which is now preparing to invade us.

7th, that the said man-mountain shall, at his times of leisure, be aiding and assisting to our workmen, in helping to raise certain great stones, towards covering the wall of the principal park, and other our royal buildings.

8th, that the said man-mountain shall, in two moons' time, deliver in an exact survey of the circumference of our dominions, by a computation of his own paces round the coast.

Lastly, that, upon his solemn oath to observe all the above articles, the said man-mountain shall have a daily allowance of meat and drink sufficient for the support of 1728 of our subjects, with free access to our royal person, and other marks of our favour. Given at our palace at Belfaborac, the twelfth day of the ninety-first moon of our reign.

I swore and subscribed to these articles with great cheerfulness and content, although some of them were not so honourable as I could have wished; which proceeded wholly from the malice of Skyresh Bolgolam, the highadmiral; whereupon my chains were immediately unlocked, and I was at full liberty. The emperor himself, in person, did me the honour to be by at the whole ceremony. I made my acknowledgements by prostrating myself at his majesty's feet, but he commanded me to rise; and after many gracious expressions, which, to avoid the censure of vanity, I shall not repeat, he added, "that he hoped I should prove a useful servant, and well deserve all the favours he had already conferred upon me, or might do for the future."

The reader may please to observe, that, in the last article of the recovery of my liberty, the emperor stipulates to allow me a quantity of meat and drink sufficient for the support of 1724 Lilliputians. Some time after, asking a friend at court how they came to fix on that determinate number, he told me that his majesty's mathematicians, having taken the height of my body by the help of a quadrant, and finding it to exceed theirs in the proportion of twelve to one, they concluded from the similarity of their bodies, that mine must contain at least 1724 of theirs, and consequently would require as much food as was necessary to support that number of Lilliputians. By which the reader may conceive an idea of the ingenuity of that people, as well as the prudent and exact economy of so great a prince.

Chapter IV

Mildendo, the metropolis of Lilliput, described, together with the emperor's palace. A conversation between the author and a principal secretary, concerning the affairs of that empire. The author's offers to serve the emperor in his wars.

The first request I made, after I had obtained my liberty, was that I might have license to see Mildendo, the metropolis; which the emperor easily granted me, but with a special charge to do no hurt either to the inhabitants or their houses. The people had notice, by proclamation, of my design to visit the town. The wall which encompassed it is two feet and a half high, and at least eleven inches broad, so that a coach and horses may be driven very safely round it; and it is flanked with strong towers at ten feet distance. I stepped over the great western gate, and passed very gently, and sideling through the two principal streets, only in my short waistcoat,for fear of damaging the roofs and eaves of the houses with the skirts of my coat. I walked with the utmost circumspection, to avoid treading on any stragglers who might remain in the streets, although the orders were very strict, that all people should keep in their houses, at their own peril. The garret windows and tops of houses were so crowded with spectators, that I thought in all my travels I had not seen a more populous place. The city is an exact square, each side of the wall being five hundred feet long. The two great streets, which run across and divide it into four quarters, are five feet wide. The lanes and alleys, which I could not enter, but only view them as I passed, are from twelve to eighteen inches. The town is capable of holding five hundred thousand souls: the houses are from three to five stories; the shops and markets well provided.

The emperor's palace is in the centre of the city where the two great streets meet. It is enclosed by a wall of two feet high, and twenty feet distant from the buildings. I had his majesty's permission to step over this wall; and, the space being so wide between that and the palace, I could easily view it on every side. The outward court is a square of forty feet, and includes two other courts: in the inmost are the royal apartments, which I was very desirous to see, but found it extremely difficult; for the great gates, from one square into another, were but eighteen inches high, and seven inches wide. Now the buildings of the outer court were at least five feet high, and it was impossible for me to stride over them without infinite damage to the pile, though the walls were strongly built of hewn stone, and four inches thick. At the same time the emperor had a great desire that I should see the magnificence of his palace; but this I was not able to do till three days after, which I spent in cutting down with my knife some of the largest trees in the royal park, about a hundred yards distant from the city. Of these trees I made two stools, each about three feet high, and strong enough to bear my weight.

The people having received notice a second time, I went again through the city to the palace with my two stools in my hands. When I came to the side of the outer court, I stood upon one stool, and took the other in my hand; this I lifted over the roof, and gently set it down on the space between the first and second court, which was eight feet wide. I then stepped over the building very conveniently from one stool to the other, and drew up the first after me with a hooked stick. By this contrivance I got into the inmost court; and, lying down upon my side, I applied my face to the windows of the middle stories, which were left open on purpose, and discovered the most splendid apartments that can be imagined. There I saw the empress and the young princes, in their several lodgings, with their chief attendants about them. Her imperial majesty was pleased to smile very graciously upon me, and gave me out of the window her hand to kiss.

But I shall not anticipate the reader with further descriptions of this kind, because I reserve them for a greater work, which is now almost ready for the press; containing a general description of this empire, from its first erection, through a long series of princes; with a particular account of their wars and politics, laws, learning, and religion;their plants and animals; their peculiar manners and customs, with other matters very curious and useful; my chief design at present being only to relate such events and transactions as happened to the public or to myself during a residence of about nine months in that empire.

One morning, about a fortnight after I had obtained my liberty, Reldresal, principal secretary (as they style him) for private affairs, came to my house attended only by one servant. He ordered his coach to wait at a distance, and desired I would give him an hour's audience; which I readily consented to, on account of his quality and personal merits, as well as of the many good offices he had done me during my solicitations at court. I offered to lie down that he might the more conveniently reach my ear, but he chose rather to let me hold him in my hand during our conversation. He began with compliments on my liberty; said "he might pretend to some merit in it;" but, however, added, "that if it had not been for the present situation of things at court, perhaps I might not have obtained it so soon. For," said he, "as flourishing a condition as we may appear to be in to foreigners, we labour under two mighty evils: a violent faction at home, and the danger of an invasion, by a most potent enemy, from abroad. As to the first, you are to understand, that for about seventy moons past there have been two struggling parties in this empire, under the names of Tramecksan and Slamecksan, from the high and low heels of their shoes, by which they distinguish themselves. It is alleged, indeed, that the high heels are most agreeable to our ancient constitution; but, however this be, his majesty has determined to make use only of low heels in the administration of the government, and all offices in the gift of the crown, as you cannot but observe; and particularly that his majesty's imperial heels are lower at least by a drurr than any of his court (drurr is a measure about the fourteenth part of an inch). The animosities between these two parties run so high, that they will neither eat, nor drink, nor talk with each other. We compute the Tramecksan, or high heels, to exceed us in number; but the power is wholly on our side. We apprehend his imperial highness, the heir to the crown, to have some tendency towards the high heels; at least we can plainly discover that one of his heels is higher than the other, which gives him a hobble in his gait. Now, in the midst of these intestine disquiets, we are threatened with an invasion from the island of Blefuscu, which is the other great empire of the universe, almost as large and powerful as this of his majesty. For as to what we have heard you affirm, that there are other kingdoms and states in the world inhabited by human creatures as large as yourself, our philosophers are in much doubt, and would rather conjecture that you dropped from the moon, or one of the stars; because it is certain, that a hundred mortals of your bulk would in a short time destroy all the fruits and cattle of his majesty's dominions; besides, our histories of six thousand moons make no mention of any other regions than the two great empires of Lilliput and Blefuscu. Which two mighty powers have, as I was going to tell you, been engaged in a most obstinate war for six-and-thirty moons past. It began upon the following occasion. It is allowed on all hands, that the primitive way of breaking eggs, before we eat them, was upon the larger end; but his present majesty's grandfather, while he was a boy, going to eat an egg, and breaking it according to the ancient practice, happened to cut one of his fingers. Whereupon the emperor his father published an edict, commanding all his subjects, upon great penalties, happened to cut one of his fingers. Whereupon the emperor his father published an edict, commanding all his subjects, upon great penalties, to break the smaller end of their eggs. The people so highly resented this law, that our histories tell us, there have been six rebellions raised on that account; wherein one emperor lost his life, and another his crown. These civil commotions were constantly fomented by the monarchs of Blefuscu; and when they were quelled, the exiles always fled for refuge to that empire. It is computed that eleven thousand persons have at several times suffered death, rather than submit to break their eggs at the smaller end. Many hundred large volumes have been published upon this controversy, but the books of the Big- Endians have been long forbidden, and the whole party rendered incapable by law of holding employments. During the course of these troubles, the emperors of Blefuscu did frequently expostulate by their ambassadors, accusing us of making a schism in religion, by offending against a fundamental doctrine of our great prophet Lustrog, in the fifty-fourth chapter of the Brundrecal (which is their Alcoran). This, however, is thought to be a mere strain upon the text; for the words are these: 'that all true believers break their eggs at the convenient end. 'And which is the convenient end, seems, in my humble opinion to be left to every man's conscience, or at least in the power of the chief magistrate to determine. Now, the Big-Endian exiles have found so much credit in the emperor of Blefuscu's court, and so much private assistance and encouragement from their party here at home, that a bloody war has been carried on between the two empires for six-and-thirty moons, with various success; during which time we have lost forty capital ships, and a much greater number of smaller vessels, together with thirty thousand of our best seamen and soldiers; and the damage received by the enemy is reckoned to be somewhat greater than ours. However, they have now equipped a numerous fleet, and are just preparing to make a descent upon us; and his imperial majesty, placing great confidence in your valour and strength, has commanded me to lay this account of his affairs before you."

I desired the secretary to present my humble duty to the emperor; and to let him know, "that I thought it would not become me, who was a foreigner, to interfere with parties; but I was ready, with the hazard of my life, to defend his person and state against all invaders."

译文：

第二章

小人国的皇帝在几位贵族的陪同下前来看在押的作者；描写皇帝的仪容与习惯；学者们奉命教作者当地的语言；作者因温顺的性格博得皇帝的欢心；他的衣袋受到搜查，刀和手枪都被没收了。

我站起来环顾了一下四周。我必须承认自己从未见过比这更有趣的景色。周围的田野像无垠的花园，圈起来的田地一般都是四十英尺见方，就像许许多多的花床。田地间夹杂着树林，这树林约占地八分之一英亩。据我推断，最高的树大约高七英尺。我观望左手边的城池，看上去就像戏院里所绘的城池的布景。

几个小时以来，我憋大便憋得非常难受。这也不奇怪，因为我已经有两天没有排便了。我陷入了这个巨大的困境，又急又羞。眼下我所能想到的最好办法就是爬进屋去，我也这么做了。我进去后把门关上，走到链子能达到的最远处，把身体里那叫我难受的负担排掉。但我对这唯一一次对这么不干净的行为有负罪感，因此我希望正直的读者能够谨慎、公正地考虑我当时的处境与所受的痛苦，能够多多包涵。这次以后，我通常早上一起来就到户外去，在链子长度能达到的最远的地方完成这件事。这也在每天早上行人出来之前就得到了适当的处理——两个特派仆人用手推车将这堆讨人厌的东西运走。这与我好干净的个性有关，所以我才认为我有为自己辩明的必要，否则也不会费这么半天来说这么件看起来似乎微不足道的事。不过别人告诉我，一些中伤我的人很乐意在这件事和其他事情上怀疑我。

这件事之后，我又重新走出屋来，有机会呼吸一下新鲜空气。这时皇帝已经从塔上下来骑着马向我走来，但却差点儿使他付出不小的代价。那马虽然受过良好的训练，但见了我却完全无法习惯，仿佛我是一座山在它面前动来动去，因为受惊，前蹄悬空站了起来，幸亏这位君王是位出色的骑手，依然能在马上坐稳。侍卫赶紧跑过来勒住缰绳，皇帝才得以及时从马上下来。他下马之后，带着无比惊讶的神情仔仔细细地将我打量了一圈，不过一直待在链子够不着的地方。他命令厨师和管家把酒菜送到我的面前。他们早已做好准备，一听到命令就用轮车把饮食推到我能拿到的地方。我接过这些车，并很快把上面的食物一扫而光。二十辆车装满了肉，十辆车盛着酒；每辆肉车上的肉足够我吃两三大口；每辆酒车上有十小陶罐的酒，我把它们倒在一起，一饮而尽；剩下的几车食物我也是这样吃掉的。皇后和其他年轻的王族成员，在许多贵妇人的陪伴下，坐在离我稍远一点的座位上。皇帝的马出事之后，他们就下来到了皇帝的跟前。现在我来描述一下皇帝的容貌：他的身高比其他王公大臣们都高，高出大约有我的一个指甲盖那样，仅此一点就足以使看到他的人肃然起敬。他容貌雄健威武，长着奥地利人的嘴唇和鹰钩鼻，橄榄色的皮肤，面相坚毅端庄，身材四肢十分匀称，举止文雅，仪态庄严。他已过了青春年华，现年二十八岁零九个月；在位大约七年，国泰民安，基本上战无不胜。为了更方便地看他，我侧躺着，和他脸对脸。他站在离我只有三码远的地方，后来我也曾多次把他托在我手中，所以我的描述是不会有问题的。他的服装非常简朴，样式介于亚洲式和欧洲式之间，但头上戴了一顶饰有珠宝的黄金头盔，盔顶上插着一根羽毛。他手握着剑，以防我挣脱束缚。这剑大约三英寸长，柄和鞘全是金做的，上面镶满了钻石。他的嗓音很尖，但响亮清晰，我站起来也可以听得清清楚楚。贵妇人和朝臣们全都打扮得十分华丽，所以他们所站的那块地方看起来像是地上铺了一条绣满了金人银人的衬裙。皇帝经常跟我说话，我也做了回答，但彼此完全听不懂对方在说什么。在场的还有他的几个牧师和律师（我根据他们的服装推断），他们也奉命跟我谈话。我就用我一知半解的各种语言与他们说话，其中包括高地荷兰语和低地荷兰语、拉丁语、法语、西班牙语、意大利语和混合语，可是所有的语言也没起到半点作用。过了大约两个小时，宫廷的人才全部离去，只留下一支强大的警卫队防止乱民们无礼或者恶意的举动——这些人由于好奇极不耐烦地向我周围挤，大着胆子尽可能地挨近我。我在房门口地上坐着的时候，有人竟无礼地向我放箭，有一支差点儿射中了我的左眼。领队的上校下令逮捕了六个罪魁祸首，他觉得最合适的惩罚莫过于将他们捆绑着送到我手中。他的几个兵照办了，用枪托将几个乱民推到我手可以够得着的地方。我用右手一下子把他们全部抓住，五个放入上衣口袋，第六个则做出要生吃他的样子。这可怜的人痛苦地嚎哭，上校和军官们也都十分痛苦，尤其当他们看见我掏出削笔刀来的时候。我很快就消除了他们的恐惧，因为我看起来和颜悦色，并且立即用刀割断了绑着他的绳子，轻轻把他放到地上，他撒腿就跑。其余几个我也做了同样的处理，将他们一个个从口袋里放出来。我看得出来，不论士兵还是百姓对我这种仁慈的表现都万分感激，这件事后来传到朝廷上，说法对我十分有利。

傍晚时分，我好不容易爬回屋在地上躺了下来，这样一直睡了大约两个星期。这期间皇帝下令给我准备一张床。车子运来了六百张普通尺寸的床，在我的屋子里拼接起来。一百五十张小床缝在一起做成了一张长宽适度的床，其余的也照样缝好，四层叠在一起，但是这对我来说跟睡在光滑的石板地上也没有太大的区别。他们又以同样的计算方法给我准备了床单、毯子和被子，对于像我这么一个早过惯了苦日子的人来说，这一切也就很像样了。

随着我到来的消息传遍整个王国，无数富人、闲人和好奇的人们前来观看，简直是万人空巷，要不是皇帝陛下下令颁公告禁止这种骚乱，那么就会出现无人耕种、无人理家的严重后果。皇帝下令：凡是看过我的人必须回家，没有朝廷的许可证任何人不得擅自走近离我房子五十码以内的地方。大臣们还因此获得了数量可观的税款。

同时，皇帝多次召开会议讨论采取什么措施对待我。我有一位特殊的朋友地位很高，他参与了这桩机密事件，后来向我证实，朝廷因为我面临重重困难。他们担心我挣脱逃跑；我的伙食费太贵可能会引起饥荒。他们曾一度决定将我饿死或者用毒箭射我的脸和手，这样就可以处死我。但他们又考虑到，这么庞大的一具尸体可能会在都城造成瘟疫，说不定还会在整个王国传染开来。正当大家在商讨这些事情的时候，会议大厅门口来了几位部队的军官，他们中有两位被召见进去报告我处置那六名罪犯的情形。我的这一举动在皇帝陛下以及全体廷臣的心中留下了极好的印象。皇帝随即颁下一道旨意：环首都九百码以内所有的村庄每天早上必须送上六头牛、四十只羊以及其他食品作为我的食物。此外还必须提供相应数量的面包、葡萄酒和其他酒类。皇帝命令这笔费用由国库支付。原来这位君王主要靠自己领地上的收入生活，除非遇上重大事件，一般难得向百姓征税。但是如果战事发生，百姓必须自费随皇帝出征。

皇帝又下令组成一个六百人的队伍给我当差，发给他们伙食费维持生计。为方便服务，还在我的门两旁搭建帐篷供他们居住。同时，皇帝还下令三百个裁缝给我做一套本国样式的衣服，雇六名本国最伟大的学者教我学习他们的语言；最后，他还要御马、贵族们的马以及卫队的马时常在我跟前操练，使它们对我习惯起来。所有这些命令都按时得到执行。大约过了三个星期，我在学习他们的语言方面大有进步。在这期间，皇帝常常大驾光临，并且很乐意帮助我的老师一起教我。我们已经可以做某些方面的交谈了。我学会的第一句话就是向他表达我希望他给我自由，每天我都跪在地上不停地念叨这句话。就我的理解，他回答的是：这得经过时间的考验。不征求内阁会议的意见根本不可能，而且首先我要宣誓与他及他的王国和平相处。但是，我应该受到友好的对待。他还劝我要以耐心谨慎的行动来赢得他和臣民的好感。他还希望如果他下令几个专门官员来搜我的身，请我不要见怪，因为我身上很可能带着几件武器，要是这些武器的大小配得上我这么一个庞然大物，那一定是很危险的东西。我说我可以满足陛下的要求，因为我随时可以脱下衣服翻出口袋让他检查。我一边用言语一边用手势表达着我的意思。他回答说根据本国法律，我必须被两位官员搜查；他也知道没有经过我的同意和协作，官员们是办不到这件事的，但是他对我的大度和正直极有好感，很放心将大臣们的安全托付给我。他说无论官员们从我身上取走什么，离开这个国家时都自当奉还，或者按我规定的价格如数赔偿。于是我把那两位官员拿到手上，先把他们放进上衣口袋，接着又放入身上的其他口袋，只有两个装表的小口袋和另一只秘密口袋没让他们搜查，因为我觉得没有搜查的必要，那里面放着的几件零用必需品对他们没有任何意义。一只口袋里装的是一块银表，另一只则放着存有少量金币的钱包。两位先生随身带着钢笔、墨水和纸，将所看到的一切列出一份详细的清单；他们做完之后要我把他们放回地上，以便将清单呈交给陛下皇帝。这份清单我后来将它译成了英文，逐字抄录如下：第一，在巨人山（“昆布斯·弗莱斯纯”一词我是这样翻译的）上衣的右口袋里，经过最严格的搜查，我们只发现了一大块粗布，大小足可做陛下大殿的地毯。在左边口袋里，我们看到一个巨大的银箱，盖子也是银制的，但我们打不开。我们要他打开，然后其中一人跨了进去，结果里面有一种尘土一般的东西一下子就没过了他腿的中部，一些尘埃飞到我们脸上，弄得我们俩打了好几个喷嚏。在他背心的右边口袋里，我们发现了一大捆白白的薄东西，一层层地叠在一起，有三个人那么大，用一根粗壮的缆绳扎着，上面记着黑色的图形。依我们的愚见，这大概就是他们的文字，每个字母差不多有我们半个巴掌那么大小。左边那只袋里是一部机器一样的东西，它的背面伸出二十根长长的柱子，很像陛下宫前的栏杆，我们估计那是巨人山用来梳头的东西。我们没有老拿问题去麻烦他，因为我们发现他很难听懂我们说的话。在他的中外衣（我从“栾佛洛”一词译过来的，他们指的是我的马裤）右边的大口袋里，我们看见一根一人来高的中空的铁柱子，固定在比铁柱子还要粗大的一块坚硬的木头上，柱子的一边伸出几块大铁片，奇形怪状的，我们不明白是做什么用的。左边的口袋里放着同样的一部机器。在右边稍小一点的口袋里，是一些大小不等的圆而扁的金属板，颜色有白有红。白色的应该是银子，又大又重，我和同伴都搬不动。在左边的口袋有两根形状不规则的黑柱子。当我们站在口袋底部，很难到达柱子顶端。其中一根被东西覆盖着，看上去像是一件整的东西，可是另一根的顶端上似乎有一样白色的圆东西，大约有两个我们那么大。两根柱子都镶着一块巨大的钢板，因为我们怕是危险的机器，就让他拿出来给我们看。他把它们从盒子里取出，告诉我们，在他们国家，他一般是用其中一个剃胡子，用另一个切肉。还有两只口袋我们进不去，他叫它们表袋。那两个口袋是他中外衣上端开着的两个狭长的缝口，被挤得紧贴着他的肚子。右边表袋外悬着一条巨大的银链，底端拴着一部神奇的机器。我们令他把链子上拴着的东西拉出来，却是一个球体的东西，半边是银，半边是透明金属；我们在透明的一边看见了一圈奇异的图形，想去摸一下，手指却被那层透明物挡住了。他把那机器放到我们耳边，只听见它发出不停的声音，好像水车一般。我们猜想这要么是某种我们不知名的动物，要么是他所崇拜的上帝，但我们更倾向于后一种猜测，因为他对我们说（如果我们理解正确的话，因为他表达得很不清楚），无论做什么事，他都要请教它。他管它叫神谕，说他一生中的每次活动都由它来指定时间。他从左边的表袋里掏出一张差不多够渔夫使用的网，不过设计的像钱包一样可以开合，实际上也是他的钱包。我们在里边找到几大块黄色的金属，如果是金子的话，那么它的价值可就大了。

遵奉陛下之命，我们将他身上所有的口袋都认真地检查了一遍。我们看到他的腰带是由一种巨兽的皮革制成。腰带左边挂了一把五人高的长剑，右边挂有一只皮囊，里面又分为两个小袋，每只小袋均能装下三个陛下的臣民。其中一只口袋装了些和我们脑袋一样大小的重金属球，要手上力气大的人才能将它们举起来；另一只装有一堆黑色颗粒，体积不大重量也较轻，我们可以抓起五十多个放在手掌中。

这就是我们在巨人山身上搜查情况的详细清单。他对我们非常有礼貌，对陛下的命令表现出应有的尊重。于陛下荣登皇位的第八十九月初四日签名盖章。克莱弗林·弗利洛克,马尔西·弗利洛克这份清单给皇帝宣读完之后，他虽然措辞婉转，却还是命令我把那几件物品交出来。他首先要我交出腰刀，我就连刀带鞘都摘了下来。与此同时，他命令三千精兵（当时正陪伴着他）远远地将我包围起来，持弓搭箭准备随时向我射箭；不过我并没有去留意他们，因为我两眼正全神贯注在皇帝身上。接着他要我拔出腰刀。虽然受海水浸泡的刀有点生锈，但总的来说还算是雪亮的。我拔出刀来，所有士兵又惊又怕，立即大声叫喊。此时烈日当空，我手拿腰刀舞来舞去，那刀光使他们眼花缭乱。陛下毕竟是位气概不凡的君王，并没有像我所料想的那么惊吓。他命令我将刀收回刀鞘，轻轻地扔到离拴我的链子的末端六英尺远的地方。他要我交出的第二件东西是那两根中空的铁柱之一，他指的是我的袖珍手枪。我在他的要求下把枪拔出来，尽我所能地向他说明了枪的用途。因为皮囊收得紧，其中的火药也幸运地没被海水浸湿（所有谨慎的航海家都会特别小心，避免火药被海水浸湿这种不愉快的事情发生）；我装上火药，并且事先警告皇帝不要害怕，然后向空中放了一枪。他们这一次所受的惊吓大大超过了刚才看见我腰刀时的惊吓。几百人倒地，好像被震死了一样。就连皇帝，虽然依旧站着没有倒下，却也半天不能恢复常态。像交出腰刀一样，我也交出了两把手枪以及我的火药包和子弹。我告诉他千万要注意：不要让火药接近火，因为一丁点儿火星就会引起燃烧，把他的皇宫轰上天去。同样，我把手表也交了出去。皇帝看了十分好奇，命令两个最高的卫兵用一根杆子抬在肩上，就像英格兰的运货车夫抬着一桶浓啤酒一样。他对表所发出的连续不断的响声和分针的走动十分惊奇；由于他们的视力远比我们敏锐，所以很容易就看得出分针是在走着。他征询了身边学者们的意见，虽然我不大能听得懂他们的话，却可以看出他们的意见是各式各样的，分歧很大。这也用不着我重复，读者很容易想象。之后我交出了银币、铜币、钱包、里面九大块金币及几枚小金币；还有我的小刀、剃刀、梳子和银鼻烟盒；我的手帕和旅行日记。我的腰刀、手枪和弹药包被马车送进了皇帝的国库，但是其他物件全都归还给了我。

前面也曾提到过，我还有一只秘密口袋逃过了他们的检查，那里有我的一副眼镜（我视力不好，有时需要戴眼镜），一架袖珍望远镜和一些小玩意儿。那些东西对皇帝来说无关紧要，我认为我也没必要非献出来不可。再者我也担心：如果我冒险把它们交了出去，可能会被弄丢或损坏。

第三章

作者以一种不寻常的方式使皇帝和贵族得到消遣；描写了小人国宫廷中的各种娱乐活动；在一定条件下，作者获得了自由。我的彬彬有礼和良好的行为举止已经博得了皇帝和满朝大臣的欢心。事实上，军队和人民大众也都对我有好感，所以我开始希望能在短期内获得自由。我采取一切可能的办法来讨好他们。渐渐地，当地人不那么担心我对他们会有什么危险了。有时候我躺在地上，让他们五六个人在我的手上跳舞；发展到最后，男孩女孩们都敢跑到我的头发里面来玩捉迷藏了。现在，我在理解和说他们语言方面也有了很大进步。有一天，皇帝要招待我观看他国内的几种表演。表演者技艺精湛，整个演出气势恢弘，我在其他任何一个国家都没见过这么精彩的演出。令我最开心的莫过于绳舞者的表演了。他们是在一根长约两英尺，离地面十二英寸高的白色细绳上表演的。这件事我想请读者耐心一点，听我仔细地讲一下。

这种娱乐项目只能由那些正在候补重要官职或希望获得朝廷恩宠的人来表演。他们从很小的时候起就开始接受这种技艺训练，而且这些人并非都是贵族出身或受过良好的教育。每当有重要官职空缺，不论是原官员过世还是失宠撤职（这是常有的事），五六位候补者呈请皇帝准许他们给皇帝陛下及朝廷百官表演一次绳上舞蹈。谁跳得最高但又没跌落下来，谁就接任这个职位。朝廷重臣们也常常奉命表演这一技艺，为了使皇帝相信他们并没有忘记自己的本领。财政大臣佛利姆奈浦在拉直的绳子上跳跃，能比全王国任何一位大臣至少要高出一英寸。我曾见过他在木盘上面能一连翻好几个跟斗，那个木盘固定在英国普通的包装线那么细的绳子上。依我看来，如果我没有偏心的话，我的朋友内务大臣瑞尔德里沙的本领仅次于财政大臣，其余的官员们则彼此不相上下。

这些娱乐项目常常伴有致命的意外事故，许多事故被记录在案。我亲眼看到两三个候补人员跌断了胳膊或腿。但是更大的危险发生在大臣们奉命来表现技巧的时候，因为他们想超越自己或者超越其他同台竞技的人，他们全力以赴，很少有不摔下来的，而且有人要摔下来两三次。听说在我来到这地方一两年之前，佛利姆奈浦就出过事，要不是皇帝的一块坐垫恰好在地上减轻了他跌落的力量，他肯定摔死了。

还有一种相似的娱乐项目，是在特别重大的节日里专为皇帝、皇后及首相大臣们表演的。皇帝在桌上放些紫、红、绿三根六英寸长的精美丝线。这三根丝线是皇帝准备的奖品，他打算以此奖励表演者，以示不同的恩典。仪式在皇宫的大殿上举行，候补人员要在这里经受的技艺考验和前面完全不同，这种技艺我在新旧大陆的任何一个国度都未曾见过有一丝相似的。皇帝手里拿一根棍子，两端与地面平行，候选人员一个接一个跑上前去，随着棍子的升落，有时跳过棍子，有时从棍子下爬行，来来回回反复几次。有时候皇帝和首相各拿棍子的一端，有时则由首相一人拿着。谁表演得最敏捷，坚持爬和跳的时间最长，谁就被奖以紫丝线，其次赏以红丝线，第三名得绿丝线。他们把丝线绕两圈围在腰间，你很少看见有朝廷重臣不佩戴这种腰带作装饰的。

由于战马和皇家御马每天都被带到我的跟前，它们已经不再胆怯，就算一直走到我的脚边也不会惊吓。我把手放在地上，骑手们就纵马从上面跃过去。其中有一名皇帝狩猎队的猎手，骑一匹高大的骏马从我穿着鞋的脚面跳了过去。这的确是惊人的一跳。一天，很荣幸，我有机会表演一种极其特别的游戏供皇帝消遣。我请求他吩咐人给我弄几根两英尺长的棍子来，像普通手杖一样粗细就行。皇帝就命令负责森林的官员前去照办。第二天清晨，六个伐木工人驾着几辆马车回来了，每辆车都由八匹马拉着。我从车上取下九根木棍牢牢地插在地上，摆出一个四边形，边长二点五平方英尺，然后又取了四根木棍横绑在这四边离地两英尺处，接着把手帕平铺在九根直立的木棍上绑紧，直到四面绷紧得就像鼓面一样。那四根横绑的高出手帕约五英寸的木棍当做四边的栏杆。我完成工作之后，就请皇帝派一支由二十四人组成的精骑兵来在这块平台上操演。皇帝同意了这一建议。我将这些马一匹一匹拿起来放到手上，骑着马的军官全副武装，准备操练。他们一站整齐就立刻分成两队，进行小规模的军事演习，发射钝箭，拔出刀剑，逃跑追击，攻打退却，总之表现出了我从未见过的严明的军事纪律。平台四边的横木保护人马不至于从平台上跌下来。皇帝高兴至极，命令这个游戏反复表演几天，而且有一次他甚至愿意让我把他举到平台上亲自去发号施令。他费了半天唇舌去说动皇后，让我把她连人带座位一同举到离平台不到两码的高处，这样她得以饱览操练的全景。算我运气好，几次表演都没什么不幸的事故发生。只有一次，一位队长骑的烈性马用蹄子乱踢，在手帕上踹出了个洞，马腿一滑，人仰马翻，但我立刻就将人马都救起来了，一手遮住洞，一手像原先送他们上台时那样将人马放回到地上。失足马的左肩胛扭伤了，但是骑手则什么事也没有。我尽量将手帕补好，不过我再也不相信这手帕的坚牢程度能经得起这种危险的游戏了。

就在我获得自由的两三天前，一次当我正在给朝廷上下表演这种戏法供他们取乐时，忽然一位专差向皇帝报告说有几个百姓骑马走近我原先被俘的地方时，发现地上躺着一个很大的黑东西，样子很怪，圆圆的边，伸展开去有陛下的寝宫那么大，中间突起的部分有一人那么高。那个东西并不是像他们起初所担心的那样，是什么活的动物，因为有人绕它走了几圈，它在草地上躺着还是一动不动。他们踩着彼此的肩膀爬到了顶端，上面扁扁平平，用脚一踩才发现里面是空的。依他们的浅见，这东西有可能是巨人山的。如果皇帝准许，他们用五匹马就能把它拉回来。我立即就明白他们说的是什么了。听到这个消息，我真打心眼里高兴。可能翻船以后我刚上岸时十分恐慌，还没走到睡倒的地方，帽子就掉了。我划船时曾用绳子把帽子系在头上，游泳时也一直戴着，估计是上岸后发生了意外，绳子断了，而我一无所知，还以为帽子掉在海里了呢。我请求皇帝下令让他们帮我把帽子拉回来，并同时向他描述了帽子的用途和特性。第二天，车夫将帽子运来了，可是已经破旧了许多。他们在离帽檐不到一英寸半的地方钻了两个孔，在孔上绑上两个钩子。这些钩子经由一根长绳绑在马具上，我的帽子就这样被拖了半英里多路。不过这个国家的地面极为平整光滑，所以帽子所受的损伤比我预想的要轻许多。

这件事过了两天后，皇帝命令驻扎在首都内外的一部分部队准备演习。原来他突然喜欢上了一种奇特的自娱自乐的方式。

他想要我像一座巨型雕像那样站着，两腿尽可能地分开，然后命令他的将军（一位经验丰富的老将，也是我的一位大恩人）列队排成密集队形，从我的胯下行军。步兵二十四人一排，骑兵十六人一排，敲鼓打旗，手持长枪挺进。这是一支由三千步兵和一千骑兵组成的军队。皇帝命令前进中每一名士兵必须严肃守纪，尊敬我个人，违者处死。不过这道命令并没有禁止住几位年轻军官在我胯下经过时抬起头来朝我看。说实话，我的裤子那时已经破得不成样子了，以至会引起那些军官的哄笑与惊奇。

我已经给皇帝上了许多奏章要求恢复自由，他终于提出了此事，先是在内阁会议上，接着又在全体国务委员会议上。除了斯开瑞什·博尔戈兰姆之外，别人都没有反对，这个人我并未惹他，却偏要做我不共戴天的敌人。但是全体内阁成员都反对他，而我的请求因此得到了皇帝的批准。这位大臣是个“葛贝特”，即当朝的海军大将，深得皇帝信任，也通晓国家事务，不过性格阴郁乖戾。他最后还是被说服了，但是坚持我的释放文件和条件应该由他亲自起草，并且我得宣誓信守那些条件。这些文件由斯开瑞什·博尔戈兰姆在两位次官与几位显要的陪同下亲手交给了我。他们宣读完文件之后，要求我宣誓坚决遵守执行以上条件。我先是按照自己国家的仪式，然后再按照他们的法律所规定的方式宣誓。他们的方式是：左手拿住右脚，再把右手中指放在头顶，大拇指放在右耳耳尖上。但是因为读者可能好奇，想了解一下这个民族特有的文章风格和表达方式以及我恢复自由所应该遵守的条款，我就将整个文件尽可能地逐字逐句翻译出来，供大家一看。

高尔伯斯脱·莫马仑·依芙莱姆·歌尔达洛·谢芬·木利·乌利·古，利立浦国至高无上的皇帝，举世拥戴和畏惧，领土延伸五千布拉斯特洛格（周界约十二英里），直达地球四极；身高超过人类的万王之王；脚踏地心，头顶太阳；他一点头，全球君王双膝颤抖；他像春天那样快乐，像夏天那样让人舒适，像秋天那样丰饶，像冬天那样令人敬畏。至高无上的吾皇陛下向不久前来到我们天朝圣国的巨人山提出如下条款，巨人山须庄严宣誓并遵守执行：

一、如果没有加盖我国国玺的许可证，巨人山不得擅自离开本土。

二、没有得到命令，巨人山不准擅自进入首都；如经特许，居民应该在两小时前接到警报足不出户。

三、巨人山必须将自己的行走地点限定在我国的主路上，不得随便在草地上或庄稼地里行走卧躺。

四、在上述大路上走动时要绝对小心，不得践踏我国民众及其车马；不经本人同意，不得将我国民众拿到手里。

五、如果遇到需要特殊传递的急件，巨人山须将专差连人带马装进口袋跑完六天的路程，一月一次。如果必要，还须将该专差安全地送到皇帝驾前。

六、他应和我国结盟迎战布莱夫斯库岛的敌人，竭尽全力摧毁他们正准备向我们发起进攻的舰队。

七、在空闲的时候，巨人山应该帮助我们的工匠抬运巨石，建造大公园园墙以及其他皇家建筑。

八、巨人山要在两个月内，用沿海岸线步测的方法，呈交我国一份疆域周长的精确测量报告。

最后，巨人山如果郑重宣誓遵守所有条款，每天即可得到足以维持我国一千七百二十八个国民生活的肉食与饮料，有随时谒见皇帝和享受皇帝其他恩典的权利。我皇登基以来第九十一月十二日于伯尔法勃拉克宫。

我心甘情愿地宣了誓，并且在条款上签了字。尽管有几条不如我想象的那么体面，那完全是海军大将斯开瑞什·博尔戈兰姆心存不良所致。锁住我的链子一打开，我就获得了完全的自由。皇帝也特别赏光，亲临了整个仪式。我俯身伏在皇帝脚下表示感恩，但是他命令我站起来。我又说了很多殷勤的话，不过为了避免别人批评我虚荣，我就不再在这里来回重复了。他又说希望我做一名有用的仆从，才不辜负他已经赏赐给我和将来还可以赏给我的恩典。

读者也许会注意到，在让我恢复自由的条款中的最后一条中，皇帝规定每天供给我足以维持一千七百二十八个小人国臣民的肉食与饮料。不久以后我问在朝廷做官的一位朋友，他们怎样得出了这样一个精确的数目。他告诉我说，御用数学家们借助四分仪测定了我的身高，计算出我身高和他们的比例是十二比一，由于他们的身体大致相同，因此得出结论：我的身体至少可抵得上一千七百二十八个小人国的人，这样也就需要可以维持这么多人生活的相应数量的食物了。读者由此可以想象得到，这个民族是多么的足智多谋，这位伟大的君王的经济原则是多么的精明、精确。

第四章

关于小人国首都密尔敦多以及皇宫的描写；作者与一位大臣关于帝国大事的一次谈话；作者表示愿在战争中为皇帝效劳。

我获得自由后的第一个请求就是想获准参观首都密尔敦多。皇帝倒爽快地答应了，只是特别关照不得伤及当地居民和民房。人们也从告示里得知我将访问首都的计划。首都由高两英尺半、宽至少十一英寸的城墙环绕，所以可以驾驶一辆马车很安全地在上面行驶。城墙两侧每隔十英尺就是一座坚固的塔楼。我跨过西大门轻手轻脚地前行，侧着身子穿过两条主要街道，身上只穿了件短背心，因为我担心上衣的下摆碰坏民房的屋顶或屋檐。虽然有严令禁止任何人出门，否则就会有生命危险，但我走路时还是非常小心，免得一脚踩到在街上游荡的人。阁楼的窗口和房顶上全都挤满了观众，我觉得在我的任何一次旅行中，从未见过像这样人口众多的地方。这座城市是一个标准的正方形，每边城墙长五百英尺。两条大街各宽五英尺，十字交叉将全城分成四个部分。我从旁边路过时看了一下自己进不去的胡同与巷子，它们的宽度从十二到十八英寸不等。全城可容纳五十万人；房子有三层楼到五层楼；商店和市场一应俱全。

皇宫在全城中心，处于两条主要大街交叉的地方。离宫殿二十英尺、高两英尺的围墙包围着它。我获得皇帝的许可后举步迈过了皇城。皇城与宫殿之间的空地很大，所以我可以很容易从各个方向来看这座宫殿。外院四十英尺见方，其中又包括两座宫院。最里面的是皇家内院，我很想看一下，但却发现非常困难，因为从一座宫院通向另一座宫院的大门只有十八英寸高、七英寸宽。外宫的建筑至少有五英尺高，虽然院墙由坚固的石块砌成，厚达四英寸，但我大步跨过去的话，还是会给整个建筑群造成极大的损害。同时，皇帝也很希望我去瞻仰一下他那富丽堂皇的宫殿，但我三天后才如愿。那三天，我用小刀在离城约一百码的皇家公园里砍下了几棵最大的树，做了两张凳子，每张高约三英尺，并且都能承受得起我的体重。

市民们得到第二次通告后，我又进城了，手拿着两张凳子前往皇宫去。到达外宫旁边，我站在一张凳子上，将另一张举过屋顶，轻轻地放到第一个宫殿和第二个宫殿之间那块宽约八英尺的空地上。我很轻巧地从一张凳子到另一张凳子上跨过外院楼群，之后我再用带弯钩的手杖把第一张凳子钩进来。我用这种巧妙的办法来到了皇家内院，然后侧着身子躺下来，脸挨到中间几层楼那几扇特地为我打开的窗子前，看到了人们所能想象到的最辉煌壮丽的内宫。我看到了皇后和年轻的王子们在自己的寝宫内，一些主要侍从相伴。皇后陛下很高兴，对我十分和蔼地笑了笑，又从窗子里伸出手来允许我吻一下。

但是我不想读者过多地来听这一类的描述了，因为我把它们留给了另一部即将出版的篇幅更大的书。那部书概括地叙述了这个帝国从创建开始到经历各代君王的整个历史。特别叙述了该帝国的政治、法律、学术、宗教，还有动植物，特殊的风俗习惯以及其他稀奇但很有益的事情。眼下我主要是想描述一下我住在那个帝国约九个月的时间里发生在我以及公众身上的种种事情和处理方法。

获得自由后约两个星期的一天早上，内务大臣（他们这么称呼他）瑞尔德里沙带了一个随身侍从来到我的寓所。他吩咐他自己的马车在远处等候，希望我能和他谈一个小时。基于他的身份和个人功绩，也因为我在向朝廷提出请求时他帮过不少忙，我很快就答应了他。我提出躺下来方便他够着我的耳朵交谈，但他更希望我把他拿在手里交谈。他首先祝贺我获得自由，说“就这件事情来说他自认为也有些功劳”；不过他又说要不是因为朝廷现在处在这种情势下，我也许不会这么快就获得自由。他说：“尽管在外国人看来可能我们的国势显得很昌隆，实际上却被两大危机所苦。一是在国内有激烈党争，二是在国外有来自最强的敌人入侵的危险。至于第一个，你要知道，六七年以来，帝国内两个党派——特莱姆克三和斯莱姆克三一直在勾心斗角，两者的区别就在于一个党的鞋跟高些，另一个党的鞋跟低些。事实上，据说高跟党最合乎古老的宪章，但不论怎样，皇帝却决定一切政府行政管理部门只起用低跟党人，这你一定察觉到了，只有低跟党人可以封官晋爵。尤其是皇帝的鞋跟比朝廷中任何一位官员的鞋跟至少要低一‘都尔’（‘都尔’是一种长度，约等于十四分之一英寸）。两党间积怨极深，以至于两党从不在一块儿吃喝或谈话。据我们估算，特莱姆克三或高跟党的人数要超过我们，但是权力却完全掌握在我们手中。我们担心的是，太子殿下有几分倾向于高跟党，至少我们清楚地看到他的一只鞋跟比另一只要高些，这使他走起路来一拐一拐的。正当国内不安的时节，本国又受到布莱夫斯库岛敌人入侵的战争威胁。那是天地间又一个大帝国，据我们所知，他的面积与实力和我皇陛下治下的这个帝国及其他一些大国几乎不相上下。至于我们听你说到过世界上还有其他一些王国和国家，住着像你一般庞大的人类，我们的哲学家对此深表怀疑，他们宁可认为你是从月球或者其他某个星球上掉下来的。因为像你这样庞大身躯的人如果有一百个，短期内就肯定会将皇帝陛下领地上所有的果实与牲畜全都吃光。再者说，在我们六千月的历史上除了本国和布莱夫斯库两大帝国外，也从来没有提到过其他什么地方。我下面正要告诉你的是，这两大强国在过去三年里一直在拼命战斗。战争开始是由于以下的原因：我们的人都认为吃鸡蛋的时候，原始的方法是打破鸡蛋较大的一头，可是当今皇帝的祖父小时候按古法打鸡蛋时碰巧割破了一个手指。因此他的父亲——当时的皇帝就下了一道敕令，命令全体臣民吃鸡蛋时打破鸡蛋较小的一头，违令者重罚。老百姓们对这项命令极为反感。历史上因此曾发生过六次叛乱，其中一个皇帝送了命，另一个丢了王位。这些叛乱大多都是由布莱夫斯库国的国王们煽动起来的。叛乱平息后，流亡者总是逃到那个帝国去寻求避难。据估计，先后几次有一万一千人情愿受死也不肯去打破鸡蛋较小的一端。关于这一争端，曾出版过几百本大部头著作，不过大端派的书一直是被禁止的，同时法律规定该派的任何人不得做官。在这一切麻烦的过程中，布莱夫斯库的帝王们经常派大使前来抗议，指责我们在宗教上闹分裂，并违背了我们伟大的先知拉斯特洛格在《布兰德克拉尔》（即他们的《古兰经》）第五十四章中的一条基本教义。不过我们认为这只是对经文的一种曲解，因为原文是‘一切真正的信徒应在他们觉得方便的一端打破鸡蛋。’那么哪端是方便的一端呢？依我浅见，似乎只有听凭各人的良知或者由主要行政长官决定了。流亡到布莱夫斯库的大端派深受其朝廷的信任，又得到国内党羽的秘密援助和怂恿，这样掀起了两大帝国的一场血战，三年来双方各有胜负。这期间我们损失了四十艘主要战舰和数目更多的小艇，我们还折损了三万最精锐的水兵和陆军。据我们估计敌人所受的损失比我们的大概还要大些。然而他们已经装备好了一支庞大的舰队，正准备向我们发起攻击。陛下深信你的勇气和力量，所以才命我来把这件事说给你听。”

我请内务大臣向皇帝陛下转达我恭顺的敬意，并请他回奏：我虽然是个外国人，不便干预党派纷争，但为了保卫皇帝陛下和他的国家，我甘冒生命危险，随时准备抗击一切入侵者。

第七章　英国前浪漫主义诗歌及诗人研究

19世纪初，英国浪漫主义兴起。早期英国的浪漫主义受到德国浪漫派的影响，充斥着一些消极感伤的情绪，主要以华兹华斯（William Wordsworth，1770—1850）为首的湖畔派诗人为代表。但随着产业革命的发展，消极和反动的倾向并没有持续成为浪漫主义的主流，而是被拜伦（George Gordon Byron，1788—1824）和雪莱（Percy Bysshe Shelley，1792—1822）为主导的一股积极进步、不甘妥协的力量所取代。这一时期英国诗歌发展主要有以下几点特征。

一、英国浪漫主义诗歌的主要特征分析

1. “讴歌自然的诗人”华兹华斯

由于浪漫主义诗人受到卢梭“返回自然”的影响，他们大多崇尚自然，主张回归自然，而且善于用最自然的诗歌语言描写自然。诗歌中自然观最为强烈的当属华兹华斯。他以饱蘸感情的诗笔，讴歌大自然，咏赞自然界对人类心灵的影响，被雪莱誉为“讴歌自然的诗人”。1798年，华兹华斯与柯勒律治合写了《抒情歌谣集》（*Lyrical Ballads*），阐述了他们的诗歌创作理论。这部诗集宣告了浪漫主义新诗的诞生。华兹华斯于1800年和1815年诗集再版时，写了两个序言，其中他主张以平民的语言抒写平民的事物、思想与感情，被誉为浪漫主义诗歌的宣言。华兹华斯认为，自然代表了物质世界的一切，体现了宇宙的和谐与秩序，人类的最佳状态便是完全融入与自然的神秘与博爱中。在序言中，华兹华斯提出了两个主要的理论，即诗歌的语言和诗歌的创作。他认为诗歌应用平实的语言写成，而不是刻意去追求复杂华丽的辞藻，做作的语言只会成为读者体验自然真理的障碍。在序言中，他提出诗歌的主要目标是选择“普通生活里的事件和情境”，然后“选用人们真正用的语言”去讲述这些事件，描写这些情境。华兹华斯主张从卑微粗俗的生活中选取素材，是因为他认为在那种生活里，人们的思想更自由，情感最单纯，想象的土壤更肥沃，人们的热情是与自然的美而永久的形式合而为一的。

（1）有机整体论和想象观。一般认为浪漫主义诗学中的有机整体论从亚里士多德的《诗学》演化而来的。亚里士多德认为：“情节既然是行动的摹仿，它所

摹仿的就只限于一个完整的行动，里面的事件要有紧密的组织，任何部分一经挪动或删削，就会使整体松动脱节。”他的有机整体论在浪漫主义批评家柯勒律治（Samuel Taylor Coleridge，1772—1834）那里焕发了活力。柯勒律治认为，存在的本质不是物质，而是过程。艺术作品便是对这一过程的记录。作品本身和其他物体一样，是由各种因素构成的有机整体，各个部分都是有机统一，相互联系的。因此，我们在评价一部作品的时候，应把它看作一个整体，不能将其分裂。

在《文学传记》中，柯勒律治还提出了关于想象的一些主张。他把想象分为第一性的和第二性的。第一性的想象是人类感知所具有的活力和主要功能；第二性的想象是第一性想象的回声，它能够溶化、扩散、分解，以便再创造。柯勒律治还将想象和幻想进行了区分。他认为：想象是活的，其目的是为了再创造，而幻想的性质是固定不变的，只能通过联想取得现成的素材。想象对于诗人来说是最重要的，它无处不在，把一切形成一个优美而智慧的整体。柯勒律治认为“一个灵魂中没有音乐的人”是绝不可能成为天才诗人的。但音乐的美感和给予这美感的能力是来源于想象力的。他的想象力理论在很大程度上源于德国哲学家康德的影响。除了柯勒律治，雪莱也是主张想象的典型作家。他提出，理性和想象作为两种心理活动，前者是大脑对现存的各种想法之间联系的沉思，而后者是对这些想法进行加工、润色，从每个独立而完整的元素或想法中创造出新的东西。由此，理性重在分析，而想象重在整合。理性之于想象便如工具之于人，肉体之于灵魂，影子之于存在。而诗歌，便是“想象的表现”。在其重要的文学论著《诗辩》中，雪莱申明：“在通常的意义下，诗可以界说为‘想象的表现’”。认为诗人主要应运用想象去创造和丰富自己的作品。

（2）美感——诗歌永恒的理想。说到浪漫主义诗学中的美学思想，就不得不提到济慈。济慈的一生虽然短暂艰辛，但他却一直执着地咏唱着永恒的理想，那就是“美”。他认为，美只能感而得之，不能思而得之。他曾说过：“我宁可要充满感受的生活，也不要充满思索的生活！”济慈憎恨那些说教性的诗篇，他认为诗人的感情应不受个人见解和个性的左右，诗人应具备一种特殊品质，即“能够处于含糊不定和神秘疑虑之中，不要带着急躁的心情去追寻事实和真理”。这就是他所谓的“消极能力”，即真正的诗歌应是自然的，没有一丝思考和努力的痕迹。济慈还认为，美感对诗歌来说是至关重要的，在写给乔治·济慈的信中，他指出，对于一个伟大的诗人说来，美的感觉压倒其他一切的考虑。在致泰勒的信中，济慈提出了写诗的几条原则：第一，诗歌应以美妙的夸张夺人，应使读者感觉到这是自己最崇高思想的一种表达，像是自己的一种回忆；第二，诗歌带给人的美感不应该中途而止，使读者屏息以待，而应使他感到心满意足；第三，诗歌应当尽可能来地自然，就像树叶之于树木一样，如果不是如此，倒不如不写为妙。济慈的诗学思想和美学见解有些趋向于“艺术的纯美”。他不像拜伦和雪莱那样，让诗歌成为战斗的工具，他更愿意通过充满想象力和美感的诗歌来寄托自己对未来世界的理想，在他看来，美的事物便是永恒的快乐。

（3）诗歌的功能。浪漫主义诗歌理念中还有比较重要的一点，就是强调诗歌的功能。诗歌首要是给人带来快感。雪莱认为，诗歌总是与快感相伴，它使人敞开心灵，感受其中的智慧和快感。诗人不仅能表现出自然和社会对自己心灵的影响，而且能将这种影响传达并感染到他人，使他人心中重现快感。柯勒律治也提出，诗的直接目的是整体的快感。它与科学作品不同，追求的不是真理，而是使人获得愉悦的情感。此外，诗歌要有道德教化作用。华兹华斯强调："每个诗人都是一位老师，应使读者尽可能直接的接触大自然，感受她的美与永恒的形式，从而启发读者的理解，净化他们的情感。"他认为"诗是一切知识的开始和终结，它同人心一样不朽"。随着浪漫主义的发展，到了拜伦和雪莱，浪漫主义强调诗歌对社会的影响和对革命的推动作用。拜伦强调诗歌的道德意义和教育作用，他比较推崇蒲柏，因为蒲柏的作品对现实生活施加了道德影响。他强烈抨击湖畔派诗人的逃跑主义。拜伦的思想带有很强的政治色彩，他认为：诗歌决不能单纯的机械地描写自然，而要有影响社会的力量。而雪莱的诗歌向往自由，并充满了号召人民为民主自由和解放而斗争的革命理想。在1810年给好友霍格的信中，雪莱写道："人类是平等的。我相信，在更高更完善的社会状态下将达到平等……你的忠实的朋友正献出自己的全部力量，全部微薄的资财给这个事业。"雪莱充满战斗热情，被马克思和恩格斯赞誉为"真正的革命家"和"天才的预言家"。

浪漫主义作为一种反对新古典主义的文艺思潮，是英国资产阶级革命反对封建制度的产物。它与新古典主义的区别大致表现在：新古典主义将古希腊古罗马的作家作品奉为范本，浪漫主义则无视古典，主张推陈出新；新古典主义强调共性和普遍性，浪漫主义则更多的关注个性与特殊性；新古典主义强调遵守已有的法规和理性原则，浪漫主义则更重视诗人自己的情感和自由。总而言之，浪漫主义的产生和发展既继承了以往分离性的文艺理论，又具有自身的时代特点。浪漫主义诗人和批评家，他们的伤感、热情，为追求自由和理想而进行的坚持不懈的斗争，不仅成为那个时代的辉煌，也给后代留下了永远的感动和不朽的纪念。

2.华兹华斯浪漫主义诗歌赏析

I wandered lonely as a cloud
That floats on high o'er vales and hills,
When all at once I saw a crowd,
A host，of golden daffodils；
Beside the lake，beneath the trees，
Fluttering and dancing in the breeze.

Continuous as the stars that shine
And twinkle on the milky way,
They stretched in never-ending line
Along the margin of a bay:
Ten thousand saw I at a glance,
Tossing their heads in sprightly dance.

The waves beside them danced; but they
Out-did the sparkling waves in glee:
A poet could not but be gay,
In such a jocund company:
I gazed — and gazed — but little thought
What wealth the show to me had brought:

For oft, when on my couch I lie
In vacant or in pensive mood,
They flash upon that inward eye
Which is the bliss of solitude;
And then my heart with pleasure fills,
And dances with the daffodils.

译文：
我独自漫游像一朵浮云，
高高地漂浮在山与谷之上，
突然我看见一簇簇一群群
金色的水仙在开放：
靠湖边，在树下，
随风起舞乐开花。

它们连绵不断，像银河中
的群星闪烁、眨眼，
它们展延无限成远景
沿着湖湾的边沿：
一瞥眼我看见成千上万，

它们欢快摇首舞翩翩。

近旁的波浪跳着舞；但水仙
欢快的舞姿远远胜过闪光的波涛；
有这样欢快的侣伴，
诗人怎能不心花怒放？
我凝视着——凝视着——当时并未领悟
这景象给我带来的是何等财富：

常常是，当我独卧榻上，
或是沉思，或是茫然，
它们在我心田闪光
这是我独处时的欢乐无限；
我的心就充满快乐，
随着那些水仙起舞婀娜。

She dwelt among the untrodden ways

She dwelt among the untrodden ways
Beside the springs of Dove,
Maid whom there were none to praise
And very few to love：

A violet by a mosy tone
Half hidden from the eye!
—Fair as a star, when only one
Is shining in the sky.

She lived unknown, and few could know
When Lucy ceased to be;
But she is in her grave, and, oh,
The difference to me!

译文：
她住在人迹罕至的地方

她住在人迹罕至的地方，

就在鸽子泉旁边。
这姑娘在那儿无人赞赏，
也很少有人爱怜。

像青苔石碑旁紫罗兰绽放，
在我眼前若隐若现。
如同一颗灿烂的孤星，
独自在夜空清辉闪闪。

露西默默无闻地活在人间，
无人知晓她何时不在世上。
如今她已在坟墓中安眠，
可对我却已完全不一样！

The Sparrow's Nest
Behold, within the leafy shade,
Those bright blue eggs together laid!
On me the chance-discovered sight
Gleamed like a vision of delight.
I started, seeming to espy
The home and sheltered bed,
The Sparrow's dwelling, which, hard by
My Father's house, in wet or dry
My sister Emmeline and I
Together visited.

She look at it and seemed to fear it;
Dreading, tho' wishing, to be near it:
Such heart was in her, being then
A little Prattler among men.
The Blessing of my later years
Was with me when a boy:

She gave me eyes, she gave me ears;
And humble cares, and delicate fears;

A heart, the fountain of sweet tears;
And love, and thought, and joy.

译文：

麻雀窝

快看，在草叶里面，
有一窝光青青的鸟蛋！
在我眼里，这偶然的发现
在闪光，就像欢乐的梦幻。
我有些惊恐——好像是在偷窥
别人家的深帘密帷。
麻雀窝就在我家不远，
不管天晴，还是下雨，
我和妹妹艾米兰
都会去视探。

她愿去看，可是又有些害怕，
想去靠近，却又不敢，
她才刚刚咿呀学语，
便就这样的心善。
我后来所修得的福分
全来自儿时的烂漫。

她给了我视力，给了我听觉，
让我慈怀，让我慎行，
一颗噙满甜蜜泪水的泉心，
有爱，有思想，有欢情。

Untitled

My heart leaps up when I behold
A rainbow in the sky:
So was it when my life began;
So is it now I am a man;
So be it when I shall grow old,
Or let me die!

The Child is father of the Man;
And I could wish my days to be
Bound each to each by natural piety.

译文：

无题

一看见天上的彩虹，
心儿就激动：
彩虹给了我童年，
彩虹映着我的成长，
彩虹又将目送我远去，
没有虹，命即终！
儿童是成人的父亲，
我愿用我的一生
岁岁月月向自然表示虔诚。

二、威廉·布莱克及其作品研究

作为英国前浪漫主义诗歌的代表人物之一，布莱克不仅是一位伟大的诗人，同时也是一位出色的画家和雕刻家。布莱克认为自己的诗、画是上帝或天使赋予他以灵感的产物。布莱克的诗以其独创精神，深刻的寓意，古朴率真与温柔亲切的特点而著称。他主张人与大自然协调一致，谴责社会生活中的非正义，在写作技巧方面运用自由体诗，这些都促进了英国浪漫主义诗歌的发展。他的父亲是一位开明的基督教徒，并对他的宗教意识产生了很大的影响。宗教因素不仅仅给布莱克带来了大量的创作灵感，更使布莱克深刻地认识与理解了社会和人生。布莱克一生都受宗教影响，教育别人去宽恕错误，宣扬友爱、博爱的思想。这些思想无论在协调人际关系还是在个人身心发展方面等都起着重要作用，具有较高的现实意义。

他的作品文字素朴，形象鲜明，用意深远，至今仍备受推崇。在法国大革命之前，他主要用孩子似的“天真”眼光来看世界。在革命发生后，他的诗歌中充满了沉痛的笔调，饱含着他对革命的深切同情，他更清楚地理解了英国人民的苦难，并强烈地谴责了罪恶的英国社会。

布莱克的诗歌也别具一格。布莱克从小就与众不同，他个性极强，想象力丰富的他一生没有受过什么正规教育，却精通刻字、雕版、绘画及写诗，以诗、画、小说等形式揭露和讽刺虚伪傲慢的上流社会。他生活在英国工业革命和法国革命交接的历史时刻，对于法国革命的意义，他有着正反两方面的深刻了解：一方面是，他歌颂革命在摧毁旧制度时所表现出来的猛烈力量，把革命志士看成是天国派来的使者加以欢迎。另一方面，他对于替这场革命铺平了道路的崇理性、重智慧的哲学思想又深感厌恶。他称实验科学的哲学家培根的话为“魔鬼的劝合”并且把卢梭和伏尔泰这两位启蒙主义者看成是嘲笑真理的人，把他们所宣扬的理性主义看成是迷住人眼睛的沙子。

研究布莱克需要辩证地对待，因为在他的诗作中他就用了“羔羊”（Lamb）同《老虎》（*Tiger*）对照，《天真之歌》（*Songs of Innocence*）同《经验之歌》（*Songs of Experience*）对照，甚至还用同一题目如《耶稣升天节》（*Holy Thursday*）、《扫烟囱的孩子》（*The Chimney Sweeper*）等。他惯用方法是写两首内容完全不同的诗，描写两种截然不同的场景，反映了社会的两面，也象征了人身上本能与理性，纯真与世故，想象力与现实感等一系列的矛盾。用布莱克自己的话说，就是“表现人的灵魂的两种相反状态”布莱克自己也倾向于辩证地看问题：他早就看出人生里充满矛盾，但又认识到矛盾不是坏事，“没有相反就没有进程”。他擅长用异常朴素的语言以最形象的方式说明最深刻的道理。布莱克的诗句中没有中古时代的“诗意词藻”（Poetic Diction）。他的诗一点儿也不复杂，相反，是惊人的简单：文字简单，全是基本词汇；形式简单，不是儿歌，便是歌谣；音乐性极强，多是迭句和重唱，朗朗上口，富于乐感。就连形象多数也是简单的，或明亮如金阳，或沉郁如黑夜，但都是来自大自然的所谓原始性根本性形象。他还擅长运用形象来营造特别的艺术氛围，如在《伦敦》一诗中，他刻画的每个形象都是阴暗的，这正准确而入神地描绘了当时伦敦的凄惨夜景和泰晤士河畔夜行人的沉重心情。在意境及诗风方面，布莱克的诗是发展着的，变化着的。早期作品明快的特点已为后期的神秘和沉闷所取代。《经验之歌》远比早几年的《天真之歌》深刻沉重，书中讲述的主题不再是天真而是邪恶。《天真之歌》展现在我们面前的是一个充满博爱、仁慈、怜悯和快乐的世界。诗人用孩子般的“天真眼光”来看世界，用空想欢乐主义来理解社会：鲜明有力的诗句中处处渗透出诗人对生活与自然的孩子般的率直而欣悦的感受。而在《经验之歌》创作期间，诗人的思想受到法国革命的巨大冲击，他对革命寄予了深切的同情。那时的英国由于连年对法国用兵，财尽民穷，诗人清楚地理解了英国人民的苦难，他不再“天真”，已对社会有了深刻的“经验”。在这本诗集中，诗人引导读者进入恐怖而阴暗的伦敦街巷、教堂与学校，目睹政府与教会毒害与摧残青少年的情景。人民的贫困生活，不幸遭遇与愁苦心绪在诗中得到了淋漓尽致的描叙。这里到处充满着阴郁悲观的情调以及对邪恶势力的忧虑。

不仅如此，到了后期，诗人的诗风亦大变，在形式上，布莱克放弃了惯用的格律而采用无韵的自由诗体内容上，他以歌颂人性的解放与精神的自由，歌颂革命，反对传统的理性主义及英国封建专制以及追求崇高而神圣的理想为主。他不再写儿歌似的短诗，转而开始写几百行，上千行的长诗。诗行本身也突然伸长，过去是七八个音节一行，后来则是十四五个音节一行，形成大江洪流般的气势，汹涌向前，而韵律也较为自由。一种壮阔雄伟的新风格出现了。对于18世纪的浪漫主义诗人来说，布莱克最具独创性和原创性。

1. 布莱克的《天真之歌》与《经验之歌》对比研究

布莱克在1789年及1794年分别发表了诗集《天真之歌》及《经验之歌》。在布莱克早期的作品中，语言风格较为简单，以短诗为主，音节也较短，内容题材以生活中常见的事情为主。这两部作品体现了人们的两种对立灵魂，即天真和经验。《天真之歌》提出了反对教会的观念，揭露了人生与生活的美好，而《经验之歌》描述了英国教会及政府对青少年与童工的摧残，期间还包含对贩卖女人为娼、对作战士兵的诅咒与叹息。之后，布莱克对《天真之歌》进行了补充，将二者合为一体，变成《天真与经验之歌》，其在英国第一次开创了浪漫主义的诗歌风格。

（1）两部作品主题对比。布莱克以清新的歌谣体和奔放的无韵体颂扬理想和生命，有热情、重想象，开浪漫主义诗歌之先河。1789年他自刻自印了诗集《天真之歌》，试图要用“简易水笔”，饱蘸清清的溪水，为天真无邪的孩子们写下优美动听的歌曲，以表现未被“经验”玷污的天真世界里的自由、仁爱、欢乐和幸福。1794年，他发表了另一部诗集《经验之歌》。该诗集的出版标志着他的创作思想的重大转折。他不仅开始否定传统的价值标准和道德规范，而且还认识到了仅仅沉湎于“天真”世界，执着于对未来的幻想自然是不现实的。与“天国”对立的“大千世界”愈来愈引起他的注意和重视，促使他写了不少揭露现实社会之自私、冷酷、虚伪、欺诈的诗篇。一言以蔽之，两部诗集在主题思想上形成了鲜明的对照：前者肯定生活和人生的欢乐，圣爱与同情无所不在，甚至在困难和痛苦中也是一样，而后者则为阴沉神秘和邪恶势力取代。

布莱克在美国独立战争结束以后创作了《天真之歌》诗集，当时英国正处在相对平静的阶段。此诗集中包含的部分诗歌是从孩子的角度进行描写的，突显了人类对自然的理解。作者通过儿童可以歌唱的话语来勾勒了大量幸福、欢快的图画，将人世间打造成美好的天堂。其中很多诗歌较为短小，体现了作者内心的感情，富有孩童般的可爱与天真。其利用简朴的话语讲述了一个天真的世界：花朵、阳光、山川、河流、小动物、孩子，从而组成了和谐的画面。在一个孩子眼里整个世界是一幅和谐、安宁与光明的画卷，似乎是“上帝在天，世界一切皆美好”。在《欢笑歌》这首诗中，布莱克这样写到：“When the green woods laugh with the voice of joy，And the dimpling stream runs laughing by; When the air does laugh with our merry wit，/And the green hill laughs with the noise of it。”（青青的树林笑出了欢乐的声音，汩汩的泉水笑出了酒窝的细纹，轻风借用了我们的说笑来欢歌，青青的山头就用它满山的鸟叫。）《欢笑歌》歌唱的就是天真的“欢笑”。自然之间是和谐融洽的，处处笼罩着一片“祥和之气”，就连人和自然也成了心心相印的挚友。诗句信手拈来，水到渠成，十分自然，一股真醇和亲切的欢欣贯穿全诗。在《欢笑歌》里，这种莎士比亚短歌里才会自然流露的诗情画意，会使我们感觉到像吹来了一阵阵清新惬意轻风，打破了沉闷压抑的空气。从总体上看，诗人在《天真之歌》中赞美上帝、歌唱生活。布莱克对“天真”世界的描写充分表达了他对美好未来的憧憬和向往，抒发了他对田园牧歌式的和谐、仁爱的生活方式热爱和赞美。

相对来讲，《经验之歌》创作与刻印期间，法国大革命爆发，英国对法连年征战，人民穷困潦倒，再加上残酷的法律迫害，喘不过气来的宗教压迫，人们的灵魂崩溃了。在《经验之歌》里，布莱克已不再是一个欢乐童歌的吹奏者，而是一位号召大地站起来以摆脱身上锁链的睿智的诗人。他以锐利深沉的目光、愤世嫉俗的态度观察着周围的现实世界。在《经验之歌》里，美丽的大自然罩上了无限忧愁，太阳失去了光辉，田野荒芜一片，道路长满荆棘，到处是无穷无尽的冬天。在《经验之歌》里，昔日的慈爱、自由、幸福、欢乐不见了，代之而来的是残酷、压迫、欺骗和猜忌，现实社会成了一片缺少爱的甘霖的荒漠，人与人之间的关系是自私、虚伪和压迫。在《经验之歌》里，上帝已失却了博爱和仁慈，变成了一个奴役人民的暴君。“因自私而善妒、胆怯，这个人类的自私的父亲哟。”“在地狱的绝望中将天堂建起。”反映了当时英国宗教的黑暗，宗教成了奴役人民的工具。布莱克对资本主义社会罪恶的揭露、对资本主义社会各种弊病的抨击、对资产阶级道德法律的批判在《经验之歌》的《伦敦》一诗里达到了顶峰：“But most through midnight streets I hear How the youthful harlot's curse Blasts the new-born infant's tear，And blights with plagues the Marriage hearse.”（但是最怕在午夜的街头，又听见年轻妓女的诅咒！它骇住了初生婴儿的眼泪，又带来瘟疫使婚车变成灵柩。）为了生存，年轻的女人被迫出卖肉体，以换回一口活命的面包。她们在遭受身体上的蹂躏与心灵上的摧残之后，又被染上了性病。对于她们来说，生活已是漫长的煎熬、永恒的炼狱，毫无快乐可言。

通过对“天真”世界和“经验”世界的对比描写，布莱克反映了下层人民的生活苦难，揭露了资本主义社会的道德法律的罪恶，批判了资产阶级的“文明”对人类纯真天性的侵蚀和玷污。主题思想上“对照”手法的运用，突显了诗人对世风日下的辛辣讽刺，对残酷现实的强烈激愤、对完美世界的强烈渴求。

（2）语言文字比较。布莱克的诗歌在主题思想上所实现的鲜明对照是通过语言文字的构建来实现的，而他在语言文字上的构建也恰恰再次印证了其诗歌创作中的对照手法。“To see a world in a grain of sand and a Heaven in a wild flower.”（从一粒沙子看世界，从一朵野花看天国。）这是威廉·布莱克的脍炙人口的诗句。这两行朴实无华但却含蓄隽永的诗句清楚形象地说明了他的作诗风格。细细的简单沙粒可以映出光怪陆离的复杂大千世界，小小野花可以看出虚无缥缈的天堂幻景，布莱克在语言文字上的匠心独运和大起大落的对比手法在他的《天真之歌》和《经验之歌》里得到了最为充分的表现。

两部作品在标题上极为相近，都为“某某之歌”，同时，“天真”和“经验”也可以视为一组反义词。对比之下，天真是指幼儿们的稚嫩、无邪，对大人们的生活并不了解，十分容易轻信他人的话语，盲目认同其他人的观点。相反，经验是指人们在历经了职业、承担了现实的痛苦以后，逐渐变得成熟，开始对以往的观念抱有怀疑的态度。另外，在两部作品中，包含的很多小标题也互相形成对比。可以说，在《经验之歌》中，某些诗歌就是针对《天真之歌》中的内容而创作的，例如：《经验之歌》中《幼儿的悲伤》针对《天真之歌》中《幼儿的欢乐》；《一个丢失的男孩》则是针对《一个归家的男孩》；《老虎》是针对《羔羊》等。另外，在《经验之歌》中，还有部分诗歌的标题同《天真之歌》中的标题一致，然而描写的内容却大不相同。例如：在两部诗集中，都有一部名为《神圣的星期四》的作品，但是，在《天真之歌》中，该标题下描绘的内容为很多纯真的孩童在教堂内歌唱赞美诗的和谐场景，他们来自伦敦不同的贫困地区，在每一年复活节前夕的星期四，都会在教士们的领导下，到圣保罗教堂进行礼拜，感谢真主。然而在《经验之歌》中，该作品则表现了幼儿们受到罪恶者抛弃，落入苦海的惨痛场面。简单、直观的对比，能够深刻地表现出两部诗集的风格与创作核心。

2.《天真之歌》与《经验之歌》中《扫烟囱的孩子》的对比赏析

The Chimney Sweeper

When my mother died I was very young,
And my father sold me while yet my tongue
Could scarcely cry"weep！ weep！ weep！ weep！"
So your chimneys I sweep and in soot I sleep.
There's little Tom Dacre, who cried when his head,
That curled like a lamb's back, was shav'd, so I said,
"Hush, Tom！ never mind it, for when your head's bare,
You know that the soot cannot spoil your white hair."
And so he was quiet; and that very night,
As Tom was a-sleeping, he had such a sight！
That thousands of sweepers, Dick, Joe, Ned, and Jack,
Were all of them lock'd up in coffins of black.

And by came an Angel who had a bright key,
And he open'd the coffins and set them all free;
Then down a green plain, leaping, laughing, they run,
And wash in a river, and shine in the Sun.
Then naked and white, all their bags left behind,
They rise upon clouds, and sport in the wind;
And the Angel told Tom, if he'd be a good boy,
He'd have God for his father, and never want joy.
And so Tom awoke; and we rose in the dark,
And got with our bags and our brushes to work.
Tho' the morning was cold, Tom was happy and warm;
So if all do their duty, they need not fear harm.

A little black thing among the snow,
Crying "weep! weep! " in notes of woe!
"Where are thy father and mother? say? "
"They are both gone up to the church to pray.
Because I was happy upon the heath,
And smil’ d among the winter's snow,
They clothed me in the clothes of death,
And taught me to sing the notes of woe.
"And because I am happy and dance and sing,
They think they have done me no injury,
And are gone to praise God and his Priest and King,
Who make up a heaven of our misery."

三、华兹华斯的自然观及其诗歌浅析

1. 华兹华斯的自然观

华兹华斯是19世纪英国诗坛的一颗巨星，也是19世纪英国浪漫主义的主要奠基者。自1950年以来，由于高尔基将浪漫主义划分为积极和消极两大派别，华兹华斯一直被认为消极浪漫主义诗人的代表。1980年至今，华兹华斯的成就得到了众多研究者的肯定。

下文分析华兹华斯的自然观、以及他对下层人民疾苦的关注。以此来切入点来分析这位浪漫主义大师，对这位浪漫主义大师进行评价。

青年时代的华兹华斯热衷于法国大革命时期提出的“自由、平等、博爱”的口号，并奔赴法国，结识了许多革命家。然而，拿破仑的称帝使诗人的革命之梦彻底破灭。于是，他陷入极度的伤和痛苦之中，由于他厌恶上层社会的浮华生活，因而隐居湖区。他亲近大自然，希望大自然的雄伟壮丽、丰富多彩、深沉幽静能医治他的创伤。事实上，华兹华斯的童年时代是在新英格兰西北部的湖区度过的。童年时代的这一段田园牧歌式的生活，对华兹华斯以后自然观的形成产生了深刻的影响。少年时期的他已经感受到“山林、岩石和树林”的不寻常的影响。大自然的壮丽景色在他青少年时期产生了强烈的影响。成年后，他用诗笔咏赞大自然，讴歌自然界中的山水风景、田园乡土、花木鸟虫、日月星辰对人类心灵的影响；在自然与上帝、自然与人生、自然与童年的关系上，以诗的形式表述了一整套新颖独特的哲理，希望童年时天真纯洁的心灵永驻。在华兹华斯看来，大自然有取之不尽的财富，可以丰富人类的感情与理智；自然界中最卑微之物皆有灵魂，而且是同整个宇宙的大灵魂合为一体的，此乃诗人天人合一自然观的主旨。

华兹华斯在其《抒怀歌谣集·序言》中这样写道：“诗的主要目的是在选择日常生活里的事件和情节，自始至终竭力采用人们真正的语言加以叙述或描写，同时在这些事件和情境上加上一种想象力的色彩，使日常的东西在不平常的状态下呈现在心灵面前。”他还在《序言》中指出：“在这些诗歌中很难找到人们通常所说的诗歌语言，其他诗人千方百计地想采用这种语言，我却千方百计地想回避它。……我尽可能使自己的语言贴近大众的语言。”

《她住在人迹罕至的地方》便是运用这种“贴近大众的语言”再现普通人形象。华兹华斯以其清新、质朴、自然的语言开创了一个崭新的诗歌时代，冲破18世纪新古典主义诗歌用贵族语言描写贵族和上层人生活的桎梏，为英诗开拓了更为广阔的天地，开创了诗歌口语化、大众化的道路。在诗歌形式与体裁上，诗人呈现出了形式多样的浪漫主义诗歌，韵律平稳、舒展、灵活多样。他的许多诗都采用了素体无韵体的比较自由的歌谣双韵体，摒弃了18世纪统治英国诗坛的“戴着镣铐跳舞”的英雄双韵体，赋予素体诗和十四行诗新的生命和活力，并且开创了自我剖析的自传体体裁。华兹华斯不仅以其诗歌理论和创作实践改变了英诗的前进方向，而且引领着20世纪众多的诗人迈向诗歌口语化、大众化之路。

2. 华兹华斯浪漫主义诗歌赏析

华兹华斯的诗歌是他自己情感的流露，是他对大自然的热爱和敬畏中产生的。诗人漫步湖边时，曾看到迎风起舞的水仙花。这幅自然美景一直深深地印记在他心里，这美景给他带来无限的财富。他似乎找到了“那金色的时光”，回到了那天真纯洁的童年时代。可以看出，华兹华斯把他在自然景物影响之下产生的强烈的感情激流通过对自然景物的描绘呈现出来。诗人先写水仙，再写水仙对于诗人的魅力，写的既是客观之物（水仙），又是主观之情（诗人）。“这时我的心被欢乐充满，还随着那水仙起舞翩翩”。大自然的美完全进入了诗人的内心，尽管他远离自然，其心境还是在自然之中，孤寂的时候同样充满了欢乐，感到快慰。诗人称平静时对往事的回忆一共有两种声音，那就是内心的回声和朴质的诗歌吟咏，诗人从两种声音共同的音韵中汲取对未来的信念，并让这信念带来愉快的心情。他在《我好似一朵流云独自漫游》中写道：

I wandered Lonely as a cloud,
I wandered Lonely as a cloud;
That floats on high o'er vales and hills,
When all at noce I saw a crowd,
A host, of golden daffodils;
Baside the lake, beneath the trees,
Fluttering and dancing in the breeze.

译文：
独自漫游似浮云，
青山翠谷上飘荡；
一刹那瞥见一丛丛、
一簇簇水仙金黄；
树荫下，明湖边，
和风吹拂舞翩跹。

水仙花使诗人如痴如醉，给诗人带来无限的喜悦，最后诗人与水仙“翩翩起舞”，将自己融入到自然景物（水仙）之中，使人与自然和谐为一体。诗人不仅仅从自然中获取创作的灵感和激情，而且还从中感悟到人生的真谛、透视出生活的本质，并向人们昭示永恒的真理。华兹华斯青少年时期的生活是十分贫寒的；但是他所生活地区的美丽的自然风光，疗救并补偿了他在物质与亲情上的缺失，因此华兹华斯回忆起早年并不觉得贫苦，他对自然有着虔诚的爱。空间和时间的间离使他对自然和童年产生了美感，激励他努力去探索人与大自然的关系和人类发展的进程，使自己心灵得到平静、获得快慰，进而希望能使人类获得拯救。在诗人看来，大自然是至高无上的君王，他在与自然的交往中发现大自然能给予人类很多启迪，使人们回想起快乐的时光。诗人在讴歌大自然中的湖光山色同时，又融入自己内心的主观感情。华兹华斯的诗充分体现出了他的自然观。成年后，诗人讴歌自然界中的山水风景、田园乡土、花木鸟虫、日月星辰对人类心灵的影响。在自然与上帝、自然与人生、自然与童年的关系上，他以诗的形式表述了一整套新颖独特的哲理。诗人认为，大自然有取之不尽的财富，大自然给人以欢乐和智慧；自然界中最卑微之物皆有灵魂，而且它们是同整个宇宙的大灵魂合为一体的，这就是诗人“天人合一”或“物我合一”的自然观的主旨。

华兹华斯是一位有着现代意识的诗人，他早就意识到人与自然的异化。他认为工业化使人跌人了可怕的物欲，从而道德沦丧、纯朴消失。诗人甚至发出了“世界叫我们受不了”的愤怒呼声。诗人的忧虑也预见了人类今天的处境。人类通过科学驾驭自然、征服无限。科技创造了奇迹，奇迹演变成了神话。随着一个个现代神话的产生，自然也在一寸寸地被吞噬。从“寂静的春天”到“自然之死”，都验证着人类强暴自然的恶行。今天，生态资源的破坏、物种频频消失，人类眼睁睁地看着自己生活的环境一天天地恶化。自然的悲剧与人的悲剧紧密相连。从“自然之死”到“人之灭亡”，只有一步之遥。技术的进步似乎是以生态的破坏为代价换来的。科学技术给人类带来巨大物质财富的同时，也带来了人们精神上的极度贫乏。技术与情感的失衡，给人类带来了苦闷与彷徨。现代神话主宰着社会生活，也主宰着人的意识形态。科技的机械性把人变成了没有思考能力的空心人，使人面临着严重的信仰危机，“自然之死”则使人陷入生存危机，人成了无根的存在。这一切都源于人类自身的罪孽。对自然的疯狂掠夺必然导致人性的堕落，恣意践踏的恶行注定要受到大自然的惩罚。

华兹华斯把归根返始看作是摆脱近代文明困境的一条出路，他企图通过回归自然来重建人与自然的和谐关系，然而理想与现实之间的距离使诗人产生了重重的矛盾。而华兹华斯的矛盾也预示了现代人的尴尬：人类一方面呼吁生态保护，一方面又在疯狂地蹂躏自然；一方面呼吁回归自然，另一方面又肆虐地践踏着自身的自然性。可见，人类是一个整体，人与自然同样是一个整体，在这个世界上，没有相互隔绝的生命。如果人类失去记忆，忘记历史，背弃大自然，就是对自己和对客观存在自然界的否定，而对传统的背叛、对根的疏离，就注定要受到大自然的严厉惩罚。

第八章　英国后浪漫主义时期诗歌及诗人研究

19世纪初，英国文学得到了很大的发展，特别是这一时期的浪漫主义文学发展迅速。首先是华兹华斯等“湖畔诗人”起来，接着是更锐进、更激烈的拜伦、雪莱、济慈一代起来，诗人大批涌现，杰作竞相问世。浪漫主义文学在发展中形成了两种不同的派别，即消极浪漫主义和积极浪漫主义。尽管消极浪漫主义和积极浪漫主义在政治观点上有所不同，但它们在其他方面有着共同的特点。而且分别属于英国浪漫主义诗歌的两代人。第一代诗人华滋华斯、柯勒律治和骚塞三人被称为“湖畔诗人”，他们寄情于山水，很少过问政治；第二代诗人拜伦、雪莱和济慈则积极投身于革命，具有民主主义思想。第一代浪漫诗人到1805年左右达到了顶峰，然后无可挽回地衰落了。随后，新一代浪漫诗人创造出了另一个繁荣的诗歌局面。

一、雪莱及其诗歌《西风颂》探析

英国著名的浪漫派诗人雪莱曾在他重要的文学论著《诗辩》中申明：在通常的意义下，诗可以界定为“想象的表现 ”。根据他的这一艺术原则，雪莱喜欢辽阔，他的想象高到超星球的高度，深到黑暗的深渊，钻进了含有宝藏的大地。这一切给予雪莱诗歌以宇宙一般的宽度和幻想的色调，使他的作品中处处迸射出心灵想象的灿烂光辉。尤其是《西风颂》（*Ode to the West Wind*，1819）中的那句“如果冬天来了，春天还会远吗？”更是脍炙人口，传颂至今。

雪莱认为：心灵有两类活动，分别是推理和想象。他认为，诗人主要应运用想象去创造和丰富自己的作品。我们读到当代最著名的作家们的作品时，对于他们字里行间所燃烧着的电一般的生命不能不感到震惊。他们以无所不包、无所不入的精神，探测人性的秘奥。

雪莱所指的“无所不包、无所不入”，包涵了以丰富广博的想象去创造文学作品的意义。雪莱是一个具有浓厚民主主义和空想社会主义革命思想并兼具战斗热情的浪漫主义诗人，故他的诗歌作品除了反映出他的崇高的理想、澎湃的热情、杰出的才华、博广的知识之外，还贯穿着一系列大胆瑰丽的想象。想象的艺术手法和内涵，为雪莱的众多诗作增添了无穷的艺术感染力。虽然雪莱的人生只有短暂的30年，可是他却创作了大量的浪漫主义诗歌杰作，诸如：长诗《麦布女王》（*Queen Mab*，1813）、《解放了的普罗米修斯》（*Prometheus Unbound*，1819）、《致英国人民》（*Song to the Men of England*，1819）、《西风颂》和《云雀颂》（*Ode to a Skylark*，1820）等等。其中，《西风颂》是一首最为著名的抒情诗，被誉为世界诗苑的一颗灿烂明珠。全诗节奏明快，音调和谐，尤其充满了各种神思飞扬的想象，令人遐想万千、心旷神怡。《西风颂》运用高超的想象艺术，通过对冬天惨烈的西风那威猛无比的气势的描写，展现出西风横扫一切枯枝败叶那般的革命壮志豪情，并深情地向往西风过后、春风拂地，万花吐艳的美好未来。作为一名具有革命思想的浪漫主义诗人，《西风颂》中洋溢着强烈的乐观主义精神，表现了作者不畏艰难、追求光明的坚定信念。这体现了雪莱内心的革命激情。

《西风颂》共有五个诗段，运用了大量绚美雄奇的想象，勾勒出气势宏大的场景，激起读者的万千思绪和澎湃心潮。诗歌的开头先描述了西风的出现，说那奔腾的气势，令万木疏（the leaves dead），让落叶无数（pestilence stricken multitudes）。它摧枯拉朽、所向披靡，把旧世界摧毁得落花流水。雪莱以此来喻指革命风暴的无比强大的威力。可是，在雪莱的浪漫主义的革命理想中，这黑暗的旧世界不仅会被消灭，而且将会被一个崭新的美好的新世纪所代替，所以他又让这可怕的西风，把有翅的种籽，即翅果（the winged seeds）凌空运送（chario-tese）到人间大地。这象征着让革命的风暴把革命的思想传播到世界各地。面对着狂风、黑暗、痛苦，诗人却展现了光明、希望和幸福，西风在摧残旧事物的同时，却也孕育扶持了新事物。这充分体现了雪莱作为积极浪漫主义作家所一贯具有的乐观主义精神。他是笃信革命的，也对革命的前途深具信心。

《西风颂》的第二个诗段写道：

Of some fierce Maenad, even from the dim verge
Of the horizon to the zenith's height.
The locks Of the approaching storm...
Of vapours, from whose solid atmosphere
Black rain, and fire, and hail will burst; Oh, hear!

译文：

从那茫茫地平线阴暗的边缘
直到苍穹的绝顶，到处散发着
迫近的暴风雨飘摇翻腾的发卷……
从你那雄浑磅礴的氛围，将迸发

黑色的雨、火、冰雹；哦，听啊！

雪莱在此借着辽阔雄奇的想象，从眼前的景象出发，随着狂风的呼啸，任凭思绪驰骋飞扬以至于无极。从地平线边缘到苍穹的绝顶，从空中的狂风暴雨到大海上的惊涛骇浪，他要让雨飘泼地下，火熊熊地烧，冰雹猛烈地倾，象征着他的革命壮怀是何等的激烈，他的革命热情是何等的洋溢，他的革命理想是何等的壮观。诗人呼唤着革命风暴早日奔腾而来，并期盼它能席卷一切！这充分体现了雪莱笔下的资产阶级革命的不可阻挡性。

《西风颂》第三个诗段，诗人进一步制造氛围：

Thou who didst waken from his summer dreams,
The blue Mediterranean...
For whose path the Atlantic's level powers,
Cleave themselves into chasms...
Thy voice, and suddenly grow grey with fear, And tremble and despoil themselves: oh, hear!

译文：

你，哦，是你把蓝色的地中海
从梦中唤醒……
哦，为了给你让路，大西洋水
豁然开裂……
一时都惨然变色，胆怵心惊，
战栗着自行凋落：听，哦，听！

诗人在此使笔下暖和平静的南国“蓝色的地中海”，在即将来临的风暴中，从酣睡着（helay）的麻木状态中醒来，古老的世界 将在（革命的）波影里抖颤。地中海将会被从梦中唤醒，大西洋的浩淼波澜也会豁然开裂。面对着风起云涌的革命风暴，旧世界那些属于富人和剥削者的一切美好事物都将惨然变色，心惊胆怵。这一诗段的描绘，呼应着前面的第一、第二两个诗段淋漓尽致地写出了西风横扫环宇的大画面：西风驱卷长空的浮云，威震地中海、劈斩大西洋，多么雄奇瑰丽的想象。

在景物描写的铺垫之后，接下来的诗段中，诗人将自己融合了进去，他笔峰骤转，写出了自己对西风的祈求：

If I were a dead leaf thou mightest bear;

If I were a swift cloud to fly with thee;
A wave to pant beneath thy power, and share,
The impulse of thy strength,
As thus with thee in prayer in my sore need.
A heavy weight of hours has chained and bowed
One too like tameless, and swift, and proud.

译文：

我若是一朵轻捷的浮云能和你同飞，
我若是一片落叶，你所能提携，
我若是一头波浪能喘息于你的神威，
分享你雄强的脉搏，自由不羁……
向你苦苦祈求。哦，快把我扬起……
岁月的重负压制着的这一个太象你，
象你一样，骄傲，不驯，而且敏捷。

雪莱把自己想象成浮云（swift cloud）、落叶（dead leaf）和波浪（wave），并且籍此投入西风的怀抱，让西风将他如波浪、浮云、落叶一般地高高扬起，清晰地表明了诗人祈望自己那颗在生活的斗争中饱受创伤的痛苦心灵，能象在西风下翻滚的浪潮、飞扬的枯叶、疾驰的飞云一样，同样那么热烈无畏地去迎接现实生活中的斗争风暴。面对着大自然的黑暗，雪莱是压抑的，而面对着社会的黑暗，他更是痛苦不堪。他要求解脱，要求在西风一般的猛烈革命风暴中得到自由和解放。对斗争的渴求和对未来的希望成了《西风颂》明亮高昂的旋律主调，它使人热血沸腾，心情振奋。雪莱以勇于为真理而献身的无畏精神奏响了《西风颂》这曲壮美的战歌。

《西风颂》的主旨为第五段，诗人以更豪放的诗句深化了主题，他诚挚地吁请西风以我为琴（make me thy lyre），把他的思绪播送宇宙：

Drive my dead thoughts over the universe,
Scatter, as from an unextinguished hearth.
Ashes and sparks, my words among mankind!
Be through my lips to nuawakened earth.
The trumpet of a prophecy!
O, Wind, If Winter comes, can Spring be far behind?

译文：

就象从未灭的余烬扬出炉灰和火星，
把我的话语传遍天地间万户千家，
通过我的咀唇，向沉睡未醒的人境，
让预言的号角奏鸣！哦，风啊，
如果冬天来了，春天还会远吗？

雪莱以传播革命思想的重担为己任，愿意化作预言的号角（the trumpet of a prophecy），把对革命的崇高理想和坚定信念传遍天地间万户千家（scatter my words among mankind），让沉睡未醒的人境（unawakened earth）觉醒起来，振奋起来，去掀起轰轰烈烈的民主革命斗争风暴，去摧毁一个罪恶的旧世界，开创一个美好的新世纪。用诗歌来作为战斗的号台，这是雪莱一贯的创作思想。他认为这是他作为一名革命诗人的神圣职责。

他曾说："诗人是祭司，对不可领会的灵感加以解释；诗人是镜子，反映未来向现在所投射的巨影；诗人是言辞，表现他们自己所不理解的事物；诗人是号角，为战斗而歌唱；诗人是力量，去推动一切，而不为任何东西所推动。诗人们是世界上未经公认的立法者。"雪莱就是自觉地去成为这样的号角和立法者的。他面对黑暗和西风，发出了"如果冬天来了，春天还会远吗？"这样鼓舞人心的革命预言，也极大地激励了工人群众的革命斗志，正如恩格斯曾所说的，雪莱是天才的预言家。

雪莱一直被公认为英国最伟大的抒情诗人之一，尤其是他的这首《西风颂》，更被视为世界诗歌宝库中的一颗璀灿明珠。《西风颂》借自然景物表现诗人自己的思想情感，又时时以自己丰富的想象来创造自然景象，以臻于景情结合，融汇一体。

二、拜伦生命观对其诗歌创作影响探析

拜伦是19世纪初英国最伟大的浪漫主义诗人，也是世界诗歌史上罕见的天才。他广泛地被人模仿着，也广泛地被人辱骂着。他是一个复杂的人，并喜爱描写自己的复杂性。在整个19世纪，他成为具有浪漫主义情调的"拜伦式英雄"的同义语：一个神秘、爱嘲弄、甚至有罪恶的艺术形象，当然也是一个被驱逐的流浪者。现代的批评家和学者认为拜伦诗歌中具有独特力量和自我意识，这种力量和意识使拜伦不仅成为一位伟大的浪漫主义诗人，而且也可能是浪漫主义诗人中最"现代"的一个。

拜伦诗歌风貌的特质与众不同，其融合了英国古典诗歌的某种特质，也浸染了19世纪抒发热烈情感的浪漫气息，但更多是他自成体系的文学创作思想，其中有关他对人生、对社会的深刻认识所形成的生命伦理思想对诗歌的艺术风格有着至关重

要的作用。作家的艺术实践多是其思想的反映，可以说，有什么样的思想意识就会有什么样的艺术作品，而作为思想领域的一个重要内容——人的生命意识形态，它直接对艺术创作产生影响。拜伦的人生与艺术创作密切相关，其令人津津乐道的人生在其诗歌风貌上也打上了深刻烙印，使其诗在19世纪浪漫主义诗歌流派中以澎湃的激情、昂扬的生命力而独步诗坛，其突出一点就是他诗中洋溢着的勃勃的生命激情和对死亡的无所顾忌；对生命无常的感慨，对生命理想的献身精神，这与他生命伦理观中所呈现出的重生向死、追求最高的人生价值——为理想而献身的本质内涵相吻合。

拜伦的一生是尽情绽放的一生，充满浓郁的传奇色彩。他出身贵族阶级又背叛本阶级，既贪图生活享受、爱惜生命又主动放弃生命，为他者的幸福而献身。这样的人生，我们以“生得热烈、死得悲壮”来概括是最恰当不过了。从伦理学角度看拜伦的一生，是有着深广的人道主义精神的。从理论学的角度看其主要内涵总体可以概括为：重生向死。重生即是对个体生命的肯定与热爱、不离不弃，并对现世生活、快乐人生充分肯定和热烈追求；向死就是无畏死神的威胁、积极寻求死亡的最高意义——舍生取义、为生命理想而献身。这种既热爱生命、又乐于奉献生命，既蔑视死亡、又积极向死的生命伦理意识，对生与死达到了哲学认识的高度。同时，在伦理道德观念上有着利他性，因而是一种以人道主义为核心的人文伦理思想。这样的生命伦理观念，是基于生命的本源，从生命的本质属性、生命的自由属性出发，以生命的自由与快乐为原则，以奉献为生命的最高意义。

诗歌最主要的特征就是其内在的情感。诗歌情感的抒发与作家自身的情感有着非常密切的关系。拜伦是一名极富激情的诗人，澎湃、张扬是他情感的主要特征。而他的诗歌绝大部分是他情感爆发的产物。拜伦一生诗作丰富，体裁类别繁多，但无论是精美的抒情诗，还是长篇的叙事诗，甚至是诗剧、讽刺诗等，大多是在短时间内一挥而就的，是他生命激情的艺术再现，诗歌创作恰巧成为他情感宣泄的一扇窗口，他将澎湃、昂扬的生命激情倾诉于人。阅读他的诗作，犹如捧着一颗砰砰跳动的心，与作者共同感受生的热烈，死的壮美。

1. 诗歌的意境风貌——大气磅礴、恣意纵横

拜伦的一生，是激情无限的一生，源自于他对生命的热爱与追求。这份激情在他短暂的人生中恣意迸发，使他的诗风总体显得大气磅礴、恣意纵横，有生命的律动。首先，在他的诗歌创作中注入了诗人自身对生命的思考，有着强烈的生的渴求，死的无畏精神。这使他的诗歌的激情如急流一般激荡着，引导着读者不可抗拒地前行。由于拜伦的生命伦理意识中超越了狭小的生与死的局限，所以在诗歌的风貌上，呈现出一种阳刚之气。即使是对自然景物的抒写，也有着豪情与壮志。如从他在《洽尔德·哈洛尔德游记》中的描写就涉及到希腊、意大利、西班牙、阿尔

巴尼亚、葡萄牙等众多国家的异域风情、名胜古迹的描述，也有很多诸如阿尔卑斯山、多瑙河、英吉利海峡、直布罗陀等关于高山、河流、湖泊、丛林、树木的描写。但他选取的不是18世纪诗人笔下的田园景色，而是借助于古代神话故事以及历史战争遗留的风物，展示以人为主体，以生命为代价的激情人生。洋溢着雄浑的阳刚之力，同时，展现了洋溢着壮美风格的自然物象：如峭峻的山岳、波澜壮阔的海洋、飞流直下的瀑布的喧嚣、倾泻如注暴雨的轰鸣、穿透天际的闪电、屹立险峰的山花、惊险万分的峭崖、迎风而动的树木、雄壮的河流、广阔的旷野、湍急的拉奥斯河、怒吼着的巨浪、陡峭的山路……

以大自然的神奇壮美来表现诗人的伟大理想，这也是拜伦的生命激情与众不同之处，使其诗的景致有异，诗歌意境呈现出瑰奇、大气、具有崇高感与动感。拜伦善于将生命激情寄寓在这些崇山峻岭、狂涛巨澜、飞流瀑布之中，正是体现其勃勃的生命激情。昂扬的激情使他笔下的自然界不是恬静的（非华兹华斯式的），不是田园性质的，而是粗犷的，不加修饰的；不是委婉的，而是张扬的、澎湃的，寄予他对生命的勃发激情、对无处不在的死神的蔑视。

即便是对死亡场景的描写，拜伦的作品也是消退了恐惧，显得心平气和，一种淡薄人生的意境跃然纸上。如拜伦的悼亡诗，总体上看，写得情感舒缓，意境恬静，并没有一般的阴郁和恐惧之感。“墓穴里果真只有安适，/又何需望你重返人寰。/倘若在神圣的星河天国，/你找到了一座中意的星球，/请把那福祉分一份给我，/好摆脱这边无尽的烦忧。”好像是两人在轻声低语，互诉衷情。“也明知眼泪没什么用处，/‘死亡’对悲苦不闻不问；/那我们就该停止怨诉？哀哭者就该强抑酸辛？/而你——你劝我忘却悲怀，/你面容惨白，你泪痕宛在！“死亡在此不复存在，因为真挚的感情已经超越了生命本身，永恒存在了。这是拜伦的内心独白，哀悼之情来自于他的生命主体意识，是从他的角度去抒写逝去的恋人，写死亡，便于交流与沟通两个不同的世界，实行对话。观念意识影响了诗歌风格的形成，全然没有了死亡带来的恐惧与悲切。那是对生死的透彻了解与感悟后的艺术表达。诗人是这样，其诗亦然。

在拜伦众多的诗作中，英雄主义气质主导着诗歌的风格，直面生死的生命伦理思想又使艺术风格充满了生命的强烈动感和对死神的蔑视，淡化了对死亡的恐惧，消却了忧伤的情调，洋溢着雄浑的气魄，诗歌绽放一种雄浑之气，一种壮美的意境风貌。

2. 诗歌的形象塑造——宁死不屈的硬汉子

拜伦对生命激情的恣意释放，对死亡危险的无所畏惧的生命伦理观直接影响诗歌的人物塑造。其诗主要塑造的是男性形象，而且多是宁死不屈的硬汉子形象。这是他将生命伦理寄予在这些具有浓郁诗人气质与个性、被称为“拜伦式英雄”的反映。这些形象有着强烈反抗的个性特征、战胜苦难的积极进取的乐观主义精神、面对丑恶的现实从不屈服和妥协的顽强斗志、为了理想而勇于赴死的人生态度。他们的人生是追求、搏击、直面死亡的一生，而这也是拜伦人生的写照。

苦难的生活是考验一个人的生命意志的一个最好途径，拜伦自身经历过动荡不安的生活，经历过身体残疾带来的种种病痛的折磨，经历过被千夫所指、斥为恶魔的生活……这种种肉体上的、精神上的痛苦和不幸，并没使他屈服和妥协，反而使他更清晰地看到了生活的本质，更坚定了生活的勇气，更坚定的迈向新生活，将自己的一生定位为追求搏击的一生。这种积极进取的乐观主义精神，拜伦都倾注在诗歌人物的塑造上。因此，他笔下的该隐、曼弗雷德等硬汉子正是他生命意志哲学观念的图式化，带有典型的刚健勇武、强而有力、无所畏惧、勇往直前的超人形象特质。从诗歌人物身上，我们看到了那种充沛的生命力，生命个体的尊严，没有眼泪与叹息，没有恐惧与退却，向生命理想奋进、勇往直前成为他们的本质特征。这些追求生命意义的伦理特质强化了诗歌的雄浑、豪迈风格，将充满悲哀的死亡主题逆转为彰显英雄本色的生命赞歌，令人读罢荡气回旋。

3. 诗歌的语言特色

诗歌创作的目的就是要揭示出隐藏在事物背后的意义和它所能体现的价值。诗中的语言不可能单独离开诗的内容和意义而存在，语言最终也是加强诗的思想和意义而存在的。拜伦生命伦理思想同样影响了他在诗歌创作时的语言表达，诗歌中很多诗句直接或者间接地表达了对生死的哲理思考，阐释了对死的坦然、从容、直面与无奈，对生的渴求，热烈、执着的态度。

（1）拜伦的诗中大量运用极富情感倾向因素的词语，带有较强的直观性，例如“死亡、坟墓、活着、痛苦、爱情、悲哀、眷恋、挣扎、新旧、破灭、诞生、憎恨、束缚、自由、伤感、苦涩、悲悼、泪泉、凄惨、衰败、消逝、黯淡、凋零”等，这些词语直接和生死有关，描绘众多的生死场景。诗中的死亡场景、生者的悲哀等思想情感，借助于这些直白的词语，直观陈述，一一剖析，将生死的抽象意念化为具体可感的文字表达。我们透过诗句，仿佛感受到作家那份真挚的情感：对恋人的爱恋之情、死后的缅怀之情、对生命的眷恋不舍之情。拜伦诗作中以富于情感倾向的词语入诗，语义色彩明确，不仅给人一种直观认识，同时也增强了诗的感染力和冲击力。

（2）采用口语入诗，语言带有张力性。涉及生死问题，拜伦往往以闲谈的方式展开，自问自答、夹叙夹议，语体风格上庄谐并重，让读者对于这样的哲学问题容易理解和接受。

拜伦为了宣泄个人强烈的情感，表达他对生死的直观认识，在诗歌创作中运用口语。他善于采用对话方式，但又没有过于浅白无味，而是既给人亲切感，又能引导读者进行深入的思考，达到调动读者的目的。

（3）在句式使用上，诗行更多是短句，动词性居多，如鼓点敲击，有着强烈的节奏感，令人诵读时情绪激昂。即使是风物的描写，也有搏击长空的力度，寄予了他蔑视死亡、追求生命意义的道德理想。拜伦诗歌的语言铿锵有力，显示出其勃勃的生命激情。这不仅是因为他冲动富有激情的个性使然，还因为他洋溢着勃勃生命力的生命伦理观在起着指导作用。

拜伦的诗句有博大和高贵的运动，有卓越的力量，使人振奋，撞击心灵。拜伦这种肯定人生和人生价值、意义的生命伦理思想，使其在同代诗人中特立独行。可见，拜伦独特的生死观，以身体力行来解读生命的意义，直接影响了他的创作，使其诗歌的艺术风貌、意境、语言、形象塑造等方面带有刻的生命伦理的印迹，诗风别致、清新，既有浪漫的一面，也有现实的深刻性一面。

三、约翰·济慈短暂的人生苦旅对其作品的影响探究

约翰·济慈是著名的英国浪漫主义诗人，其成就已经被认为超出其他英国浪漫主义诗人，英国维多利亚时期的大诗人丁尼生（Alfred Tennyson）称赞他为“英国19世纪最杰出的诗人”。中国诗人余光中说：“一百多年来，济慈的声誉与日俱增，如今且远在浪漫派诸人之上。”但这位天才诗人却只在这个世界上生活了短短25年，如流星在夜空划过一道斑斓后就陨落了。人们在扼腕叹息的同时，也在探究济慈英年早逝的原因。济慈死亡的直接原因是肺结核病，但拜伦、雪莱等人认为，当时一些评论家对济慈本人及其诗歌尖锐的批评和攻击扼杀了济慈脆弱的生命。

1. 济慈短暂的人生苦旅

济慈的死亡应该是多方面原因综合作用的结果，家庭的重负、疾病的摧残、恋情的折磨以及对诗歌艺术殚精竭虑的追求等，构成他羸弱生命中不能承受之重，并最终导致他的离世。

（1）家庭的重负。1795年10月31日，济慈出生在英国伦敦，其父亲经营马车行生意，家境虽不算富裕，但一家人生活温馨快乐。但不幸地是，1804年4月，济慈的父亲从马背上摔成重伤至死，从此厄运就接二连三地缠上了这一家人。父亲死后不久，母亲匆忙改嫁，后又离婚，心如死灰的她开始与男人厮混，对几个孩子基本上不闻不问，五年后，她因肺结核病去世。1805年3月，济慈的外祖父辞世，1814年12月，一直照料济慈兄妹生活的外祖母也撒手人寰。1816年夏天，天生体弱的汤姆得了肺结核，并于1818年11月去世。短短十几年中，济慈先后痛失6位亲人（济慈的弟弟爱德华于1802年夭折），这是怎样的切肤之痛！

1818年8—12月，济慈照顾患肺结核的汤姆，终因积劳成疾，也染上肺结核病。1819年底，乔治因生意失败，返回伦敦筹措资金。尽管当时济慈已与女友订

婚，非常需要钱，但他还是把他从外祖母那里继承的那份遗产都给了乔治。1820年1月1日，乔治在筹得资金后从利物浦出发前往美国，仅2天后的1月3日，济慈肺部大出血，被迫隔离。为了弟弟妹妹，济慈付出了他所能付出的一切！

（2）疾病的摧残。自从染上肺病，济慈的生活如同梦魇，一直到去世，肺病在他身上反复发作，稍不注意，就会喉头溃疡疼痛、咳嗽、高烧。比起疾病对身体的折磨，疾病对他精神的摧残更甚。折翅的鸟儿还能高飞吗？他还有时日实现自己的诗歌梦想吗？他会遭到爱人的嫌弃吗？他离死亡还有多远？等等，诸如此类的问题时刻困扰着他。他知道死神最终会来，他笔下的诗歌处处流露出对死亡的畏惧。

每当我害怕，生命也许等不及
我的笔搜集完我蓬勃的思潮，
等不及高高一堆书，在文字里，
象丰富的谷仓，把熟谷子收好；
每当我在繁星的夜幕上看见传奇故事的巨大的云雾征象，
而且想，我或许活不到那一天，
以偶然的神笔描出它的幻相。

1819年10月起，济慈为减轻病痛，开始吞服鸦片，但这无疑是饮鸩止渴，只能让病情雪上加霜。他在乞求死亡早日到来，好让他从一切痛苦中解脱，他在《夜莺颂》里这样写道：

Darkling I listen；an for many a time.
I have been half in love with easeful Death,
Called him soft names in many a mused rhme.
To take into the air my quiet breath,
Now more than ever seems it rich to die.

译文：
我在黑暗里倾听：呵，多少次？
我几乎爱上了静谧的死亡，
我在诗思里用尽了好的言辞，
求他把我的一息散入空茫；
而现在，哦，死更是多么富丽！

“静谧的死亡”，听来不失为理想的死法，但如果能高质量地活着，谁又愿意选择死亡？1820年9月13日，济慈怀着对生命最后一线希望，在朋友的安排下离开英国去罗马养病，但为时已晚，1821年2月23日，济慈客死罗马，埋葬在罗马的新教徒公墓，墓碑上刻着自拟的铭文："Here lies one whose name was written in water."独特的碑文，连同他的故事、他的诗歌，给后人留下无尽的遐思。

（3）爱情的纠结。1818年9月，济慈搬到汉普斯泰德居住，在那里，他遇见了女邻居芬妮·布朗（Fanny Brawne，与济慈的妹妹同名，为了区别，翻译成芬妮）。济慈被"beautiful and elegant，graceful，silly，fashionable and strange"（漂亮、优雅、时尚同时又愚蠢、怪异）的芬妮吸引，而芬妮对诗才横溢，谈吐不俗的济慈也心生爱慕，3个月后，济慈把母亲留给他的戒指送给芬妮，他们私下订婚了。爱情的力量是强大的，两人相处的3年时间里，济慈佳作不断，其中《致芬妮》《灿烂的星》等诗歌是专门为芬妮而写，表达了爱情的真挚和坚定。济慈还给芬妮写了数十封情书，直抒胸中对芬妮炽热的情感。但是，济慈与芬妮的感情世界并不总是阳光明媚，济慈十分不善于与女性相处，"When I am a-mong Women I have evil thoughts，malice，spleen. I can not speak or be silent. I am full of Suspicions and therefore listen to nothing；I am in a hurry to be gone."济慈与芬妮在性格、爱好等方面有很大的差异，芬妮健康有活力，喜欢跳舞和交际，这让自卑爱遐想的济慈深感苦恼和不安。脆弱的济慈对爱情心存畏惧，"何谓爱情？爱情是被装扮的玩偶，让无聊的人宠爱、照料和抚摩。"他本来对乔治娅娜·威里很有好感，但因为他懦弱不敢表白，最后对方成了自己的弟媳。他对芬妮的感情也缺乏信任，担心她会象莎士比亚笔下的克丽西达背叛情人那样背叛自己，或者象他的母亲一样薄情寡义。1819年4月，他创作了诗歌《无情的妖女》，从这首诗可以看出济慈对爱情的极度不信任：

I saw pale kings and princes too,
Pale warriors, death-pale were they all,
They cried-"La Belle Dame sans Merci Hath thee in thrall!"
I saw their staever lips in the gloam,
With horried warning gaped wide,
And I awoke and found me here,
On the cold hill's side,
And this is why I soiourn here,
Alone and palely loitering,
Though the sedge is wither'd form the lake,
And no birds sing.

译文：

我看见国王和王子，
也在那妖女的洞中。
还有无数的骑士，
都苍白得像是骷髅；
他们叫道：无情的妖女，
已把你作了俘囚！
在幽暗里，他们的瘪嘴，
大张着，预告着灾祸；
我一觉醒来，看见自己，
躺在这冰冷的山坡。
因此，我就留在这儿，
独自沮丧地游荡；
虽然湖中的芦苇已枯，
也没有鸟儿歌唱。

对于生活穷困潦倒又患有肺结核病的济慈来说，完美爱情和婚姻只能是奢望，他甚至无法像正常人那样全身心地投入一段爱情，良知告诉济慈：芬妮对他爱得越真挚，就越要与她保持距离。“How illness Stands as a barrier between me and you！”1820年1月3日，济慈肺部大出血，他知道自己必死无疑，于是10天后向芬妮提出解除婚约，而到了9月份，他的病情进一步恶化，他再也没有写过信给芬妮，也不愿意读她的来信。但他的内心在挣扎痛苦，他从来没有停止过对芬妮的爱，1820年11月，他在给好友布朗的信中写道：“My dear Brown，I should Have had her when I was in health，and I should have remained well. I can bear to die. I can not bear to leave her.”（“亲爱的布朗，我本该在我身体健康时就拥有她，这样的话，我的身体也应该好一些，我可以忍受死亡，但我不能忍受离开她。”）几个月后，济慈怀着对芬妮的思念，带着对爱情和婚姻无法圆满的遗憾离开了人世。

济慈是不幸的，他短暂的一生经历了别人也许几辈子才会经历的波折与苦难，他在婚姻无果诗名未立的情形下离世，这是怎样的遗憾与悲情！但济慈又是幸运的，他的诗作经受住了时间的考验，成为人们喜爱和追捧的精神财富，他在作品中获得了永生！他在苦难中执着的艺术追求将会永远鞭策和鼓励所有追求梦想的人！

2.《夜莺颂》赏析

Ode to The Nightingale

My heart aches, and a drowsy numbness pains

My sense, as though of hemlock I had drunk,
Or emptied some dull opiate to the drains
One minute past, and Lethe-wards had sunk:
'Tis not through envy of thy happy lot,
But being too happy in thine happiness—
That thou, light winged Dryad of the trees,
In some melodious plot
Of beechen green, and shadows numberless,
Singest of summer in full-throated ease.
O, for a draught of vintage! that hath been
Cooled a long age in the deep-delved earth,
Tasting of Flora and the country green,
Dance, and Provencal song, and sunburnt mirth!
O for a beaker full of the warm South,
Full of the true, the blushful Hippocrene,
With beaded bubbles winking at the brim,
And purple-stained mouth,
That I may drink, and leave the world unseen,
And with thee fade away into the forest dim.
Fade far away, dissolve, and quite forget,
What thou amongst the leaves hast never known.
The weariness, the fever, and the fret,
Here, where men sit and hear each other groan;
Where palsy shakes a few, sad, last grey hairs.

Where youth grows pale, and spectre-thin, and dies;
Where nut to think is to be full of sorrow,
And leaden-eyed despairs.
Where Beauty cannot keep her lustrous eyes,
Or new Love pine at them beyond to-morrow.

Away! away! for I will fly to thee,
Not charioted by Bacchus and his pards,
But on the viewless wings of Poesy,
Though the dull brain perplexes and retards.

Already with thee! tender is the night,
And haply the Queen-Moon is on her throne,
Clustered around by all her starry Fays;
But here there is no light,
Save what from heaven is with the breezes blown,
Through verdurous glooms and winding mossy ways.

I cannot see what flowers are at my feet,
Nor what soft incense hangs upon the boughs.
But, in embalmed darkness, guess each sweet,
Wherewith the seasonable month endows.
The grass, the thicket, and the fruit-tree wild,
White hawthorn, and the pastoral eglantine;
Fast fading violets covered up in leaves;
And mid-May's eldest child,
The coming musk-rose, full of dewy wine,
The murmurous haunt of flies on summer eves.

Darkling I listen; and for many a time,
I have been half in love with easeful Death,
Called him soft names in many a mused rhyme,
To take into the air my quiet breath;
Now more than ever seems it rich to die,
To cease upon the midnight with no pain,
While thou art pouring forth thy soul abroad
In such an ecstasy!
Still wouldst thou sing, and I have ears in vain?
To thy high requiem become a sod.

Thou wast not born for death, immortal Bird!
No hungry generations tread thee down;
The voice I hear this passing night ears heard.
In ancient days by emperor and clown:
Perhaps the self-same song that found a path,
Through the sad heart of Ruth, when, sick for home,

She stood in tears amid the alien corn;
The same that oft-times hath
Charmed magic casements, opening on the foam
Of perilous seas, in fairy lands forlorn.

Forlorn! the very word is like a bell
To toll me back from thee to my sole self!
Adieu! the fancy cannot cheat so well
As she is famed to do, deceiving elf.
Adieu! adieu! thy plaintive anthem fades
Past the near meadows, over the still stream,
Up the hill-side; and now 'tis buried deep
In the next valley-glades:
Was is a vision, or a waking dream?
Fled is that music—Do I wake or sleep?

译文：

我的心在痛，困顿和麻木
刺进了感官，有如饮过毒鸠，
又象是刚刚把鸦片吞服，
于是向着列斯忘川下沉：
并不是我嫉妒你的好运，
而是你的快乐使我太欢欣——
因为在林间嘹亮的天地里，
你呵，轻翅的仙灵，
你躲进山毛榉的葱绿和荫影，
放开歌喉，歌唱着夏季。
哎，要是有一口酒！那冷藏
在地下多年的清醇饮料，
一尝就令人想起绿色之邦，
想起花神，恋歌，阳光和舞蹈！
要是有一杯南国的温暖
充满了鲜红的灵感之泉，
杯沿明灭着珍珠的泡沫，
给嘴唇染上紫斑；

哦，我要一饮而离开尘寰，
和你同去幽暗的林中隐没；
远远地、远远隐没，让我忘掉
你在树叶间从不知道的一切，
忘记这疲劳、热病、焦躁，
这使人对坐而悲叹的世界；
在这里，青春苍白、消瘦、死亡，
而“瘫痪”有几根白发在摇摆；
在这里，稍一思索就充满了
忧伤和灰色的绝望，
而“美”保持不住明眸的光彩，
新生的爱情活不到明天就枯凋。
去吧！去吧！我要朝你飞去，
不用和酒神坐文豹的车驾，
我要展开诗歌底无形羽翼，尽管这头脑已经困顿、疲乏；
去了！呵，我已经和你同往！
夜这般温柔，月后正登上宝座，
周围是侍卫她的一群星星；
但这儿却不甚明亮，
除了有一线天光，被微风带过，
葱绿的幽暗，和苔藓的曲径。
我看不出是哪种花草在脚旁，
什么清香的花挂在树枝上；
在温馨的幽暗里，我只能猜想
这个时令该把哪种芬芳
赋予这果树，林莽，和草丛，
这白枳花，和田野的玫瑰，
这绿叶堆中易谢的紫罗兰，
还有五月中旬的娇宠，
这缀满了露酒的麝香蔷薇，
它成了夏夜蚊蚋的嗡萦的港湾。
我在黑暗里倾听：呵，多少次
我几乎爱上了静谧的死亡，
我在诗思里用尽了好的言辞，
求他把我的一息散入空茫；

而现在，哦，死更是多么富丽：
在午夜里溘然魂离人间，
当你正倾泻着你的心怀
发出这般的狂喜！
你仍将歌唱，但我却不再听见——
你的葬歌只能唱给泥草一块。
永生的鸟呵，你不会死去！
饥饿的世代无法将你蹂躏；
今夜，我偶然听到的歌曲
曾使古代的帝王和村夫喜悦；
或许这同样的歌也曾激荡
露丝忧郁的心，使她不禁落泪，
站在异邦的谷田里想着家；
就是这声音常常
在失掉了的仙域里引动窗扉：一个美女望着大海险恶的浪花。
呵，失掉了！这句话好比一声钟
使我猛醒到我站脚的地方！
别了！幻想，这骗人的妖童，
不能老耍弄它盛传的伎俩。
别了！别了！你怨诉的歌声
流过草坪，越过幽静的溪水，
溜上山坡；而此时，它正深深
埋在附近的溪谷中。
噫，这是个幻觉，还是梦寐？
那歌声去了：——我是睡？是醒。（查良铮译）

19世纪的英国浪漫主义时期是一个盛产诗人的世纪。济慈作为其中最杰出的代表之一，在不到26岁的短暂人生中的其中四五年间，创作了大量的优美传世佳作，《夜莺颂》便是其中最著名的一首。

《夜莺颂》一开篇，诗人就饱蘸深情地写道：“我的心在痛，困顿和麻木／刺进了感官，有如饮过毒鸠，／又像是刚刚把鸦片吞服，／于是向着列斯忘川下沉／并不是我嫉妒你的好运，／而是你的快乐使我太欢欣——／因为在林间嘹亮的天地里，／你呵，轻翅的仙灵，／你躲进山毛榉的葱绿和阴影，／放开歌喉，歌唱着夏季。”诗人听着夜莺的嘹亮而美妙的歌唱，心被这快乐的歌声感染着。这种快活太尖锐了，诗人甚至感到心儿在痛，感到自己像是被麻痹了一样。他向往那林阴繁茂的夜莺欢唱的世界，但是残酷的现实使他又不能够完全投入和享受这种快乐，诗人的心被现实世界的“不尽如人意的因素”打击着。于是诗人想到了以酒解千愁。唉，要是有口陈年的佳酿该有多好！“那冷藏／在地下多年的清醇饮料，／一尝就令人想起绿色之邦，／想起花神，恋歌，阳光和舞蹈！”诗人渴望饮下这美妙的醇香美酒，让自己从困顿、疲乏和痛苦的身体游离了出来，与夜莺共入深林，“远远地、远远隐没，让我忘掉／你在树叶间从不知道的一切”。诗人想忘掉的是什么？诗人为什么渴望逃离这凡世？“在这里，青春苍白、消瘦、死亡，／而‘瘫痪’有几根白发在摇摆；／在这里，稍一思索就充满了／忧伤和灰眼的绝望，／而美保持不住明眸的光彩，／新生的爱情活不到明天就枯凋。”在诗人的眼里，现实的世界充满了疲劳、热病和焦躁，充满了悲惨、伤心、痛苦和压迫。就是这些“不尽如人意的因素”让诗人那颗满是诗意的心灵遭受了巨大的创伤，还是离它而去吧！“去吧！去吧！我要飞往你处，／不乘酒神用群豹拖拉的车驾，／而是靠诗神无形的翅膀，／尽管头脑已经困顿、疲乏；／去了！呵，我已经和你同住！”

O'for a draught of vintage！That been cooled a long age in the deep-delved earth/Tasting of flora and the country green/Pance，and Provencal song，and sunburnt mirth！O'for a beaker full of the warm south！

Fade far away，dissolve and quiet forget/What tholl among the leaves hast never known/the weariess，the fever and the fret.

Here，where men sit and hear each other groan/Where pollsy shakes a few，sad，last gray hairs/Where youth grows pale and specter-thin an dies/

Away！Away！For I will fly to thee，not charioted by Bacchus and his pards/But on the wiewless wings of poesy，though the dull brain perplexes and retards/Already with thee！Tender is the night.

——摘自《夜莺颂》

诗的力量是巨大的，诗人靠诗的力量来到了理想的夜莺世界。夜色温柔，月后驾临，众星闪烁。诗人在幻觉中的月夜里通过听觉、嗅觉、触觉等感官感受着夜莺的世界中的白枳花，田野的玫瑰，绿叶堆中易谢的紫罗兰，缀满露酒的麝香蔷薇和夏夜花丛中嗡嗡的蚊虫。“在温馨的幽暗里，我只能猜想／这个时令该把那种芬芳／赋予这果树、林莽和草丛”。济慈沉浸在这虚无飘渺的梦幻世界里，体味着前所未有的快乐和满足，如痴如醉，甚至渴望着生命的终结。“我在黑暗里倾听；呵，多少次／我几乎爱上了静谧的死亡。”此刻在现实生活中饱受磨难的诗人在夜莺的世界中乐极了，竟产生了乐而忘返，终老于斯的想法。他祈求着死亡带他摆脱所有的尘世的重负。但随即诗人意识到：自己将死，而那夜莺的歌声却是永恒的。它的歌曾使古代的帝王和村夫喜悦，它的歌激荡流浪异乡的忧郁的心重返家园，它的歌引动那失掉了仙域的窗扉，让苦苦追求自由的心涉过大海险恶的浪花。“呵，失掉了！这句话好比一声钟 / 使我猛醒到我站脚的地方！”诗人最终清醒过来了，意识到以死亡、以逃避性的想象来摆脱人生重负的诱惑是消极的。“别了，幻想，这骗人的妖童， / 不能老耍弄它盛传的伎俩。 / 别了！别了！你怨诉的歌声”。此时夜莺的歌声“流过草坪，越过幽溪，溜上山坡”，夜莺飞去了，诗人回到了现实世界中，挣扎在痛并快乐着的心思里，搞不清楚“我睡着，还是醒着？”全诗在这两个令人沉思问句中结束了。

纵观全诗，痛苦和快乐、悲伤和喜悦、渴望和失望、梦境和现实、生命和死亡相互交织，诗人在欢乐中体味着忧郁，在痛苦中感受着快乐。诗人用诗让人们理解：在炼狱般的世界里有太多的“不尽如人意的因素”，而人生便是去接受这些痛苦，去发现它与快乐构成的和谐。“生活本身既不是可悲的也不是乐观的，而是真的，因而是美的。这种美在于各种对立因素组成宏伟的和谐，以及这个和谐对一个完整的、成熟的‘灵’所诱发起来的神秘感动。”诗人启示我们，只有直面惨淡的人生，在精神上超越苦难，把苦难作为“真”来认识，才能真正提升生命的意义和幸福的质量，才能真正领悟“美即是真，真即是美。”

3.新批评主义浅析《夜莺颂》

约翰·济慈（1795—1821），英国伟大诗人，于1819年写下名篇《夜莺颂》，当时年仅24岁。人们一读到济慈的诗歌，就不由得与他短暂的人生联系在一起。他出身卑微，生活贫困，8岁丧父，14岁丧母，弟弟也因病死在他的怀中，这种家庭的宿命让年仅23岁的济慈也患上了肺痨，当时诗人还处于和芬妮·布恩小姐的热恋中。正如诗人自己说的，他常常想的两件事就是爱情的甜蜜和自己死去的时间。在这样的情况下，诗人情绪激昂，心中充满着悲愤和对生命的渴望。在一个深沉的夜晚，在浓密的树枝下，在鸟儿嘹亮的歌声中，诗人一口气写下了这首8节80行的《夜莺颂》。虽然他英年早逝，艰辛的一生却赋予济慈一颗积极乐观的心态，通过诗歌来发现生活之美，生命之美。

《夜莺颂》描写了生命中一短暂时刻，诗中济慈详细对比了自然之美与人短暂的生命和死亡。诗中，夜莺那柔和，平静的歌声深深地吸引了诗人，让他的思想超越世俗的生活。让听者忘掉生活旅途的艰辛和苦恼，得到片刻宁静。

（1）新批评主义简介。对诗歌的欣赏一定要逐字逐句，细细体会，这样方能体会诗歌的美，因此本文主要从新批评主义的角度来分析诗歌，并了解济慈是怎样通过文本安排和文学技巧来实现自己写这首诗的真正用意的。

新批评是英美现代文学批评中最有影响的流派之一，它于20世纪20年代在英国发端，30年代在美国形成，并于20世纪40—50年代在美国蔚成大势。20世纪50年代后，新批评渐趋衰落，但新批评提倡和实践的立足文本的语义分析仍不失为文学批评的基本方法之一，对当今的文学批评尤其是诗歌批评产生着深远的影响。新批评则认为，文学作品是一个完整的多层次的艺术客体，是一个独立自足的世界，文学作品本身就是文学活动的本原。以作品为本体，从文学作品本身出发研究文学的特征遂成为新批评的理论核心。

新批评主义文论的创新在于对语言的重视上升到了本体论的高度。作者经验只能通过文学语言来传达，语言担负着使文学成为文学的责任，它也是批评家还原作者原始经验的可靠途径，传统的历史、实证的方法对于文学意义阐释来说是不够深入的，必须把语言引入文学意义研究。新批评的研究视野发生了重大转变，从社会历史内容和作者思想内容转到了文学语言这一新的主体上来，这一转变影响深远，新批评之后的批评理论，无论意识形态研究还是文本形式研究，都不可避免地运用到新批评式的语言研究。新批评家把研究重心放在文本内部，以文学语言为文学活动的中心。

（2）《夜莺颂》的结构分析。首先分析一下这首诗的结构，《夜莺颂》一共由8节组成，每小节10行。在这80行里，诗人经历了一次精神旅行——从现实到理想世界，再回到现实。这种典型的结构被称为“济慈式结构”。从结构的特点上看，济慈作为一位浪漫主义诗人从现实出发，然后乘坐思想的翅膀起飞来到理想的精神世界，后又因各种原因（大多都是因为不可能永远脱离现实，生活在理想当中）诗人又回到现实世界。但是诗人再次回来的境界已不是以前的起点了。在这次精神旅行中，诗人不管怎样获得了一些精神上的东西，思想得到片刻慰藉。

诗歌的第一节济慈描述了痛苦和喜悦给我们感官上带来的不同感受，特别是开篇几句充满了各种各样的毒品，比如“毒鸠”“鸦片”，后来还提到了“列斯忘川”（传说一种河，能让人们忘掉世上的事情）。所有诗人刚才提到的东西帮助他陷入幻想当中，让他的感官变得麻木，远离现实世界。所有这些毒品让济慈聆听夜莺的歌声，暂时忘掉现实。第二节中承载诗人飞向理想世界的已不是毒品，而变成了美酒（a draught of vintage）和南国的温泉（the blushful Hippocrene，相传是诗人灵感的来源）。“远远地，远远地隐没，让我忘掉 / 你在树叶间从不知道的一切 / 忘掉这疲劳，热病，和焦躁。”第四节中，酒又被诗歌的翅膀所代替，因为在第三节中济慈发现美酒不能把他带到理想世界，在这一小节中，诗人的思想仍然被痛苦的现实世界所困扰。因此他又借助诗歌的想象让他脱离现实，即使他认为自己此时的脑子不是很清晰，甚至有些愚钝。第六节，济慈想到了死亡，这才是彻底脱离现实的方法。只有死亡才会让他不用在午夜里痛苦的思索。诗人用夜莺这只永生的鸟作为另外一个脱离现实的工具，并与他一样寻求快乐。然而在最后一节中，诗人变得现实起来，因为他发现他脱离现实是不现实的和不可能的。

呵，失掉了！这句话好比一声钟

使我猛醒到我站脚的地方！
别了！幻想，这骗人的妖童，
不能老耍弄它盛传的伎俩。
别了！别了！你怨诉的歌声
流过草坪，越过幽静的溪水，
溜上山坡；而此时，它正深深
埋在附近的溪谷中：
噫，这是个幻觉，还是梦寐？
那歌声去了：——我是睡？是醒？

济慈在诗歌前七节中尽情发挥自己的想象，通过各种途径脱离现实，然在最后一节中，他回到现实。然而他脱离现实世界的失败是源于他对生活的热爱。在第二小节，诗人描写了很多给人感官带来快乐的事物，比如“鲜花”“乡间田野”“舞蹈”“歌声”“太阳下的愉悦”等。济慈对生活强烈的感情和热爱注定最后他脱离现实世界的失败。

整首诗中济慈完成了一次精神上的旅行，从现实中聆听也赢得歌声到想象中的理想世界，最后再回到现实。诗人幻想和现实的矛盾在《夜莺颂》中同时并且矛盾地体现了出来。

（3）意象分析。就像毒品、美酒、诗歌在《夜莺颂》中是承载诗人想象的工具一样，夜莺本身也是极为重要的象征意象。从标题到诗歌结尾，夜莺这个意象贯穿始终。因此对诗歌中这一重要象征做一详细分析很有必要。

诗歌开头就描写诗人聆听也赢得歌声，并表现出对这只快乐小鸟极度的喜爱。济慈企图与夜莺的歌声飞到深林的深处，寻求心里的宁静。

因为在林间嘹亮的天地里，
你呵，轻翅的仙灵，
你躲进山毛榉的葱绿和荫影，
放开歌喉，歌唱着夏季。

在第七节中，夜莺代表不朽，永久和大自然，总之是和世俗世界相对的意象，“永生的鸟呵，你不会死去！/饥饿的世代无法将你蹂躏。”诗人把夜莺的永生与人类最终的死亡做了详细的对比。

在这里，青春苍白、削瘦、死亡，
而“瘫痪”有几根白发在摇摆；

在这里，稍一思索就充满了
忧伤和灰眼的绝望，
而“美”保持不住明眸的光彩，
新生的爱情活不到明天就枯凋。

但是夜莺生命和灵魂却能一代一代地传下去，成为一种不朽的动物。就像诗人现在听到的夜莺的歌声曾经也让古代的帝王，村夫和《旧约》中的露丝也喜悦过。这几句诗赋予了夜莺不死的特征，也让这首诗歌像夜莺一样流芳百世。诗歌中反复体现出诗人想让这只神鸟带他到理想的世界去，除此之外，夜莺在整首诗中体现出一些美好的特征使诗人有想和夜莺飞走的想法。第一节中，夜莺放开歌喉，唱着美妙的歌。第三小节，夜莺对人世间痛苦的全然不知，自在地生活在树林当中：

远远地、远远地隐没，让我忘掉
你在树林中从不知道的一切，
忘记这疲劳、热病和焦躁，
这使人对坐而悲叹的世界；

在第七节中，描写夜莺是只永生的鸟，不会因为饥饿和时间而死亡等等这些原因使济慈特别想跟夜莺一起离开现实飞到理想的世界里去。

整首诗除了特别的结构，诗人用词也是相当讲究，读者可以通过研究他的选词可以看出济慈到底想要飞到怎样的一个理想世界去。

第二节中，他想飞到地理上很远的一个地方，他描述为“温暖的南国”（warm south）。之后，诗人有描写了古希腊和古罗马的一些故事和神，这足以体现出诗人幻想的效果。例如列斯忘川，谁喝了这里的水就会忘掉一切。Flora，古罗马的花神，Hippocrened，古希腊酒神的名字，还出现了“Queen-Moon”月亮女神等。这些意象把我们带到了神话般的世界里。而这些诗中描写的美妙神奇的地方在现实中却是不存在的，所以就像第三节中所描述的诗人最后还是被遗弃来面对现实世界。

总之，这首诗是济慈的代表作，和他其他的颂歌一样，《夜莺颂》每节都有十行。每节都以ABABCDECDE 押韵。诗人通过夜莺很自然的歌声形成一种想要脱离现实苦难，追求幸福的想象。这首诗不管是结构、象征还是用词都使得诗人济慈的思想很完美地表现了出来。

第九章　维多利亚时期英国小说研究

维多利亚文学时期大致与维多利亚女王执政期吻合，这一时段是英国历史上最光辉灿烂的时段。维多利亚执政初期，英国面临着飞速的经济发展及严重的社会问题。1832年改革法案通过后，国家政权从腐朽没落的贵族手中移向新兴的中产阶级工业资本家，不久，大工业革命高潮迭起，各种科技发明与技术创新为国家经济带来新生力量，如火车、蒸汽船、纺织机器、印刷机器等。英国一度成为“世界工厂”，通过向海外发展市场与剥削殖民地的各种资源积累了大量财富。19世纪中期英国成为全世界的经济第一强国。但在这繁荣与财富下掩盖的是工人阶级的贫困与不幸，为了谋生连妇女和儿童都要受雇到艰险肮脏的工厂矿山去卖苦力。日趋尖锐的阶级矛盾终于引发了1836—1848年著名的英国宪章运动。工人阶级团结一致推出《人民宪章》，要求政府保障人权，改善生活与工作环境。运动席卷了几乎所有城市。这次运动尽管在1848年衰落下去，但却取得了一定成就，同时也标志着工人阶级的觉醒。但19世纪最后30年中，大英帝国与维多利亚价值观都逐渐走向衰落。在海外英国虽然还是最大的殖民者，有着不可敌胜的经济、军事实力，但它的领袖地位已经开始面临正在崛起的德国的挑战，与美国的竞争也伤害了英国的经贸垄断地位。国内的爱尔兰民族问题悬而未决，日益壮大的无产阶级打破了辉格党与托利党之间的政治制衡。维多利亚的价值观在世纪末失去了光彩，原先谦和、体面的生活方式也被放纵与挥霍所取代。

在意识形态方面，维多利亚时代经历了巨大的变革。一方面，科学技术的大发展与各个领域的新发现打破了人们过去坚定的宗教信仰，宗教大厦开始坍塌。达尔文的《物种起源》（1859）与《人类的进化》（1871）都是动摇了传统信仰的理论基础。诗人丁尼生在长诗《悼念》中就明确表述了自己对宗教与上帝的怀疑。另一方面，实用主义大行其道，任何事物都要经过实用的检验方可定其价值，由于物质进一步战胜精神。《圣经》与《福音书》等宗教经典都被认为是过时的迷信，或干脆也要接受实用主义的检验。这些观念都使得资本家进一步残酷剥削劳动人民，不再有精神道德上的顾虑。狄更斯、卡利尔、拉斯金及许许多多有社会责任感的作家们都极力批驳实用拜金主义，尤其是它对文化道德的贬低及对人类情感的漠然。

维多利亚文学作为一个时代的产物，自然带有宏大与多样性的特点。它是多侧面而且复杂的从各个角度（包括浪漫的与现实的）反映了人民生活中的各种巨大变化，这个时代也诞生了一大批顶天立地的文学巨人。这个时期，小说广泛流行，繁荣发展，涌现出了如狄更斯、萨克雷、勃朗蒂姐妹等批判现实主义小说家。这些批判现实主义小说家一方面重新倡导18世纪的现实主义；另一方面又肩负起批判社会，保卫人民利益的责任。尽管他们的创作角度与风格各不相同，但共同特点是关心广大百姓的生活与命运，他们为不人道的社会机构、堕落的社会道德、拜金主义的盛行及大面积的贫困与不公深感愤慨。他们作品中对人民生活的真实写照和对社会制度的无情批判唤醒了公众对社会问题与社会发展的意识。在19世纪末还出现了一位勇敢的女性小说家乔治·埃略特与一个不仅揭露批判社会丑恶现象，还大胆向维多利亚传统道德观发起攻击的文学家哈代。这一时期的作品都为新世纪的到来做好了准备。维多利亚时期的文学，真实地反映了时代的现实与精神。其中体现出的高度的活力，脚踏实地的精神，善意的幽默与无羁无绊的丰富联想都是空前的。

一、狄更斯及其作品研究

1. 狄更斯作品评价研究

在百余年的英美狄更斯批评史中，评论界对狄更斯有褒有贬，有赞美，有非难，有肯定，有否定。尤其在19世纪，评论界对狄更斯的贬低甚至超出了对他的褒扬，许多上层人士、知名的文艺批评家对狄更斯极尽贬抑之能事。诸如美国小说家、批评家亨利·詹姆斯称狄更斯是“肤浅小说家中最伟大的一个”“把狄更斯列入最伟大的小说家之中是违反人性的。”

事实上，狄更斯从其生前创作伊始就一直不乏读者和评论。根据菲利普·科林斯在《狄更斯批评遗产》一书中的不完全统计，狄更斯生前英美相关的评论文章已多达两百余篇，这个数字足以说明狄更斯研究在当时的广度。那么缘何狄更斯在大受读者欢迎之时却不断遭到评论的攻击呢？为什么一部分有影响力的上层人士、知识分子与批评家们总是对狄更斯提出这样或那样的非议呢？这恐怕得从西方美学传统里寻找根由。

我们先看看这些对狄更斯贬低的原文，维多利亚女王在读完《雾都孤儿》之后建议自己的大臣墨尔本勋爵阅读此书。墨尔本勋爵读完此书后对女王说：“我只读了一半，小说全是关于贫民院、棺材铺、贼窟的。我不喜欢小说里展现的这些内容，它无助于提升道德观念……我们要读的文学应当是纯洁的、催人上进的，我想即使是席勒和歌德读到这样的小说也会感到震惊的。”卡利斯尔女士在读完《雾都孤儿》之后也说了这样一段话：“我知道有像扒手和流浪汉之类的不幸人，我对他们的遭遇和生活方式感到非常遗憾和震惊，但是我不希望这些事实通过文字被宣扬出去。”

《雾都孤儿》与《双城记》两部小说，事实上狄更斯的每部小说都受到类似的批评。他们之所以否定甚至抨击狄更斯的创作，主要认为狄更斯在文学作品中再现“伟大”的英国社会弊病是不应该的，他们认为文学应该是“纯洁的、催人上进的”。要分析这种文学观产生的根源，我们有必要追溯至西方文化的思想家柏拉图。柏拉图曾在《理想国》中明白地表达了他的文学观，他写道：“你心里要有把握，除掉颂神的和赞美好人的诗歌以外，不准一切诗歌闯入国境。如果你让步，准许甘言蜜语的抒情诗或史诗进来，你的国家的皇帝就是快感和痛感；而不是法律和古今公认的最好的道理了。”经过柏拉图对文艺的大加“清洗”之后，理想国里还剩下什么样的文艺呢？主要是歌颂神和英雄的颂诗，且这种颂诗在内容上只准说国家的好，不准说坏。由此看来，抨击狄更斯的作品，是因为狄更斯的小说非但没有为当时的英国政府高唱赞歌，反而揭露和批判了维多利亚社会的各个方面。英国的国家制度、官僚阶层、封建贵族、资产阶级、法律体制、教育体系、拜金主义、功利主义、贫富悬殊、统治阶级对穷人的歧视和漠不关心、社会上不劳而获的现象都是狄更斯批判的对象。这些批判撕开了维多利亚时代的面纱，解构了维多利亚的神话，让社会统治阶层大为不安。于是才有了他们对狄更斯的口诛笔伐。

抨击狄更斯过于追求道德目标。部分批评家不满狄更斯总在小说中追求一种道德目标，他总想揭露一些问题，批判某种社会现象或者鞭笞个人罪恶。如在《雾都孤儿》中反映济贫法，在《尼古拉斯·尼克尔贝》中揭露儿童教育问题，在《董贝父子》中指责傲慢，在《艰难时世》中反映劳资矛盾……批评家们认为这种道德上的惩戒是舞台剧的重要内容，因为人在集体中所感受到的道德情感比一个人读书时所感到的要强烈得多，小说的根本精神并非如此。对作家而言，最好是通过作品中的情节和人物将自己的人生哲理表达出来，直接标榜道德目的则不堪容忍。

从以上各个阶层对狄更斯的否定可以看出，尽管狄更斯生前拥有大量读者，但他并未得到其同时代人的充分肯定和认可。事实上，狄更斯作为伟大小说家的地位是在半个多世纪以后才得到确立的。对狄更斯的批评过程体现了从否定到肯定，从贬低到赞美的二元关系。这个过程也印证了文学中一系列的二元关系：从作品的产生与读者阅读的角度看，文学作为作家的个人产物，它具有明显的偶然性，而产生于这个或那个时代的文学作品又具有某种历史的必然性；当文学作品一旦走进读者，又因读者不同的个性化取向而产生或褒或贬的评价。

事实上，狄更斯的小说创作充分体现了传统内容与激进思想的碰撞，这种碰撞是狄更斯的作品在经历一个多世纪后依然在全世界不乏读者的原因之一。狄更斯小说除了关注社会事件、历史事件外，他还关注传统的家庭、爱情、儿童教育等方面，他的主人公通常是十分平凡的下层人士。狄更斯的激进思想不仅体现在对社会问题的揭露上，也体现在反映普通人的生活之中。如果说他对维多利亚时代社会问题的关注让他的作品备受争议，那么他在小说中对家庭、爱情和儿童等内容的书写却让他的小说至今仍引起广泛的共鸣。试以狄更斯对儿童的书写为例，狄更斯在运用儿童题材时充分彰显了他对维多利亚时代儿童教育观念的激进的反对态度：推翻贫民习艺所之类的教育场所，反对禁锢想象力的事实教育，呼吁社会建立健康的儿童教育体制。他在《雾都孤儿》中塑造了在贫民习艺所饥饿交加的奥列佛；在《老古玩店》中遭遇家庭变故而一贫如洗、饱尝逃亡流浪之苦而死的小耐儿；在《董贝父子》中不堪拔苗助长式的教育而夭折的小保罗；在半自传体小说《大卫·科波菲尔》中在鞋油厂当童工遭受屈辱的大卫；在《艰难时世》中在葛雷硬事实哲学教育下成长的西丝。

2. 狄更斯作品《雾都孤儿》社会意义研究

维多利亚的早期时代，英国经济快速发展，同时也带来了严重的社会问题。到19世纪中期，英国成为世界强国。但在伟大的繁荣和富有之下，有大量贫穷的工人阶级。工人和他们的家人挤在肮脏的贫民窟，他们的工作条件是极其恶劣。

狄更斯在他人生的早期就感受到了饥饿，孤独和冷漠。他早期艰辛的生活经历对他的影响极大。在他的作品中，狄更斯严肃地批评19世纪的英国，尤其是伦敦。他披露了贫穷、不公、虚伪和腐败。查尔斯·狄更斯被视为英国文学史上最伟大的批判现实主义作家之一。他在文学领域的贡献是无人能比的。《雾都孤儿》是狄更斯的早期作品。在书中，他揭露了维多利亚时期的黑暗，所以这部小说具有极大的社会意义。

无人道的济贫院系统是狄更斯批评最多的。这里是穷人生活的地方，尤其是儿童，遭受了身心的摧残。在第一章中，狄更斯用讽刺的语气告诉我们，奥利弗出生在济贫院。他还说济贫院的新生婴儿是一个新的负担。我们知道济贫院是一个慈善机构，接收一个孤儿是济贫院的责任。为什么作者说新生婴儿是一个负担呢？让我们看看济贫院的实际情况。1834年的济贫法允许穷人只有当他们的生活和工作都在济贫院，才能接受公共援助。穷人在济贫院的生活极其可怜，官方的目的就是让穷人远离公共援助。可见，济贫院系统实际上不过是政府的一个面具而已。它没有给穷人带来任何的好处。

在济贫院，穷人几乎不能吃饱。有关孩子们饮食的描述在第二章揭示了孩子们的生活条件。“在这个节日，每个男孩有一小碗粥，别的什么也没有了——除非是更重大的场合，孩子们会有四分之一的面包。粥碗从来不用清洗，孩子们会把勺子舔得干干净净。之后，孩子们会坐下来用渴望的眼神盯着铜锅，然后吮吸着自己的手指。”从对孩子们的描述，我们了解了济贫院孩子们的生活。在《雾都孤儿》中，有一个场景，永远不会被人们遗忘——奥利弗想再要一点粥。这种本能的行为被认为是对上帝的亵渎，所以这个可怜的孩子遭受了身心的惩罚。他被关在一个黑暗的房间。除此之外。狄更斯也提到一些孩子死在济贫院。其中一个是小迪克。他们成了济贫院的受害者。从很多方面，我们可以得到的结论是，济贫院不仅是一台剥削穷人的机器，还是一个把孩子们训练成奴隶的工具。从这个角度来看，这部小说具有巨大的社会意义。

同时，在这部小说中，作者也描绘了一些典型人物。他们代表不同阶级，源于生活，高于生活。他们的生存状态反映了当时国家的状态。狄更斯善于描写那些无辜的、善良的和无助的孩子们。奥利弗只是活在济贫院的孩子之一，我们可以想象出其他孤儿的黑暗生活。狄更斯也善于描写那些“受人尊敬的人物”，班布尔先生就是个典型的例子。读者在读到第三章班布尔先生和奥利弗的对话时都会觉得可笑，但在幽默的背后，隐藏着官员的虚伪。类似的还有济贫院的其他官员，他们滥用慈善机构的权利，是真正的罪犯。

查尔斯·狄更斯是一个伟大的作家，他用他的作品为那些没有“发声”机会的穷人在文学和政治之间架起了一座桥梁。

3.《雾都孤儿》人物形象解读

作者常常将自己对于人性以及社会的看法通过小说表达出来。在《雾都孤儿》中，作者狄更斯便通过塑造一些反面角色来表达对当时社会黑暗的不满与批判。同时作者还通过塑造一些正面角色来赞扬仁爱品质。读者深入分析小说中的人物形象，有利于了解当时英国社会状况以及作者想要表达的思想。

（1）完美无瑕的好人。狄更斯在《雾都孤儿》中塑造了许多完美无瑕的好人，他们都非常仁慈善良，在与其他人相处时，他们往往都十分诚实，专门做符合好人身份和形象的事情。他们都十分虔诚地信仰上帝，几乎每天都会向上帝祷告。遇到一些不幸的灾难时，他们常会向上帝倾诉，他们始终相信对上帝祷告可以帮助人们解决此时面临的困难，渡过难关。当他们快乐开心时，也会向上帝祷告，认为这是上帝有意安排的好事降临到了他们头上，是上帝赐予他们的福泽，因此他们对上帝十分感激。在《雾都孤儿》中，好人多数都是从始至终的好人，这些人的心理没有一丝杂念，没有任何坏心思，他们永远不会去做任何伤害他人的事情。正是这一原因使《雾都孤儿》中的好人一般不会在读者心里激起太大的涟漪。《雾都孤儿》中，好人通常都会经受许许多多的磨难，但最后都会有一个美满的结局。例如，《雾都孤儿》中的哈利、奥利弗、凯尔先生以及梅里夫人等，这些人都是真正的好人。特别是奥利弗，是一个历经磨难，在痛苦中饱受摧残，最终获得幸福的典型人物。

（2）彻头彻尾的坏人。《雾都孤儿》中，多数情节都有坏人存在，在贫民窟中存在坏人，在济贫院里同样存在坏人，无论环境如何变化，坏人都会出现。正是这些存在于情节中的坏人，推动着小说的整个故事情节不断向前发展。小说中坏人的形象往往不是千篇一律的。众多坏人具有十分鲜明的性格特征，每个坏人都有自己独有的做事方式和风格。例如，老费金具有狡猾、自私自利的特征，他操纵儿童为其偷东西，用偷来的钱满足自己的物质享受。强盗赛克斯是一个非常残忍且冷酷的人物，外形也十分粗俗。赛克斯一直被南希深深地爱着，但因为南希的一次背叛，赛克斯便残忍地杀害了她。在《雾都孤儿》中，尽管这些坏人凭借自己狡猾及狠毒的一面获得一时风光，但最终也逃不出法律的制裁和悲惨的结局。

（3）伪君子。《雾都孤儿》中还有许多伪君子形象，狄更斯使用幽默及夸张的语言将伪君子的形象活灵活现地展示在读者面前，同时将伪君子的愚蠢也生动地表现出来，以此达到了讽刺伪君子的目的。《雾都孤儿》中，伪君子一般都将自己说成好人，尽管其心中只在乎自己的得失与利益，但他们从来不向外人表达自己内心的真实想法。他们的一切行为都将他们自私自利的心理以及想法毫无保留地展示了出来。例如小说中的邦布尔看上去十分友善，并且对奥利弗态度和蔼，总是告诉奥利弗要用仁爱与善良对待父母，并称奥利弗为“亲爱的小孩”。但这只是邦布尔在众人面前对待奥利弗的态度。暗地里，他常用一种粗鲁、无礼的态度对待奥利弗，将自己的狰狞面目展露无遗，还称奥利弗是“小流氓”。邦布尔人前人后的反差形成了极为鲜明的对比，读者在阅读小说的过程中可以深刻地感受到邦布尔这种伪君子的形象。

（4）良心尚未泯灭的人。《雾都孤儿》中还存在一些良心尚未全部泯灭的人，尽管这些人也常做一些伤害别人的事，但他们通常会在反省时感到后悔、愧疚，并尽最大努力改正自己身上的缺点与错误。例如，小说中南希就是一个良心尚未全部泯灭的人。在小说开端，南希放纵自己，配合别人将奥利弗一同骗来，之后她一直感到愧疚与后悔。当看到赛克斯要用狗咬奥利弗时，南希出面阻止他的行为。当看到老费金想要毒打奥利弗时，南希依然出面阻止了老费金。由此可见，南希是一个误入歧途但良心尚未完全泯灭的人，她懂得反思，能够认识到自身过错而加以改正。

（5）具体人物解读——以费金为例。费金在《雾都孤儿》中是一个行为恶俗、形象邋遢的坏人。他谋生的手段就是骗取小孩子，并利用他们为自己偷东西。费金十分擅长伪装自己，这样才能骗得更多小孩子为其所用。他在指导儿童进行偷窃时，常用一种幽默、滑稽的手段向儿童讲解如何进行盗窃，如何与伙伴进行配合。费金在教小孩子偷盗的手段时，不会以一种严厉苛责的态度去体罚他们，而是让他们感到温暖、快乐，使他们在不辨善恶之时为其所用。尽管费金是一个坏人，但他对儿童也有仁慈、善良的一面。例如，费金在组织儿童到布朗鲁家进行盗窃时，奥利弗因为一时心软，导致盗窃行动失败，同时奥利弗也身受重伤。当所有读者都以为费金会严惩奥利弗之时，故事情节发生了逆转，费金不但没有惩罚奥利弗，还为其包扎伤口，由这一举动可以看出费金并不是一个完全丧失良心的坏人，他也有善良、仁慈的一面。费金与狄更斯小说中彻头彻尾的坏人有着一些差别，这与狄更斯当时的创作背景有极大的关系。

《雾都孤儿》中的人物个性鲜明，真实反映出英国贫苦民众的生活状态，其不仅揭示了政府官员的腐败现象，还批判了当时社会的黑暗。

二、简·奥斯丁及其作品研究

1. 重新认识简·奥斯丁

英国作家简·奥斯丁已逝世两百多年了。在大部分读者的眼中，她的小说如一掬清泓，读起来只是清新淡雅，沁人心脾。书中既无惊心动魄的欧洲战事，亦无觥筹交错的名利场，多是乡间的婚恋嫁娶，而这些婚恋嫁娶，又大多以皆大欢喜作结，符合人们对世俗生活的美好期待；书中的绅士小姐文质彬彬，个个都是礼仪的典范。是的，与其他小说家相比，奥斯丁似乎太古板了。夏洛蒂·勃朗特曾经指责奥斯丁的作品苍白无力、缺乏真挚的感情，奥斯丁本人的生活很难称得上是无忧无虑的快乐，而是一种重压之下的优雅，而她在小说中设计的完满结局，也更像是她对于心灵聪慧的女主人公的一种愿望和祝福。要读懂奥斯丁的小说，还该仔细考察一番奥斯丁的生平才好。

现在我们读到奥斯丁的生平时，最令人印象深刻的信息就是“终身未婚”和“热爱写作”。甚至就某种意义而言，“终身未婚”比“热爱写作”这一信息更容易令人津津乐道。但是，值得我们反思的是，当我们在提取这一信息时，我们已然是以现代人的眼光去评判、去体察，我们很容易忘记奥斯丁真正的成长背景：奥斯丁并非出生于一波又一波女权运动之后的今天，而是两百年前一个启蒙运动余温犹在、工业革命方兴未艾的时代；一个旧世界尚未瓦解、新思想已然萌动的时代。只有当我们把奥斯丁重置于18世纪的英国，我们才会对“终身未婚”与“热爱写作”之间的关联及碰撞产生更深刻的理解。

“终身未婚”是对于奥斯丁的生活状态所做出的描述；“热爱写作”则是对于奥斯丁的职业状态所做出的描述。在今天，“终身未婚”也许不算罪过，“热爱写作”也不过是一种兴趣而已。但是在18世纪的英国，“女子无才便是德”的思想统治着整个社会。正如奥斯丁在作品中所展现的，当时主流社会的观点是：一位女性一生中最重要的“职业”应当是寻觅良婿、操持家庭；女性从事职业赚取薪金，反而是其社会地位低下、生活困窘的标志。因此，女性不仅不应当“终身未婚”，更不应当“热爱写作”。基于这样的社会现实，奥斯丁不仅不是拘谨守旧的英国淑女，而且是超越时代的叛逆者。

奥斯丁这一形象不是一个活泼无虑的少女，而是一位努力突破社会桎梏、寻找安身立命之地的女性。从奥斯丁的小说中看，字里行间处处是幽默、欢笑，故事的结局也总是皆大欢喜，让人不禁以为奥斯丁一生过得清淡，大概不是多快乐，但也不该多么不快乐，然而事实并非如此。

奥斯丁出生于1775年12月16日。她喜欢唱歌跳舞，喜欢调侃，喜欢东游西逛交朋友，为人热情，并不似当今高冷、有“腔调”的文艺女青年。是的，如果在今天，奥斯丁应该是一位热爱广场舞和“黑暗料理”的文艺女青年。就是这位文艺女青年，当别人在楼下准备午饭的时候，独自躲在房间写作，门坏了也不修，因为这样的话，一来人，门吱吱呀呀，她就可以把稿件藏起来了。对于奥斯丁来说，写小说一定是一件很令人害羞的事情。除了写作，奥斯丁经常在各场舞会的圈子流连忘返，一场都不肯耽误。只可惜，奥斯丁本人恰恰就是贫困的单身女性，选择单身在一定程度上即意味着选择贫困；更何况，奥斯丁如此聪慧，对支配社会运转的规则、对女性的命运清楚至极，她完全可以选择富庶和舒适；但她仍然顶着巨大的压力，坚持写作、坚持自己的生活态度，选择了一条“人迹罕至的路”。这样看来，奥斯丁本人的生活很难称得上是无忧无虑的快乐，是一种重压之下的优雅，而她在小说中设计的完满结局，也更像是她对于心灵聪慧的女主人公的一种愿望和祝福。

在生命的最后11年间，生活的动荡让奥斯丁愈加深切地体会到人性的复杂和人生的无奈。曾经天真烂漫的调侃和嘲讽，此时渐渐沉淀成对生命的沉重思考；写作从少女式的轻慢风格，转变成了成熟而略显忧伤的笔触。好在奥斯丁在自己的家庭中获得了足够的爱与宽容。奥斯丁的家族虽然不算贵族，却也是书香门第。奥斯丁的父亲、兄长，都毕业于牛津或者剑桥，其家中拥有几百册的藏书。奥斯丁年少时耳濡目染，受到了很好的文学启蒙教育，也开始以自己的方式涉足文学创作。奥斯丁经常构思一些短小的故事、谜语，在家中朗读，供人娱乐。

1801年，奥斯丁的父亲决定搬家到巴斯。正是在巴斯，奥斯丁经历了失恋的痛，也经历了丧父的痛。在《劝导》中，安妮一直说自己很讨厌巴斯，她拖延辗转，不愿意搬到巴斯。安妮对巴斯的复杂情感，在某种程度上折射了奥斯丁本人对巴斯的复杂情感。据推测，奥斯丁在巴斯可能遇到了一位青年牧师，而这位牧师却不幸离世了。奥斯丁的姐姐卡桑德拉后来出于保护奥斯丁隐私的考虑销毁这一时期的通信，这恰恰在一定程度上说明奥斯丁在这一时期有一些感情波动。如果事件属实，这应当是奥斯丁生命中很认真的一段爱情。1805年，奥斯丁的父亲在巴斯去世。这给奥斯丁带来的打击是不可限量的。从情感层面而言，奥斯丁自然遭受了巨大的痛楚；从现实层面考虑，在当时的财产制度下，奥斯丁父亲去世的直接后果便是母女三人流离失所，无处可归。在《理智与情感》的开头，达什伍德母女四人无家可归，这与奥斯丁母女反复搬家的情景非常相似。《理智与情感》的初稿写成于1795年，彼时奥斯丁并未亲身经历丧父、搬家等事件，但其写作笔触之真实、情感之真挚，反映了奥斯丁写作的动机并非记录“街坊的八卦趣闻”，而是展现“请不要问丧钟为谁而鸣”的生命体验——奥斯丁能够敏锐地捕捉到不同的人在遭遇困境时的心理体验，这是奥斯丁作为作家的伟大之处。

奥斯丁母女于1806—1809年在南安普顿居住，后又搬到汉普顿的乔顿居住。奥斯丁正是在这里度过了生命中的最后11年。在这动荡的11年间，奥斯丁笔触成熟而略显忧伤。《劝导》即成书于这一期间。在奥斯丁所有的小说中，《劝导》被誉为是艺术手法最完美的一部小说，但是这部小说的主人公安妮·艾略奥特，无疑是最具悲剧色彩、最富感染力的一位女性。不同于其他小说的明快与活泼，这部小说让读者总是能感受到挥之不去的沉重。哈罗德·布鲁姆谈到《劝导》时，认为“奥斯丁的作品具有莎士比亚式的内在性，安妮·艾略奥特便是集中的体现”，他承认他每次重读这部完美的作品时，都感到“十分难过”，这也正是很多读者的阅读体会。这与奥斯丁彼时的生活经历是分不开的。生活的动荡让她愈加深切地体会到人性的复杂和人生的无奈。曾经天真烂漫的调侃和嘲讽，此时渐渐沉淀成对生命的沉重思考。

1817年7月18日，不到42岁的奥斯丁患病去世。在奥斯丁弥留之际，当姐姐问她想要什么时，她轻轻地说，我什么都不想要，除了死亡。奥斯丁就这样，安静地、悄然地离开了世界，只留下了几部永世流传的小说。墓志铭上并未写明她是位作家。她的哥哥亨利为她写的墓志铭是“慈爱、奉献、真诚与纯洁”。尽管奥斯丁生前从未获得过作家的称谓，但身后却功成名就。她的书被译成40种语言，仅《傲慢与偏见》就售出超过2000万本。

奥斯丁的伟大之处，不仅在于树立了现代小说的典范，还在于一直具有时代意义。她的小说不断被改编、被修订，因为它们仍具有现实意义，仍能解读当今的情感问题。她笔下的人物可以放在伦敦、彭伯利庄园或曼斯菲尔德庄园，也可以置于德里、上海或北京。

奥斯丁的六部小说虽然具体内容十分简单，但充满无与伦比的智慧。这种智慧源于直接观察，但实质上普遍适用。她在《诺桑觉寺》中写的很清楚：“一个人，无论是绅士还是淑女，若是对优秀的小说不感兴趣，那么肯定是愚蠢得不可救药。”

2. 以威廉斯“情感结构”理论解读《傲慢与偏见》

“这是一条举世公认的真理，一个拥有财产的单身汉，必然要娶个妻子。”随着这句著名的开场白，《傲慢与偏见》（Pride and Prejudice）关于班内特一家和两位主人公伊丽莎白与达西的故事，被用一种充满机智的轻快话语讲述，使最熟悉该作品的读者和初次阅读的读者都非常愉快，小说在带给我们娱乐的同时，还教给我们如何保持均衡的智慧。《傲慢与偏见》是英国女作家简·奥斯丁最受喜爱的小说，自1813年出版以来，这部小说广受欢迎，200年来，读者的阅读口味几经改变，然而对这部小说的热爱却经久不衰。这部被认为是“最好的英语小说之一”的名作风靡全球，从诞生至今，以多种传播方式，一再巩固着它的文学经典的地位。

在英国文学史上被誉为可以和莎士比亚比肩的女作家——简·奥斯汀二百多年来一直受到各个时代读者的喜爱和推崇，她的作品以描绘英国“乡镇三五户人家”的生活场景为追求，却何以会享有如此持久的魅力呢？下面试图运用威廉斯提出的“情感结构”理论，通过对《傲慢与偏见》的解读来揭示这个秘密。

（1）雷蒙·威廉斯及其情感结构理论。雷蒙·威廉斯（Raymond Williams，1921—1988）是20世纪英国著名的马克思主义理论家，文化研究学科的奠基人。威廉斯著述丰硕，涉猎内容广泛，几乎涵盖了工业革命以来英国社会文化生活的方方面面。威廉斯“在继承和批判英国文化批评传统的基础上，扩大了文化的定义，规定了文化分析的任务，具体提出了文化分析的手段。”

他的思想主要体现在他对“文化唯物主义”这一范畴的论述与阐发。以利维斯为代表的英国传统文化批评理论把文化与物质对立起来，认为文化属于形而上，物质属于形而下，将文化看作一种精神的、意识的、思想的东西，沿着这个方向往前走，文化必然跃升为一套高悬的价值指数，而且它离形而下的物质现实越远，价值越大。威廉斯却认为衣食住行，思维言语，人的一切行为活动都是文化的具体表现。文化是唯物的，是一种整体的生活方式（a way of life）。这种唯物主义式的文化理论别具一格地提出了一种新的对文学和文化的理解，即把文学和文化看成是社会性的、物质性的、生产性的。其中，“情感结构”（Structure of Feeling）是威廉斯分析文学的文化性质、社会性质的主要工具，是“文化唯物主义”的核心范畴。“情感结构”是贯穿于威廉斯一生著作的核心概念。威廉斯身体力行，他早期的著作《从易卜生到布莱希特的戏剧》《乡村与城市》，以及后来成为经典的《文化与社会》，都是通过对文学作品的分析，或者直接通过文学的形式，去表达或揭示时代的“情感结构”。在《文化与社会》一书中，威廉斯用“情感结构”理论为切入点，系统地分析了盖斯凯尔夫人、狄更斯、迪斯雷利、金斯利和乔治·艾略特等五位19世纪以工业社会为主题的小说家的作品，指出英国工业革命时期一种普遍的情感结构：认识到工业革命带来的罪恶，人们由此产生同情和恐惧；但同情未能转化为行动，而是逃避。这种情感结构持续地进入到了这个时代以及之后的文学和社会思想，并产生了深远的影响。这就不难理解为什么在这些小说家描绘的社会里，当出现无法解决的危机时，作者往往会安排主人公移民到加拿大或澳大利亚等英国的殖民地。

可见，“情感结构”既是文学艺术创作不可或缺的重要组成部分，又是文学艺术研究的最佳切入点，是文学研究的有力工具。

（2）奥斯汀和她的时代。在英国文学史上，被评论家麦考莱誉为“散文界中的莎士比亚”的简·奥斯汀留给后世六部长篇小说。经过两百年的变迁，奥斯汀的作品至今仍深受读者和学者的喜爱。这不禁使我们产生了一个疑问：为什么没有宏大主题、仅以“乡村三四户人家”为描绘对象的奥斯汀的作品具有如此强大的魅力和生命力呢？《简明不列颠百科全书》对奥斯汀和她的作品的评价是：“第一个现实地描绘日常平凡生活中平凡人物的小说家。（她的作品）反映了当时英国中产阶级生活的喜剧，显示了‘家庭’文学的可能性。她多次探索青年女主角从恋爱到结婚中自我发现的过程。这种着力分析人物性格以及女主角和社会之间紧张关系的做法，使她的小说摆脱18世纪的传统而接近于现代的生活。正是这种现代性，加上她的机智和风趣，她的现实主义和同情心，她的优雅的散文和巧妙的故事结构，使她的小说能长期吸引读者。”“当时（指19世纪初）流行夸张戏剧性的浪漫小说，已使人们所厌倦，奥斯丁的朴素现实主义启清新之风，受到读者的欢迎。到20世纪，人们才认识到她是英国摄政王时期（1810—1820）最敏锐的观察者，她严肃地分析了当时社会的性质和文化的质量，记录了旧社会向现代社会的转变。现代评论家也赞佩奥斯汀小说的高超的组织结构，以及她能于平凡而狭窄有限的情节中揭示生活的悲喜剧的精湛技巧。”该评价毫不夸张地表明了奥斯汀作品的重大文学价值和社会意义。

威廉斯对此有精当的描述：“新社会的成长，甚至连最优秀的人物也会感到困惑不解，各种观点从继承而来的范畴中发展起来，然后又出人意料地表露出来，甚至其含义自相矛盾……却又有许多一致的地方”。与此同时，工业革命也创造了一个经济上日益强大的新阶层。代表工业主义的新兴阶级随着财富的增加要求更多的政治权利和更高的社会地位，阶级冲突日益显著。

作为观察敏锐的现实主义小说家的奥斯汀不可能对她所处的社会背景、时代的普遍感受无动于衷。然而，她留给我们的六部作品除了《劝导》，其余的都未直接使用过“阶级”这个词语。威廉斯在他的《文化与社会》一书的前言中说阶级（class）这个词被赋予最重要的现代意义“可以追溯于1772年前后，但只有在18世纪末其所包含的具有社会意义的现代结构才被确立”。这或许可以解释阶级这个从19世纪开始被广泛应用的词语为什么没有直接出现在奥斯汀的小说里，但没有出现并不等于奥斯汀对此不关注。相反，她用自己独特的方式温婉而优雅地表述了她对困扰她的她所处时代的阶级矛盾的关切和解决之道。

（3）《傲慢与偏见》的情感结构。在奥斯汀生活的时代，流行小说多是由女性作家创作的、以婚姻情节为主线或以婚姻为主题的小说。乍一看，《傲慢与偏见》这部小说通过班纳特家几个女儿对终身大事的不同处理，描绘了四种不同类型的婚姻观，表现出乡镇中产阶级家庭出身的少女不同的婚姻观，可以说主题没脱窠臼，毫无新意可言。然而，如果深入观察，我们会发现奥斯汀选取婚姻为这部小说的关注中心之目的与和她同时代享誉畅销书界的女性作家们大不相同。它不是把婚姻当作教育青年女子的手段，就是把它作为反抗女性遭受不平等待遇的工具。奥斯汀的高明之处在于她选取时人熟悉的主题——“婚姻’为自己小说的主题以示对传统的尊敬，因为只有婚姻被认为是“适合女性作家处理的主题”，但她没有局限于此。她用这个老生常谈的婚姻主题和屡见不鲜的婚姻情节作为她参与当时时代的主导话语——阶级冲突的讨论的方式，并且把婚姻作为消除阶级冲突的手段。虽然奥斯汀的解决之道在现实生活中可能起不了多少作用，但说明她感觉到了时代的脉搏：社会大众普遍意识到了阶级冲突日益加剧并渴望消除这种冲突，因而她比她同时代的女性作家们有着更为敏锐的洞察力。

奥斯汀在《傲慢与偏见》中不着痕迹地描绘当时的阶级状况。收入、拥有的财富和是否拥有头衔这三条是广为认可的确定社会阶层的标准。据此，我们对几位主人公的社会地位进行排列。达西先生年收入一万英镑，拥有“彭伯利（Pemberley）”的豪宅一处以及几乎一半的德比郡的财产。参照大卫·斯普瑞（David Spring）在《各个阶层》中所描绘的“19世纪头10年中，一个需要养家糊口的熟练工人如果幸运的话，年收入可能达到一百英镑，而一个非熟练的工人年收入则可能有40英镑。”以此来判断，达西先生虽然没有世袭的贵族头衔，但他的巨额收入和与有贵族头衔的人的亲戚关系（如他的姨妈凯瑟琳·德布夫人）让他稳居上流阶层之列。凯瑟琳·德布夫人是路易斯凯·德布爵士的遗孀，拥有名为“罗森庄园（Rosings Park）”的豪宅，所带花园有半英里之大，室内装饰之富丽堂皇连见过世面的威廉·卢卡斯爵士都目瞪口呆。小说未具体提及她的收入，但按照柯林斯牧师在拜访班尼特一家时向他们夸耀他的恩主的富有时所说“光她一个起居室的烟囱就化了八百英镑”来推测，她肯定收入不菲。不菲的收入、贵族头衔以及“巨大的地产”，该夫人无疑属于上流阶层，或者更准确地说贵族阶级。宾利先生从其工业家父亲那儿继承了一笔可观的遗产，年收入五千英镑，但他没有地产，目前租住在班尼特一家居住的朗伯恩附近的纳桑菲尔德庄园。宾利先生虽然收入可观并且“钱途”无量，但由于没有头衔也无房产，属于中产阶级，或者最多可以称之为富裕的中产阶级。这就毫不奇怪，在菲茨威廉姆上校眼中，他只是一个“像绅士一样令人愉快的青年”。女主人公伊丽莎白和她的姐姐简依靠她们的父亲生活。她们父亲的财产虽一年可收入两千英镑，但不幸的是他的女儿们无法继承，因他继承的是有条件的遗产，只能传给男性继承人。父亲在世时，她们可以过着衣食无忧的体面生活，但父亲百年后她们将无家可归，只能靠每年一百英镑的养老金生活。因此她们也只能勉强算作中产阶级。小说中其他的人物还有卢卡斯一家、柯林斯牧师、噶狄纳一家、飞利浦一家以及众军官，根据他们的经济状况和社会地位，他们大都属于中产阶级。对于有些评论家批评奥斯汀只关注中产阶级和上流阶层的生活似乎有失公允，但这么多的中产阶级人物或许暗示着当时社会日益壮大的中产阶级队伍。

在《傲慢与偏见》中，阶级冲突的展现也是别具一格。小说的标题似乎在表明男女主人公最初的冲突是由各自的傲慢所引发的相互间的偏见而造成的，但事实上，他们相互的傲慢和偏见是由阶级冲突造成的。达西和伊丽莎白来自不同的社会阶层，成长中所浸入的社会价值观不同，因而有着不同的人生观、生活方式和生活习惯。在伊丽莎白眼中，达西“骄傲，高高在上且难以讨其欢心”。因此，当达西第一次向她求婚时，坦言他是“屈尊俯就”，也意识到“她因令人尴尬的亲戚而低他一等，横在他们之间的家庭障碍”，因而遭到伊丽莎白的断然拒绝，并且声称他是“世界上她最不愿意嫁给的男人”。

伊丽莎白对达西的傲慢不是由于她的美貌和才情而是出于反击或报复他的傲慢，可以用她亲口对菲茨威廉姆上校所说的话为证：“我的勇气总是随着那些想吓倒我的企图而增长。”就达西而言，他对伊丽莎白和其他人的傲慢不是因为他的德行，而是因为他的财富和地位。因此，由此引发的偏见是阶级冲突的具体体现。宾利和简属于同一阶级这个事实也合理地解释了为什么在他们的关系中不存在这样的障碍。如果没有达西的干涉，他们俩的订婚会更早些。阶级冲突还体现在伊丽莎白和凯瑟琳·德布夫人之间。当伊丽莎白拜访已成为柯林斯妻子的好友夏洛特期间，曾被邀请去德布夫人宫殿般的府邸做客。其间，她周围的所有人都对德布夫人表现出莫名的尊敬或惧怕，而唯独伊丽莎白“勇气仍存。她没有听说她有什么令人钦佩的才智或美德，而只有金钱的庄严和贵族头衔不会让她对她心生惧意。”在她们相见时，德布夫人丝毫未掩盖对她家庭背景、所受教育的不屑与鄙视，而伊丽莎白对她的无礼的反击机智而坚决。这里列举一例。当德布夫人问她多大时，伊丽莎白回答说“有三个长大成人的妹妹，夫人您别指望我会说出自己的年龄”。她对德布夫人“无礼”的机智反击使她相当吃惊；伊丽莎白甚至怀疑自己是第一个这样有礼有节地敢于顶撞她的人。另一次，伊丽莎白和德布夫人面对面的冲突发生在德布夫人亲临伊丽莎白家，命令她承诺不接受她外甥的求婚，伊丽莎白坚定地拒绝了她的无礼要求。德布夫人声称由于阶级差异伊丽莎白不能嫁给达西，伊丽莎白理直气壮地回答说“他是绅士，我是绅士的女儿，就此而言我们是平等的。”她们俩之间的冲突并不仅仅是由于德布夫人想把自己的女儿嫁给达西，而实际上更是由于家庭背景和社会地位造成的。德布夫人警告伊丽莎白“如果你明白自己优点的话，你是不会希望离开哺育你的生活圈子的。”这等同在说伊丽莎白属于一个不同、低下的阶层。尽管伊丽莎白理直气壮地回答“就此而言我们是平等的”听上去有一定的道理，但德布夫人的反问“但你的母亲何许人？你的姨妈、舅妈、姨夫、舅舅又是何许人？”有趣的是贵族身份的德布夫人表面上在气势上胜过伊丽莎白，但事实上是中产阶级出身的伊丽莎白击败了她，这可能是中产阶级在奥斯汀所处的时代日益强大的真实写照。

从物质方面而言，也许是因为上流阶层和中产阶级生活都比较富裕，而且阶级的现代意义尚在形成阶段，《傲慢与偏见》里所表现的阶级冲突远没有19—20世纪的一些小说中所描绘的阶级矛盾激烈（在后来的这些小说里，阶级矛盾已被称之为阶级斗争，下层和劳动阶级占据中心位置）。因此，不难理解为什么奥斯汀会提出通过婚姻这样有趣的策略来弥合阶级鸿沟。上流阶层的达西因此不得不再次屈尊向出身中产阶级的伊丽莎白求婚，不辞劳苦地设法同伊丽莎白喜爱的舅舅、舅妈交朋友，他们因靠经商谋生被德布夫人鄙视，还得颇费心机地挽救伊丽莎白妹妹与人私奔对家族声誉造成的致命损害。达西和伊丽莎白的婚姻受到了班纳特家每个成员和他们的亲朋好友的欢呼。婚姻情节充当了解决阶级冲突的有效工具。

奥斯汀在《傲慢与偏见》中有意或无意中所揭示的阶级状况、中产阶级和上流阶层之间的矛盾以及解决这种矛盾的途径，正是她的同时代人们对当时社会生活的普遍感受和感悟，是她的时代的整体情感结构。

3.《傲慢与偏见》第一章赏析

It is a truth universally acknowledged, that a single man in possession of a good fortune must be in want of a wife. However little known the feelings or views of such a man may be on his first entering a neighbourhood, this truth is so well fixed in the minds of the surrounding families, that he is considered as the rightful property of some one or other of their daughters.

"My dear Mr. Bennet, "said his lady to him one day, "have you heard that Netherfield Park is let at last?"

Mr. Bennet replied that he had not.

"But it is, "returned she; "for Mrs. Long has just been here, and she told me all about it."

Mr. Bennet made no answer.

"Do not you want to know who has taken it?" cried his wife impatiently.

"You want to tell me, and I have no objection to hearing it."

This was invitation enough.

"Why, my dear, you must know, Mrs. Long says that Netherfield is taken by a young man of large fortune from the north of England; that he came down on Monday in a chaise and four to see the place, and was so much delighted with it that he agreed with Mr. Morris immediately; that he is to take possession before Michaelmas, and some of his servants are to be in the house by the end of next week."

"What is his name?"

"Bingley.”

"Is he married or single?"

"Oh, single, my dear, to be sure！ A single man of large fortune; four or five thousand a year. What a fine thing for our girls!"

"How so？ How ban it affect them?"

"My dear Mr.Bennet, "replied his wife, "how can you be so tiresome! You must know that I am thinking of his marrying one of them."

"Is that his design in settling here? "

"Design! Nonsense, how can you talk so! But it is very likely that he may fall in love with one of them, and therefore you must visit him as soon as he comes."

"I see no occasion for that.You and the girls may go, or you may send them by themselves, which perhaps will be still better; for, as you are as handsome as any of them, Mr. Bengley might like you the best of the party."

"My dear, you flatter me, I certainly have had my share of beauty, but I do not pretend to be any thing extraordinary now. When a woman has five grown up daughters, she ought to give over thinking of her own beauty."

"In such cases, a woman has not often much beauty to think of."

"But my dear, you must indeed go and see Mr. Bingley when he comes into the neighbourhood."

"It is more than I engage for, I assure you."

"But consider your daughters. Only thing what an establishment it would be for one of them. Sir William and lady Lucas are determined to go, merely on that account, for in general, you know they visit no new comers. Indeed you must go, for it will be impossible for us to visit him, if you do not."

"You are over-scrupulous, surely, I dare say Mr. Bingley will be very glad to see you; and I will send a few lines by you to assure him of my hearty consent to his marring which ever he choose of the girls; though I must throw in a good word for my little Lizzy."

"I desire you will do no such thing. Lizzy is not a bit better than the others; and I am sure she is not half so handsome as Jane, nor half so good humored as Lydia. But you are always giving her the preference."

"They have none of them much to recommend them, "replied he, "they are all silly and ignorant like other girls; but Lizzy has something more of quickness than her sisters.""Mr. Bennet, how can you abuse your own children in such way? You take delight in vexing me. You have no compassion on my poor nerves."

"You mistake me, my dear.I have a high respect for your nerves. They are my old friends. I have heard you mention them with consideration these twenty years at least."

"Ah! You do not know what I suffer."

"But I hope you will get over it, and live to see many young men of four thousand a year come into the neighbourhood."

"It will be no use to us if twenty such should come, since you will not visit them."

"Depend upon it, my dear, that when there are twenty I will visit them all."

Mr. Bennet was so odd a mixture of quick parts, sarcastic humour, reserve, and caprice, that the experience of three and twenty years had been insufficient to make his wife understand his character. Her mind was less difficult to develop. She was a woman of mean understanding, little information, and uncertain temper. when she was discontented, she fancied herself nervous. The business of her life was to get her daughters married; its solace was visiting and news.

中文翻译赏析：

有这么一条举世公认的真理，那就是，凡是拥有大量财产的单身男子，必然要娶一位妻子。

当这样一位富有的单身男子搬到一个新的地方，这里的人们便有一种固定思维：尽管对该男子的心思想法甚至行为习惯知之甚少，却仍把此人视为自己某一个女儿的合法财产。

一天，贝内特太太兴致勃勃地对贝内特先生说："内瑟菲尔德庄园终于被出租出去了啦，你听说了吗？"

贝内特先生回复太太说："他未曾听说此事"。

贝内特太太继续说到："隆太太刚来过这，她已把全部情况告诉我了。"

贝内特先生仍旧没搭理她。

贝内特太太极其不能容忍的是在她看来如此令人振奋人心的消息，他的丈夫却异常淡然。于是她不耐烦地大声喊道："难道你就不想知道是谁租了那座庄园？"

"你既如此想说，那么我并不反对，洗耳恭听。"

仅此一句，便可逗引太太继续说下去了。

"什么？不知道，哦，亲爱的，这是件严肃的事情，你必须知道，隆太太说是一位从英国北部来的相当富有的绅士，他周一乘坐四轮马车来到内瑟菲尔德庄园，非常愉快地立即与摩瑞斯先生达成协议，在米迦勒节前，这位富有的绅士便会住在那里了，他的仆人们将在下周末之前抵达。"

"他叫什么名字？"

"宾利"

"结婚了还是单身？"

"哦，亲爱的，千真万确，是个单身汉！一位富有的单身男子，一年拥有四千到五千镑，哦，天哪，对于我们的女儿来说，这真是一件令人愉快的事！”

“你说什么？这和她们有什么关系？”

“亲爱的贝内特先生”，贝内特太太回复道：“你可真够令人厌烦的，要知道我正在寻思着他同我们其中一个女儿的婚事呢。”

“这么说他打算在此定居了？”

“打算？你怎么说如此愚蠢的话！不过，他对我们女儿中的一个陷入爱河那倒是极有可能的事，所以，贝内特先生，我们没有时间浪费了，宾利先生一搬过来，你就要去拜访他。”

“我看没这个必要吧，你和姑娘们一起去，或者最好让她们自己去，也许会更好些，哦，别误会亲爱的，我的意思是，你同她们一样俊美，宾利先生可能最喜欢你也说不定呢。”

哦，亲爱的，你可别奉承我了。我当然曾经貌美，正如每个妙龄女子都有其俊美的一面，但现在的我已不再自认为是美貌超群了。一个有五个成年女儿的母亲，已经不会在意自己是否美丽了。

“如此情况下，一个妇女便很难经常想起自己的美貌之处了。”

“但是亲爱的，现在重要的问题是你必须在宾利先生一搬过来就去拜访他。”

“哦，实话和你说了吧，我是不会去的。”

“想想你的女儿们吧，她们中没有一个嫁出去了，你想让她们都成为一名不文的老小姐吗？最重要的是，威廉先生和夫人卢卡斯已经打算去了，我们不能落在他们后面！你必须立即去拜访宾利先生，否则我们是不可能去的，这你应该知道。（英国当时的习俗要求，家中的男主人先拜访新邻居，之后家中的女眷才能去走访。”

“你显然有些过虑了，太太，我敢说宾利先生会十分高兴见到你的，我会写封信向他保证对于他迎娶我们女儿中的任何一个我都深表同意，但是我可要为我的小伊丽莎白说些好话。”

“我但愿你别这么做。伊丽莎白一点也不比其他姐妹好，她没有简俊美，没有莉蒂亚幽默，但你却总是给她那么多优待。”

“她们都缺少一种能够吸引人的某种特质”他说道：“她们同普通女孩一样愚蠢而无知；但伊丽莎白在这方面却小有成就。”“贝内特先生，这是一个做父亲的人应该说的话吗？你总是把自己的快乐建立在我的痛苦之上，从来都不曾体谅我脆弱的神经。”

“你错怪我了，亲爱的。对于你的神经我是高度敬仰的。它们可是我的老朋友了。我已经怀着体谅之心听你唠叨了至少20年了。”

“哦，天呐，你根本就不懂我所承受的压力，五个尚未出嫁的女儿，哦，我的上帝。”

“亲爱的，我想你要解脱了，将会很欣喜的发现许多许多一年拥有四千磅的青年男子成为我们的邻居。”

“来20个也没用，如果你不负起去替女儿们拜访的责任！”

“这不是问题的关键，要是真来了20个，我会都去拜访的。”

贝内特先生是一个脾气古怪的人，他身上存在着某种不可调和的多面性，他既性情乖觉，又诙谐幽默；既寡言少语、不苟言笑，又以讽刺挖苦别人为能事，尤其喜欢出其不意，制造惊喜。他的太太与之生活23年都未曾完全摸透他的性情秉性。相比而言，贝内特太太就单纯多了，她是一位缺少常识，孤陋寡闻，喜怒无常的女人，遇事一有不如意之处，她那脆弱的神经便招架不住。她人生的事业，便是能把五个女儿嫁出去；她生活的乐趣，就是拜访亲友，打探哪里有单身富有的男子。

三、托马斯·哈代及其作品研究

1. 哈代小说悲剧主题的发展

1870年，“英国文学中的神明”作家狄更斯逝世后，英国19世纪批判现实主义文学的最后30年，是由优秀的小说家及诗人托马斯·哈代引领的。在19世纪，哈代主要以悲剧小说的形式记录英国南部农村社会发展的历史，揭示英国历史上最后残存的宗法制农村社会向现代资本主义社会演变的过程。哈代小说最重要的特点是它们的内部逻辑性。无论在主题、思想、题材方面，还是在人物、结构、技巧方面，哈代的小说都表现出明显的阶段性和逻辑连贯性。

哈代作为19世纪最后30年英国批判现实主义小说的代表作家，他是从对农村生活田园般的描画开始而逐渐进入到富于悲剧性题材的创作阶段的，因此哈代的小说经历了三个发展阶段，最终才完成了对以他的故乡为基础的在小说中被称为威塞克斯的宗法制农村社会毁灭的悲剧性主题的描写。

哈代一共写作了五部小说。这些小说在主题上主要描写宗法制农村社会的传统习俗，表现威塞克斯农村充满诗情画意的田园生活。小说歌颂美丽的田园理想，赞扬宗法制社会的自然文明和农村的传统习俗。作者在思想上表现出一个田园理想歌唱家的特征。哈代思想的受到浪漫主义思潮的影响，在充满牧歌情调的小说中描写威塞克斯农村社会时，极力歌颂没有遭受资本主义工业文明污染的自然之美，歌颂在自然状态下农民的质朴、勤劳、高尚、正直等优秀品德，赞扬他们自得其乐的传统生活方式。虽然哈代也表现了威塞克斯社会中两个世界、两个阶级、两种思想、两种生活方式之间的冲突，表现了外部世界对威塞克斯地区的影响并使传统秩序遭受破坏的状况，但是一切矛盾和冲突最终都能够得到圆满解决。因此，哈代早期小说的情调是轻松愉快的，很少有弥漫于中期和晚期小说中的悲剧气氛。

哈代早期小说的基调是理想主义、乐观主义和向善论思想。哈代在表现劳动人民的欢快、追求、向往、挫折和愁烦时，也描写了这个古老社会的动荡不安，探索了这个社会出现悲剧的可能性。哈代的创作第一次对悲剧小说的艺术形式进行的尝试，显露出哈代即将进入悲剧性题材的创作趋势。哈代早期创作阶段是作者在思想和艺术上探索和积累的时期，这种探索和积累为他中晚期的伟大的悲剧小说创作奠定了基础。

哈代第二个阶段的小说创作属于悲剧小说创作，以1878年《还乡》的出版为标志，包括《号兵长》《冷漠女人》《塔上情侣》《卡斯特桥市长》《林地居民》，主要反映威塞克斯农村社会毁灭的悲剧性过程和农民阶级破产的历史。在第二个创作阶段，哈代描写的是整个宗法制社会毁灭的历史大悲剧。

《德伯家的苔丝》的出版是哈代的小说创作进入第三个阶段的标志。在主题上，第三个时期的创作和第一、第二个时期的创作不同。在前两个时期，哈代主要歌颂他所向往的田园理想，描写传统的威塞克斯宗法制社会毁灭的悲剧。而在第三个创作阶段，哈代则在悲剧过后陷于更深沉的哲学思考，探索和描写阶级解体和失去了赖以生存的社会基础以后的威塞克斯农民的前途和命运。

在哈代创作的第三个时期，传统的威塞克斯社会已大体上被资产阶级社会所占领，社会秩序发生了根本性的变化，农民丧失了自己拥有的土地，不得不为了生存而去寻找一条同过去完全不同的生活道路。哈代把自己的注意力集中到对这些破产农民的生活的观察上，思考他们未来的命运，探索他们生活的前途，描写他们不幸的生活遭遇。哈代以其现实主义的敏锐观察和对社会发展趋势的正确把握，描写了破产的威塞克斯农民的新的追求、斗争和悲剧。哈代清楚地看出了威塞克斯破产农民向工人阶级转化的必然趋向，同时又看到了在新的社会条件下出现的无产阶级和资产阶级新的矛盾和斗争。因此，哈代以前所揭示的宗法社会同“资本主义社会”的冲突、威塞克斯新人同威塞克斯环境的冲突、威塞克斯本地人同外来人的冲突、现在被新的冲突取代。农民阶级毁灭后的威塞克斯破产农民在的新的环境中的命运，随之也就成为小说的中心主题。

哈代在这个时期创作的《德伯家的苔丝》同以前的小说相比在主题上更为深刻，人道主义色彩更加浓郁。他不仅明确提出了威塞克斯农民在资本主义社会中的地位问题，而且为被压迫的人们要求自由和博爱，要求人道主义的同情。所以，哈代在晚期创作的小说中对资本主义不再作象征性的粗略描写，而是把描写的内容扩大到资本主义社会的各个方面，表现维多利亚时代资本主义社会的伦理道德、宗教法律、婚姻爱情、教育制度、人际关系等重大社会主题，从对资产阶级社会的一般性描写转入对这个社会的揭露、控诉和批判。

《德伯家的苔丝》在题材方面的变化是同小说主题的变化联系在一起的。

前两个时期哈代描写威塞克斯宗法社会从繁荣到衰败、毁灭的历史，表现农民阶级破产消亡的全部过程。因此，哈代在第三个时期表现农民向工人转化、工人阶级同资产阶级发生矛盾冲突时，他的小说题材和主要内容就同新的社会和阶级联系在一起了。哈代通过苔丝的遭遇突出描写了代替地主庄园的资产阶级农场，描写了农场中农业工人的悲惨生活和命运，描写了威塞克斯破产农民向手工业工人转化以及在农场中谋求出路的遭遇。哈代所描写的全部主题已不再局限于威塞克斯农村地区和对农村生活的反映，工人的、教育的、宗教的、艺术的、婚姻的等多方面的主题，都出现在哈代的小说创作中。

《德伯家的苔丝》以其感人的悲剧力量使哈代的创作达到了他前所未有的高度，但是就哈代最后阶段的创作主题来说，它只是描写了农民阶级向工人阶级转化过程中的一个阶段。

在哈代晚期创作的小说中，《德伯家的苔丝》通过苔丝的命运描写了威塞克斯破产农民的生活发生的巨大变动，这就是哈代在小说中指出的“乡村人口聚汇城市的趋向”。在这部小说里，农民的女儿苔丝在阶级和社会的急剧变动中，逐渐变成了一个依靠出卖劳动力挣工资的农业工人。但是苔丝还只是处于向城市工人发展的过程中。而下一部小说的主人公裘德为了寻找工作在城市里四处漂泊则说明了这种趋势的结果，即一个现代城市工人从破产农民中的诞生。

就哈代的悲剧小说而言，作家最初描写的是威塞克斯农村社会在外部社会影响下产生的悲剧性因素，就是对现存环境的不满以及对外部世界的渴望和追求。这些导致了传统的威塞克斯社会的动荡不安。进而哈代开始描写外部资本主义对威塞克斯农村社会的入侵，描写两个不同社会、不同阶级之间的冲突和斗争，以及传统的宗法的威塞克斯农村社会被外来的资本主义社会所取代的悲剧。可见，哈代描写的就不仅是个人的悲剧，而是整个社会的悲剧、历史的悲剧。哈代对生活和社会的观察十分深刻，他说：“如果你透过任何喜剧的表面去观察，你看到的是悲剧；相反，如果你对悲剧更深刻的问题视而不见，你看到的就是喜剧。”哈代的敏锐就在于他从威塞克斯农村社会的变迁中，发现了人民的悲剧，揭示了社会发展的历史必然性，并创作了反映这种悲剧的伟大作品。

2.《德伯家的苔丝》中苔丝悲剧的成因分析

苔丝是托马斯·哈代在《德伯家的苔丝》中，用现实主义的笔触鲜明生动地塑造的一个美丽纯朴的农村姑娘。《德伯家的苔丝》描述了发生在 19 世纪英国的一个悲惨的故事：五月的一个夜晚，农村赶车汉约翰·德伯菲尔在回家途中，听一位牧师说他是名门贵族德伯维尔家的后裔。他兴奋异常，信以为真，一心想借此摆脱贫贱的家庭地位，便要女儿苔丝到特冉特瑞齐去，向一家冒名德伯维尔姓氏的富户认亲戚。17岁的苔丝姑娘，纯朴美丽，毫无人生经验，去那个“本家”帮佣后被恶少亚历克诱骗失身。苔丝悲愤回家，抑郁度日，生下的孩子也未能保住。后来，她来到一个牛奶场当挤奶工，在日常的劳动和生活中结识了一个青年安吉尔·克莱尔，两个人产生了爱情。然而，苔丝内心矛盾：缠绵的爱情常常让她忘却往事；清醒的理智却又让她记起往事。悲痛的历史好似沉重的十字架压在她的身上，她多次欲言又止。在克莱尔强烈的追求下，两人终于结婚。新婚之夜，苔丝决心把自己的“罪过”都告诉克莱尔。不料克莱尔首先开口，向苔丝吐露了他自己过去的一段荒唐情事，苔丝当即真诚大度地宽恕了他。然而，当苔丝向他倾诉自己的不幸之时，却没有得到同样的饶恕。克莱尔以“身份不一样，道德观念不同”“乡下女人不懂什么叫体面”为由，冷酷地离开了她。之后为了养活全家，满足父母的虚荣心，维护所谓“丈夫”的尊严，苔丝又不得不饱受无尽的屈辱到一家农场干着跟农场男工同样繁重的劳动，并苦苦等候远走巴西的丈夫归来。可没过多久，亚历克又来纠缠她，而这时她的父亲不幸死亡，母亲又重病，房主逼租，全家沦落街头。在失去父亲的痛苦和生活窘况的双重逼迫下，绝望的苔丝再次接受亚历克的保护，答应跟他同居。但是，不幸总是降临到可怜的苔丝的头上。正在这时，克莱尔从巴西匆匆赶回。他让苔丝的生活再次失去平静，她悔恨交加，最终刺死了亚历克，跟克莱尔逃进森林过了五天幸福生活，之后被处死。苔丝的命运是悲惨的，究竟是什么导致了苔丝悲剧的发生？谁是罪魁祸首？苔丝的悲剧命运产生不是孤立或偶然的，而是由社会及人为因素共同作用的结果。下述将对其作深入分析。

（1）人为因素。苔丝是一个孝顺、善良、纯洁、自尊、富有责任感、勇于反抗的英国乡下姑娘，正是她的性格造成了她的悲剧命运，这是莫大的不公平。

苔丝对父母孝顺，对家庭富有责任感。苔丝为了帮助她的父母，可以付出一切。苔丝先后两次失身都是由于家人生计所迫。苔丝第一次失身，是由于家里老马死亡，迫于生活压力和对父母的愧疚之情而去德伯家认亲戚、做帮工，但却遭到亚历克的强奸。苔丝第二次失身是为了家人，是在孤立无援的情况下发生的。苔丝新婚后遭到克莱尔的遗弃，为了生活，为了维护所谓“丈夫”的尊严而四处流浪打工，参加极其艰苦的劳动，生活极端艰苦，但仍然痴情地等待丈夫的回心转意。这时苔丝家又发生变故：父亲猝然去世，房屋被房主收回，全家栖身无所。这时，亚历克又趁虚而入纠缠她，凶狠的富农有意刁难她，克莱尔却杳无音信。为了家人能有个安身立命的地方，苔丝只好放弃爱情，再次牺牲自己充当亚历克的情妇。苦难的苔丝就是在这种境遇下被一步步逼向绝路。苔丝纯朴有自尊，在面对亚历克在经济上的诱惑，苔丝不愿随波逐流，带着对亚历克的鄙视和厌恶，毅然选择了离开。她的纯朴自尊使她不能与人面兽心的亚历克相处。苔丝的选择实质是上用纯朴的逻辑对传统的贞操观念的一种否定，表现了她本性的纯洁。也正是由于纯朴，苔丝不顾母亲的劝阻在新婚之夜向心爱的人袒露了自己的“污点”。得知苔丝的失贞，克莱尔痛苦、悲愤到极点，出现了他梦游的情节。苔丝本可以告诉他梦中的痴情，唤醒他心中的柔情，造成转机。她的纯洁、自尊，没有让她施展女性的魅力极力软化他，也没有大吵大闹压倒他，她的这种自尊的背后是自卑和负罪心理在作怪。苔丝为了克莱尔的利益，愿意跟他离婚或者是去死。由于自尊，苔丝在山穷水尽的时候，仍不肯向克莱尔的父母求援。如果苔丝放下自尊向克莱尔的父母求援，也不会成为亚历克的俘虏。也就不会发生最后的悲剧了。

苔丝的宿命论思想也是导致苔丝悲剧人生的一个因素。苔丝的宿命论思想跟蒙昧闭塞的农村生活有关。农村是靠土地与阳光雨露为生，四季的变化，日月星辰的运行等是人力所无法干预的。苔丝的母亲那本《算命大全》便是一个象征。苔丝在关系到自己命运的重大问题上产生的敏感也是必然的。当苔丝第一次到亚雷家认亲时，在回家的路上，被玫瑰花刺了前胸，便"认为那是个不吉利的兆头"，为她的人生蒙上一层阴影。当苔丝试穿新婚礼服时，脑子里浮现出的是"曾经失节的妻子，穿上它决不会合身"的民谣，因此她心情沉重。举行婚礼后回到奶场时那"主凶"的午后鸡叫、新房门口的女相、手中十字的誓言、全家被扫地出门而出现的四轮马车的幻觉、原始开尔脱人在悬石神庙举行献祭礼，这一切都在苔丝的心理产生了不祥的预感，吞噬着苔丝与生活抗争的勇气，同时也象征着苔丝"无可逃避"的命运以及人世对苔丝的残酷。勇于反抗，造就了悲剧的命运。苔丝身上闪烁着敢于冲破旧礼教的一切束缚的反抗精神。苔丝对世俗的道德价值观开始产生怀疑。她不管宗教清规，自行代牧师给她的私生子行洗礼，揭开了她反抗的序幕。她要与压迫她的生活环境作斗争。在燧石顶的麦垛上，当亚历克第二次又来纠缠她时，她抓起皮手套砸得他嘴上流血。在棱窟槐农村工作时，凶狠的富农有意刁难苔丝。她据理力争，反驳富农的刁难。她理直气壮地说："这是计件活，干多少事付多少工钱，所以我做多做少于你并没有关系。"这是一个想凭自己的双手劳动谋生、追求个人起码幸福权利的纯朴姑娘。她最后的反抗是激烈的，但促使她复仇的种子仍是亚历克夺去了她的贞节，剥夺了她爱的权利。当悔悟的克莱尔突然出现，愤怒的苔丝举起复仇的尖刀刺死亚历克，这是纯洁无辜对淫邪奸诈的反击。苔丝和克莱尔过了几天幸福真实的爱情生活后，她从容不迫地走向刑场，以死抗议资产阶级不公道的法律。在那个弱肉强食的社会，她不甘屈服，以她个人微薄之力去与邪恶强大的统治阶级相拼，无异于以卵击石，毁灭是必然的。

亚历克是苔丝悲剧的始作佣者和一生痛苦的渊源，从本质上看，他是一个没有思想、没有追求，靠家庭遗产过着富裕生活的资产阶级少爷。他看上了姿色出众、单纯善良的少女苔丝，从苔丝第一次去他家攀亲谋求工作的时候，他就立刻被苔丝的美貌所吸引，对她产生了强烈的占有欲。亚历克意识到苔丝致命的弱点就是她的家庭。因此他通过在经济上给苔丝家庭的一些施舍，从而使苔丝处于亏欠他的地位。但苔丝却一直对他没有好感，总是对他没有好脸色，总是尽力疏远他，这使得亚历克十分懊恼却又无可奈何。"围场之夜"苔丝失身于亚历克，不仅是亚历克处心积虑的结果，也是当时的环境氛围所促成的。亚历克毁灭了苔丝的生活，掐断了苔丝通往幸福的一切道路，给苔丝留下了终生的遗憾。苔丝失身于亚历克，美丽纯洁农村少女苔丝一踏上社会就遭到不幸，然而她身上所受的摧残，只是她痛苦生涯的一曲序幕，随之而来的各种精神的打击更使她难以忍受。

如果说亚历克在肉体上给予苔丝残酷的摧残，那么安吉尔·克莱尔则使苔丝在精神上饱受折磨。他是爱姆斯一个牧师的儿子，受到现代哲学思想的影响，不愿接受父亲为自己选择的职业去当牧师“为上帝服务”，而决心以务农为业，“替人类服务、增光”。他把求知的自由看得比“丰衣足食还贵重”，厌恶现代的城市生活，蔑视社会的习俗和礼法，跑到乡下学习农业技术。他追求苔丝，赢得了苔丝真挚的爱情，然而克莱尔从一开始便把苔丝看作理想贞洁的化身来加以崇拜、追求的。他把苔丝看成是“从全体妇女里提炼出来的典型仪容”。苔丝最天真的事莫过于新婚之夜向克莱尔坦白自己以前的“罪过”了，当新婚之夜克莱尔向她诉说了自己婚前的“不忠”之事后，天真的苔丝认为有必要向丈夫坦诚相告，把母亲的告诫抛到脑后，满以为自己对克莱尔的原谅也会换得克莱尔的原谅。但是，克莱尔允许自己的不纯洁，却完全倒向旧的伦理道德一边，不能接受苔丝的曾经“失身”。他对苔丝理想化的爱情泡沫被意想不到的事实所击破，使他几乎要疯狂，而且还感到受欺骗。他把爱情抛到一边，只想着社会怎样看待他们和今后他们的孩子。最后，克莱尔屈服于习俗，不负责任地离开，把苔丝推向绝望的深渊，并使得苔丝在精神上完全崩溃，被迫走上了绝路，苔丝的悲剧也就变得不可避免了。作为“天使”的克莱尔其实是一个帮凶，他客观上把苔丝推向“魔鬼”。克莱尔离开苔丝，使苔丝走投无路，让亚历克有机可趁。克莱尔不止一次冷酷地对苔丝说：“你以前是一个人，现在又是一个人了，我原来爱的那个女人并不是你，是一个模样儿跟你一样的女人。”而苔丝发自心灵深处的话：“我只要看上你，那我就要爱你爱到底了，不管你变了什么样子，不管你栽了多少跟头，我都要一样地爱你，因为你还是你啊？”这丝毫打动不了这位铁石心肠的男子的心。克莱尔这种不切实际的空灵的爱，既扼杀了他自己心中真实的情感，也断送了苔丝一生的幸福。

（2）导致苔丝悲剧的社会因素。苔丝出生在19世纪末的英国农村，当时资本主义侵袭到农村，小农经济解体，古老的经济秩序被破坏，给以农村劳动者为主体的各个社会阶层的人们带来了沉痛的灾难。这个自命为日不落的帝国正经历着由盛而衰的急剧转折，原来在世界上所保持的工业袭断地位在逐渐丧失，从70年代资本主义世界爆发了一场剧烈的经济危机之后的20年，英国几乎不断地处于经济危机和大萧条之中。农村同样未能幸免，苔丝家境的惨状正是当时农村贫民真实的生活写照。苔丝的家庭属于在当时农村不受欢迎岌岌可危的阶层，她在小说中露面时，家庭已经到了崩溃的边缘。

美丽纯洁农村少女苔丝一踏上社会就遭到不幸，她的悲惨遭遇并没有得到社会的同情，反而受到耻笑和指责。这主要源于当时社会伦理道德和贞操观的影响。“维多利亚盛世”正是以男权主义思想为中心的社会，在男权社会中，男性视女性为自己的附属品和自己的私有财产，其最明显的表现就是对待女性的所谓“贞洁”问题。传统的妇女贞操观念认为，妻子的贞操是丈夫的特权，妇女失去贞操就是罪孽。苔丝正是这种思想下的牺牲品。苔丝自失身之后，社会的贞操观念深刻影响着她的生活，最终成为导致她悲剧的思想根源。她永远怀着一种犯罪感、内疚感、自卑感，一遇到这类问题就使她畏缩退让，不敢面对自己心爱的人。克莱尔是苔丝生命中最重要的人物，他们的初遇是在游行后的舞会上。少女时的苔丝对克莱尔一见钟情，泰波特斯牛奶场两人再度相见之后，这时的苔丝已是“失了身的女人”。克莱尔被苔丝美丽动人的容貌、超凡脱俗的气质所吸引，两人很快就坠入爱河。苔丝的思想却十分矛盾，她深爱着克莱尔，又自哀失身于人，不配做他的妻子。由于克莱尔苦苦追求，苔丝克服了精神上的压力，同意了他的婚姻请求。克莱尔虽然是个思想开朗的青年，但是内心深处仍有一种根深蒂固的传统理论。尽管在克莱尔心目中，苔丝是物质美和精神美的极致，是“诗的化身”，但新婚之夜，苔丝如实坦白了过去的屈辱后，他无论如何也接受不了这残酷的现实，他心目中的美丽女神偶像便轰然倒塌了，他感到自己受到愚弄。他自己虽然也有浪荡生活，却摆脱不了贞操观念的束缚，无情地抛弃了她。他们的爱情悲剧是克莱尔脑子里根深蒂固的传统道德酿成的苦果。在维多利亚男尊女卑时代，男女在婚姻爱情上的地位是永远无法平等的。克莱尔抛弃苔丝后，她还是原谅了他，把罪过归到自己的身上，找出种种理由为他辩护，痴情地盼望着他的归来。这一切说明当时社会上的贞操观念、男尊女卑这一道德观念对人们的毒害之深。克莱尔是习俗和传统的奴隶，他身上所体现出来的虚伪的资产阶级道德把苔丝推向了悲剧的深渊。

后来，亚历克这个“邪恶”的化身，奸污了单纯的苔丝。苔丝只能带着心灵和肉体的创伤回到父母身边，默默承受着资产阶级虚伪的伦理道德对她的鄙视。与此相反的是，恶少亚历克仍然在乡野称霸，为非作歹，逍遥法外。更具讽刺意义的是亚历克反而摇身一变成为宗教的宣传者，因此苔丝见到亚历克皈依宗教时，就一针见血地指出了宗教骗子的罪恶与虚伪，斥责他“你们这种人在世界上尽情的玩乐，却让我们这样的人受罪，让我们悲伤绝望。等到你们玩够了，却又想保证自己在天国里幸福，于是又皈依上帝，成了回头浪子。”当苔丝拿起尖刀，杀死摧残她的恶魔亚历克后，资产阶级法律对此却做出了迅速反应，几天后警方就把她送上绞刑架维护了所谓的“正义”。资产阶级的法律完全是为资产的占有者服务的，它所保护的是资产阶级的利益，对贫穷阶级的人民只有无情的压迫。

哈代生活在自由资本主义向帝国主义过渡的时代，资本主义在给英国社会带来了经济繁荣的同时也加深了下层人民的困境，特别是在维多利亚时代后期，资本主义经营方式侵入农村，使农村的宗法社会基础彻底崩溃。哈代目睹了资本主义入侵农村使小农经济破产的悲惨状况，在作品中描述了资本主义工业文明给农村带来的灾难，给予农民的悲惨境遇寄予深切的同情。

苔丝的悲剧命运是多种因素共同作用的结果，她的毁灭是必然的，在资本主义社会中是无法避免的。哈代在作品中称苔丝为“一个纯洁女人”，并对其予以深切同情，这无疑是对当时腐朽的社会制度及愚昧的伦理道德观念的戏弄与嘲讽。通过苔丝的悲剧命运，作者对维多利亚时代扼杀人性的婚姻制度、野蛮而残酷的宗教礼法、道貌岸然的伦理道德等进行了公开的批驳与鞭挞，激起人们对种种社会邪恶势力和反动礼教的痛恨，也让人们更真切地认清资产阶级法律的虚伪本质。哈代巧妙地将各种悲剧因素浑然天成地融合在一起，创作出苔丝这一典型的悲剧形象，极大地丰富了世界文学史上的悲剧艺术。

第十章　美国浪漫主义时期文学研究

一、美国浪漫主义文学特点

美国文学的浪漫主义时期是指从18世纪末到美国内战爆发这段时期，它的起止分别以华盛顿·欧文（Washington Irving）的《见闻札记》（*The Sketch Book*）与惠特曼（Walt Whitman）的《草叶集》（*Leaves of Grass*）为标志。这一时期的美国文学空前繁荣，也被称为“美国的文艺复兴时期”。

要了解美国浪漫主义文学，需先回顾一下欧洲浪漫主义时期文学作品的总体特征：由于作家对现实不满，往往用更多的笔墨着重描写自己的理想，反衬理想与现实之间的差距，从而对现实进行批判。浪漫主义作家都不注重塑造典型环境，典型性格。他们重在描写个人的主观世界和内心感受，抒发强烈的个人感情。浪漫主义文学创作大都着力描写大自然景色，抒发作者对大自然的种种感受。另外，浪漫主义还追求离奇情节和异域色彩。

美国浪漫主义文学和欧洲浪漫主义文学之间的关系可以从以下两方面来概括：一是美国浪漫主义和欧洲浪漫主义之间有许多共同之处，与启蒙思想相悖，强调感情、想象和主观性。由于和欧洲文学大师特别是英国浪漫主义大师有着相同的文化遗产，美国浪漫主义文学必定在一定程度上与他们有衍生性。二是虽然美国浪漫主义文学受到欧洲浪漫主义文学的影响极大，但大部分美国浪漫主义文学作品还是典型的美国化的作品。这是由美国浪漫主义文学产生的特定的社会、历史、文化背景所决定的。

美国社会的发展滋养了“一个伟大国家的文学”。基于一个全新的起点，没有沉重的历史与传统的束缚，这个年轻的国家迅速发展成为一个政治上、经济上、文化上独立的国家。从人们的精神状况来讲，他们认为新大陆是一片充满了机会，充满了希望的土地，他们对未来充满了憧憬。基于美国民族强烈的乐观主义精神以及对自己民族强烈的优越感与自豪感，美国文学的浪漫主义时期来到了。

美国浪漫主义文学反映了美国民族一个“真正全新的经历”。西进运动成为这一时期作家取之不尽、用之不竭且颇具独特风格的创作素材。那广袤的未开发的土地，那与欧洲、英格兰迥异的自然风光，原始印第安土著奇异的文明——这一切无不构成这一时期美国作家的创作源泉。

美国浪漫主义文学着力突现美利坚作为一个民族之“新”。他们信仰个人主义和直觉的价值，追求民主与政治上的平等，恪守要把这片新大陆建成一个新的“伊甸园”的美国梦，强调他们肩负的“使命感”。就个人主义而言，由于不同的个体的存在且出于对个体的尊重与信仰，典型的美国浪漫主义作品中，不同的作者对于人性的理解也呈现出显著的个体化特征。对于超验主义者爱默生（Ralph Waldo Emerson）和梭罗（Henry David Thoreau）来说，人从本质上讲是神圣的，他们强调用人的感知去掌握宇宙的绝对真理，并达到人的神性境界。而对于霍桑（Nathaniel Hawthorne）和麦尔维尔（Herman Melville）来讲，每个人内心都有邪恶的一面，它可能永远潜藏着，但有时环境会把邪恶的一面从人内心激发出来。

基于对于个人主义的信仰，美国浪漫主义的另一明显趋势是对个人和普通人价值的颂扬。惠特曼《草叶集》中对劳动人民给予了极大的关注。他尤其重视颂扬个人价值的实现。

基于对个人主义的信仰，美国浪漫主义作家更注重感情的自由表达和人物的内心刻画。霍桑的《红字》充满了心理活动，显示了霍桑非凡的心理洞察力。在这部作品中，霍桑探索了人类行为，挖掘了暗藏在罪恶感和焦虑感背后的隐秘动机。

同样基于对个人主义的信仰，美国浪漫主义作家认为自然世界是善良之源，而人类社会则是万恶之源。因而产生出“逃离社会，重返自然”这一美国文学模式。这在库珀（James Fenimore Cooper）的《皮裹腿故事集》、梭罗的《瓦尔登湖》以及后来马克·吐温（Mark Twain）的《哈克贝利费恩历险记》中都有所体现。

在创作形式上，美国浪漫主义时期的作品具有独创性而且表现为多样化。美国作家在小说形式和诗歌形式方面有其创新之处。华盛顿·欧文（1783—1859）被称为“美国短篇小说之父”。在《草叶集》中，惠特曼实验了口语措辞和记者式散文体节奏混合的风格。他写作时摆脱了传统音步格律的束缚，在美国开了自由诗的先河。他用长短不一的诗行和顿挫的韵律表现出作品的意义和感情色彩，同时赋予他的诗作一种音乐的流动感和节奏感。库珀被视做美国文学史上第一位伟大的小说家。他开创了三种不同类型的小说：历史小说、冒险小说和边疆冒险小说。

总体来说，在特定的社会、历史、文化背景下，美国浪漫主义文学产生了。它反映出那个时代的特点，体现出那个时代美国民族、美国人民的理想抱负和精神风貌。它一方面表现出与欧洲浪漫主义文学的衍生性，另一方面，大部分反映美国浪漫主义精神的作品还是典型的美国化作品。它们反映了美国民族一个“真正全新的经历”、反映了美国清教主义运动对美国浪漫主义文学产生的深远影响。美国浪漫主义作家在他们的作品中反映出对个人主义和直觉的信仰、对民主与政治平等的追求，他们的作品呈现出多样化的创作形式。

二、华盛顿·欧文及其作品研究

1. 华盛顿·欧文——激活美国文学创作潜力的巨人

美国的历史只有区区二百余年，美国文学的历史则更短。17世纪，随着欧洲的清教徒在北美大陆定居，美国文学诞生了。但最初的作品并非小说或戏剧，而是诗歌、日记、游记或为传道而作的文章，因此不能算是真正意义上的美国文学。真正的美国小说直至19世纪初才出现。当时，以华盛顿·欧文为代表的一批浪漫主义作家涌现出来，并享誉世界。

美国文学的发展与美国独立战争有着密切的关系。在独立战争前，来自欧洲的移民忙于建设自己的家园，他们的文化水平很低，因此这时的文学发展十分缓慢。英国统治者以宗教来愚弄人民。在北美殖民地时期，最流行的诗歌绝大多数是关于宗教的，并非以文学为目的。在拓荒时期，这片新大陆上的定居者们过着十分艰难的生活。但是，凭着忍耐和勤劳他们生存下来。他们感谢上帝的庇护。当时的作品强烈地表达了信徒们对上帝的虔诚。

独立战争后，美国文学的历史彻底改变了。新的民族正在形成的一个证据就是一种崭新的、有特色的文学正在出现。刚刚从“旧世界”获得了政治独立，又立即响起了文学也要独立的呼声。独立战争后，从1800—1840年，这个新生国家迅速地蓬勃发展。在这一时期，美国开始发展具有其自身特色的文学传统，并涌现出一批真正属于美国自己的作家和作品。19世纪初，美国文学史上出现了第一个繁荣时期。这一时期最重要的文学流派是浪漫主义。

（1）欧美文学世界的架桥人——华盛顿·欧文。华盛顿·欧文是美国最早的浪漫主义作家之一，他是以笔记、小说和传记闻名的第一位享誉国际的美国作家，欧文与其后的库珀共同开创了一个崭新的浪漫主义时代。他们扎根于17世纪炽热的民族感情，却在艺术方面向前迈出了一大步。他们也是第一代使欧洲人尤其是英国人不敢再嘲笑“美国没有文学”的美国作家。是他们最先写出了具有民族风格的书。真正的美国小说直至欧文和库珀的时代才出现。他们在书中描写美国的历史传奇、社会风俗以及自然风光。他们的创作反映了美国人民挣脱欧洲文学束缚的努力，为独立的美国文学的发展奠定了基础。

欧文受到欧洲风格的巨大影响。欧文的父亲是苏格兰人，母亲是英格兰人。在风格、主题和观点上，欧文都是一个过渡性的人物，同时属于“旧世界”和“新世界”。极为重要的是，从1815年开始，欧文在欧洲度过了17年创作的黄金时光，得到了柯勒律治和拜伦的赞誉和沃尔特·司各特爵士（Sir Walter Scott）的友谊。在欧洲的生活使欧文积累了丰富的创作素材并受到了欧洲文化氛围的深深熏陶，他的文字功力受到锤炼，想象力得以丰富。这样的经历在很大程度上对其创作产生了影响，尤其是以英国文学在其作品中留下的烙印最深。欧文在英国期间，一边饱览英国的秀丽山水，一边通读英国著名诗人、作家的各类作品，从中汲取了大量的精华，为其以后的创作奠定了坚实的基础。如《睡谷的传说》中的典故大部分都来自莎士比亚和约翰·密尔顿等人的作品中，引用得恰到好处，所用之处无不为故事平添几分妙趣，令读者耳目一新。有些评论家认为，欧文的文学趣味带有深深的英国文学的烙印。

（2）美国成就欧文，欧文书写美国。欧文是第一位根据美国的题材进行创作并蜚声国际的作家，同时也创作了短篇小说这种文学题材。事实上，欧文以后的每一位19世纪的作家都从他那里或多或少学到了关于这种形式的深奥技艺。欧文笔下的故事主要发生在殖民地时期，其内容多是关于朴实的社会风俗和充满生气和想象力的美丽如画的自然风光。他的风格清新、活泼、浪漫，令人愉悦。是欧文最先开始研究美国的民族意识和民族主题，从而使美国人第一次读到了真正的美国小说。欧文最著名的小说唤起了人们对美国从哈得逊河谷到西部草原人们生活的兴趣。1820年，欧文整理了一些自己的随笔、散文和故事，共32篇，出版了《见闻札记》，并立即获得了成功。欧洲和美国的批评家反映极其热烈。这部作品奠定了欧文在美国文学史上的地位，被认为是欧文文学成果的代表，也是美国文学宝库中的一笔财富。欧文个人的成功为美国赢得了世人的尊敬。欧文的出现有力地证明了美国的文化潜力。在《见闻札记》中，出现了最初的现代短篇小说。欧文也是最先使历史和传记作为文学形式给人们带来乐趣的现代作家之一。

《见闻札记》中的《瑞普·凡·温克尔》和《睡谷的传说》是欧文最为经久不衰的两篇小说。这两个故事表现了欧文的怀旧情结和他对美丽事物的迷恋，充满了喜剧的浪漫色彩。尽管它们来源于德国的民间故事，欧文却用他那支生花妙笔给它们涂上了美国色彩。瑞普·凡·温克尔在沉睡中度过了独立战争，伊卡包德·克莱恩（Ichabod Crane）受到传说中的无头骑兵的惊吓，这两个人物各自以不同的方式表现了这个国家所面临的错综复杂的社会和文化问题。《瑞普·凡·温克尔》和《睡谷的传说》在美国文学史上占据重要的地位，久读不衰，已成为美国文化传统的一部分。短篇小说作为一个流派出现在美国文学史上也许正是以欧文的《见闻札记》为起点的。

欧文对美国文学的特殊贡献不止一个。欧文做了好几件在美国被认为是首创的事情。他是第一个伟大的纯文学作者，为了乐趣和创造乐趣而写作。然而，在一个说教和功利主义曾一度盛行的国家里，来自各阶层的读者都对他的作品做出反应。欧文是第一个获得国际声誉的富于想象的美国作家：当他于1832年回到故乡的时候，他作为一个欧洲人所熟知的美国作家受到人们的欢呼，美国人把这看作是美国文学作为一个独立实体出现的标志。欧文创造性地运用了美国本国的题材，在摆脱英国文学枷锁的道路上迈出了艰难的一步。尽管有时候有点肤浅，欧文还是成功地为“童年”美国画了一幅生动的肖像。欧文的风格幽默却不刻薄、浮华。欧文风格在相当长的时间内影响着美国的文学。作为美国浪漫主义文学史中第一个伟大的散文家，欧文随意的风格注定要比与他同时代的司各特和库珀等人一本正经的散文更具有生命力，为后来盛行的叙事散文树立了榜样。“欧文式”散文在整个19世纪都保持着英美散文典范的地位。把欧文称作“美国文学之父”并不算夸张。

2. 从《瑞普·凡·温克尔》的写作看华盛顿·欧文的怀旧倾向

华盛顿·欧文是美国浪漫主义时期的代表作家之一，也是第一个获得国际声誉、土生土长的美国作家，被称之为“美国文学之父”。短篇小说《瑞普·凡·温克尔》收于他的名著《见闻礼记》中，是其传世佳作之一。作品从语言运用、人物描写到故事情节安排堪称美国文学乃至英语文学的典范。

小说以寓言的手法，讲述了哈德逊河流域卡茨基尔山脚下，一个荷兰后裔居住的小村庄发生的故事。欧文的真正用意是以美国无可避免的社会改革为背景，让主人公瑞普睡20年，并将这20年前后社会发生的变化以引人入胜的描写艺术地再现出来。同时，通过瑞普沉睡之前与妻子争吵时的喧闹社会与沉睡山中时的宁静世界对比，把美国革命前、后的村庄进行对比，描述了主人公瑞普戏剧式的反应，不难看出欧文所描写的两个主要人物，瑞普和其妻——温克尔太太都具有一定的象征意义。作品表现了欧文喜欢过去、喜欢梦境，而不喜欢已经变革了的当时美国的现实社会。因此，这篇小说主题上是“怀旧”的，而态度上是保守的。

小说从头至尾讲述了主人公瑞普的故事。瑞普是美籍荷兰后裔，生活在哈德逊河流域，卡茨基尔山脚下的小村庄。他是一个纯朴温厚的人、一个和蔼的邻居、一个惟命是从的怕老婆的丈夫，却因整日无所事事，招致妻子没完没了的埋怨。因为不堪忍受妻子的吵吵闹闹，常逃到村外的小酒馆，与朋友呆在一起消磨时光。有时还带着狗上山打猎，在山林里转来转去打发日子。有一天，他背上猎枪和爱犬一起爬上卡茨基尔山打猎。途中，偶然遇见一个身材矮小、头发浓密、胡须花白的老人，他身着古代荷兰式样的服装，肩上扛着一只结实的木桶，艰难地往山上走来。老人喊着瑞普的名字，示意瑞普过来帮他扛这只桶。后来，他们来到一处四周悬崖峭壁的山谷间的小盆地，见到了一群衣着打扮古雅而带有异国风味、模样古怪的人。这些人正在玩一种叫“九柱戏”的游戏，每当他们抛出的球滚动起来的时候，山谷间便响起了回声，犹如雷声一般隆隆作响。

在聚会上，瑞普喝了那桶里的酒，便头晕眼花，头渐渐垂下来，睡熟了。这一觉醒来，他已是白发苍苍、胡须一尺多长的老人。时间已经过去20年。当他扛着锈迹斑斑的猎枪，步履蹒跚地回到村子时，已是斗转星移沧桑巨变。眼前的村庄比以前更大了，人也多了。

（1）瑞普的象征意义。欧文让小说的主人公瑞普在美国独立战争之前的历史变革中睡去，又在美国独立后醒来，预示着他有一定的象征意义。瑞普在20年长睡前，逃避家庭责任，厌恶农田里的农作，整日在村子的酒馆打发时光或在山林里荡来荡去，但却对别人家的事情古道热肠，有求必应，为此，他颇得大家的喜欢。欧文说："The great error in Rip's composition was an insuperable aversion to all kinds of profitable labor." "In a word. Rip was ready to attend to anybody's business but his own; but as to doing family duty and keeping his family in order, he found it impossible."这表明瑞普并不是完全厌恶劳动，他本人的态度是这样的："In fact, he declared it was of no use to work on his farm; it was the most pestilent little piece of ground in the whole country; everything about it went wrong, and would go wrong in spite of him."他对家人的生活不闻不问，对孩子疏于管教，缺少关爱，正如小说所描述的："His children, too, were as ragged and wild as if they Belonged to nobody. His son Rip, an unchin begotten in his own likeness, promised to inherit the habits, with the old clothes of his father."

通过这些描写，不难看出瑞普显然是一个逃避家庭责任，无忧无虑，以自我为中心而且我行我素的人物。他对现实生活总是一再逃避，有明显遁世的倾向，这也是作者逃避社会现实的态度。

瑞普的20年长睡更具有戏剧性的意义，在这20年里美国独立战争胜利，脱离英国的殖民统治而成为一个政治、经济、文化各方面独立的新国家，社会生活发生了天翻地覆的变化。独立战争前和平、安宁的生活秩序荡然无存，独立战争后共和党与民主党争权夺利，人们忙忙碌碌、社会喧闹不堪。在这一背景下，欧文却让主人公瑞普长睡20年后醒来，又走进这样一个发生了巨变的社会，看到的和听到的都是他过去不熟悉的事情。于是，瑞普就有了一种置身喧闹的人群却非常孤独的感觉，一切都似乎与他格格不入，人们也几乎把他忘却，在这里，通过对瑞普醒来后所见所闻的描写，欧文将自己不喜欢现在的怀旧情绪强烈地表现了出来。

瑞普回到村子，看到发生了巨变的村庄后，眼前的一切都使他感到十分陌生。村庄的变化、家的变化使瑞普在对过去的追寻与回忆过程中，内心油然生出一种忧伤与凄凉。但是，让瑞普更为困惑的是这样一些变化：原来的旅店被“联合旅店”所代替，一向为那家小旅店遮荫蔽凉的大树被光秃秃的杆子所代替，而且村子上顶着一顶像是“红睡帽”似的东西，旅店里面飘出来一面旗子，旗子上有一些星星和条纹很奇特地凑在一起的图形——所有这一切都那么奇怪和不可理解。招牌上先前的乔治国王的画像变成了华盛顿将军的画像。人们议论着公民的权利—选举—国会议员—自由—邦克山—七十六英雄，如此等等。这些名词对于不知所措的瑞普来说，完全是莫名其妙。

瑞普脱离了主流社会，对眼前的一切不知所措，他所熟悉的只有过去，于是，他只好去追寻20年长睡前的人和事。通过对瑞普从追寻过去的家、过去的小酒馆到寻找昔日邻居、旧友的一系列活动的具体描写，欧文喜欢过去、喜欢梦境的怀旧心理表露无遗。同时，还表明欧文不喜欢变革的保守态度，即从心理上不接受独立战争后的美国社会。

（2）凡·温克尔太太——瑞普逃避的根源之一。对凡·温克尔太太的塑造，欧文没有具体的形象描写，而是通过其数落瑞普懒散、不用心、把一个家弄得如此潦倒等一系列语言描述，使人物的性格生动地展现出来。特别是凡·温克尔太太把瑞普和他的爱犬看成是“一对儿懒货”。

凡·温克尔太太是瑞普离家出走、逃避现实的根源之一，同样具有象征性的意义，很显然，她体现着美国社会流行的统一价值观。而抱残守缺、因循守旧的生活方式使瑞普感到窒息。“寻求某种理想”成为瑞普深层的心理要求，这也在客观上反映出美国这个国家和民族的历史经历。瑞普的逃避，主观上有其自身的原因；客观上有社会价值观的原因。它从一个侧面反映出人类逃出苦海、销声匿迹的深层心理倾向及留恋美好的过去、拒绝变化与改革的普遍性心理倾向。这也正是欧文在整个作品中要表达的思想，即保守的思想。

（3）20年长睡——真正的逃避。欧文让瑞普在美国革命前睡去，又在美国革命胜利后醒来。作者是在逃避历史现实，无法也不愿面对正在发展变化着的时代。此刻，美国已脱离英国的殖民主义和封建统治。一个新的国家——美国刚刚建立起来。对国家、社会、人民所面临的问题，所企盼的东西欧文不愿触及，这是让瑞普20年长睡的真正用意。

欧文让瑞普长睡后醒来，面对民主、共和两党争权夺利，人们忙忙碌碌、喧闹不堪的社会，却无法融入到社会生活的主流中去，也就是无法接受这变革了的社会。欧文让瑞普一直在追寻过去的东西，村子的旧貌、昔日的朋友、邻居，即使寓居于女儿家，生活安稳以后，也照旧依照20年前形成的习惯生活，我行我素、自得其乐，向人们一遍又一遍地讲述“他”过去的故事。而且，还作为村里的活历史（象征着过去）受到人们的尊重。瑞普虽然置身于变革了的社会环境，却没有真正从心理上融入到身边这个社会中去。或许这就是欧文对变革了的美国社会的一种不愿接受的态度。

作品中主人公瑞普和其妻凡·温克尔太太均具有一定的象征意义，他们各自代表不同的社会价值观。欧文通过对主人公瑞普长睡醒来后的一系列情景相融的描写，借助主人公的眼睛，在当时的社会中寻找过去。最后，依然按旧习惯生活，讲着过去所发生的关于“他”的故事，并作为村里的活历史而受到尊敬。瑞普没有真正融入到社会主流中去。综合诸多因素，不难看出，欧文就是喜欢“过去”，喜欢梦境，其保守、怀旧的创作态度是不容置疑的。

3.评华盛顿·欧文小说《睡谷的传说》的自我消解

《睡谷的传说》是“美国文学之父”华盛顿·欧文的代表作之一，虽出版已经将近两个世纪，其魅力非但丝毫未减。

（1）“桃花源”主题的自我消解。欧文笔下的睡谷，坐落于哈德逊河东岸，山水秀丽，笼罩在一片如烟似雾的梦幻之中，“算得上是全世界最安静的地方。”它像是一个桃花源：任美国革命的风潮涌动，睡谷中的荷兰人后裔们依然过着自给自足的悠闲生活，的确有“不知秦汉，无论魏晋”的味道。正如叙述者所言，“要是有一天，我想退隐，逃避纷纭的俗世，在恬静的梦中度过烦恼的余生，我真不知道还有什么地方会比这个小小的山谷更使我满意的了。”然而，纷纷攘攘的外部世界还是将它的触角伸到了这片世外桃源。伊卡包德·克莱恩来到了睡谷当乡村教师。这个长得像鹤一样的家伙，来自康涅狄格州，是典型的新英格兰人，也就是人们通常所说的“扬基佬”。他特别贪财，爱占小便宜，满脑子里想的都是如何才能赚更多的钱，聚敛更多的物质财富。

正是由于伊卡包德·克莱恩的“拜物本性”，他将爱情也变成了物质的附庸。《睡谷的传说》表面框架是浪漫爱情故事，伊卡包德·克莱恩对卡特琳娜也算是一往情深，但如果我们仔细分析，就不难发现，与其说伊卡包德爱上的是卡特琳娜，不如说是他看上了卡特琳娜将继承的财富。当他来到卡特琳娜家做客，吸引他目光的不是女主人的美貌，而是宽敞的屋子，漂亮的壁炉，墙上挂着的羊毛、玉米、干果以及桌子上热腾腾的美食。每当他想起卡特琳娜，引发的联想都和卡特琳娜的父亲所拥有的田产有关。“他的一对大绿眼珠，骨溜溜地望着凡·塔塞尔这座温暖住宅周围的那些肥沃的草原、丰饶的小麦田、裸麦田、荞麦田和玉米田，以及殷红的果实累累的果园，心里不由思慕着将要继承这一切财产的姑娘。”伊卡包德·克莱恩是小说讽刺的对象，他小心眼、迷信、缺乏创造力，是睡谷这个自给自足的小天地里的不和谐音，难怪他不仅没有得到美人的芳心，最终还被赶出了荷兰人的领地。离开了睡谷的伊卡包德·克莱恩却找到了施展的天地：他在纽约“得了律师执照，变成了政客，奔走竞选，给报纸写文章，最后终于当上了十镑法庭的法官。”像伊卡包德·克莱恩这样的角色都能发达，我们不难看到作者欧文对变动中的急功近利的美国社会的微妙讽刺。

伊卡包德·克莱恩是外部世界的代表，他被驱逐后，睡谷又恢复了往日的平静，从这个层面上看，在抵抗外部渗透的斗争中，睡谷中的荷兰人赢得了胜利。对于这种胜利，许多批评家都从意识形态的角度给予了肯定的解读。然而，荷兰人的胜利是否带有明显的积极含义，这一点颇值得商榷。欧文在“破”的同时，即讽刺了伊卡包德·克莱恩的同时，并没有完全放弃对睡谷所代表的旧传统的审视和批判。

在《睡谷的传说》中，存在一个明显的二项对立：伊卡包德·克莱恩代表的是变化中的美国社会，布鲁姆代表的是旧传统。美国文学批评大家Daniel Hoffman认为“伊卡包德·克莱恩与布鲁姆·‘骨头’之间的冲突象征着有着地域特性的扬基佬和边地人之间的冲突——这其后很快成为我们的文学……以及我们的国家历史的一个主题。”常耀信先生认为：伊卡包德“是个城市滑头，有一种欲行欺诈的破坏力……布鲁姆则仿佛马克·吐温笔下的哈克·芬一类，村野之夫，粗鲁、精力充沛、叱责随从，可是心地善良，生在边地自食其力。”然而，布鲁姆果真如批评家所言，是“边地拓荒者的先驱”吗？从文本中的描述，我们发现他的身上有一种“混合气质，寻欢作乐并且傲慢。”他“身材魁梧，喜欢大叫大闹，是性情暴躁傲慢的纨绔子弟……是本乡一带的英雄，素以臂力过人同好勇斗狠闻名。”他从来没有下田务农，也没有任何精神追求，倒是天天领着一伙人，招摇过市。“他有三四个跟他一样脾气的好朋友，他们都把他当做榜样，他总是带头领着他们在乡里乱闯……一到冬天，他总是戴着一顶皮帽子，顶上有一根挺神气的狐狸尾巴，人们一看就认得是他，每逢乡下人在村里集会的时候，远远看到这根熟悉的狐狸尾巴，在一群勇猛的骑手之间飞奔而来，他们就得站在一旁，等他们像一阵风暴似的过去。”他的形象，让人联想到的不是吃苦耐劳的边地拓荒者。伊卡包德·克莱恩或许真是如评论家所言，是个投机分子，但是他是小说中惟一想要到西部拓荒的人。他梦寐以求的婚后生活是将卡特琳娜的田产变卖，“把这些东西轻易地变成现款……把钱投资在无边无际的荒野地里，和野地里的大木房里。……鲜花般的卡特琳娜……带着全家儿女坐在载满家用什物的马车顶上，车子下面还摇摇晃晃地挂着许多锅子罐子；他仿佛瞧到自己骑在一匹缓缓跑着的母马背上，后面跟着一匹小马，动身到肯塔基、田纳西，或者天知道的什么地方去。”布鲁姆的胜利宣布着伊卡包德所象征的物质主义美国梦的失败，但他的胜利不应被看做西部精神的胜利。他与伊卡包德·克莱恩之争的实质是男性力量之争。他赢得了胜利，但是很快就会被卡特琳娜所束缚，捆住手脚，成为“像卡特琳娜父亲一样的心满意足的居家男人。”

小说中另一个重点描写的人物是伊卡包德的心上人卡特琳娜。作为睡谷中的女性代表，她的形象也不具有积极含义。她故意对伊卡包德·克莱恩优雅地微笑，“布鲁姆·‘骨头’，却在热恋和嫉妒交迫的沉重打击下，只好独自坐在一个角落里怀恨不已。”她将伊卡包德·克莱恩玩弄于股掌间，只是为了把他的情敌降伏得牢牢的，正如叙述者所言，“这是一种诡计”。她并不是不解世事的单纯少女，而是一个“爱卖弄风情”，在爱情上精于算计的女人。由此看来，虽然欧文对伊卡包德·克莱恩所代表的价值观进行了批判，却并没有为他树立一个对立的价值体系并进行肯定性的评价。相反，他对旧的传统也进行了微妙的讽刺。在《睡谷的传说》中，消解后的世界，缺乏统一的价值中心，这反映出了作者欧文对美国当时的社会现状的复杂心态。许多批评家都注意到了欧文的作品中流露出浓重的怀旧感。《瑞普·凡·温克尔》和《睡谷的传说》体现出欧文“心理上的青春期”，作者想“逃避和拒绝历史发展所带来的震撼”。但是从本质上看，这两部作品存在明显差异。《瑞普·凡·温克尔》中，瑞普·凡·温克尔避世的选择，也是作者欧文的选择。

《睡谷的传说》中透露的信息却是怀疑性的：虽然可以挽住过去，做些残梦，但以布鲁姆为代表的过去，从多大程度上值得依恋？更何况现实就像伊卡包德一样，总是不请自来。如果说欧文在《瑞普·凡·温克尔》中表达的是对过去的无限依恋，在《睡谷的传说》中，欧文的态度要暧昧和中性得多。

（2）对叙述真实性的自我消解。《睡谷的传说》是一部结合浪漫色彩的现实主义作品。它与对一切抱有怀疑态度的现代主义作品，对一切采取反讽和戏仿态度的后现代主义作品有很大差别。然而与一般意义上的现实主义作品不同的是，《睡谷的传说》在叙述策略上运用了后现代作品中常见的解构手法。大多数19世纪末以前的现实主义小说，采取的视角主要有两种：一是主人公作为小说人物的第一人称主观视角，其代表作是查尔斯·狄更斯的《远大前程》；二是第三人称全知视角，如亨利·菲尔丁的《汤姆·琼斯》。尽管随着叙述的展开，小说的聚焦会发生一定的移位，造成这种移位的动因往往是情节的需要，而不是作者在叙述策略上的自觉。作者期待着读者认同他所构筑的文本世界，相信他所虚拟的真实。因此除了极个别的如《项狄传》这样的作品，在大多数传统小说中作者总会尽量避免引起读者对作品真实性的怀疑。

令人惊奇的是创作于19世纪初的《睡谷的传说》，却在叙述结构上采取了多种现代主义后现代主义常用的手法，对叙述的真实性进行了全面解构。《睡谷的传说》的主叙述层，采用的主要是第三人称叙述，叙述者“我”却时常加入叙述，插入自己的评论，对主叙述进行叙述干预。“指点干预特别多的叙述，表现出一种强烈的‘自觉性’，似乎叙述者时时提醒叙述接受者注意他在‘讲故事’，而这故事是他编出来的。”其结果必然是读者与作品之间的距离拉远。

指点干预并不是欧文在《睡谷的传说》中所采用的惟一拉远读者和故事距离的手法。视角的转移也是这篇小说的显著特征。《睡谷的传说》的前半部和大多数18世纪、19世纪的小说一样，采用的是全知视角。尽管这种全知有一定的限制，比如我们无法感知布鲁姆和卡特琳娜的心理轨迹，但是我们可以透视中心人物伊卡包德·克莱恩的内心，了解他的所见所闻所感。然而随着小说的发展，叙述者对自己进行了明显的权力自限。自从伊卡包德·克莱恩离开卡特琳娜家，骑着瘸马上了路，叙述者就开始从全知视角向第三人称旁观视角转移。虽然叙述者跟踪描述了伊卡包德·克莱恩在森林里的遭遇，保留了对他心理活动的刻画，但是这种细微的心理刻画，到了“无头骑士”提起它的头颅向伊卡包德扔过来，“打得他一头倒栽在尘土里面”就戛然而止。叙述者失去了对事件的控制，从全知沦落为旁观者，故事发展急转直下，伊卡包德·克莱恩自此不知所踪。我们只能靠叙述者提供的一些线索，如一副被踏在烂泥里的马鞍，伊卡包德·克莱恩的帽子，“紧贴着它还有一个摔得稀烂的南瓜”以及布鲁姆提到此事时“一副深知底细的神气”等等来拼凑出事实的真相。至于伊卡包德·克莱恩离开睡谷后的命运，甚至是叙述者从一个到纽约的老农民口中道听途说来的。叙述者由高高在上的全知者迅速变成了一无所知的旁观者，这种机械断裂式的视角转移，不能不使读者对故事的真实性产生明显的怀疑。

《睡谷的传说》有着洋葱头式的结构，剥开一层，又见一层。在这层层叙述嵌套中，作者欧文拉远了自己和叙述者之间的距离，把自己藏在了诸多叙述者的背后。当读者随着叙述发展，深入到故事内核时，欧文却让内层叙述的叙述者自己跳出来，对叙述进行彻底的否定，以凸显文本的非真实性和无意义，这说明欧文已经意识到文本本身是一种虚构，一切不过是一场游戏，而他的这种认识，恰恰和解构主义文本观暗合："文本是语言活动的领域，文本之外别无他物，文本是一个自我指涉的体系而与其他文本交织，文本间性使终极意义不复存在。"

当我们细读《睡谷的传说》时，会发现欧文对小说的主题、哥特式风格以及叙述的真实性等都进行了大胆解构，造成了文本意义的非确定性，向我们呈现了一个"亦此亦彼，非此非彼"的文本世界。或许这也是《睡谷的传说》为什么会成为欧文小说中引起最多评论关注的原因之一。欧文似乎在文本中为我们勾画出了一个桃花源，但走到近处细细审视，却让人不禁怀疑其真实。小说的英文原名是"The Legend of Sleepy Hollow，"而"Hollow"本身就有"空洞"的意思，在消解了中心之后，不见桃源，只见隐含着后现代式的意义缺失以及无中心性的"空洞"。

第十一章 美国超验主义文学作品分析

一、19世纪超验主义思潮及其对美国文学的影响

美国超验主义是19世纪年代出现的一种科学思潮，它最早出现于新英格兰地区，即工业发展最早的美国东部沿海地区。1842年，一群新英格兰人出于对越来越惟利是图的社会的不满，成立了一个非正式的组织“超验俱乐部”，他们不定期聚会，讨论神学、哲学和文学方面的新动向，并拥有自己的刊物《日晷》。他们之中最具影响的有爱默生、梭罗、布朗森·阿尔柯特等人。其思想运动的主要代表是拉尔夫·爱默生。拉尔夫·爱默生是19世纪美国文学史上的一代巨匠，他以雄辩著称，开创超验主义之先河。他崇尚心灵与自然的和谐，倡导自助精神，强调精神生活，这些主张曾经帮助美国人冲破了外国教条的束缚，树立起民族自信心，同时也造就了突出个人主义精神的美国文学。

爱默生在他的《超验主义者》一文中说：“我们常说的超验主义就是理想主义。”新英格兰的超验主义思想可以概括为以下几点：第一，强调精神。反对趋物主义、超验主义者们强调精神，或者说是“超神”为宇宙中最重要的物质。“超神”是一种善的力量，它无所不在，无所不能，万物皆由其生，并成为其一部分。它既存在于自然界中，也存在于人身上，是构成宇宙的基本成分。第二，重视个体。超验主义者重视个体的重要性。他们反对当时的主流教派加尔文教宣传的“原罪说”“命运先定论”。认为个体是社会最重要的成分，社会的改良需通过个人的新生来实现。人生的最大追求是自我培养、自我提高、自我完善，而不是追逐财富。理想的人应该是自助的个体。超验主义者也不赞成“同一位论”派的强调理性，他们认为人可以通过自身来达到精神的完美，因为个体的精神与“超神”息息相通，因此，个体的精神也是神圣的。第三，超验主义者以全新的目光看待自然，认为自然是精神之象征，是对人最纯洁、最神圣的思想影响，倡导人们直觉体验自然界内无所不在的上帝。超验主义者主张“回归大自然，重新融入它的影响里，我们就会成为精神上的完人”。通过把大自然作为精神、上帝或超灵的象征，超验主义在客观上使美国文学中的象征主义传统得到加强。

爱默生提倡个人主义精神，强调树立民族自助精神，他主张美洲大陆应摒弃别

国的影响，为人类奉献出更好的东西。他以一个新国家、新民族所特有的自信口吻说："我们何必要在毫无生气的历史废墟中摸索，让当代人穿着褪色过时的服装去出丑呢？这里有新的土地、新的人民、新的思想。我们要求有我们自己的作品、自己的法律和自己的宗教。"他认为传统和权威是人们对宇宙认识的障碍，他激励人们从恐惧和过去的联想中解脱出来，这实际上是在宣布新大陆的精神独立。

梭罗、惠特曼、狄金森及其他许多人都在不同程度上受益于他的学说。梭罗比爱默生小14岁，像信徒一样完全接受爱默生的思想。1845年，梭罗在沃尔登湖畔，爱默生的土地上建立了一个小木屋并搬进去住，在此写下了超验主义巨著《沃尔登湖》。该书不仅全面阐述了爱默生的自助思想，而且发展验证了梭罗本人的超验主义哲学思想。梭罗认为自然界不仅是一种象征，而且本身也是神灵、人类通过纯粹感知功能可以从自然界中获得情感交流。

二、爱默生及《论自然》对美国文学的影响

1. 爱默生的超验主义影响

"所有的现代美国文学都起始于一本叫作《哈克贝利·费恩历险记》的书。"海明威如是说。但众多学者认为，没有爱默生这个19世纪美国伟大思想家及其超验论学说的传播和影响，就没有独立的美国文学。即使马克·吐温和海明威本人也得益于爱默生所培养的强调创新精神和与自然紧密联结的文学氛围的薰陶。其他与吐温和海明威一起支起美国文学大厦的栋梁们都直接或间接地受到爱默生超验主义学说的影响，用各自独特的写作方式为美国文学做出了特殊贡献。

爱默生的出现注定要给美国社会和美国文学带来巨大变革。爱默生是一个对神学、文学、东西方古典哲学和西方近代哲学有过深入研究的哲学家，他深受欧洲资产阶级革命的影响，富有献身真理的精神。他18岁毕业于哈佛大学，做过教师、牧师。后来，他对教会产生了怀疑、厌恶，不顾舆论的强烈反对，辞去了牧师职务。此后几年，他旅行欧洲，会见了当时的浪漫派作家华兹华斯、卡莱尔和柯勒律治，熟谙英国和德国浪漫主义思潮。回国后，他开始了一系列演讲，演讲的题目涵括广泛，从诗歌到个人主义，由自然到民族文化。无论什么题目，爱默生都要谈到两个主题：自然对人类的保护性和仁慈性以及人的神性和自发性。1835年，爱默生在波士顿的康科德定居了。在那里，他创办了一个由作家和知识分子精英组成的"超验主义俱乐部"。其成员有梭罗等。这是一些朝气蓬勃、具有自由思想和独立意识的知识分子，他们强烈不满当时统治一切领域的感观哲学和奠基在洛克哲学思想之上的唯一神教派神学。他们常常聚会，讨论哲学、神学、文学和社会问题，通过爱默生的讲演和他们主办的《日规》季刊宣传他们的超验主义学说。

爱默生展现了一个认识自然的新观念，在他看来，自然不纯粹是物质的，不是

单调或毫无中介意义、未开化的、隶属历范畴之下、引人走向物质主义的平凡实体。他认为自然是精神或上帝的象征，是有生命的，它充满了上帝的存在。他认为自然是最纯净的，是超灵的外衣，因而能在人身上产生使人圣洁的道德影响，对人的思想起健康和恢复的作用。当一个人完全沉浸于自然世界，与自然成为一体时，他就会得到精神升华的转变。爱默生对自然的另一看法是：人周围的世界是象征性的。流动的河水表明宇宙永不止息的运动；四季与人的一生相应；蚂蚁，这个身体微小、心脏很大、辛勤劳作的小生灵，是人本身的崇高形象的缩影。爱默生的自然象征主义观点认为自然中的事物带有象征的特征，物质世界象征着精神世界，丰富了美国文学传统的清教象征主义手法，给它增添了新鲜活力；这一观点对爱默生同时代的作家（如霍桑、麦尔维尔）产生了深刻的影响。

2. 对爱默生著作《论自然》的评析

《论自然》集超验主义思想之大成，全书由“前言”和“自然”的八章组成。在《前言》部分，爱默生提出“我们为什么不可以也跟宇宙建立一种直接的关系呢？为什么不能有一种凭直觉而不是依靠传统的诗歌与哲学？为什么不能有一种不是依据他们的历史传统而是直接启示我们的宗教呢？”（Why should not We also enjoy an original relation to the universe？Why should not we have a poetry and philosophy of insight and riot of tradition，and a religion by revelation to US，and not the history of theirs？）。这实际上是在宣布一种独立精神。接下来他又写到：“每个人自身的状貌便是对他提出的疑难所做的形象的答复。”（Every man's condition is a solution in hieroglyphic to those inquires he would put），这句话给他的观点“人是自己的神”做了恰当的注解。以独立的、全新的眼光看待自然界。爱默生从哲学角度考虑，认为宇宙由自然界和精神组成（Philosophically considered，the universe is composed of Nature and the Sou1），并且肯定了人的地位和作用。

《自然》一章阐述大自然的丰富意蕴。爱默生眼中的自然都是人的精神化身，欢乐的自然呈现着欢乐，哀愁的自然则又显得哀愁。“为了寻得孤身独处，人有必要走出书斋，退出社会，回归自然。”（To go into solitude，a man needs to retire as much from his chamber as from society）。他主张修心养性，只有在孤身独处时人的各种内在天赋才可得到充分发展。同时，爱默生又写到“自然界外界多种事物给予的完整的印象”（the integrity of impression made by manifold nature objects）。这表明爱默生视大千世界为一有机整体的浪漫主义自然观。他主张人应回到原始物质状态去，单纯地观察世界。

爱默生最精彩的一段话“我站在空地上，头沐浴在和煦的空气里，仰望着无垠的太空，一切都消失了，我变成了一只透明的眼球，本身不复存在；我洞察一切，上帝的精气在我周身循环；我成为上帝的一部分。”（Standing on the bare ground，my head bathed by the blithe air and uplifted into infinite space，all mean egotism vanishes. I become a transparent eyeball；I am nothing ；I see all：the currents of the Universal Being circulate through me；I am part or particle of God.）这是表明爱默生超验主义观的名言，强调人与自然界的和谐一致。这是爱默生浪漫主义思想的主体，也是《论自然》一文的钥匙。因为“大自然永远带着精神的色彩”（Nature always wears the colors of the spirit），自然界是精神的象征物（Nature is the symbol of spirit）。他主张发挥人的超验作用。在他看来，精神渗透人的心灵，自然界，物质为精神之象征。世界万物有其表状，也有其内涵（particular natural facts are symbols of particular spiritual facts）。宇宙间存在着一种无所不容、无所不在、扬善抑恶的力量，他称之为上帝或超灵（the over soul）。超灵为人所共用，每个人的思想都存在于超灵中，人以直觉同他交流。爱默生赞美人的发展潜力无限，推崇人的至高无上，提出“人就是一切，世界为人而存在，人决定自己的命运，人要自信、自尊、自助。”人有神性，只要潜心修养，洁身自好，便可成为完人；而个人的完善则是世界进步的基础。爱默生提倡超验主义是对美国资本主义上升时期物质主义、拜金主义的否定。他主张个人发展。是对非人格化过程的针砭；但也或为资产阶级个人主义不择手段发展自我的理论依据。

3.《论自然》序言和第一章赏析

Nature：Introduction

Our age is retrospective. It builds the sepulchres of the fathers. It writes biographies, histories, and criticism. The foregoing generations beheld God and nature face to face；we, through their eyes. Why should not we also enjoy an original relation to the universe? Why should not we have a poetry and philosophy of insight and not of tradition, and a religion by revelation to us, and not the history of theirs? Embosomed for a season in nature, whose floods of life stream around and through us, and invite us by the powers they supply, to action proportioned to nature, why should we grope among the dry bones of the past, or put the living generation into masquerade out of its faded wardrobe? The sun shines to-day also. There is more wool and flax in the fields. There are new lands, new men, new thoughts. Let us demand our own works and laws and worship.

Undoubtedly we have no questions to ask which are unanswerable. We must trust the perfection of the creation so far, as to believe that whatever curiosity the order of things has awakened in our minds, the order of things can satisfy. Every man's condition is a solution in hieroglyphic to those inquiries he would put. He acts it as life, before he apprehends it as truth. In like manner, nature is already, in its forms and tendencies, describing its own design. Let us interrogate the great apparition, that shines so peacefully around us. Let us inquire, to what end is nature?

All science has one aim, namely, to find a theory of nature. We have theories of races and of functions, but scarcely yet a remote approach to an idea of creation. We are now so far from the road to truth, that religious teachers dispute and hate each other, and speculative men are esteemed unsound and frivolous. But to a sound judgment, the most abstract truth is the most practical. Whenever a true theory appears, it will be its own evidence. Its test is, that it will explain all phenomena. Now many are thought not only unexplained but inexplicable; as language, sleep, madness, dreams, beasts, sex.

Philosophically considered, the universe is composed of Nature and the Soul. Strictly speaking, therefore, all that is separate from us, all which Philosophy distinguishes as the NOT ME, that is, both nature and art, all other men and my own body, must be ranked under this name, NATURE. In enumerating the values of nature and casting up their sum, I shall use the word in both senses; —in its common and in its philosophical import. In inquiries so general as our present one, the inaccuracy is not material; no confusion of thought will occur. Nature, in the common sense, refers to essences unchanged by man; space, the air, the river, the leaf. Art is applied to the mixture of his will with the same things, as in a house, a canal, a statue, a picture. But his operations taken together are so insignificant, a little chipping, baking, patching, and washing, that in an impression so grand as that of the world on the human mind, they do not vary the result.

Chapter I. Nature

To go into solitude, a man needs to retire as much from his chamber as from society. I am not solitary whilst I read and write, though nobody is with me. But if a man would be alone, let him look at the stars. The rays that come from those heavenly worlds, will separate between him and what he touches. One might think the atmosphere was made transparent with this design, to give man, in the heavenly bodies, the perpetual presence of the sublime. Seen in the streets of cities, how great they are! If the stars should appear one night in a thousand years, how would men believe and adore; and preserve for many generations the remembrance of the city of God which had been shown! But every night come out these envoys of beauty, and light the universe with their admonishing smile.

The stars awaken a certain reverence, because though always present, they are inaccessible; but all natural objects make a kindred impression, when the mind is open to their influence. Nature never wears a mean appearance. Neither does the wisest man extort her secret, and lose his curiosity by finding out all her perfection. Nature never became a toy to a wise spirit. The flowers, the animals, the mountains, reflected the wisdom of his best hour, as much as they had delighted the simplicity of his childhood.

When we speak of nature in this manner, we have a distinct but most poetical sense in the mind. We mean the integrity of impression made by manifold natural objects. It is this which distinguishes the stick of timber of the wood-cutter, from the tree of the poet. The charming landscape which I saw this morning, is indubitably made up of some twenty or thirty farms. Miller owns this field, Locke that, and Manning the woodland beyond. But none of them owns the landscape. There is a property in the horizon which no man has but he whose eye can integrate all the parts, that is, the poet. This is the best part of these men's farms, yet to this their warranty-deeds give no title.

To speak truly, few adult persons can see nature. Most persons do not see the sun. At least they have a very superficial seeing. The sun illuminates only the eye of the man, but shines into the eye and the heart of the child. The lover of nature is he whose inward and outward senses are still truly adjusted to each other; who has retained the spirit of infancy even into the era of manhood. His intercourse with heaven and earth, becomes part of his daily food. In the presence of nature, a wild delight runs through the man, in spite of real sorrows. Nature says, — he is my creature, and maugre all his impertinent griefs, he shall be glad with me. Not the sun or the summer alone, but every hour and season yields its tribute of delight; for every hour and change corresponds to and authorizes a different state of the mind, from breathless noon to grimmest midnight. Nature is a setting that fits equally well a comic or a mourning piece. In good health, the air is a cordial of incredible virtue. Crossing a bare common, in snow puddles, at twilight, under a clouded sky, without having in my thoughts any occurrence of special good fortune, I have enjoyed a perfect exhilaration. I am glad to the brink of fear. In the woods too, a man casts off his years, as the snake his slough, and at what period solver of life, is always a child. In the woods, is perpetual youth. Within these plantations of God, a decorum and sanctity reign, a perennial festival is dressed, and the guest sees not how he should tire of them in a thousand years. In the woods, we return to reason and faith. There I feel that nothing can befall me in life, —no disgrace, no calamity, （leaving me my eyes,） which nature cannot repair. Standing on the bare ground, —my head bathed by the blithe air, and uplifted into infinite space, —all mean egotism vanishes. I become a transparent eye-ball；I am nothing; I see all; the currents of the Universal Being circulate through me；I am part or particle of God. The name of the nearest friend sounds then foreign and accidental: to be brothers, to be acquaintances, —master or servant, is then a trifle and a disturbance. I am the lover of uncontained and immortal beauty. In the wilderness, I find something more dear and connate than in streets or villages. In the tranquil landscape, and especially in the distant line of the horizon, man beholds somewhat as beautiful as his own nature.

The greatest delight which the fields and woods minister, is the suggestion of an occult relation between man and the vegetable. I am not alone and unacknowledged. They nod to me, and I to them. The waving of the boughs in the storm, is new to me and old. It takes me by surprise, and yet is not unknown. Its effect is like that of a higher thought or a better emotion coming over me, when I deemed I was thinking justly or doing right.

Yet it is certain that the power to produce this delight, does not reside in nature, but in man, or in a harmony of both. It is necessary to use these pleasures with great temperance. For, nature is not always tricked in holiday attire, but the same scene which yesterday breathed perfume and glittered as for the frolic of the nymphs, is overspread with melancholy today. Nature always wears the colors of the spirit. To a man laboring under calamity, the heat of his own fire hath sadness in it. Then, there is a kind of contempt of the landscape felt by him who has just lost by death a dear friend. The sky is less grand as it shuts down over less worth in the population.

中文翻译赏析：

“自然只是智慧的影子或模仿物，是灵魂中次要的东西。自然只是一个无形的实在。”

引言

我们生活在一个怀旧的时代里。它建造起父辈的坟墓，它书写出传记、历史还有评论。先人们面对面地观察着上帝和自然，而我们只能是通过他们的眼睛看到这些。

为什么我们不能自己去洞悉自己和宇宙之间本来的关系呢？为什么我们就不能有自己的诗篇，有自己体会到的哲学，而不仅仅是历史上留下的？为什么我们没有我们自己创造的宗教和历史？

自然的生命河流穿过我们的身体，流淌在我们的周遭，我们暂时地包容其中，她用一种力量让我们维护着与自然界的平衡，为什么我们要在那些森森白骨中摸索，为什么我们活着的人非要穿上前辈们那些已经褪色的衣物来参加一场化装舞会?

今天的阳光依然灿烂。田野里有着更多的羊毛和亚麻。我们有了新领地、新人类、新思想。那就让我们共同呼吸——创造自己的作品，建立自己的法则，树立自己的信仰。毫无疑问，我们不会提出难以回答的问题。我们必须相信万物的完美，并且也要坚定不移的相信：无论世间万物的秩序引发我们怎样的惊奇，我们都会满足于他们的秩序本身。每个人的境遇都是其自身疑惑之形象的答案。他把其当作他的生活，而后，又会将其看作是真理。而自然也正以同样的方式，从形式和趋势两个方面描述了其设计图案。让我们对安详地包围在我们周围的伟大思想提出质疑。让我们提出疑问，自然到底要走向何方。一切科学都有着自己的目标，那便是寻求自然的法则。

我们有着关于种族和功能的诸多理论，而对于我们生命起源的理论却鲜有提及。如今，我们已经铺就了通往真理的大路，使得宗教界的人们整日在相互辩论和嫉恨中过活；使得那些故弄玄虚者的谬误而又轻浮的观点不再有立足之处。然而，对于一个最具智慧的判断者来说，最抽象的真理正是蕴藏在最简单的实践当中。真理无论何时出现，它都是自己站得住脚的。它的标准是人们能用它解释一切现象。如今，有许多理论就象是语言，做梦，兽性和性一样，这些不仅不能对现象作出解释，而且自身都不能解释清楚。

从哲学的角度来考虑，整个宇宙就是由自然和精神构成。因而，严格来讲，所有与我们分开的事物，所有被哲学看作是非我，也就是说自然和艺术的东西，所有其他人还有我们自己的肉体，都能被一个名称概括，那就是“自然”。

若要列举自然的价值并将这个数字累加起来，我就要使用这个具有双重意义的词语——一个是其基本意义，另一个是其哲学意义。之所以我在这里使用一个如此宽泛的词语，一是因为它不会导致实质性的错误，二是因为它也不会引起人们的疑惑。

从其基本意义上来说，自然是指不能人为改变的本质，就像是空间、空气、河流和树叶。艺术是人类将其愿望和类似事物合成的混合物，比如一座房子，一条运河，一座雕塑或是一幅图画。但是像切菜、做饭、缝缝补补、洗洗刷刷这样的人类行为，它们堆砌到一块儿比之我们意识中的广阔世界来说，却是多么无意义啊，它们也根本不会对结果做出任何改变。

第一章 自然

倘若一个人想要做到离群索居，他不仅需要退出社会，而且还要走出自己的房子。

当我在读书或写作的时候，虽然没人和我在一块儿，但是我并不会感到孤独。

然而，倘若你想追求一份孤独的感觉，那么你就抬头看看星星。那从遥远天国射来的光线，将会把你和周围的琐事隔离开来。我们可以设想，人们能在这天体中间感到崇高的永久存在，这种做法可以使得现象变得晴晰透明。从城市的大街小巷望去，星星是多么伟大！倘若星星千载才能出现一次，人们是怎样的信仰和崇拜啊；星星出现的那座城市将会珍藏在几代人的心中！但是，这些传播美丽的使者每晚都会出现，他们用劝解的微笑点亮了整个宇宙。

星星会焕醒心中的崇敬之情，原因在于尽管它们总是与我们相伴，但是它们又那么难以企及。

然而，当我们的思想向着自然界万物洞开的时候，它们总是能够在我们心中留下与我们息息相关的印象。

自然从不表现出单一无味的样子，即使是最睿智的人也不能道出它所有的秘密；他也永远不会因为了解了她所有的美丽而对其失去好奇。自然永远不会成为一个睿智思想的傀儡。

花草、动物、山峦，不仅反映出它成熟时期的睿智，而且同样也能使她享受着童年时期的天真。

我们以这种方式探讨自然的时候，我们心中存在的是一种独特但又最具诗意的感觉，意思是说，存在于我们心中的是整个自然界各种事物带给我们的一个整体印象。正是由于这一点，我们将伐木工人手中的木料与诗人所说的树分开。今天早上我看到了一个迷人的风景，那肯定是由20～30个农场组成的。这块地属于米勒，那块地属于洛克，而边上那片树林则归曼宁所有。但是，他们中却没有人能拥有这里的整片风景。在我目光所及的地方，有种不为任何人所有的风景。

但是，有一种人，他们的眼睛能将这所有的部分合在一起，这便是诗人。这是一块美的土地，但却没有被赋予应有的名分。

说句实话，几乎没有成人能看得见自然。大多数人很难见得到太阳，至少可以说，他们见到的只是表面的东西。太阳只是照亮了成人的眼睛，而却闪烁在孩子的眼睛和心坎里。

真正热爱自然者是那些能真正做到内外如一的人；是那些能将一颗童心带到成年时代的人。

与天地的交流已经变成了他生活的一部分。在自然面前一股野性的快感会流遍他的全身，尽管他也有自己的悲伤。

自然说：是我创造了他，尽管他满怀忧伤，他仍然乐意和我呆在一起。

不单单是阳光和夏天能给我们带来愉悦，而且每一个时辰、每一季节都会给我们捧出快乐。因为，从令人窒息的午间和幽静的午夜，我们的心绪都会与每个时刻、每一种变化和谐起来。

自然就是一个舞台，既适合上演快乐，也适合上演痛苦。

身体健康的时候，空气便成了快乐的兴奋剂。

黎明时刻，天空中布满了阴云，我跨过光秃秃的土地，站到了雪坑里，让脑子不去想那些命运好坏的事情，我整个身心都在享受着那份真实的快乐。我简直都不敢去想我是多么地惬意。

同样，在森林里面，一个人将自己的年龄抛之脑后，就像是蛇蜕掉老皮，这样，无论他年龄多大，他都会感到自己回到了童年时代。

在树林中，你会感到青春永驻。在这个上帝营造的世界里，统治一切的是礼仪和圣洁，客人们周身永久萦绕着节日的气氛，在里面，哪怕是住上一千年，他们也不会想到什么是厌倦。

在树林里面，我们重新找到了理智与信仰，在那里，我会感到我的一生永远不会有任何遭遇——没有耻辱，没有灾难——让我们的眼睛避开这些吧！对于这些，大自然也会束手无策的。

站在光秃秃的土地上——我的思绪沐浴在这快乐的气氛中，一直上升到无边无际的太空——妄自尊大的感觉会消失得无影无踪。

我成了一个透明眼球。

我消失了，我看到了一切。

宇宙的激流在我的身心间流淌；我成了上帝创造的微粒的一部分。

接着，最亲近的朋友的名字，霎时间变得陌生而又偶然。什么朋友啊，熟人啊，还有主人或是奴仆啊，在这里瞬时间变得是那么的琐碎而又麻烦起来。

我热爱着浩大而不朽的美——在旷野中，我发现了比之于村落街道上更亲近、更密切的东西。在这静静的土地上，特别是遥远的地平线上，人类找到了与自然一样美丽的事物。

田野和森林呈现出的最伟大的暗示着人与植物之间神秘的关系。因而，我并不孤立，也不是遭人冷落。它们向我点头，我也向它们点头。风暴中摇曳的树枝对我来说既有点陌生又有点熟悉。我对此感到有些惊奇，但这对我来说并不陌生。

当我感到自己作了正确的思考或做了正确的事情后，其影响就像一个更高层次的思想或更好的一份情感所带给我的影响一样。

当然产生这种愉悦的力量并不是存在于自然之中，而是存在于人类自身，或是存在于此二者的和谐之中。

我们有必要在享受快乐的同时做出极大的节制。因为自然并不总是披着节日盛装，昨天还是香漂四溢的美景，熠熠闪光好似仙女的游玩的妙境，而今天却笼罩着一片忧郁。

自然总是穿着各色的情绪外衣。对于一个在苦难中劳作的人来说，他的心中怒火熊熊，饱含悲哀。那么，对于一个刚刚死去朋友的人来说，他们总会感到周围风景的讥诮。当天空为了芸芸众生的一员表现出悲哀的时候，她也不会再像往日那样壮丽。

三、梭罗和《瓦尔登湖》研究

1.《瓦尔登湖》的生态美学探略

梭罗是美国著名的作家，他的一生虽然短暂，但是创作了很多令人惊叹的作品。《瓦尔登湖》是梭罗的代表作，这部散文集揭示了人们生活的真谛，引人思考。《瓦尔登湖》的艺术特点可从自然和社会两方面出发，发现其体现的自然生态美学即喜爱、尊重和保护自然的美学，以及社会生态美学即摆脱金钱束缚、追求简单生活以及崇尚自由的美学。

人与自然的关系一直以来都是人们探索研究的重点，如我国古代哲学推崇“天人合一”，而西方强调人对自然的探索和利用。随着世界经济不断繁荣，人们对自然的认识不断深入，并开始不断地探索和征服自然，自然与人类的关系不断恶化，其中最突出的表现就是生态问题日益严重。因此社会各界专家学者开始反思人与自然的关系。《瓦尔登湖》是在作者独居在瓦尔登湖两年零两个月的基础上创作的，文中流露出作者对人与自然关系的思考。散文集《瓦尔登湖》中流露出的生态美学思想，为人们进一步反思人与自然的关系提供了重要借鉴。

（1）《瓦尔登湖》的自然生态美学。《瓦尔登湖》中体现出的自然生态美学是指喜爱自然，与自然万物和谐相处；尊重自然，诗意栖居，不打扰自然的宁静；保护自然，反对人们向自然进行掠夺式开发。从《瓦尔登湖》的字里行间，我们发现作者对自然充满喜爱之情。这与作者儿时经历有着莫大的关系。早在梭罗四岁时，他的母亲就带着他和他的哥哥到田野间、森林里等地方游玩，那时他看到瓦尔登湖，在他的记忆里留下了深刻的印记。随着年龄增长，梭罗经常到河边观察水中的鱼虾和河边的植物，也经常会爬上高高的树上寻找鸟蛋。梭罗尽情地拥抱自然，观察自然，其实形成一种近似于我国古代老子“道法自然，无为而治”的思想，也因此他被称为是思想最具有中国色彩的美国作家。1845 年，梭罗只身住进了瓦尔登湖畔，身上仅有一把朋友送的斧子，开始了两年零两个月的生活实验。在这段时间内，他感受到停止对自然进行一些掠夺行为，才能使我们获得更多认识，心灵更加平静，才能有所作为。

在瓦尔登湖畔生活的两年多里，瓦尔登湖的宁静深沉给了梭罗很多启示。瓦尔登湖的美不是那种波澜壮阔的壮丽之美。它是那种很少引起人注意，时常保持宁静的美，这种美常常能震撼到人的内心。这种美深深影响着梭罗的生活，他所居住的房子从来不上锁，在他认为没有一个人愿意成为偷盗者，这与中国古代“路不拾遗、夜不闭户”的社会生活场面相似。《瓦尔登湖》体现的自然生态美学观点崇尚的是喜爱自然，人与人之间建立起极大的信任感，人与自然之间能够和谐地相处。

在两年多的时间里，梭罗生活在瓦尔登湖畔，他的生活摆脱了现实社会的枷锁，与瓦尔登湖为伴，与鸟兽为邻，生活质朴而纯净。他与瓦尔登湖成为亲密的朋友，在湖边洗澡、垂钓、赏月、数星星，思想在广阔的宇宙中自由驰骋。《瓦尔登湖》这部散文集中，作者写道：他在午夜的月光下垂钓，坐在小船里，静静地听着猫头鹰和狐狸吟唱的小夜曲，并且不时地还能听到一只不知名的鸟吱吱叫的声音。正因为怀有对自然无比崇高的喜爱之情，才能使作者观察得这么细致。他喜爱瓦尔登湖，喜爱瓦尔登湖畔所有的生物，但是喜欢不是占有，他清楚地认识到自己仅是一个“来自文明世界”的过客。因此，在瓦尔登湖生活的日子里，他以一种尊重的态度对待自然。作者用心描绘着他所看到的自然，不同于一般的游记作者在描写自然风光时抒发自己的凌云壮志，他心甘情愿来到森林、湖畔，在实验完成之后也要离去。作者的潜意识里只是想要告诉人们自然的美好与友好，我们也可以像自然中的生物一样过着简单而惬意的生活。在作者的笔下，森林、湖畔的一切生灵都是有灵性的，能够感受到爱、憎。人类应当尊重这些生灵，不要为了一己私利展开杀戮。虽然那样会满足自己的一时私欲，但是人们将会被大自然驱逐出境。因此，人们所能做的就是尊重自然，不去打扰它的宁静。

当梭罗在瓦尔登湖过着自在舒心的日子时，他的家乡正被现代文明所摧残。作者写道：“乡村将木材做成了椅子，将越橘和雪球浆果都送进了城里，但是城市胃口很大，棉花、雪松、羊毛、麋鹿等都想要，甚至连瓦尔登湖的冰都不放过。”在作者走后，瓦尔登湖畔出现了很多砍伐者，他们大张旗鼓地掠夺森林，森林被破坏了，禽畜失去了赖以生存的家园。梭罗在文中将代表着现代文明的火车比喻成魔鬼，将砍伐者比作特洛伊木马中藏的人，对他们的行为进行诅咒。人们为一己的私利无情地进行着掠夺，自然在哭泣，作者也在哭泣。大自然将一切的美好给予了人类，人类反而为了温暖的卧室、闪亮的珠宝抛弃了自然，自然的纯净美好岂是这些外物所能玷污的？自然的美好不应该被贪婪的人性所玷污。正如作者在《瓦尔登湖》中写道：“大自然极其寂寞地繁茂着，远离着他们居住着的市镇。”人们应该对自己的恶劣行为向自然道歉。因此，《瓦尔登湖》体现出的自然生态美学观点是保护自然，反对向自然进行掠夺。

（2）《瓦尔登湖》的社会生态美学。《瓦尔登湖》所体现的社会生态美学即摆脱财产对人们心灵的束缚，追求简单质朴却充满灵性的生活，崇尚自由且合理地利用闲暇时间，享受生命的美好果实，摆脱财产对心灵的束缚。梭罗曾在《瓦尔登湖》的《经济篇》中写道，他的这本书是他在享受孤独生活时创作的，比较适合清寒学子阅读。由此可见，《瓦尔登湖》需要心态平和，具有孤独品格的读者。这本书除了表达一些自然生态美学观点外，还有作者对社会、生活的思考，即关于社会生态美学的思考。在《瓦尔登湖》中，梭罗十分憎恶那些掠夺自然资源的人们，讽刺批评他们的贪婪和无知，并探讨人活着的真谛。人或生而富贵，或生而贫穷，虽然经济水平不同，但是同样为现代文明所累。富贵者为了更富有，不断向工人们汲取剩余劳动价值，但是当他们面临死亡时金钱并不能帮助他们拯救生命。贫穷者劳作只是为了避免生病了有钱医治，反倒是把他们自己累倒了。不论富贵者还是贫穷者，他们只是“在命运里爬动着”，却享受不到生命的美好。人们常常为了追求利益而生活劳作，生活在自己营造的社会环境中，使财产束缚人们的心灵，看不到生命的真谛。因此，梭罗在创作《瓦尔登湖》时，一再强调金钱对人们心灵的污染，建议人们摆脱财产对人们心灵的束缚，发现生活和生命的美好。就像他一样在自然中过着简朴却不受财产奴役的生活。

追求简单灵性的生活方式人们常常思考生活的必需品是什么，是温暖的衣物？是可口的食物？还是众多的金钱？梭罗在《瓦尔登湖》中给出了答案。人的生活应当再简单不过，只需要满足日常生活就好。在文中，梭罗的小屋是他自己建的，成本仅为28.215美元，屋内的陈设也极为简单，除生活必备用具外，没有一件奢侈品。并且他还自己种菜，玉米、豌豆、蚕豆等，使用的盐是从海边获得的，糖是熬制南瓜或者甜菜根又或者是槭树叶子得到的，面包是自己烤的，虽然经常烤糊，但是面包里带着自然的清香，味道很不错。他自己种菜的收入是23.44美元，除去种子、农具和雇工支出，最后还能够剩下8.715美元。梭罗想要表达的是如果人们选择简单的生活，生活上基本能自给自足，吃自己种的粮食，吃多少种多少，不以粮食换取奢侈品以及昂贵的东西，只需要耕种数十平方米的土地就能够满足人们日常所需。并且耕种并不会占用很多时间，人们可以拿大量的时间去进行思考，或者阅读书籍。在作者看来，拥有越多外物，就越贫瘠。这种贫瘠指的是人们精神的匮乏，因此作者在这部作品中想要阐释的社会生态美学观点是选择简单但能够保持灵性的生活方式。

崇尚自由合理利用时间。匈牙利诗人裴多菲有一首流传至今的诗歌：“生命诚可贵，爱情价更高，若为自由故，两者皆可抛。”诗歌将自由和生命、爱情进行比较，突出了自由的无上价值。在梭罗《瓦尔登湖》中也流露出对自由的向往和推崇，文中指出，他曾将在山野里采摘野果，随意处置，并想要将野果卖到城里，但是他马上打消了这个念头。在他看来，在满足日常生活的情况下，花费时间换取金钱的行为是浪费时间。他可以利用农闲的时间阅读书籍、进行思考，自由而合理地利用剩余的时间。这里不禁使人感叹，人们放弃休闲时间进行商业应酬，业务谈成了，人也高升了，钱也越来越多了，家却散了，这又是何苦呢？人们活在自己设置的陷阱中无法自拔，就像梭罗在《瓦尔登湖》中写道“许许多多人过着平静而又绝望的生活，却只能通过金钱、裘皮安慰自己。”实际上人们可以选择像梭罗一样的生活，简单自由，能够合理地利用一切时间，享受生活的美好。《瓦尔登湖》所要告诉我们的社会生态美学就是追求自由，并合理地利用闲暇时间。

人们索取的越多，失去的也就越多。如人们需要柴火、桌椅、家具，就失去了大量的森林树木；人们需要衣服、首饰，就失去了大量可爱的动物和珍贵的矿产资源。但是人们对此却毫不知情，仍肆意地向自然不断掠取，最终将被自然抛弃。梭罗既是一位作家，也是一位隐者，更是一位人类生态思想的先驱者。他的思想远远走在时代前沿，《瓦尔登湖》创作于19世纪，但是这部散文集中包含的生态思想放在当前仍然适用，它教人们喜爱自然、尊重自然和保护自然，教人们远离财产束缚，选择简单的生活方式，建议人们追求自由，并合理地利用时间。《瓦尔登湖》的生态思想指导人们去追求健康、积极、向上的生活。

2.《瓦尔登湖》中的自然观

梭罗以全新的视角来看待自然。他的思想深受爱默生的影响，但与爱默生不同，梭罗没有关于自然的系统的言论，他关于自然的思想主要反映在其作品中。相较于爱默生抽象、笼统的自然观，梭罗的自然观是具体的、细致的。爱默生强调自然对于人的精神的慰藉作用，他把自然看作人达到精神目的的一个具体的手段。但梭罗更重视人和自然的必要的接触，他认为最适应自然的人才是完美的人；人不是通过自然能获得精神力量，而是只有在自然中才能找到精神力量，这是他与爱默生的自然观最不同的地方。

梭罗不仅关注城市人的痛苦生活，而且倾向于劝解他们关注自身存在，从而审视自己的生活方式。梭罗认为应该为了达到“精神和物质现实的平衡做出一份努力。”他通过“上帝、人性和自然的关系”来认识现实。梭罗把体验自然看作实现独立、有意义的生活的必然方式。以此思想为指导，他在瓦尔登湖湖畔的小屋里实践着他认为的这种理想生活方式。《瓦尔登湖》集中体现了梭罗的自然观，他认为人应该生活得“简单”，故应该亲近自然；人才能完成“自我文化”，人是自然的一部分。

（1）梭罗自然观之“简单”。简单地生活是梭罗的自然观的一个方面。在《瓦尔登湖》中，梭罗呼吁简单地生活，这对他来说是理想的生活方式，是把自身从物质压力中解放出来的首要方式。梭罗提倡的“简单”有两方面含义：一为摆脱对物质的贪婪欲望，二为追求丰富的精神享受。为了生活得简单，他提倡接近自然，与自然和谐共存。梭罗谴责人们的物质主义和自满。他对他所处的时代有敏锐的洞察力。他认为，他的同胞们被物质主义束缚了，他们是经济和道德的奴隶。他们丧失了道德提升和肉体的自由。在梭罗看来，受各种教条束缚、没有精神自由的人生是肤浅的人生。

在《瓦尔登湖》第一章“简朴生活”中，他认为人只要有生活的必需品就行，他把人生活的必需品归结为四类：食物、住所、衣物和燃料。在他的归类中，没有“金钱”这一资本主义的因素。关于衣物，梭罗认为衣物只是用来保暖就可，他谴责当下的衣物已经不仅仅是这一必要功能，还要追求时尚。关于住所，梭罗认为利用自然自己造房是可行之策，他谴责新英格兰人追求所谓的现代房屋、奢华的居所，他看到拥有房屋的也只是少数，穷极一生得到房子的人“也没有因此而变得富裕，倒是更穷了，因为是房子得到了他。”关于燃料，梭罗认为只有做饭使用燃料是必须的，其余都不需要。在他瓦尔登湖的小屋里，只有到了冬天快来临时不得不建造烟囱了，他才修建了烟囱。食物方面梭罗也是竭尽简单之原则。他在瓦尔登时总吃些如黑麦、没有发酵的玉米粉、土豆、米饭、很少的盐津猪肉、糖浆、盐和水。他说：“我从两年的经验知道……人可以像动物一样吃简单的食物，却仍然保持健康和体力。”对于那些继承了农场，认为梭罗不可能只靠简单饮食为生的年轻，人梭罗极尽嘲弄。他认为他们被经济生产束缚住了。“其实大多数的奢华生活，那些所谓的安逸的生活不但是不必要的，而且还会成为人类提升的障碍。”他提倡人们在自然力的作用下简单生活，从而跨过障碍，获得为了更高目的的独立和自由。在瓦尔登湖居住期间，梭罗生活得独立。他自己种豆，享受荒野的陪伴，与书中的智者交流，在净水中梳洗。他享受着丛林生活的愉悦。

（2）梭罗自然观之“自我文化”。“简单”最重要的就是遵循自我文化原则。梭罗十分重视自我文化，他不是以社会法律而是以道德准则为行事原则。他通过与自然交流从而达到自我提升。他认为过多地参与社会活动会带来人精神的荒原。所以他拒绝如机器般的过分劳作。他建议，人一周只工作2天以确保基本物质所需，其余的时间，应该去享受自然。梭罗失望于物质世界的纷扰和无望，“如果我们不是被自己的天赋唤醒，而是给什么仆人机械地用肘子推醒，如果不是被内心的新生力量和内心的渴求唤醒，没有空中的芬芳，也没有回荡的美妙的音乐，而是工厂的汽笛唤醒了我们……那么这样的一天，即便能称之为一天，也不会有什么希望而言。”为了我们醒时比睡前有更崇高的生命，他认为要接近自然，自然中的清晨能激发人的天赋，让人散发新的生机，从而去创造更高尚的生活。他对早晨唤醒人的这种“自我文化”建设的可能性和创造性怀有很大信心。“人类无疑是有能力来有意识地提高他自己的生命的。”梭罗认为，人与生俱来有这样的能力，只要在自然中，这种能力能被唤醒，人就能实现自我文化建设。就自我文化来说，梭罗平衡物质和精神现实，以精神现实为重。

（3）梭罗自然观之“人为自然一部分”。人是自然的一部分，这是梭罗自然观的核心，是梭罗认为的人与自然最理想的关系。在“独处”一章的开头，梭罗说："我在自然中来去自如，成为自然的一部分。"在他对瓦尔登湖的生活的描述中，人和自然的冲突不复存在，人对兽的优越性也消失不见，剩下的只是成为自然一部分的欣悦。人类和周围的自然事物良好的互动，和谐共存。它们互相关联，不可分割。人已经不仅仅是自然的消费者或旁观者、观察者，而是自然的一部分。人能通过纯粹的感觉与自然世界实现精确的交流。因此梭罗经常待在丛林里，或者池塘边，在与自然的精神交流中沉浮。与生物相比，他是微小的存在，宇宙的一个很小的组成部分，但他同时也是伟大的，因为宇宙万物都在他的头脑中。这就是梭罗所追求的境界。

另外，梭罗高度赞赏渔夫、猎户、伐木工，他认为在对自然的观察方面，他们要高过哲学家或诗人。作为自然的一部分，有与生俱来的能力，人能认识到自身的才能，找到合适的生活方式。

在《瓦尔登湖》中，自然充满了生命，与人一般有性格。梭罗平等地看待荒野，他甚至与松针、老鼠、松鼠交友，因杀死鸟类和动物而感到深深悔恨，他重新发现了与万千生物的一种新的联系。他承认他与大地的联系。他的自然观与西方传统文化，尤其是基督教文化有相悖之处。在基督教文化中，自然是为了人类才创造出来的，人是自然的主宰。在梭罗的观念中，所有自然都是活的。梭罗享受着自然中那甜美的社会。他记录着他的经历："我有时体会到最甜美、温柔、鼓舞人性的社会都可以在自然中找到。"他认为，明智的人会选择最近距离地接近自然，这生命的源泉：比起车站、邮局、酒吧等人类社会的地方，"人们更愿意接近自然，那生命不竭之源泉。"就好像水边的杨柳一定向着有水的方向生长。梭罗主张人是自然一部分，建议人类应与自然和谐共存，因为回归自然是自我净化的一种方式。梭罗崇敬自然，世界之美都在于自然中。

3.《瓦尔登湖》原文片段鉴赏

Where I Lived, and What I Lived for

At a certain season of our life we are accustomed to consider every spot as the possible site of a house. I have thus surveyed the country on every side within a dozen miles of where I live. In imagination I have bought all the farms in succession, for all were to be bought, and I knew their price. I walked over each farmer's premises, tasted his wild apples, discoursed on husbandry with him, took his farm at his price, at any price, mortgaging it to him in my mind; even put a higher price on it — took everything but a deed of it — took his word for his deed, for I dearly love to talk — cultivated it, and him too to some extent, I trust, and withdrew when I had enjoyed it long enough, leaving him to carry it on. This experience entitled me to be regarded as a sort of real-estate broker by my friends. Wherever I sat, there I might live, and the landscape radiated from me accordingly. What is a house but a sedes, a seat? — better if a country seat. I discovered many a site for a house not likely to be soon improved, which some might have thought too far from the village, but to my eyes the village was too far from it. Well, there I might live, I said; and there I did live, for an hour, a summer and a winter life; saw how I could let the years run off, buffet the winter through, and see the spring come in. The future inhabitants of this region, wherever they may place their houses, may be sure that they have been anticipated. An afternoon sufficed to lay out the land into orchard, wood-lot, and pasture, and to decide what fine oaks or pines should be left to stand before the door, and whence each blasted tree could be seen to the best advantage; and then I let it lie, fallow, perchance, for a man is rich in proportion to the number of things which he can afford to let alone.

My imagination carried me so far that I even had the refusal of several farms — the refusal was all I wanted — but I never got my fingers burned by actual possession. The nearest that I came to actual possession was when I bought the Hollowell place, and had begun to sort my seeds, and collected materials with which to make a wheelbarrow to carry it on or off with; but before the owner gave me a deed of it, his wife — every man has such a wife — changed her mind and wished to keep it, and he offered me ten dollars to release him. Now, to speak the truth, I had but ten cents in the world, and it surpassed my arithmetic to tell, if I was that man who had ten cents, or who had a farm, or ten dollars, or all together. However, I let him keep the ten dollars and the farm too, for I had carried it far enough; or rather, to be generous, I sold him the farm for just what I gave for it, and, as he was not a rich man, made him a present of ten dollars, and still had my ten cents, and seeds, and materials for a wheelbarrow left. I found thus that I had been a rich man without any damage to my poverty. But I retained the landscape, and I have since annually carried off what it yielded without a wheelbarrow. With respect to landscapes,

"I am monarch of all I survey,
My right there is none to dispute."

I have frequently seen a poet withdraw, having enjoyed the most valuable part of a farm, while the crusty farmer supposed that he had got a few wild apples only. Why, the owner does not know it for many years when a poet has put his farm in rhyme, the most admirable kind of invisible fence, has fairly impounded it, milked it, skimmed it, and got all the cream, and left the farmer only the skimmed milk.

The real attractions of the Hollowell farm, to me, were：its complete retirement, being, about two miles from the village, half a mile from the nearest neighbor, and separated from the highway by a broad field; its bounding on the river, which the owner said protected it by its fogs from frosts in the spring, though that was nothing to me; the gray color and ruinous state of the house and barn, and the dilapidated fences, which put such an interval between me and the last occupant; the hollow and lichen-covered apple trees, nawed by rabbits, showing what kind of neighbors I should have; but above all, the recollection I had of it from my earliest voyages up the river, when the house was concealed behind a dense grove of red maples, through which I heard the house-dog bark. I was in haste to buy it, before the proprietor finished getting out some rocks, cutting down the hollow apple trees, and grubbing up some young birches which had sprung up in the pasture, or, in short, had made any more of his improvements. To enjoy these advantages I was ready to carry it on; like Atlas, to take the world on my shoulders — I never heard what compensation he received for that — and do all those things which had no other motive or excuse but that I might pay for it and be unmolested in my possession of it; for I knew all the while that it would yield the most abundant crop of the kind I wanted, if I could only afford to let it alone. But it turned out as I have said.

All that I could say, then, with respect to farming on a large scale — I have always cultivated a garden — was, that I had had my seeds ready. Many think that seeds improve with age. I have no doubt that time discriminates between the good and the bad; and when at last I shall plant, I shall be less likely to be disappointed. But I would say to my fellows, once for all, As long as possible live free and uncommitted. It makes but little difference whether you are committed to a farm or the county jail.

The present was my next experiment of this kind, which I purpose to describe more at length, for convenience putting the experience of two years into one. As I have said, I do not propose to write an ode to dejection, but to brag as lustily as chanticleer in the morning, standing on his roost, if only to wake my neighbors up.

When first I took up my abode in the woods, that is, began to spend my nights as well as days there, which, by accident, was on Independence Day, or the Fourth of July, 1845, my house was not finished for winter, but was merely a defense against the rain, without plastering or chimney, the walls being of rough, weather-stained boards, with wide chinks, which made it cool at night. The upright white hew studs and freshly planed door and window casings gave it a clean and airy look, especially in the morning, when its timbers were saturated with dew, so that I fancied that by noon some sweet gum would exude from them. To my imagination it retained throughout the day more or less of this auroral character, reminding me of a certain house on a mountain which I had visited a year before. This was an airy and unplastered cabin, fit to entertain a traveling god, and where a goddess might trail her garments. The winds which passed over my dwelling were such as sweep over the ridges of mountains, bearing the broken strains, or celestial parts only, of terrestrial music. The morning wind forever blows, the poem of creation is uninterrupted; but few are the ears that hear it. Olympus is but the outside of the earth everywhere.

I was seated by the shore of a small pond, about a mile and a half south of the village of Concord and somewhat higher than it, in the midst of an extensive wood between that town and Lincoln, and about two miles south of that our only field known to fame, Concord Battle Ground; but I was so low in the woods that the opposite shore, half a mile off, like the rest, covered with wood, was my most distant horizon. For the first week, whenever I looked out on the pond it impressed me like a tarn high up on the side of a mountain, its bottom far above the surface of other lakes, and, as the sun arose, I saw it throwing off its nightly clothing of mist, and here and there, by degrees, its soft ripples or its smooth reflecting surface was revealed, while the mists, like ghosts, were stealthily withdrawing in every direction into the woods, as at the breaking up of some nocturnal conventicler. The very dew seemed to hang upon the trees later into the day than usual, as on the sides of mountains.

This small lake was of most value as a neighbor in the intervals of a gentle rain-storm in August, when, both air and water being perfectly still, but the sky overcast, mid-afternoon had all the serenity of evening, and the wood thrush sang around, and was heard from shore to shore. A lake like this is never smoother than at such a time; and the clear portion of the air above it being, shallow and darkened by clouds, the water, full of light and reflections, becomes a lower heaven itself so much the more important. From a hill-top near by, where the wood had been recently cut off, there was a pleasing vista southward across the pond, through a wide indentation in the hills which form the shore there, where their opposite sides sloping toward each other suggested a stream flowing out in that direction through a wooded valley, but stream there was none. That way I looked between and over the near green hills to some distant and higher ones in the horizon, tinged with blue. Indeed, by standing on tiptoe I could catch a glimpse of some of the peaks of the still bluer and more distant mountain ranges in the northwest, those true-blue coins from heaven's own mint, and also of some portion of the village. But in other directions, even from this point, I could not see over or beyond the woods which surrounded me. It is well to have some water in your neighborhood, to give buoyancy to and float the earth. One value even of the smallest well is, that when you look into it you see that earth is not continent but insular. This is as important as that it keeps butter cool. When I looked across the pond from this peak toward the Sudbury meadows, which in time of flood I distinguished elevated perhaps by a mirage in their seething valley, like a coin in a basin, all the earth beyond the pond appeared like a thin crust insulated and floated even by this small sheet of introverting water, and I was reminded that this on which I dwelt was but dry land.

Though the view from my door was still more contracted, I did not feel crowded or confined in the least. There was pasture enough for my imagination. The low shrub oak plateau to which the opposite shore arose stretched away toward the prairies of the West and the steppes of Tartary, affording ample room for all the roving families of men. "There are none happy in the world but beings who enjoy freely a vast horizon" — said Damodara, when his herds required new and larger pastures.

Both place and time were changed, and I dwelt nearer to those parts of the universe and to those eras in history which had most attracted me. Where I lived was as far off as many a region viewed nightly by astronomers. We are wont to imagine rare and delectable places in some remote and more celestial corner of the system, behind the constellation of Cassiopeia's Chair, far from noise and disturbance. I discovered that my house actually had its site in such a withdrawn, but forever new and unprofaned, part of the universe. If it were worth the while to settle in those parts near to the Pleiades or the Hyades, to Aldebaran or Altair, then I was really there, or at an equal remoteness from the life which I had left behind, dwindled and twinkling with as fine a ray to my nearest neighbor, and to be seen only in moonless nights by him. Such was that part of creation where I had squatted, — Every morning was a cheerful invitation to make my life of equal simplicity, and I may say innocence, with Nature herself. I have been as sincere a worshipper of Aurora as the Greeks. I got up early and bathed in the pond; that was a religious exercise, and one of the best things which I did. They say that characters were engraved on the bathing tub of King Teaching Thang to this effect："Renew thyself completely each day; do it again, and again, and forever again." I can understand that. Morning brings back the heroic ages. I was as much affected by the faint hum of a mosquito making its invisible and unimaginable tour through my apartment at earliest dawn, when I was sitting with door and windows open, as I could be by any trumpet that ever sang of fame. It was

Homer's requiem; itself an Iliad and Odyssey in the air, singing its own wrath and wanderings. There was something cosmical about it; a standing advertisement, till forbidden, of the everlasting vigor and fertility of the world. The morning, which is the most memorable season of the day, is the awakening hour. Then there is least somnolence in us; and for an hour, at least, some part of us awakes which slumbers all the rest of the day and night. Little is to be expected of that day, if it can be called a day, to which we are not awakened by our Genius, but by the mechanical nudging of some servitor, are not awakened by our own newly acquired force and aspirations from within, accompanied by the undulations of celestial music, instead of factory bells, and a fragrance filling the air — to a higher life than we fell asleep from; and thus the darkness bear its fruit, and prove itself to be good, no less than the light. That man who does not believe that each day contains an earlier, more sacred, and auroral hour than he has yet profaned, has despaired of life, and is pursuing a descending and darkening way. After a partial cessation of his sensuous life, the soul of man, or its organs rather, are reinvigorated each day, and his Genius tries again what noble life it can make. All memorable events, I should say, transpire in morning time and in a morning atmosphere. The Vedas say, "All intelligences awake with the morning." Poetry and art, and the fairest and most memorable of the actions of men, date from such an hour. All poets and heroes, like Memnon, are the children of Aurora, and emit their music at sunrise. To him whose elastic and vigorous thought keeps pace with the sun, the day is a perpetual morning. It matters not what the clocks say or the attitudes and labors of men. Morning is when I am awake and there is a dawn in me. Moral reform is the effort to throw off sleep. Why is it that men give so poor an account of their day if they have not been slumbering? They are not such poor calculators. If they had not been overcome with drowsiness, they would have performed something. The millions are awake enough for physical labor; but only one in a million is awake enough for effective intellectual exertion, only one in a hundred millions to a poetic or divine life. To be awake is to be alive. I have never yet met a man who was quite awake. How could I have looked him in the face?

We must learn to reawaken and keep ourselves awake, not by mechanical aids, but by an infinite expectation of the dawn, which does not forsake us in our soundest sleep. I know of no more encouraging fact than the unquestionable ability of man to elevate his life by a conscious endeavor. It is something to be able to paint a particular picture, or to carve a statue, and so to make a few objects beautiful; but it is far more glorious to carve and paint the very atmosphere and medium through which we look, which morally we can do. To affect the quality of the day, that is the highest of arts. Every man is tasked to make his life, even in its details, worthy of the contemplation of his most elevated and critical hour. If we refused, or rather used up, such paltry information as we get, the oracles would distinctly inform us how this might be done.

I went to the woods because I wished to live deliberately, to front only the essential facts of life, and see if I could not learn what it had to teach, and not, when I came to die, discover that I had not lived. I did not wish to live what was not life, living is so dear; nor did I wish to practise resignation, unless it was quite necessary. I wanted to live deep and suck out all the marrow of life, to live so sturdily and Spartan-like as to put to rout all that was not life, to cut a broad swath and shave close, to drive life into a corner, and reduce it to its lowest terms, and, if it proved to be mean, why then to get the whole and genuine meanness of it, and publish its meanness to the world; or if it were sublime, to know it by experience, and be able to give a true account of it in my next excursion. For most men, it appears to me, are in a strange uncertainty about it, whether it is of the devil or of God, and have somewhat hastily concluded that it is the chief end of man here to "glorify God and enjoy him forever."

Still we live meanly, like ants; though the fable tells us that we were long ago changed into men; like pygmies we fight with cranes; it is error upon error, and clout upon clout, and our best virtue has for its occasion a superfluous and inevitably wretchedness. Our life is frittered away by detail. An honest man has hardly need to count more than his ten fingers, or in extreme cases he may add his ten toes, and lump the rest. Simplicity, simplicity, simplicity！ I say, let your affairs be as two or three, and not a hundred or a thousand; instead of a million count half a dozen, and keep your accounts on your thumb-nail. In the midst of this chopping sea of civilized life, such are the clouds and storms and quicksand and thousand-and-one items to be allowed for, that a man has to live, if he would not founder and go to the bottom and not make his port at all, by dead reckoning, and he must be a great calculator indeed who succeeds. Simplify, simplify. Instead of three meals a day, if it be necessary eat but one; instead of a hundred dishes, five; and reduce other things in proportion. Our life is like a German Confederacy, made up of petty states, with its boundary forever fluctuating, so that even a German cannot tell you how it is bounded at any moment. The nation itself, with all its so-called internal improvements, which, by the way are all external and superficial, is just such an unwieldy and overgrown establishment, cluttered with furniture and tripped up by its own traps, ruined by luxury and heedless expense, by want of calculation and a worthy aim, as the million households in the land; and the only cure for it, as for them, is in a rigid economy, a stern and more than Spartan simplicity of life and elevation of purpose. It lives too fast. Men think that it is essential that the Nation have commerce, and export ice, and talk through a telegraph, and ride thirty miles an hour, without a doubt, whether they do or not; but whether we should live like baboons or like men, is a little uncertain.If we do not get out sleepers, and forge rails, and devote days and nights to the work, but go to tinkering upon our lives to improve them, who will build railroads? And if railroads are not built, how shall we get to heaven in season? But if we stay at home and mind our business, who will want railroads? We do not ride on the railroad; it rides upon us. Did you ever think what those sleepers are that underlie the railroad? Each one is a man, an Irishman, or a Yankee man. The rails are laid on them, and they are covered with sand, and the cars run smoothly over them. They are sound sleepers, I assure you. And every few years a new lot is laid down and run over; so that, if some have the pleasure of riding on a rail, others have the misfortune to be ridden upon. And when they run over a man that is walking in his sleep, a supernumerary sleeper in the wrong position, and wake him up, they suddenly stop the cars, and make a hue and cry about it, as if this were an exception. I am glad to know that it takes a gang of men for every five miles to keep the sleepers down and level in their beds as it is, for this is a sign that they may sometime get up again.

Why should we live with such hurry and waste of life? We are determined to be starved before we are hungry. Men say that a stitch in time saves nine, and so they take a thousand stitches today to save nine tomorrow. As for work, we haven't any of any consequence. We have the Saint Vitus' dance, and cannot possibly keep our heads still. If I should only give a few pulls at the parish bell-rope, as for a fire, that is, without setting the bell, there is hardly a man on his farm in the outskirts of Concord, notwithstanding that press of engagements which was his excuse so many times this morning, nor a boy, nor a woman, I might almost say, but would forsake all and follow that sound, not mainly to save property from the flames, but, if we will confess the truth, much more to see it burn, since burn it must, and we, be it known, did not set it on fire — or to see it put out, and have a hand in it, if that is done as handsomely; yes, even if it were the parish church itself. Hardly a man takes a half-hour's nap after dinner, but when he wakes he holds up his head and asks, "What's the news? " as if the rest of mankind had stood his sentinels. Some give directions to be waked every half-hour, doubtless for no other purpose; and then, to pay for it, they tell what they have dreamed. After a night's sleep the news is as indispensable as the breakfast. "Pray tell me anything new that has happened to a man anywhere on this globe" — and he reads it over his coffee and rolls, that a man has had his eyes gouged out this morning on the Wachito River, never dreaming the while that he lives in the dark fathomable mammoth cave of this world, and has but the rudiment of an eye himself.

四、爱默生与梭罗的比较

爱默生与梭罗同是美国19世纪著名的超验主义哲学家、思想家和作家。他们都生长在当时美国思想、文化中心——新英格兰地区的康考德城。两人有着相仿的经历：爱默生毕业于哈佛大学，梭罗也毕业于该校；爱默生在大学研读过英国思想家柯尔律治和浪漫主义作家华兹华斯的作品，并受到他们的哲学思想和文艺观的影响。梭罗虽然在爱默生毕业后才进入该大学，但在校期间也研读过上述英国作家的作品，也深受其影响。两人大学毕业以后，都先后当过一段中学教师。早在大学读书时，梭罗就曾聆听过当时已是牧师的爱默生的演讲。毕业后，梭罗把爱默生看成自己的老师，曾一度应邀搬入爱默生家，帮助他料理花园、维缮房屋、抄写稿件。他们二人和当时其他一些进步作家所发起的超验主义运动，对美国后期浪漫主义文学的形成和发展产生巨大的影响。他们俩在论述“自然”“精神价值”“自助”和“自我”等方面有着一致的看法。因此，后人常把他们二人之间的关系称为默契的师徒关系。然而，这种说法却有不妥之处，因为两人在实践超验主义思想方面，在自然观、宗教观、社会政治观方面，在参与社会活动方面以及在文学领域的影响程度和范围都有着不容忽视的差异，这些差异值得我们去做深入的研究和探讨。

（1）爱默生与梭罗的宗教背景有所不同，而且对超验主义的认识路线也不一样。拉尔夫・华尔多・爱默生出生于一个有深厚的宗教文化背景的家庭，他的先辈多为文人和牧师。他曾立誓继承家庭的传统，准备献身于教会。大学毕业后，他曾在唯一神教会当过牧师。以后，因不愿盲从教会的一些机械信条，毅然放弃了教职。在布道中，爱默生具有反叛精神，他敢于向先辈的信念挑战，敢于批评加尔文教的“命定论”。后来，他在欧洲旅行会见了一向崇拜的卡莱尔和华兹华斯等人，受到了他们的浪漫主义和唯心主义思想的影响，逐渐形成自己的超验主义理论观点。在他发表的《论自然》《论美国学者》等著作中，他极力倡导“相信自己”“解放理性”“反对权威”的思想，宣传“人的存在是神的存在的一部分。整个自然界就是神对人的启示。”他主张“人凭自己的智慧和理解力就可以得到知识、掌握真理。”这些观点是他超验主义思想的核心。虽然这对加尔文教的神学统治是一大打击，在当时起了进步作用，但其思想背后，仍存在着“神”的主宰。也就是说，爱默生的超验主义思想充满了神秘的唯心主义的色彩。他的认识路线是脱离实践的宗教式的自我意识过程。在此，我们可将他的超验主义认识路线归结为：理论认识—自然启示和人的灵感—理论阐述。与爱默生相比，梭罗则有很大的不同。

亨利·大卫·梭罗出身于一个勤劳、自助、和睦、亲戚关系十分亲密的家庭。他的家庭没有那么多的宗教背景，而且梭罗本身很早就练就成一位能工巧匠。他无论是制作铅笔、测量土地、种植谷物，还是粉刷油漆样样都在行。他酷爱旅行，曾与哥哥在梅里马克河上漂流，曾只身一人来到瓦尔登湖畔，在自己建造的小房子里渡过了26个月。他用科学的眼光观察自然界，搜集问题、思考问题，努力实践一种合乎超验主义理想的生活方式，即人回到大自然怀抱中去，聆听自然界的启示，寻找生活的意义。他宣称自然界不是神的造化和象征，而是人们进行活动的舞台，是人们思索的对象。这一观点显然与爱默生的观点有别。梭罗的认识路线可总结为：理论认识—实践—自然启示与人的灵感—理论升华。很明显，梭罗的超验主义认识路线具有实践的一面，而且，这种思想的背后，缺少“神”的驱动。他善于用科学的方法观察自然和社会，勇于实践自己的信仰，因而得出不少深刻的见解，这使他在后来阐发爱默生的超验主义思想时，逐渐形成了自己独立的思想特征。

（2）爱默生是超验主义思想运动的理论家，并且仅此而已；而梭罗则不仅在理论上对这一思想运动有贡献，而且还是积极的实践者。爱默生从唯心主义出发，宣扬超验主义思想观点，反对宗教愚昧，同时大力提倡发扬个性，推崇精神万能，以对人的赞美，淡化对神的膜拜。他先后写下了《论自然》《论自助》《论超灵》《神学院献辞》《论美国学者》等几篇文学作品，吸收了欧洲某些唯心主义思想材料，发展成自己的超验主义观点体系。他的学说实际上代表了浪漫主义对以金钱为中心的资本主义的物质文明的否定。但爱默生仅仅停留在理论上和口头上。当梭罗讲起要到森林湖畔去实践超验主义信仰时，爱默生只赞成其想法，不赞成其做法。而梭罗则说到做到，毅然决然地来到离家不太远的瓦尔登湖畔，自己动手建造小房屋，自己播种，自己收获，投身于大自然中，“完成自我”。他除了做一些维持生存的必要的劳动外，每天在林中湖畔考察动植物，记录自己对鸟类、花卉、树木和季节进展的观察结果。他还阅读各种书籍，思考问题，从事写作。他的《瓦尔登湖》不仅对当时的博物学有贡献，而且对超验主义思想运动的发展也起了推动作用。他的这部散文著作和后来发表的《论公民的不服从》，被认为是与美国独立宣言具有同样思想重要性的著作。

爱默生偏重于超验主义的言词和理论。他先为美丽的山川景色所孕育的特殊形式的理想主义下定义，然后进行阐述；而梭罗则将这种理论付诸于实践，努力贯彻自己的信仰，在大自然中探索其精神价值，然后丰富自己的理论学说得出新的结论。如果将爱默生看成是美国超验主义思想理论的奠基人的话，那么梭罗则堪称这一思想运动的推动者和实践者。

（3）爱默生与梭罗各自参与的社会活动范围不同，抨击社会时弊有多寡之分和轻重之别。爱默生倡导“相信自己，尊重自己”的学说是他政治上民主主义在哲学观上的反映。他提出“反对权威，解放理性”的观点是他反对加尔文教“人性恶、命定论”的集中表现。在社会实践方面，他站在资产阶级进步立场上，反对暴政，拥戴民主制度，支持当时美国社会的一些重大社会改革运动。在蓄奴制的问题上，他坚持站在废奴派的一边。尽管如此，他亲身参与的政治活动并不多，从未提出过明确的社会政治主张，公开抨击社会时弊也非常有限。而梭罗则不同，当他认识到超验主义的自我完成不可能在大自然中完全实现后，他便开始转向社会，注重人与人之间的社会关系。他在《瓦尔登湖》一书中，对资本主义工业文明所带来的环境污染和社会弊病提出尖锐的批评。他指出：沉缅于物质享乐会使人们失去生活的真正意义。人们的生活应提倡“简朴”。梭罗对待一些重大现实问题，立场鲜明。他曾因拒付用于扩大蓄奴制而征收的战争税，被捕入狱一天。对蓄奴制的问题，他不仅在理论上，而且以实际行动支持黑人的解放运动。他曾冒着风险，不顾禁令，收留流亡的黑奴，并帮助他们逃离奴隶主的缉捕，把他们转送到加拿大。当领导黑人起义的约翰·布朗被判处死刑时，他挺身而出，公开发表演说，为布朗辩护。梭罗信守“与其遵守法令，不如尊重正义”的信条，他以一种积极的、建设性的态度，批评社会上的种种丑态。在揭露社会阴暗面、抨击时弊方面，他表现得坚定而果敢。相比之下，爱默生却显得略有逊色。

（4）爱默生与梭罗各自的观点在文学界的影响亦有区别。爱默生在论述他的文艺观点时指出，“诗人通过形象能比普通人更好地领会和传达自然界的启示”，他们应讴歌“自己的人民、自己的土地”。这些超验的思想和民族化的观念，直接影响着后来的浪漫主义诗人。

爱默生提出了“每一种自然现象都是某种精神现象的象征物”。他还鼓励神学院学生“把所有顺从一起抛掉，使人直接和神灵交往。”爱默生的这些观点，实际上很早就折射在霍桑的短篇小说《教长的黑面纱》和长篇小说《红字》中，霍桑在这两部作品中，试图用象征物去揭示“黑面纱”和“红字A”的隐秘意义。与之相比，梭罗的超验主义观点对当时和后来浪漫派文学的影响的确没有爱默生那样直接和明显。但是，他在《论公民的不服从》一书中所阐述的社会政治观点，对其他国家的文学界和政治界亦有不可低估的影响。这与梭罗的某些思想观点不无牵连。在政界，英国的工党曾利用了梭罗的一些改良主义思想，作为自己的政治基础。然而，无论是爱默生还是梭罗，虽然他们在当时的历史条件下，提倡个性解放、反对宗教愚昧、鞭挞资本主义的拜金主义风气，使超验主义成为整个时代进步的先声，但是，应当看到这种思想的核心仍然是资产阶级的个人主义。在某种条件下，这种理论可成为资产阶级国家损人利己、侵略扩张的理论依据。

爱默生与梭罗作为同时代的美国超验主义运动的代表人物，他们在哲学观、宗教观、自然观和文艺观等方面，有许多相似之处，我们应加以学习和了解；然而，他们之间在诸多方面的不同之处，更应引起我们的关注和探索。

第十二章　美国诗人惠特曼和艾米莉·狄金森研究

一、沃尔特·惠特曼诗歌研究

1. 沃尔特·惠特曼诗歌思想特征研究

沃尔特·惠特曼于1819年5月生于纽约长岛西山的一个农民家庭，他自幼热爱生活，从事过多种工作，遍游美国各地。在和平时期，他深入普通人民的生活，感受劳动之美和人类之爱。在南北战争中，他奔赴前线战场，为民主自由进行坚持不懈的斗争，这为他的诗歌创作打下了坚实的思想和创作基础。惠特曼的诗全部收集在他的诗集《草叶集》（*Leaves of Grass*）里，他给自己的诗集取名《草叶集》有其深刻的寓意，他的诗句给出了最有说服力的答案。

惠特曼一直以“草叶”作为他全部诗歌的题目，他在这首《自我之歌》里一开头便提到了草叶：“我俯身悠然观察着一片夏日的草叶。”当诗中写到一个孩子捧着许多草叶走过来，他说：“我猜它是我性格的旗帜，是充满希望的绿色的物质织成的。”作为诗人，他高高举起的旗帜就是普通人的旗帜，一切生机勃勃，一切充满希望的生灵的旗帜。这也是作者民主自由思想的体现，因为他赋予了普通的遭人践踏的小东西以崇高的地位和尊严。

惠特曼作为世人瞩目的伟大诗人，他的诗行无处不闪烁着夺目的思想光辉，光照后人。纵观其《草叶集》，我们便可以看出贯穿于其中的两根思想红线：一是歌唱自我；二是歌唱自由民主。

（1）歌唱自我。从某种意义上讲，惠特曼的一生都致力于“自我”的探索和完善的奋斗过程中，追求个人价值的实现。《自我之歌》（*Song of Myself*）是惠特曼最早写成、最有代表性的一首长诗，也是百余年来西方出现的最伟大的诗歌作品之一。这首诗从诗人的自我意识和自我觉醒开始，探讨了人生诸方面，表现诗人37岁时对自我和周围世界的认识。他一方面要把自己描写成一个普通的美国人，与形形色色的人们相接触，同他们一起劳动，为他们分忧解悉；另一方面又赋予自己以超人的神力，可以飞越大地，任意东西，不受时空限制，甚至和宇宙融为一体，不妨说是一种积极的“惠特曼式”的乐观精神。通读全诗，不难看出这个“自我”没有半点自我赞美的含义，它是关于整个人生寓意的特殊的发现。诗人把“自我”喻为美国的生活，通过各种不同的联想，描写各种不同的人物。全诗自始至终是一个主人公在滔滔不绝地对话，大声地赞扬，尽情地狂欢。“他”在揭露和抒发人生的奥秘，谈论对世界的认识，表达对未来的憧憬。诗人唱的是一首复杂奇特的歌，这支歌的节拍来自于生活，充满活力，富于幻想。如果说它是在解释生活，不如说它是在表现生活，表现生活的情调和生活的真理。这生活就象“草叶”一样，既是实实在在的事物，又是恰如其分的象征。它逼真自然，有成长，也有枯萎；有新生，也有死亡；它变幻无穷，“野火烧不尽，春风吹又生”，生命力极其顽强。惠特曼在他的另一首长诗《大路之歌》中写到：如果说《草叶集》的主旋律是人类之爱，那么诗人在他的许许多多诗歌中对‘自我’的歌颂则是肯定人的力量与智慧的基础。事实上，惠特曼的自我既是一颗脱去虚伪外套的还原本来面目的灵魂，又是一颗和其他人联系在一起跟他们完全平等的灵魂。因而他的“自我”已不再是自己，而是人民大众的一个代称。在赞美他自己时，惠特曼赞美了全人类。这与其说是自爱、自我中心论，毋宁说是博爱精神，他的民主自由思想也根植于此。

在通篇的《自我之歌》和以《大路之歌》为代表的诗歌中，诗人已经把“自我”表现得淋漓尽致，然而贯穿于《草叶集》自始至终的“自我”又要比《自我之歌》中“自我”更加辉煌、开阔、充实。诗人强调他诗歌的个性力量时，甚至说这不是诗，而是一个人。诗人自己说：“《草叶集》自始至终试图把一个人，一个有血有肉的人，自由、饱满、真实地记录下来。”伟大的诗人需要不断地认识“自我”。惠特曼自己说：“我的语言来自于两个字——全体，我属于全人类。”诗人的一生都在为人民而歌唱，为自由民主而奋斗。正因为如此，惠特曼无愧于“美国人民的诗人”的荣耀。

（2）歌唱自由民主。在爱默生超验主义哲学思想的影响下，惠特曼把世间万物看作“宇宙”精神或“超灵”的体现，因而万事万物都是“神圣”的，这个观念成了他民主思想的核心。其诗集取名《草叶集》就是他民主思想的真实体现，惠特曼人生哲学中最强烈而自始至终的信念就是美国式的民主主义。惠特曼的一生经历了美国资本主义初期及资本主义迅速发展时期，经历了美国反对奴隶制度的南北战争并取得胜利的时期。诗人幼年的贫困生活和当时美国民主浪潮的呼唤，激发诗人为争取自由民主平等、为争取黑人奴隶的解放而大声疾呼，放声歌唱。打开《草叶集》就象打开音乐的大门，可以听到诗人在引吭高歌，歌唱劳动人民，歌唱自由民主与平等，歌唱奴隶的解放。当时作为普通大众的一员，惠特曼何以要那样狂热而强烈会要求民主？这一点我们可以从诗人的口中找到明确的答案。他说：“美国的高明是因为它有四千万高明的普通的人，他们是前所未有的最聪明、最伶俐、最健康、最有道德的人。”他认为这个时代的国家的一个正在上升的阶层就是广大的普通的人或称人民。诗人又说：“我要求人民即那些成群的群众，人民的全体：男人、女人、老人、小孩，我要求他们占有属于他们的一切，不只是一小部分，也不是部分，而是全部。我支持一切能够使人民获得适当机会的一切措施——让他们更加充实地生活，我要求他们享有应得的权利。”这些话足以表明一位诗人始终不渝不屈不挠的政治思想，并且诗人的一生都为之奋斗。

我赞美自己，我歌唱自己，
我承担的你也承担，
因为属于我的每一颗原子也同样属于你。

诗人在这首《自我之歌》的诗歌中首先表明了他的民主思想：“自我一方面是‘个性’的、独立的、离心的、与众不同的；另一方面又是‘民主’的、向心的、人人平等的。”惠特曼曾在1840年参加总统竞选，之后，他一直一往情深地热衷于政治。19世纪50年代，随着资本主义的发展，美国社会的阶级矛盾越来越尖锐和激化，极其残酷的奴隶制成了资本主义发展的极大障碍。北方以雇佣劳动为基础的资本主义制度与南方的奴隶劳动制度势不两立，内战爆发。在这场战争中，诗人坚决地站在自由劳动制度的这一边，积极参加废奴运动。这时候，惠特曼以满腔的激情，写下著名诗篇——《敲吧！敲吧！敲吧！》，充分表达了军民团结与奴隶制度进行殊死搏斗的英雄气概。诗人恨奴隶制度、争取自由民主的激情虽然没有明说，但可从字里行间透露出来。而且，他没有仅仅停留在口头上，他走上前线，志愿看护伤员。在作家如何参加斗争生活的问题上，惠特曼提供了杰出的典范。

惠特曼鲜明的反奴隶制立场清楚地表明了鲜明的民主思想。他早在内战前就发表《奴隶制以及奴隶买卖》，抨击这一吃人的奴隶制度。他发表《血腥钱》，揭露和抨击北方部分首脑的妥协阴谋。他在著名长诗《自我之歌》中叙述了他收留过逃亡奴隶，充分表达他对奴隶的同情和友好的态度，表现了他满腔的民主自由的思想。1861年内战爆发，惠特曼写下《击鼓集》，满怀豪情为南北战争呐喊助威，并与北方军民并肩战斗。全世界人民敬仰惠特曼这样伟大的诗人，首先因为他是一个为民主自由平等而战的勇士，他的诗正是那个血与火年代的实况记录。

当内战在1865年以北方的胜利而结束后，主张解放黑人奴隶而发表《解放黑人奴隶宣言》并领导北方军民取得战争胜利的北方领导人林肯遭南方反动势力暗杀，崇尚民主自由平等的惠特曼对此表现异常的悲痛和愤恨。惠特曼为林肯写下了不少光辉的诗篇：

当紫丁香最近在庭院开放的时候，
那颗硕大的星星在西方的夜空陨落了，
我哀悼着，
并将随一年一度 的春光永远哀悼着。

一年一度的春光里，
年年花盛的紫丁香，
西方天空低垂的星辰，
对我所热爱的人的思念，
一齐向我压来。

诗人绵长的哀思，也是美国人民的哀思。因为林肯，也因为这首诗，美国所有的向往民主、自由、平等的人们在一起痛苦，一起悲伤，一起振奋，一起希望。诗人又在另首诗《啊，船长，我的船长呦》中把林肯比作“我的父亲”，表达了自己对林肯的深情和敬仰，也是对民主自由平等的深情和敬仰：

啊，船长，我船长呦！我们结束了可怕的航行，
船儿渡过一切艰险，
我们到达了梦寐以求的目的。
啊！鲜红的血一滴滴在流淌，
我的船长在甲板上倒下了，
全身冰冷
阖然长逝
啊，船长；我的船长！站起来，听听这嘹亮的歌声。

当船抵达彼岸时，船长却倒下了，然而那歌声却依然嘹亮。惠特曼写得那么亲切、自然、深沉，又是那么悲痛，更充满信心。惠特曼对林肯的哀悼，如他对于民主自由平等的追求一样，都将和他的《草叶集》一起长存不衰，光照后人。

2. 惠特曼诗歌艺术特色探析

惠特曼一生的作品都汇集在一本《草叶集》当中，这部作品充分反映了19世纪中期美国的时代精神。对此后美国诗坛及世界诗坛都有不可低估的划时代的影响。书中的许多诗歌亦成为传世名篇，流传至今。

惠特曼最重要的诗歌，首推《自己之歌》。这首诗的内容几乎包括了作者毕生的主要思想，诗中也多次提到“草叶”，草叶象征着一切平凡、普通的东西和平凡、普通的人。它是一首“我”的赞歌，更是一首“我们”的赞歌，是人类生活的赞歌，是民主、自由的赞歌，也是大地、宇宙及一切属于美好的精神世界的赞歌。

《自己之歌》以赞颂自己开始步步深入、层层展开，歌颂了属于劳动阶层的男男女女、生与死、灵魂与肉体、民主与自由、民族与人民以及美国土地上的一草一木，宇宙间一切富有生命力的、富有创造力的力量。《自己之歌》中的“自己”是

自己又非自己。他跨越时代又能在人类生活的舞台上驰骋。他伟大却又渺小，不显眼，只是一叶小草，但这一叶小草却象征生命和力量。长诗就是在寓意深刻的关于小草的描述和联想中走向高潮。

诗的第一段是引子。第一行是引子中的引子，它点明了“自我”这一主题，但随即笔锋一转，揭开了自己与普通人息息相通，与宇宙、大地、草叶融为一体的高尚的精神世界的帷幕，展示了肉体与灵魂相互依恋的神秘主义境界，歌颂了大自然的无限力量。诗歌洋溢着热烈的革命浪漫主义精神，蕴含着巨大的力量，闪烁着无限的自豪感。第六段提出和回答了关于草叶的象征意义，这个象征归结到诗段的最后两行：“一切都向前，向外发展，无所谓崩灭，死亡不象人们所想象的那样，不是那么不幸。”第十五、十六两段发展了诗人与普通人息息相通的主题，列举了美利坚合众国成长时期来自四面八方、从事各种职业的男女老少，描绘了他们用平凡而艰苦的劳动所创造出来的欢乐、沸腾的生活景象。第二十、二十一段分别从不同角度讴歌自我。然后诗人用大量笔墨歌颂现实，歌颂科学。诗的第二十三段就是一首献给科学和科学家的赞歌。惠特曼这个相信自己富有神性的曼哈顿之子，对于被压迫、被奴役的民众寄予无限同情。在第二十四段中，他在歌颂肉体的同时，以激昂的笔调、无限的深情为被压迫民众的自由、民主和解放呐喊，为世代处于苦难和绝望之中的人们呐喊。在第三十三段中诗人则重复并发展了第二十四段所表现的对民主自由的追求，并在此基础上写出了在南北战争中，在硝烟弥漫的战壕里，人们为争取民主自由浴血奋战的可歌可泣景象。该诗歌这一段在写法上重复使用了第十五、十六段中的历数手法，但这里所重复的不再是人们所从事的不同职业而是养育他的美利坚合众国。惠特曼列举了这块土地上从东到西、从南到北、从沙漠到高原、从高山到平川所能见到的飞禽走兽，奇花异草。这既是一幅现实生活的画卷，又是一个五彩缤纷，充满了神奇色彩的梦幻世界。字里行间闪烁着对民族、对国家、对人民的赞颂，对大自然和宇宙恩赐的感激之情。这一切使他与这块土地上的人民更是须臾不可分离。第五十二段是一首终曲。诗人步入了他那神秘的漫游生活的最后一段旅程，在这里悄悄地蒸腾消失了，隐没了，进入了冥想世界。在那里他又会象草叶似的苏醒再生，等待人们去发现和寻找。对于他，即使死神来临，生命也不会止息。

要理解和欣赏惠特曼，必须要懂得三个内容，一是惠特曼对美国和美国人民的感情；二是惠特曼的诗学与人学；三是惠特曼的艺术主张。惠特曼理想的美利坚合众国，是有着美国文化的民主国家。但在他生污的那个年代，民主还是人民奋斗的目标。他讴歌民主的诗篇之所以能深挚动人，激励斗志，其原因就在于此。

惠特曼的诗学和人学相对来说比较复杂。他象一切浪漫作家一样，深受泛神论的影响。他笃信人的神威，相信世界历史的英雄是人而不是上帝。惠特曼决心使自己具有上帝般的力量和权威，成为“人”这一英雄形象的象征和代表。惠特曼认为人的肉体和灵魂两者之间有必然的联系。在他看来，强壮的体魄中蕴藏着一种巨大的、妙不可言的精神力量，它可以驱除邪恶，使灵魂自由地翱翔。他崇拜人体，崇拜性，对于男人和女人的身体均有着细致生动的描写，这与惠特曼本人的性取向有关，诗中还有一些唯心主义和神秘主义的东西，也正因为如此，惠特曼的诗歌在当时备受争议。但是，惠特曼的人学思想中始终是将人看得神圣而伟大的，这种神圣与伟大不在于人的地位身份，而在于人的生命力与创造力。这也是《草叶集》所要表达的重要思想。惠特艺术主张十分明确，他反对追求形式；讲究语言含蓄或音韵整齐完美，主张简朴、诚挚、坦率，直抒胸臆，不拘一格。他的诗结构自由、诗节长短很不固定，造句也十分自由，创造了所谓的自由体诗，打破了传统的诗歌格律，以断句作为韵律的基础。他所用常把动词、介词放在句首。在他的诗中，有时连续多行以同一个词开始，有时连续多行重复同一个结构。在他的诗歌中也常连续出现编目式的历数人、事与物的写法。他所用的词汇十分广泛，既有美国各行各业劳动人民的语汇，又有别人从来没有使用过的意大利语、法语及印第安语的词汇。诗行的节奏和用词造句与散文十分相近，没有有规律的重音和韵脚，而是顺从讲话的语气和感情自然起伏向前发展。惠特曼的感情炽热丰富，他的散文体的诗行中节奏丰富多变，自由奔放，汪洋恣肆，舒卷自如，我们时而能感受到意大利歌剧的旋律，时而能听到宗教说教的声调起伏，又时而能觉察到大海波涛汹涌澎湃的节奏和气势。总之，“自由”是《草叶集》的一大特点。

在惠特曼的作品中，1855年《草叶集》的序言显得十分重要。序言阐明了惠特曼的诗歌不是反映个人的狭隘感情而是歌唱国家，歌唱人民的；解释了惠特曼的泛神论主张和惠特曼关于过去、现在、将来不间断的时间观念和海与岸之间没有明确分界线的空间观；陈述了惠特曼创作技巧和风格的特点；并明确阐明惠特曼作为诗人的职责，那就是惠特曼在序言中所说的：诗人是“自由的声音的阐述者。”诗人的态度是“鼓舞奴隶、吓倒暴君。”

惠特曼还多次提出，他所以把诗集取名为《草叶集》，就因为草叶象征一切平凡普通的东西和平凡普通的人。他一反当时美国文坛脱离人民、脱离生活的陈腐贵族倾向，第一次把目光放在普通人、放在日常生活上。他就像一个捍卫民主和自由的勇士，为美国乃至全世界的自由之路奋力开拓。这位美国最杰出的民主诗人100多年前的掬诚之言，对于今天的人们同样是一种历久犹新的启示，激励着人们为了自由和民主而勇往直前。

3.《草叶集》诗歌鉴赏

Leaves of Grass

One's-Self I Sing

One's-self I sing, a simple separate person,
Yet utter the word Democratic, the word En-Masse.

Of physiology from top to one's-self I sing,
Not physiognomy alone nor brain alone is worthy for the
Muse, I say the Form complete is worthier far,
The Female equally with the Male I sing.
Of Life immense in passion, pulse, and power,
Cheerful, for freest action formed under the laws divine,
The Modern Man I sing.

译文：

草叶集

我歌唱我自己
我歌唱我自己，一个个善良的人类个体，
但说着平等、全体的话语。
我歌唱从头到脚的生理学科，
不仅仅外貌、头脑、灵感值得我歌唱，
我说整个形体都非常值得我歌咏，
我歌唱女人以及男人。
我歌唱生命中那无限的激情，意向，力量，
歌唱那愉悦地，极度符合神意法则的行为，
我歌唱现代的人类。

Song of Myself（1）

I celebrate myself, and sing myself,
And what I assume you shall assume,
For every atom belonging to me as good belongs to you.
I loaf and invite my soul,
I lean and loaf at my ease observing a spear of summer grass.
My tongue, every atom of my blood, formed from this soil, this air,
Born here of parents born here from parents the same, and their
parents the same,
I, now thirty-seven years old in perfect health begin,
Hoping to cease not till death.
Creeds and schools in abeyance,
Retiring back a while sufficed at what they are, but never forgotten,
I harbor for good or bad, I permit to speak at every hazard,

Nature without check with original energy.

译文：

自己之歌（1）

我赞美我自己，歌唱我自己，
我承担的你也将承担，
因为属于我的每一个原子也同样属于你。
我闲步，还邀请了我的灵魂，
我俯身悠然观察着一片夏日的草叶。
我的舌，我血液的每个原子，是在这片土壤、这个空气里形成的，
是这里的父母生下的，父母的父母也是在这里生下的，他们的父母也一样，
我，现在三十七岁，一生下身体就十分健康，
希望永远如此，直到死去。
信条和学派暂时不论，
且后退一步，明了它们当前的情况已足，但也决不是忘记，
不论我从善从恶，我允许随意发表意见，
顺乎自然，保持原始的活力。

二、女诗人艾米莉·狄金森研究

1. 现代主义先驱——艾米莉·狄金森

艾米莉·狄金森（Emily Dickinson，1830—1886）被称为“美国最重要的女诗人”“美国最杰出的诗人之一”。传记家查德·蔡斯在1951年撰写的《艾米莉·狄金森》一书中说：“狄金森是最伟大的女诗人，也许她与惠特曼同是美国诗歌成就最高的诗人。”狄金森出自有名望的家庭，上过大学，除短期旅居外地，一生住在家乡马萨诸塞州的阿默斯特小镇，终生未嫁，1862年后几乎足不出户。她生前默默无闻，仅有七首小诗发表。在她死后4年，她的第一本诗集（共116首）由M.L.托德和T.W.希金森编辑出版，引起了读书界、评论界的关注。该书的出版者认为40年前刊物《指示者》对艾米莉最早诗歌的评价：“有唤起想象和引起血液沸腾的效力”及“令人着迷”等说法是中肯的。两年内这本薄薄的诗选再版了11次。

狄金森生活在新英格兰地区，受宗教及传统文化的影响较深，但她处的时代经历了美国内战和战后社会的发展与转型，同样对她产生了影响。由于她的勤勉与探索精神，特别是她后期的隐居生活使她一反传统，在诗歌创作上另辟蹊径，创作思想和风格别具一格，成为现代主义的先驱。评论家戴维·波特说：“现在，狄金森已习惯地与惠特曼作为现代美国诗歌的起源而并列在诗文集中。”“她是美国现代

主义第一实施者。”1915年意象主义诗人爱米·罗厄尔说：“美国诗歌在内战结束时处于停滞状态，尽管停滞，但还有一个细小的声音，这细小的声音是现代的先驱”。她指的是狄金森，把她奉为意象主义的先驱。

狄金森主张诗歌要充满思想，诗人要传播真理。她在给希金森的信中曾说过：“当我的思想外衣剥去——我就能有所区别——而给思想穿上外衣——它们就显得相似而且僵硬。”外衣如果是诗的形式，那么思想便是诗的内容；透过形式才能显示出诗人的个性与特点，只有迸发出思想的火花，诗歌才能不落俗套、充满生气。狄金森的诗短小、凝练，比喻、音韵不同一般，她强调透过表现形式发掘诗的思想。她在1870年8月会见希金森时说：“没有任何思想的大多数人是怎么活着的。世界上有许多人（你在街上一定已经注意到了他们）他们是怎样生活的。早晨他们怎么能得到力量穿衣服的？”狄金森认为人无思想没法生活，诗无思想也就不成其为诗。她的诗包含哲理和深邃的思想，是她冥思苦索的思想智慧结晶。理查德·B·休厄尔在评价狄金森的文中说：“她是美国的老师，不仅希望治愈、安慰，而是教育人……她足有一半的真实作品称得上‘智慧的篇章’是对生活，生存的思考；有时规劝，有时警告，有时纯属冷静分析；如对痛苦、希望、爱情的剖析……她似乎决意要帮那些洞察力不如她的人进行道德或心理分析。”希金森指出她的诗“痉挛（spasmodic）”“失控（uncontrolled）”“不规则（way word）”，但仍认为“它们是美丽的思想和词语”。在《这是诗人》一诗中她写道：“这是诗人，就是他/从平凡的词意中，提炼神奇的思想”。在《这是我写给世界的信》中，她说诗是“自然告诉我的简单消息叮……我把她的信息交给了，我看不见的手里。”庞德还说，“文学是充满思想的语言”“文学是保留新闻的新闻。”与狄金森说的是同一意思，说明她的诗学观也为现代主义创始人之一的庞德接受与承继。

狄金森的诗不仅不与现实社会事件挂钩，就是与窗外的具体事物也少有牵联。她潜心写作，象写日记那样记下自己的心路历程；写自己，写给自己，为自己而写作。她喜欢通过花草、蝴蝶、蜘蛛、苍蝇、蜜蜂这类小东西，或天空、大地甚至梦幻作对应物写自己刹那间的感受。她写友谊、爱情，但她不是一般的抒情诗人；写自然，但不是歌咏自然的自然诗人；写生、死、不朽及宗教，但从30岁开始，她就不进教堂。她说：“他们都信教——除我而外。”她以个人为中心，用平凡、细小的题材，在小纸头上记下只言片语；用一个意象，表达一个思想，这种平行独立结构的短诗也为后来意象派及其他现代主义诗人仿效。

19世纪后半叶，美国社会充满了矛盾与斗争；美国内战给这个国家带来了巨变。这场几乎全民卷进了的战争，使五分之一的战士即60多万人死亡、近40万人受伤。狄金森写死亡的诗占三分之一以上，除了她后来亲友相继死亡，与战争留下的阴云不无关联。美国战后工业迅猛发展，由农业国向工业国过渡；昔日的农庄变为城镇、小城变大都会，工厂雨后春笋般出现，宁静的田园生活被打破，劳资矛盾、物质主义、金钱至上、人际关系疏远、道德水准下降等等使人压抑得透不过气，再也浪漫、乐观不起来了。赞美、歌唱美洲的惠特曼战后也唱不出赞歌而转写精神方面的题材了。狄金森的隐退除了她个人生活际遇的影响，何尝不是诸多社会因素使然。她感到困惑、怀疑、恐惧、充满危机感、逃避社会，"以书为伴"，生活在自己思想的"领地"里，发掘内心世界，追求她的纯真与永恒，虽是消极的人生，但也是出自无奈，它是一种解脱。虽然她写小题材，但她能使人小中见大。有评论家说从她的诗"能体验到比通常更广泛、更尖锐的外部世界。"很少有诗人能把我们引向更深的、她称之为"生存的中心"。在作品中侧重写意识活动与心理的真实是20世纪现代作家的共同特点，而狄金森则是先行者。评论家理查德·休厄尔说："她被称为美国产生的伟大的心理现实主义者。"

狄金森在诗中使用简单、朴实的语言，使用口语。在这一点上，她也堪称现代主义的先驱。她大胆使用美国通俗的口语，她说："假如把常用的字眼剔出我简朴的话语；采用另一种，象我听过的；若不是蟋蟀，若不是蜜蜂；整个草原，就不会有谁对我用过的腔调。"表明她不愿高高高在上、故作高雅，决心把生活中质朴无华甚至粗谷的词语以及说话时的自然语调用于诗中。

所有的诗都是自我的一种表现，但不是所有诗人都能像狄金森那样深刻地表现自我心理。她的诗太靠近她的心灵，成了饱和和过度负荷的内心情感的释放，开启了美国诗歌心理描写的先河。心理描写是她创作的重要特点，表现为内心情感的宣泄：有时是诗中说话人独白，有时是几个角色的对话，表达深刻、抽象的思想，机智而富哲理。在一首心理诗中，狄金森兄弟奥斯汀的朋友弗雷泽在内战中丧生，噩耗传来，奥斯汀痛不欲生，为朋友祷告，心中一片空虚、茫然。狄金森生动地表达了这种痛不欲生的心理却又未用一个痛苦之类的形容词："至少留下，留下祈祷啊！上帝，在天上，我不知那是你的房间，我到处敲门，你在南方布下地震，在海上掀起风暴啊！拿撒勒的耶稣基督，难道你对我不欢迎？"

狄金森写死亡的诗都是心理死亡诗。她认为生与死不过是动与静之分、是自然、人类社会的连续的运动与停滞之分。生是死的开始，死不是新生，但它可能通向永恒与不朽。狄金森用死亡意象制造"哥特式"的阴森、恐怖气氛可说是她诗歌的又一大特点。在《因为我不能停步等候死神》中，死神驾车前来催命，与死神同座，驶向"仿佛是隆起的地面"即坟墓。尽管死神"殷勤"有如情人，但气氛是紧张可怕的。在《我感到葬礼在脑中进行》中，死者僵而不死，棺木跌人深渊般的坟墓。在《我为美而死》中，男女两个鬼魂在墓地交谈，虽是死恋，但黑夜里路过，人们会吓得魂不附体。在她的诗里，死者不承认死亡，拒不躺下。他们聪明，絮絮叨叨，更增添了恐怖气氛。

狄金森是美国伟大的诗人、现代主义的先驱。她的诗反映了19世纪后半叶高速发展的美国资本主义的社会弊病，知识分子的空虚与苦闷；她的诗是时代的产物。但是狄金森的个人素养与品德，她善于向前辈、古人及同代人学习，批判地继承并超越他们，她表现出的巨大的创作才能，她的开拓精神、诗艺都值得进一步学习研究。

1. 狄金森诗歌鉴赏

狄金森的诗常运用大量的破折号，诗行中常有首字母大写并用大量的修辞手法。狄金森的诗主要写高傲的孤独、对宗教追求的失望和死的选择。由于她过着几乎与世隔绝的生活，这种不同寻常的生活使她淡泊名利，不愿意被世人所关注。她是一位隐士，一生在写诗中筑造自己丰富而深邃的精神巢穴。下文将以她的一诗为例来诠释她作为隐士、淡泊名利的一生。

I'm Nobody！ Who are you?

How dreary-to—be Somebody！

Are you-Nobody—Too?

How public "like a Frog"

Then there's a pair of us！

To tell one's name—the livelong June

Don't tell！ They'd advertise—you know！

To an admiring Bog！

诗中最为起眼的就是Somebody和Nobody这两个词了，根据牛津高阶英汉双解词典，Somebody的词汇解析是：（代词，意思是某人，有人）某人；（名词）大人物，要人；名词[俚语]非常重要的人（常与形容词连用）。Nobody的词汇解析是：（代词）无人，没有人；名词，指无足轻重的人，小人物，无足轻重的人。这两个词组合在一起，把诗人想要表达的全盘托出，使得此诗的内涵再清楚不过了。此诗的一个突出之处在于，Frog，Bog，Somebody和Nobody这几个词的首字母是大写，且押韵，是为了达到强调的效果。当诗人成名后，不愿面对世人的审视和嫉妒，所以她宁愿成为Nobody（无名之辈），也不愿成为Somebody（名人）。这就可以解释诗人在25岁后就闭不出户，甚至是过着隐士的生活。

此诗多次运用明喻和暗喻的修辞手法。此诗的第四行How public “like a Frog”使用了明喻。迪金森把成为名人比喻成像青蛙一样鸣叫，青蛙鸣叫是为了引起人们的注意和崇拜。最后一句“To an admiring Bog”使用了暗喻，暗指那些崇拜和嫉妒名人的公众。狄金森认为，池塘是青蛙生活的环境，不是青蛙的朋友，就像名人生活在公众中一样。青蛙在池塘里鸣叫，热闹了整个夏天，点缀了整体环境，可是，从另一个角度来看，青蛙为了出名，如此聒噪的夜夜鸣叫也是惹人厌的。“青蛙”这个意象的描写是成功的，这个比拟生动、形象。高处不胜寒，成为名人后内心是孤独的，这是狄金森厌恶的，她宁愿安静地隐于世界上的某个角落，做自己喜欢的事情。

此诗总共两节，整首诗使用了戏剧旁白的手法。这首诗的韵律和节奏，完全不同常法，似是无规律可言，但标点符号的运用很是抢眼。刘守兰女士在书《迪金森研究》中说道：“不规则的语法结构可以大大地将语言内容延展开来。”此诗看似简单易懂，却用词精准，饱含深意，令人深思。第一行，诗人直截了当地表示：我是无名之辈；接着询问对方“你也是无名之辈吗？”找到了其他的nobodies。那么，诗中的I和You都是无名之辈，成了朋友，对于对方来说，他们彼此并不再是无名之辈了。所以，他们说：Don't tell！They'd advertise—you know！别说！他们会传开去——你知道！一旦传开，“我们”作为无名之辈的身份就会暴露，我们就会被迫成为名人，过着身不由己的生活。第一节道出了诗人内在世界的心声，“我是一个无名之辈，我却不是孤独的，我有挚友的陪伴与理解，做一个快乐的无名之辈会比做被别人崇拜的名人，孤独的名人要好。”第二节中，诗人通过刻画想要成为名人的热闹场面，并以一种讽刺的口吻批判了那些想成为名人的“青蛙”。第二节道出了诗人对外界——社会整体的看法，诗人淡泊名利，对于世间追求名利，维护名利和捍卫名利的人是绝对批判的。在诗人看来，所谓的名利只是一时的虚名罢了，人们不必为了它而把自己折磨至此。迪金森这首诗不仅表现了诗人不为名誉的情致，还表达了诗人一生不为利益折腰的情操。

在世俗眼中，名誉是利益的象征和载体，只要有了名誉，利益便会悄然而至。狄金森出身名门，接受过良好的教育，对于诗人来说，只要她愿意争取，名誉便是她的。然而，狄金森早就看透了上流社会的逢迎拍马和邻里之间的家长里短，而从复杂的社会生活中隐退，只保持与几位作家朋友的书信往来。本书选析的“I am Nobody！Who are You”具有狄金森诗歌的艺术特点，全诗没有一句深奥或华丽的词句，采用的喻体全部取材于生活，极其亲切、朴实，与前人绝无半点相似之处。狄金森在美国文学史上的地位是举足轻重的，在文学世界的地位也是不可忽视的。但在诗人的有生之年，却从来没有想过要让自己的作品为世界所知，也没有想过要通过作品来追求世人想要的利益。她甚至在临终前嘱咐自己的妹妹把自己的作品付之一炬。这就是诗人终其一生追求的情操：不求世俗名利，只为吾心纯净。

2.狄金森诗歌原文欣赏

I Had No Time to Hate

I had no time to hate，because

The grave would hinder me,
And life was not so sample I
Could finish enmity.
Nor had I time to love, but since
Some industry must be,
The little toil of love, I thought,
Was large enough for me.

译文:

我没有时间憎恨

我没有时间憎恨，因为
坟墓会将我阻止，
而生命并非如此简单
能使我敌意终止。
我也没时间去爱，
仅因为必须有点勤奋，
我以为爱的那少许辛苦
对我已是足够莫大难忍。

Going to Heaven!

I don't know when-
Pray do not ask me how!
Indeed I'm too astonished
To think of answering you!
Going to Heaven!
How dim it sounds!
And yet it will be done
As sure as flocks go home at night
Unto the Shepherd's arm!
Perhaps you're going too!
Who knows?
If you should get there first
Save just a little space for me
Close to the two I lost-
The smallest "Robe"will fit me

And just a bit of "Crown"-
For you know we do not mind our dress
When we are going home-
I'm glad I don't believe it
For it would stop my breath-
And I'd like to look a little more
At such a curious Earth!
I'm glad they did believe it
Whom I have never found
Since the mighty Autumn afternoon
I left them in the ground.

译文：

去天堂

去天堂！
我不知何时
请千万别问我怎样！
我实在太惊讶
想不出回答你！
去天堂！
多么黯淡悲凉！
可是必将做到
就象羊群夜晚一定回家
给牧羊人来关照！
也许你也正在去！
谁知道呢？
假若你要先到那里
就请为我保留一小块空间
靠近我失去的两位亲人
那最小的“睡袍”对我会合适
和仅仅一点点“花冠”
你知道当我们回家
我们不在意穿着
我很高兴我不信它
因它会停止我的呼吸

而我愿意多看上一眼
这样一个稀奇古怪的尘世！
我很高兴他们信它
他们我再没有找到过
自从那伟大的秋天的午后
我在地底下离开他们。

I died for beauty
This is my letter to the world,
That never wrote to me,
The simple news that Nature told,
With tender majesty.

译文：
这是我写给世界的信，
那从未写信给我的世界，
自然以温柔的庄严，
告诉给我的简单的消息。
她的信息发送给
我无法看见的手；
为了爱她，亲爱的同胞，
请温和地把我评判！

Her message is committed
To hands I cannot see;
For love of her, sweet countrymen,
Judge tenderly of me!

Success is counted sweetest
By those who ne'er succeed.
To comprehend a nectar
Requires sorest need.

Not one of all the purple host
Who took the flag to day

Can tell the definition,
So clear, of victory,

As he, defeated, dying,
On whose forbidden ear
The distant strains of triumph
Break, agonized and clear.

译文：
那些从未成功过的人，
认为成功最为甜蜜。
为了领会一滴甘露，
需要最深刻的痛苦。

任何一位今天掌旗的
紫色的主人，
都无法像失败的
垂死者那样。

清晰地说出胜利的含义，
在后者那封闭的耳中，
那遥远的凯旋曲，
撕裂，苦闷而清晰。

Our share of night to bear,
Our share of morning,
Our blank in bliss to fill,
Our blank in scorning.

Here a star, and there a star,
Some lose their way.
Here a mist, and there a mist,
Afterwards—day!

译文：

我们有一个黑夜要忍受，
我们有一个黎明，
我们有一份欢乐要填充，
我们有一份轻蔑。

这里一颗星，那里一颗星，
有的迷失了道路。
这里是雾，那里是雾，
然后——是白昼！

We lose—because we win—
Gamblers—recollecting which
Toss their dice again!

If I can stop one heart from breaking;
I shall not live in vain;
If I can ease one life the aching;
Or cool one pain;
Or help one fainting robin
Unto his nest again;
I shall not live in vain.

译文：

我们输——因为我们赢过——
赌徒们——记起了这些
又掷起了他们的骰子！

如果我能阻止一颗心的破碎，
我的生活将不是徒劳；
如果我能安慰一个生命的疼痛，
平息一个人的痛苦，
或是帮助一只昏迷的知更鸟
重新回到巢中，
我的生活将不是徒劳。

Within my reach!
I could have touched!
I might have chanced that way!
Soft sauntered through the village,
Sauntered as soft away!
So unsuspected violets
Within the fields lie low,
Too late for striving fingers
That passed, an hour ago.

译文：
在我所及之处！
我本来可以触摸得到！
我本来可以碰巧走那条路！
轻轻地闲逛着穿过村庄，
轻轻地闲逛着离开！
如此没有预料到的紫罗兰
低低地躺在田野里，
对于努力的手指已经太晚
那一小时前路过的一切。

第十三章　美国现实主义文学研究

一、美国现实主义文学产生和发展探究

美国现实主义文学的产生有其深厚的历史根源和文化背景。19世纪后期，机械化的迅速扩展、垄断集团的迅速形成、财富的迅速积累构成了这一时代的特点：一个过度和极端的时代，一个衰退和进步的时代，一个贫困和财富炫耀、郁闷和充满希望的时代。美国现实主义作家此时写出了大量具有地方色彩，反映美国西部、南部、东部人们生活的小说，广泛地表现不同阶层、不同领域的人，并力图将人们的生活画面真实、清晰、透彻地表现出来。

美国乡土文学是美国现实主义文学的先声，也是科学主义的先导，于19世纪60年代后期在美国各地纷纷出现，如费布哈特、安比尔斯、赫姆林加兰的创作。南北战争爆发后，美国的政治与经济都向前跨越了一大步，但却给美国社会带来了严酷的现实和沉痛的创伤。美国文学也感应着社会的变化而进入了新的阶段。批判现实、揭露社会黑暗的作品逐渐增多，主题涉及农村生活的艰辛、城市下层人民的困苦、劳资斗争以及揭露种族歧视、海外侵略和政府与大企业的勾结。19世纪80—90年代，批判现实主义发展成为美国文学的主流，并进入深化阶段。美国的现实主义文学是时代的写照，同时又是时代的产物。

文学中的现实主义作为一种文学技巧，是指使一部作品具有真实感的方法，即模仿自然的方法。就内容来说，现实主义在文学创作中对于素材采用的是共时的处理，热衷于表现发生在此时此刻的事件，而不是远久以前的事件，它从日常生活中提取创作素材，即写普普通通的饮食男女。现实主义就是按照生活本来面目描写生活，其基本特征就是对现实的忠实性。它不改变生活，而是把生活复制、再现。美国现实主义文学在其发展过程中流派繁多，但有一点却是共同的：作家都主张文学作品要写真实，并描述自己所生活的环境。他们主张既不夸张，也不隐讳地描写生活，直面现实，毫不留情地揭去蒙在生活中的粉红色薄纱、也张扬进步、积极的东西。所以，事实、观察、文件、确凿的证据就成了现实主义作家艺术创作方法的重要组成部分。另一个具有典型意义的特点是政论性，作家通过他们的作品或作品中的人物，对现实社会中的各种现象发表评论，言辞激烈，爱憎分明，使作品具有了

突出的社会意义。

19世纪末，现实主义作为一种文学思潮在美国已经得到了蓬勃发展并且日臻成熟。这一阶段的文学主要反映美国人民与垄断资产阶级的矛盾，并广泛地触及这种矛盾制约下的社会生活。在美国的发展史上这是一段充满新意识的年代，出现了一批现实主义作家，如豪威尔斯、马克·吐温、亨利·詹姆斯、海明威等，正是这些作家和中部地区的一些作家的作品标志着现实主义文学潮流在美国已经形成，在创作实践中已经成为一种成熟的文学形式，滋养了后来美国乃至世界文学的发展。

经过大多数文学创新者的努力，新文学对以往的文艺理论进行了革新。现实主义作家们大多关注社会，偏重于描写客观的现实生活，而不是直接抒发自己的主观理想和情感，他们注重揭露社会的阴暗面，并给予黑暗的社会以猛烈的抨击，努力真实地刻画人们的生活，如实地反映生活的本来面貌，并力求深入细致地揭示人物内心的矛盾变化，塑造典型性格。

现实主义文学必须提到的是马克·吐温，他通过创作把美国现实主义文学推向了高峰，具有划时代意义，是美国现实主义走向成熟的标志。他认为真实高于一切，写作一定要认真观察，如实反映，才能具有审美价值。他打破了地方色彩小说的框架，将人们的生活画面真实、清晰、透彻地表现出来，这种深度是以往任何人都未曾达到的。他的作品中那种愤怒的讽刺、雄辩的政论性、细腻的心理描写、优美的抒情气息以及简洁和夸张的语言等，使他成为美国批判现实主义的范例。马克·吐温在将近半个世纪的创作生涯中，为人类留下了丰富的文学遗产。

第一次世界大战后至第二次世界大战期间及20世纪70年代后期形成了美国现实主义文学的第二次高峰。两次世界大战之间的30年，产生了福克纳、海明威那样别具风格的大师级的作家，更产生了像杰克·伦敦、德莱塞、斯泰因、多斯·珀索斯、斯坦贝克等现实主义声名卓著的文豪。杰克·伦敦被称为美国现实主义文学时期资本主义社会的叛逆者，在文学史上占据重要位置。他从批判的角度，披露资本主义制度的堕落，并在此基础上开展对这一制度的否定。他以《铁蹄》向人们公开宣布了他的政治思想，这是一部政治幻想小说，铁蹄代表的是资本主义制度下的资产阶级统治，揭露了资产阶级虚假的民主，残暴的专政，要消灭这一专政，人们需要团结起来，进行英勇的斗争。斯坦贝克的《愤怒的葡萄》，描写农民乔德一家被迫离开耕地，备受欺凌的故事，揭示了20世纪30年代经济危机中佃农们的不幸遭遇及现实的黑暗。德莱塞写了不少小人物，他（她）们大多是受害者。他也写了不少强大的人物，他们用“适者生存”的原则击败了对手，又被更强的人剥夺了进一步发展的权利。

美国文学中的现实主义复兴，美国作家写实，已成为当代美国文坛一种不可忽视的文学现象。作家们在重新找回现实主义的眼光和感觉的同时，又从现代主义和后现代主义创作手法中汲取营养，形成了独树一帜的风格，因而，这个现实主义，又被称为新现实主义手法。无论写作技巧如何革新，美国当代文学的创作都没有脱离现实主义文学传统的土壤——社会现实。美国当代文学正如早期的现实主义文学一样，一刻也没有停止对现实社会的反映。现实主义既是美国民族文学的源头，也是贯穿于整个美国文学发展中的主线。

二、马克·吐温作品研究

马克·吐温，原名萨缪尔·兰亨·克莱门（Samuel Langhorne Clemens），是美国的幽默大师、小说家、作家，也是著名演说家，19世纪后期美国现实主义文学的杰出代表。马克·吐温的主要作品有《艰苦岁月》（1872）《镀金时代》（1873）《汤姆·索亚历险记》（1876）《王子与贫儿》（1882）和《哈克贝里·费恩历险记》（1884）等。马克·吐温是著名的幽默讽刺作家，他的幽默讽刺风格别具特色。《汤姆·索亚历险记》是马克·吐温的代表作，它描写了渴望建功立业的汤姆怎样冲破家庭、宗教和陈腐刻板的教育制度的束缚，从游戏和冒险中寻找他们在生活中找不到的自由和浪漫的故事。通过主人公的冒险经历，马克·吐温对美国虚伪庸俗的社会习俗、伪善的宗教仪式和刻板陈腐的学校教育进行了讽刺和批判，以欢快的笔调描写了少年儿童自由活泼的心灵。

1. 马克·吐温笔下的美国现实主义

（1）批判美国庸俗的社会习俗和道德观。马克·吐温是美国批判现实主义文学的奠基人，世界著名的短篇小说大师。他经历了美国从“自由”资本主义到帝国主义的发展过程，其思想和创作也表现为从轻快语调到辛辣讽刺再到悲观厌世的发展阶段。他的创作活动与当时美国生活中许多重大的社会现象密切联系。当时的美国以高速度的自由资本主义向垄断自由资本主义转变。在《汤姆·索亚历险记》中，第十二章“汤姆喂猫药，姨妈心开窍”中揭露了作为美国庸俗社会习俗代表的人物性格特征。姨妈对于强身、健体等之类的保健药品都要先试为快。波莉姨妈使用极其庸俗的办法来洗净汤姆的灵魂。即汤姆所谓的“要让污泥秽水从每根毛细管中流出”。汤姆把姨妈喂给他的药强迫喂给姨妈的猫咪彼得，姨妈发现后和汤姆的对话正是马克·吐温批判美国庸俗的社会习俗的体现，“我是可怜它才给它吃药的。你瞧，它又没有什么姨妈。”“关系多着呢。它要是有姨妈，那肯定会不考虑它的感情，给它灌药非烧坏它的五脏六腑不可！”汤姆的说法让她开了窍。马克·吐温正是在这样的黑暗现实中追求自己的梦想，探索人的世界。他的作品表现出对美国民主的幻想与追求，并且真诚地相信过这个民主繁荣昌盛的可能。他在作品中表现出他对人、尤其是儿童与少年的关注，关注人的本质以及人性的、良知的发展与完美。马克·吐温通过汤姆和姨妈的故事揭露了美国繁荣社会下掩藏的庸俗，对于美国社会所谓的现实主义进行了无情的讽刺和抨击。

（2）《汤姆·索亚历险记》中批判美国伪善的宗教仪式。马克·吐温站在人道主义立场上，尖锐地揭露了美国民主与自由掩盖下的虚伪，批判了美国作为发达资本主义国家固有的社会弊端，诸如种族歧视、拜金主义、封建专制制度、教会的伪善、扩张侵略等，表现了对真正意义上的民主、自由生活的向往。鲁迅评价马克·吐温成了幽默家，是为了生活，而在幽默中又含着哀怨，含着讽刺，则是不甘于这样的缘故了。马克·吐温的幽默讽刺不仅仅是嘲笑人类的弱点，而且是以夸张手法，将它放大了给人看，希望人类变得更完美、更理想。马克·吐温在小说中写到主日学校大出风头这部分时，描述了孩子们为了得到《圣经》所付出的代价。玛丽足足花了两年的时间和心血得到两本《圣经》；一个父母是德国人的男孩子居然得到了四五本《圣经》，他有一次竟然一口气连续背诵出三千节《圣经》。这个男孩却成了校长给自己捧场的工具。主日学校校长是宗教中备受尊敬的人物，《圣经》是宗教信仰中信徒全心信赖的文本，而在马克·吐温笔下却成为了讽刺的对象。宗教仪式成为了满足主日学校校长虚荣心的工具，《圣经》成为了主日校长在孩子们面前施展权力的中介。马克·吐温通过引人入胜的故事情节犀利地讽刺和鞭挞了19世纪美国伪善的本质。

在杂文《基督教的上帝》中，马克·吐温讽刺性地写道："这些教士忘记了提到他们的上帝是宇宙间最慢的移动者，他从不睡眠的眼睛也是一样的慢，因为他的眼睛要等一个世纪才看到的事情，其他人的眼睛只需要一个星期就能看到。在所有的历史上尚没有一个例子是上帝最先想到的一件高尚事迹，他总是比其他的人慢一步的想到和做到，然后他才到达、现身，并且享受到功劳利益。"

（3）批判美国陈腐的学校教育。马克·吐温对于小说中的景物和人的心理活动描写细致入微，充分表现了儿童时期所特有的欢乐、恐惧、追求刺激的特点，对儿童天真、活泼、自由的性格进行了非常细致的描写，这些描写也在讽刺美国陈腐的教育体制，呆板的学校课堂做好铺垫。他的幽默对其后辈文人产生了巨大的影响，批评家对此亦高度重视并就此提出了不同的阐释。然而，幽默在马克·吐温后期的作品里非但未消失殆尽反而被辛辣讽刺所取代。在《汤姆·索亚历险记》小说中，马克·吐温讲述了汤姆很顽劣，一有机会就逃学，姨妈罚他去把墙刷白，汤姆把刷墙说成是可以放纵恣意的艺术，过路的孩子都眼红了，情愿把心爱的东西交给他，以换取刷墙的机会；汤姆想利用牙疼逃学，姨妈把牙拔了下来，他没有借口逃学。小说的主人公为了摆脱繁重的作业和呆板的课堂，用冒险实现自己的理想，用探险改变自己的环境。在冒险的过程中作品体现了孩子的聪明、勇敢、正直、乐观，同时更体现了当时陈腐的学校教育对于孩子的摧残。马克·吐温对真实历史通过一幅幅精彩的画面而表现了出来，其对于时代生活的细节的极端重视使人惊叹。

（4）批判美国虚伪的政治。马克·吐温在创作游记《在密西西比河上》这部作品时也一针见血地揭露过政党和新闻媒体的流靡一气。在谈到他所喜欢的领航员这一职业时他提到："那个时候领航员是世界上所有的人当中唯一不受任何约束和完全独立的人物。国王是贵族社会不自由的仆人；国会带着选民铸成的锁链开会；而报纸的编辑总和某一个政党联系在一起；如果不照顾自己的信徒的意见，就没有一个传道者能够自由发言和全说真话；作家只不过是读者的奴仆，我们写作的时候坦率而无畏，但后来，到排印之前又要或多或少地减掉自己作品的锐气。"马克·吐温看穿了美国政党和选举的真实性的，并且毫不隐讳地给以了抨击。《竞选州长》更是马克·吐温对美国社会民主政治制度进行的全方位揭露和抨击。小说风格幽默诙谐，用短小的篇幅，挖掘出了美国选举制度的腐败与黑暗，思想极为深刻。它揭露了美国所谓"民主"的选举制度的黑暗内幕，暴露了资本主义选举制度的虚伪性。

马克·吐温独树一帜的文学创作风格，对美国文学甚至世界文学的巨大影响是不容置疑的。《汤姆·索亚历险记》是马克·吐温具有代表性的一部儿童作品，小说对汤姆的性格进行了分析，从他的性格中挖掘对我们有积极上进和乐观影响的一面。马克·吐温在作品中通过场面的描写清新自然、优美，人物的心理描写细致入微，语言对白简洁生动、幽默来反衬当时美国社会的庸俗腐朽。整部作品给人以明快、轻松愉悦之感。可爱的汤姆活泼好动，有领导才能，聪明而勇敢，正义而又有同情心和责任感，他充满梦想，并为之坚持努力，最终获得成功。这也是马克·吐温对于当时美国的教育、宗教的一种讽刺和挑衅。马克·吐温在美国文学史和世界文学史上树立了一座永志纪念的丰碑，他将作为人类的巨大精神财富而永驻人间。他作品中宽广的视野、诗的质地也都与拓荒地区的大森林、大河和大草原密不可分。在马克·吐温的笔下，西部也有坏的方面凶杀、赌博、宿怨、格斗等时有发生，这些也在马克·吐温的作品中出现，因此马克·吐温表现的是大西南地区整个的文明，是美国的全面形象。

2.《哈克贝利·费恩历险记》中的美国西部精神探析

马克·吐温的代表作《哈克贝利·费恩历险记》在美国文学史上占有举足轻重的地位。《哈克贝利·费恩历险记》开创了美国现代文学的先河，展示了时代文化特色，揭示了当时美国社会文化所引发的深刻问题。这部小说描写的是1805年前后的美国，当时，教会管理虚伪诡诈，劳资冲突愈演愈烈，社会矛盾也愈加深重，人民生活苦不堪言。《哈克贝利·费恩历险记》的语言幽默夸张、诙谐轻松，描写了密西西比河流域以及西部边疆地区人民艰辛的生活，表达了美国人在西进运动中对自由的追求，无情地揭露、猛烈地抨击以及巧妙地嘲讽了当时扭曲的道德观念和严重的种族问题。西进运动深刻影响着美国人的价值观，为美国民众追求想象中的"黄金宝地"提供了实践的可能。荒野是逃离文明之所在，边疆成为美国人自我成长、自我发现的新空间。在这部作品中，随处可见马克·吐温对逃离文明、探索边疆的推崇，字里行间流露着对自然的追求、对奴役的反抗、对未知的探索。

（1）走向自由——密西西比河的自然文化蕴含。水是各类生物赖以生存的基础，是人类生存发展不可或缺的自然原料。通过逐水而居，人类早期社会和早期文明得以形成和发展。“大河文明”与“海洋文明”构成了世界文明。作为人类早期文明重要代表的“大河文明”，不仅孕育了人类祖先朴实自然的生活和初级生产方式，也展现了人类祖先对河流敬畏和依赖的心理。河流不仅是承载自然生命的摇篮，也是哺育人类文明的母亲，在湿漉漉的河岸，可以发现人类文明的最初脚印。河流孕育出的不仅是自然生命，更是文化生命与社会生命。河流的文化生命存在于人类的进化过程中，根植于文明的发展过程中。文化生命可以抽象成符号，具有丰富和多变的内涵，可以代表民族精神，可以展示生产经验，也可以描述远古历史。河流的文化生命具有超越性、象征性和民族性，时时刻刻受到文明的感召。河流的社会生命在于其与人类活动紧密相连。自工业革命以后，社会生产力不断提高，与之相随的是不断地对自然的索取和开发。

作为美国流程最长、流域面积最广、水量最大的河流，密西西比河如母亲河般，成为无数美国作家的创作源泉。它为美国文明的发生、成长以及可持续繁衍提供了源源不断的自然资源和想象依托。数年前，印第安人聚集在密西西比河的两岸，沿河定居、生产和生活。这里成为中心，而后，从这里辐射出其他部落、民族和各自的文化。密西西比河两岸的人民依托于不同的部落，有着不同的文化模式。他们与外部隔绝，成就了灿烂的印第安文明。欧洲殖民者入侵之前，印第安人在这里自由、快乐地生活。随后，入侵者给密西西比河以及流域附近的居民带来了翻天覆地的变化。

《哈克贝利·费恩历险记》中描述的生活场景，在一定程度上是马克·吐温儿时生活的缩影。马克·吐温从小生活在密西西比河畔的密苏里州汉尼拔小镇，在这里，他度过了几乎整个童年时代。对于密西西比河畔这个可爱小镇的一草一木，他都无比熟悉。密西西比河畔的生活经历为其创作《汤姆·索亚历险记》和《哈克贝利·费恩历险记》提供了创作灵感和源泉。马克·吐温把密西西比河当作自己寄托心意、肆意想象的对象。在《哈克贝利·费恩历险记》中，马克·吐温对现实生活不失童真童趣的描写，给密西西比河增加了浪漫和神秘的色彩，激发了读者的激情和想象力。小说以白人孩子哈克的视角，讲述了他和黑人奴隶吉姆在密西西比河的历险故事。13岁的哈克没有机会接受教育，还要忍受醉酒父亲的责打，他甚至没有感受过家庭的温暖。他在一次冒险中意外得到一大笔钱，引起了大家的重视。之后，他被道格拉斯寡妇收养。然而，放荡不羁的哈克不喜欢这种被束缚的生活，他和同样不堪忍受命运束缚的吉姆相遇、相识。他们的冒险经历从河流开始，在木筏上，他们是自由快乐、无忧无虑的。对于哈克和吉姆来说，踏上陆地就意味着不自由以及随时被抓走的可能。密西西比河，是哈克和吉姆追求冒险、向往自由的试探之地和必经之路。

（2）追求平等——“岸上文明”和“河上自由”的对话。《哈克贝利·费恩历险记》讲述了哈克帮助吉姆逃离奴役，重获自由的历险故事。马克·吐温十分珍视他在密西西比河流域生活的这段经历，也无时无刻不沉浸在对这条河流的怀念中。作家原名萨缪尔·兰亨·克莱门，马克·吐温是他的笔名，原是密西西比河水手使用的表示航道测水深度的术语。《哈克贝利·费恩历险记》中的人物也是马克·吐温精心设计的。当时，奴隶贸易盛行，虽然不是所有不堪重负的黑人奴隶都有吉姆那样选择逃走的勇气，然而，在一定程度上，吉姆确实是千千万万黑人奴隶的缩影。小说中的哈克形象也存在蓝本，原型为马克·吐温儿时的朋友，他追求自由，性格独立，这样的个性也是美国人追求自由、平等思想的源泉。在《马克·吐温自传》中，作家这样写道：“在《哈克贝利·费恩历险记》中，我是完全按照汤姆·布莱肯希普的原样，丝毫不差地进行描绘的。他愚笨，不梳洗，经常吃不饱，但是他的心肠跟别的孩子一样好。他的自由放任是毫无限制的。他是那个村社里唯一真正独立不羁的人——不论是小孩也好，大人也好——结果，他平平稳稳，自始至终是个幸福的人，谁都羡慕他。我们喜欢他，喜欢跟他来往。”小说中除哈克和吉姆之外的其他人物，多多少少也有着马克·吐温儿时伙伴的影子。这样的人物性格设计为哈克和吉姆的沿河漂流经历奠定了基础，在逃离压迫的漂流过程中，他们时而在岸上，时而在河上，这两种生活交替出现。在他们的经历中，我们能够体会到岸上生活所代表的“岸上文明”与河上生活所代表的“河上自由”形成的强烈的反差和鲜明的对比。

马克·吐温对冒险旅程的布局独特而巧妙。每每在岸上，他们都会经历一些糟糕的事情如他经历过枪杀事件，目睹过欺骗行为，体味过数不尽的虚情假意。岸上生活对于吉姆来说，意味着无尽的追捕和束缚，不仅如此，他还差点儿被卖掉；对于哈克来说，意味着残酷的约束。哈克饱含对密西西比河的深情；吉姆思想独立，向往自由自在的生活。于是，密西西比河似乎成为了他们的天堂，河上没有种族歧视，不需要卑躬屈膝和逆来顺受，在这里，命运掌握在他们自己的手中。在河上，他们“把小腿垂在水里摇摆着，天南地北地聊一阵”“无论是白天，还是黑夜，只要蚊子不跟我们作对，我们总是赤身裸体，一丝不挂，因为衣服穿在身上实在是不舒服。再说我根本就不赞成穿衣服。”这段文字为读者描绘了一幅自由而宁静的图景，在河上，他们无忧无虑，充分展现自己的天性。

尽管哈克和吉姆种族不同、背景不同，他们却在密西西比河上实现了“健全的心灵”的释放，对真假、美丑、善恶、黑白有着统一的认识。岸上生活和河上生活所代表的两种截然不同的意识形态通过哈克和吉姆展现得淋漓尽致，风光旖旎的密西西比河自然图景和纷繁复杂的小镇社会环境在哈克和吉姆的冒险经历中实现了对话、交织和碰撞。“逃离文明”和“追求自由”的思想在岸上与河上两种意识形态的强烈反差和尖锐对立中得到了升华和强化。

（3）探索未知——美国西部人的冒险和拓荒精神。印第安居民崇敬自然，相信万物有灵，他们对一草一木温柔以待，而入侵者却有着不同的对待自然的态度。美国西部边疆没有压迫和束缚，是一片自然资源丰富的处女地。移民者可以以纯粹的资本主义方式去开发和利用自然。美国威斯康星大学历史学教授弗雷德里克·杰克逊·特纳指出："一部美国史在很大程度上可以说是对于大西部的拓殖史。"美国独立后，西进运动对整个美国的思想和文化有着深刻的影响。在向西部边疆移民的过程中，密西西比河流域成了美国开拓和扩张疆土的中心和主要阵地。西进运动和工业化进程难以分离，这种开拓和扩张沿着密西西比河西进，随之而来的是工业发展中心的改变和转移。

在《哈克贝利·费恩历险记》中，哈克虽然只是一个孩子，但是他体内蕴藏的那份独特的冒险和拓荒精神被展现得淋漓尽致。他就是美国西部人的代表，性格中有着冒险和拓荒精神的深刻烙印，他勇敢，愿意冲破藩篱，助人为乐。黑人奴隶吉姆在逃亡和流浪生活中没有失去信心，反而越挫越勇，乐观向上，追求自由。他们所展现出的善良和坚韧，正是被美国民族广泛推崇的美好品质。正如前文所说，小说的人物设计和性格塑造在一定程度上都结合了马克·吐温的童年生活蓝本，展现了当时的社会生活风貌。哈克和吉姆的冒险是一场旅程，这符合常人对美国人的印象：他们热爱冒险和挑战，总是在旅途中。故事中，哈克和吉姆随时都能够出发，从不为旅程担心，他们努力用双手去创造自己需要的东西。哈克总是在冒险，在故事的最后，他又要去西部边疆地区。他遇到的问题各种各样，他需要寻找和创新解决问题的方法，他甚至会扮演成女孩子去获取消息。哈克敢于摆脱束缚，敢于挑战，敢于探索未知，彰显了不断拓展、不断征服的美国西部精神。

马克·吐温对美国文学有着深刻的影响，他的思想和创作也对美国有着深远的意义。《哈克贝利·费恩历险记》反映了当时美国的文化思想和意识形态，从小说人物的性格中，我们可以看到当时美国真实的社会现状。小说的语言风格鲜明，符合地方特色，展现了地方语言的魅力。小说的最后，哈克选择去印第安居住，这是没有束缚的西部地区。然而，这片自由的沃土却可能会因为社会文明的扩张和拓展而逐步消失。密西西比河深厚的自然文化底蕴赋予当地人民朴实勇敢、善良坚强的美好品质，并也为他们提供了广阔的自由空间。在哈克和吉姆的冒险经历中，岸上生活和河上生活交织，两种不同的生活碰撞出火花，更加突显出自由、平等的意义。他们所呈现的性格恰好符合美国民族对探索未知的渴望，他们身上深深烙印着美国西部冒险和拓荒精神。马克·吐温在小说《哈克贝利·费恩历险记》中冲破了"文明社会"的束缚，这部小说既是作家推崇逃离文明、探索边疆的代表作，也表达了作家对自然的追求、对奴役的反抗、对未知的探索。

第十四章　美国自然主义文学研究

自然主义是法国19世纪后半期最重要的一支文学流派，始于19世纪五六十年代。美国的自然主义运动兴起于19世纪90年代，同其他文学流派一样，自然主义也是舶来品，不过与以往不同，它源于欧洲大陆的法国而不是英国。斯皮勒曾经提到“该文学运动的一个重要副产品是使美国作家加强了与欧洲大陆作家之间的联系而他们与英国作家之间的关系变得松散。”“通过这种新自然主义，美国文学在今后的几十年中将成为世界文学的重要组成部分。”虽然斯皮勒的评论稍有过誉之嫌，可是作为一支对后世的文学创作产生了深远影响的文学流派，自然主义的重要性不容小觑。

一、美国自然主义

综观19世纪的美国文学，积极向上的乐观主义和浪漫主义仍然居主流地位。随着19世纪末工业化、商业化以及城市化进程的大大加快，传统的美国式思维方式和美国社会都发生了翻天覆地的变化并孕育出适合自然主义思想滋长的土壤。美国的自然主义既然是法国自然主义的传承，必然深受其影响。但鉴于这是美国的自然主义，有着不同于法国的土壤和国民精神，它走的必定是与其法国不完全相同的道路。一方面，美国的自然主义诞生、成长的社会背景以及它的理论基础均有其特殊性。自然主义这个词源自后达尔文主义生物学，名字本身十分明显地体现出科学向文学领域的渗透。早在19世纪40年代，科学研究对文学的影响日益突显。以福楼拜为例，他曾经提出一旦我们花费足够的时间“以自然科学家研究物质时所持有的公正态度来研究人类灵魂，我们就会前进一大步。”他认为艺术必须“通过不夹杂情感成分的方法，达到自然科学那样的精确。”埃米尔·左拉是法国自然主义运动的发起人和最杰出的代表，在《实验小说》（1879）中提出了那段极富盛名的自然主义者行事原则：简而言之，处理人物、情感、人类和社会的数据时，我们必须像化学家和物理学家研究非生物，像生理学家研究生物一般，决定论主宰一切。科学的调查，用实验论证将唯心主义者的假设一个个推翻，并以观察和实验的小说来取代单纯空想构成的小说。寥寥数语明白无误地道出了自然主义的两大源头：生物达尔文主义和科学实证主义。前者给自然主义小说蒙上浓重的决定论色彩，而后者则要求小说家如自然科学家开展科学实验一般进行小说创作。

19世纪是自然科学大踏步前进的时代，随之而来的是人们思想认识上翻天覆地的变化。查尔斯·莱尔爵士发表的《地质学原则》（*The Principle of Geology*）从地质演变的角度科学地证明了现在人类居住的地球是几百万年来地质运动变化的产物，绝非如《圣经》中所说是由上帝在7天中创造的。此后，查尔斯·达尔文的《物种起源》（1859）及《人类的演化》（1870）相继问世，将莱尔爵士的观点延伸至生物学领域。虽然早在亚里士多德时代就有过关于自然选择的假说，但始终没有人从科学的角度对此给予证实。《物种起源》以大量详实的数据和材料为这种假说提供了无可辩驳的科学依据。与此同时，《物种起源》也给了宗教致命的一击，彻底粉碎了许多人的精神支柱。人类好比在滔滔洪水中挣扎着要抓住那根最后的救命稻草的蚂蚁，猛然间意识到那稻草不过是自己的幻觉罢了。上帝死了，天国消失了。人类坠入一个不再有上帝眷顾的苍凉世界，失去了天国的荣耀与福祉，失去了生存和奋斗的目标。心灵的宁静刹那间为混乱、骚动和无法抗拒的幻灭感所取代。悲观主义开始滋生、蔓延，进而弥漫笼罩着整个大地，而这种现象在人文中更甚。同时，既然没有永恒的上帝，就无所谓道德。于是，悲观主义和非道德感（amorality）成为自然主义作品的基调。

除开达尔文主义，科学实证主义对自然主义也产生了不可估量的影响。科学实证主义者认为科学是通向真理的唯一途径；科学应当描述而不是解释；形而上学的推测只是徒劳无功。实证主义者奥古斯特·孔德把人类的思维划分为三个阶段，由低向高依次为：神学阶段、形而上学阶段和实证阶段。19世纪下半叶，自然科学中的很多学科已经进入了实证阶段，但社会学的发展却远远地滞后了。因此，实证主义者认为必须用科学的手段对人类行为进行实验，彻底地研究人。从前文引用的那段话中我们不难看出，左拉是这种看法的坚决拥护者。他用实际的小说创作来实践其主张。当然，左拉对于实证主义理论并没有照单全收。例如孔德的理论对于人类最终能否达到一种完美的状态是持相当乐观的态度的，但自然主义者似乎对此充耳不闻。相反，他们对于达尔文主义带来的悲观情绪倒表现出相当的偏爱。就这一点而言，任何一种理论体系对于其他理论体系的参照和借鉴都还是以自己的需要为最根本的出发点的。

罗德·霍顿曾指出，“美国人本质中难以消除的达尔文主义，以及由不受约束的物质、政治发展所引起的道德荒芜”是促使生性乐观的美国人拥抱自然主义的原因。拓荒时期的艰苦环境造就了美国人乐观向上、不屈不挠的个性，英雄主义、个人主义、浪漫主义、苦干精神和野心勃勃都是与美国人性格密不可分的特点。但与此同时，达尔文主义之于美国人正如儒家学说之于中国人，它已经深深地烙进了民族的潜意识中，在民族的血管中流淌，代代相传。人类的堕落和宿命论是达尔文主义中的两大基本原则。前者强调原罪对人的影响。原罪是世上一切罪恶的根源，所有的人一生下来就是有罪的。正是因为原罪，人类永远无法达到至臻至善的境界，更不可能对自身进行赎救。获救的唯一途径只能是耶稣替上帝的选民背上厚重的十字架，以他的生命替人类赎罪。后者与决定论紧密相连。它认为人的命运早在降生尘世前就已经决定了，无论人做多少善行，命运都是不可更改的。这两种观念多多少少在美国人心底埋下了阴郁的种子，这令天性积极、乐观、进取的美国人在接受自然主义时不会像对待现实主义那样，产生太严重的排斥情绪。

此外，美国和法国不光是国民精神和哲学基础相异，就连二者自然主义的理论基石也不完全相同。当达尔文主义到达美国时，社会达尔文主义也已诞生，并成为支撑美国自然主义的理论基石之一。赫伯特·斯宾塞把达尔文的理论引入社会学的研究，提出了“适者生存”（survival of the fittest）的口号。他认为，人类的完善是不可阻挡的趋势；最先进的社会是技术社会；对于穷人和弱者，人们应该听之任之而不是向他们伸出援助之手。当然，他的理论也存在把人类社会物化的倾向，但就人类的前途和最终归属而言，社会达尔文主义还是相当乐观的。与法国自然主义者对科学实证主义中的乐观音调充耳不闻形成对比的是，美国人接受了社会达尔文主义中积极乐观的一面。除开社会达尔文主义，19世纪末20世纪初，马克思主义和弗洛依德学说的发展也对美国自然主义产生了一定的影响。美国自然主义者采纳马克思主义中经济基础决定上层建筑的理论，形成了经济决定论。根据西格蒙德·弗洛依德的心理分析学说，人是无意识、少年时心理创伤和不可控制力的牺牲品。由于受到这些因素的影响，人的行为往往受到他无法理解的冲动的控制。这种心理学说给自然主义蒙上了一层心理决定论的色彩。值得一提的是，虽然马克思主义和弗洛依德的理论从某种程度上影响了美国的自然主义，但这种影响是相当有限的。

另一个使美国人更快地转向自然主义的原因是每况愈下的社会生活环境。到19世纪末，广阔的边疆地区得到了开发，想象中仿佛无垠的尚待开发的西部不复存在。经济恐慌悄无声息地降临到原本被视为乐土的国家，人们对于国家经济失去了信心。随着经济不景气的到来，工厂和农场的产品大量积压，工人工资大幅度下调。以乔治·普尔曼（George M. Pullman）为例，他削减了工人25%的工资，导致了1984年那场声势浩大的罢工。普尔曼后来在法庭作证时承认，与大幅度降低工人工资相反，管理者的收入分文未减。不仅工人遭遇如此，农民的境况同样悲惨。他们盼丰收，可丰收不仅没有带给他们预期的回报反而由于产品过剩导致严重积压；辛迪加控制了西部广袤的土地；西部的铁路运费一涨再涨，有时竟高达东部的四倍之多。以上种种造成了贫富差距悬殊、道德沦丧、美国梦破灭、阶级对立加剧等问题，最终引起了社会的动荡不安。体现在文学领域，就是自然主义时期的到来。

尽管美国人最终拥抱了自然主义，但在根深蒂固的乐观主义精神和美国的实用主义哲学的引导下，美国的自然主义走的是一条与法国自然主义不尽相同的道路。作为一个新兴的移民国家，美国社会满是生机与活力。它一向秉持的进取精神与乐观态度大大削弱了自然主义中的悲观成分。加之美国文学中无处不在的强大的浪漫主义传统，更是中和了自然主义中的悲观主义。另外，殖民地时期，由于当时生存环境恶劣，美国人没有也不可能在抽象的问题上花费太多心思。这个传统一直影响到今天的美国人。唯一能够冠以“美国”二字的哲学流派恐怕只有实用主义一种。而实用主义这个名字本身就暗示了与其他的流派相比，它更多的是强调实用而不是高深抽象的理论。缺乏深层次的哲学基础，悲观主义在美国文学中很难像在法国那样大行其道。

作为法国自然主义的后裔，美国的自然主义继承了法国传统中的许多特点。譬如：争取客观性、坦率、对素材采取非道德的态度、命定论哲学、悲观主义、描写垂死的或病态的“强者”。其中，在题材的选定上，来自法国的影响最为明显。在《实验小说》中，左拉呼吁用观察和实验的小说来取代先前纯粹凭借想像力构建的小说。他认为小说家应当承担起进行个案研究的责任，从自然中收集事实，通过这些事实展开有关自然与环境的变迁对人物行为影响的研究。根据这一原则，从贫困、粗俗以及污秽的生活里截取的素材是最符合小说家要求的，因为在严峻的情势、不可抗拒的控制下，人们作出的反应最接近本能，由此得到的“实验结果”是最真实、最可靠的。因而，美国自然主义作品偏爱低层社会或是形势严峻的场景。《街头女郎麦琪》中就有大量贫民窟里的居民挣扎在生活线上的描述，而《红十字勋章》的故事是围绕着在战场上，主人公在生死关头内心的冲突与抉择展开的。在同一原则的指导下，出于对科学地研究人类行为的极大热诚，自然主义小说既不描写贵族也不刻画中产阶级，相反，它把镜头对准了小字辈，故事大多围绕生活在社会底层的小人物展开。同时，美国的自然主义也大量地使用繁琐的细节描写，并时常把人当作动物来形容和描述。在这方面，杰克·伦敦非常接近左拉的传统。不过，这种种相似在美国的自然主义作品中大都被弱化了或者由于与其他文学元素的综合运用而难以察觉。换言之，美国的自然主义虽然大体上遵循法国人订立下的传统和原则，但在创作过程中，他们并没有像法国人那样紧紧地扣住这些原则。尽管他们忧郁、悲观，而且常常感到痛苦，但他们既没有采纳宿命论的态度，认为人已完全到了日暮途穷的境地，也没有接受那种认为宇宙是非道德和掳掠成性的观点。更为重要的是，他们都没有采取彻底的科学态度，不带观点和偏见地描绘美国生活。造成这一现象的原因是显而易见的，那就是美国社会中形形色色的思想和传统并存。与美国民族的组成相似，美国的思想也是一个大杂烩，其间甚至有相当多的对立因素同时起作用。正是由于美国思想的这个特点，美国的自然主义作家能够安之若素地将各种传统和谐地融于作品中。即便是自然主义之风盛行的年代，他们也不拒绝浪漫主义、美国梦以及美国式的幽默。因此，美国不可能产生左拉那样“纯粹”的自然主义者。

美国文学作品中流派杂糅，自然主义与现实主义的界限相当模糊。自然主义和现实主义都是建立在必然论的思想之上，因而自然主义只是现实主义的一个特殊分支。《现代批评术语》一书也将自然主义纳入现实主义范畴。而在《美国的文学》里，马库斯·堪得夫总是使用“现实主义或自然主义”的字样。事实上，自然主义虽然源于现实主义但却自成一派。

美国的自然主义有如一条涓涓细流，它的精神成为美国文学精神的重要组成部分。无论是威廉·福克纳还是其他现代派、后现代派的小说家都明显地受到了自然主义的影响，在他们的作品中都有自然主义的痕迹可循。毋庸讳言，自然主义曾经影响过，现在正在影响，将来仍会影响一代又一代的美国作家。

二、杰克·伦敦作品中的自然主义——以《野性的呼唤》为例

杰克·伦敦是美国自然主义作家中的杰出代表，他的作品《野性的呼唤》（*The Call of the Wild*）则充分体现了（战胜敌人后为存活所需的力量与勇气），表达了适者生存的原则。

美国的自然主义有着深厚的背景。达尔文在《物种起源》中指出，自然选择是影响生物进化过程的最主要机制之一。此理论的主要观点认为，动植物群体与个体都显示出各自的变异。自然生活条件迫使生物不断进行自身调整以求适应。在为生存而进行的搏斗中，一切生物可能在一系列持续的进化过程中，产生各种优势变种和劣势变种，劣势变种逐渐消亡，优势变种的遗传产生新的，更先进的变种。赫伯特·斯宾塞把生物进化论的一般规律运用到社会研究之中，变自然选择法为社会选择法。他认为“社会也是一个机体，虽然社会机体和生物机体有所不同，但是它们的发展规律却是一样的。推动生物进化的自然选择法也是社会发展的原动力，因为在社会中也存在着为生存的斗争。”

19世纪末期，随着美国工业化进程的不断深入，习惯于农业文明价值体系的美国人开启了新的社会价值观。在当时的资本主义体制下，人们在疯狂追求物质利益的同时，却出现了精神上的缺失。自然主义文学思潮正是这种精神的一个产物。在自然主义文学作品中，环境和遗传因素往往决定了主人公的命运，人们仿佛已经不能自己掌握人生的方向。因此，自然主义者们采取了顺其自然的态度。这种顺其自然是被动的，缺乏积极性的。所以，也有人将自然主义看成是悲观的现实主义。美国自然主义信仰达尔文的进化论思想，在文学作品中反映出以下的观点。第一，为了生存，人类也像动物一样对不可抵挡的环境做出反应。第二，人的存在受到他的出生背景和社会经济因素的影响。只有适者才能生存。第三，既然个人不能自由实现自己的意愿，那么道德选择就成为幻影。既然人类的行为是被决定了的，因此就

不能从道德的角度，以好和坏来评价个人的行为。自然主义文学作品往往表现出悲观主义色彩和人总是对他们所不能控制的事物做出反应的观点。

杰克·伦敦原名为约翰·格利菲斯·伦敦，他与西奥多·德莱赛、弗兰克·诺里斯、舍伍德·安德森等都属于美国著名的自然主义作家。他一生共创作了约50卷作品，最为著名的有《野性的呼唤》《海狼》《白牙》《马丁伊登》和一系列优秀的短篇小说等。其中《野性的呼唤》以一只狗巴克的传奇经历来表现了文明世界的狗在主人的逼迫下被迫回到了野蛮，虽然写的是狗，但却反映的是人与人的世界。那时，人们疯狂地涌入阿拉斯加寻找金矿，梦想着能够一夜致富。他们用生命和命运赌博。贪婪的欲望使人们变得野蛮而凶残，而被偷卖到这里的巴克，为了生存不得不放弃自己的自尊和原则，学会了不择手段，大自然的肆虐，主人的棍棒，艰难的工作，还有同伴的进攻使所有被奴役的狗变得象狼一样凶恶残忍。在最后一个主人死后，巴克失去了它最后的主人，也是最好的主人。它在冰冷的尸体旁守了一天之后，它离开了人类社会，成为了荒野中的一条狼，它的野性复苏了！

巴克的经历充分地表现出了达尔文进化论的思想。杰克·伦敦通过对巴克传奇经历的描述，深刻揭示了达尔文关于“自然中存在着不断的斗争”的观点。在杰克·伦敦看来，不管是自然世界，还是人类社会，进化理论都是普遍适用的规律，社会的发展就是进化的表现。社会发展过程就是一个进化的过程，而且适者生存的法则同样适用于这一社会发展的进程。他认为，作为人的社会，存在着残酷无情的竞争，社会的发展实际就是人与人竞争的结果。只有其中适应社会的人才能真正生存下来。可以说，没有人能摆脱这一规律和命运，因为人同时受着自然选择与社会选择法则的制约。在社会竞争中，每个人的背后都有一只生存需要的“无形的手”，包括人类本能的东西，如遗传、恐惧、饥饿和社会地位等。“所以‘适境’而生存的人一定是冷酷无情、想象丰富、勤奋节约的人，只有这种人才能击败其他的人，登上社会的顶峰。”对于这些思想观点，杰克·伦敦通过巴克的生存竞争历程，生动、形象地表达了出来。自然主义作品中的第一、第二个特征：人类为了生存也像动物一样会对不可控制的环境做出反应，并且受到他的出生背景和社会经济因素的影响；只有适者才能生存。

1. 自然环境

为了生存，人类也像动物一样对不可抵挡的环境做出反应，人的存在受到他的出生背景和社会经济因素的影响。只有适者才能生存。巴克的生存环境发生着重大的变化，它必须学会适应。开始，巴克在南方，生活在富裕的弥勒大法官家，整天过着衣食无忧的贵族般的生活。“Buck lived at a big house in the sun-kissed Santa Clara Valley. Judge Miller's place in the hot afternoon.”在这里，可以明显看到巴克生活的是舒服安逸的环境。但是，后来，由于淘金热的原因，它作为一只奴隶被卖到荒蛮之地。当它进入了寒冷的北方荒原以后，周围的环境发生了翻天覆地的变化，遭遇了残酷的生存竞争。“The night Buck faced the great problem of sleeping. The tent... he recovered from his consternation and fled ignominiously into the outer cold. A chill wind was blowing. He lay down on the snow and attempted to sleep.”在这里，可以看出巴克现在的生活是处在极度艰苦恶劣的条件下。从一个温暖舒适的环境中突然转到痛苦的环境中，它的心里的落差可想而知，连最基本的睡觉地方都不是原来想象的那样。可是发现生存环境发生了变化，它如何做？“Buck confidently selected a spot... In a trice the heat from his body filled the confined space and he was asleep... thoug he growled and barked and wrestled with bad dreams.”它必须适应环境，必须改变自己，学会在新环境中生存。否则，等待它的则是被大自然的寒风和雨雪所吞噬。巴克这时面临生与死的问题，它生或死取决于它适应环境的能力。它下一秒生存的如何取决于它适应周围环境的程度。在这里可以发现作者在创作作品时明显的自然主义倾向，充分体现了物竞天择，适者生存的思想观点。

2. 社会环境

“Buck rushed at the splintering wood，sinking his teeth into it，surging and wrestling with it and as often the club broke the charge and smashed him down.” 他不习惯新主人的虐待，它奋起反抗，结果等待它的则是痛打、摧残和伤痕。它只有顺从新主人，顺从新环境，它才可以活着。在过去，巴克从来没有干过繁重的体力劳动。然而，到了北方严寒的荒蛮之地，为了它生存必须与地斗。“He sniffed it curiously，then licked some up on his tongue. It bit like fire，and the fire，and the instant was gone. This puzzles him. He tried it again，with same results... he knew not why，for it was his first snow.”巴克从来没有见过雪，当它第一次看到雪时，还闹了一个笑话。就是这样一只连雪都没见过的巴克，生存的意志使它不仅适应了北方的天气，而且还在雪地上艰苦地拉着沉重的雪橇，日复一日地奔跑着。“Day after day，for days unending，Buck toiled in the traces. Always they broke camp in the dark，and the first grey of dawn found them hitting the trail with fresh miles reeled off behind them... received a pound only of the fish and managed to keep in good condition.”它们天不亮就起程，直走到日落西山才停下来，吃一点鱼，然后钻到雪洞里睡觉。巴克总是吃不饱。“Buck's feet are not so compact and hard as the feet of the huskies. His had stolen during the many generations since the day his last wild ancestor was tamed by a cave dweller or river man... which Francois had told him.”这些细节描写可以看出它由家狗变成了一只奴隶了。整天重复着机械的奔跑，忍着痛苦前进。食不果腹。如果它选择放弃就会被淘汰，被主人放弃。它必须适应。经过大自然和主人的洗礼与压迫，它的脚比以前厚实。它慢慢地适应了周围的环境。在

这里可以明显看到作者在创作文章时的自然主义倾向，那就是“适者生存”。在这时它的伙伴也发生了变化。以前在南方时，它的伙伴或者说朋友是一群被驯服的家狗和主人家的孩子们。而在这里，它面对的是一群獠牙的窥视与袭击，无时无刻它们为了自己的生存相互残杀同类的生命。它不知道下一秒会发生什么，不知道下一秒是生或是死，所以，它时刻保持着警惕。“He had never seen dogs fight as these wolfish creatures fought，and his first experience taught him an unforgettable lesson.” “Forever after Buck avoided his blind sidehad... no more trouble... each of them possessed one other and even more vital ambition.”它周围的獠牙已经对它生命产生了重大的威胁。原来嬉闹的伙伴已经换成了兽性十足的獠牙。无论是周围的自然环境还是自己的同类都发生了实质的变化。它必须做出选择，做出改变。在巴克的同伴里，有一条叫作斯皮兹的狗一直寻机欺负并要扼杀巴克，巴克一直忍让着。但是，通过实践，巴克逐渐明白了，对欺压自己的同类忍让是没有出路的。“In a flash Buck knew it. The time had come. It was to the death.”巴克知道它和斯皮兹中有一个必死无疑，它必须和同伴竞争，它必须战斗，用生命去争取自己的生存空间，否则自己就是自己同伴的牺牲品，也就是自己给自己掘坟墓。它的本能告诉它：它必须遵守丛林法则——“To eat or to be eaten.” 在一次交锋中，巴克为了生存，做了巨大的转变。“In vain Buck strove to sink his teeth in the neck of the big white dig... once Buck went over，and the whole circle of sixty dogs started up；but he recovered himself，almost in mid air，and the circle sank down again and waited.”它在战斗，为自己的生存在战斗，他使出浑身解数做最后的战斗。事实证明只有强者才可以留下来，而巴克就是那强者。斯皮兹则被淘汰了。自己无形中受着丛林法则的制约。生存在丛林中的每个动物都不会逃脱“适者生存”的制约。此处可以清楚的看到自然主义的影子，可以进一步发现作者鲜明的自然主义创作手法。

3. 道德信条

文学作品的自然主义第三个特征是：其不能仅仅从道德角度评价人的行为。巴克为了填饱肚子，学会了偷吃东西，而它的同类则为它的行为买单。这在以前是不会发生在他身上的。“This first theft marked Buck as fit to survive in the hostile North land environment. It marked his adaptability，his capacity to adjust himself to changing conditions，the lack of which would have swift and terrible death. It marked further decay or going to ... and in so far as he observed them he would fail to prosper.”这一切表现出了巴克对艰苦北国环境的生活适应性和那种适应环境的能力。缺乏这种品质，就意味着死亡。没有任何东西可以帮助它。在此过程中也表现出它道德的退化和对自尊和原则的放弃。在残酷的环境中生存必须放弃道德的信条，这种道德的信条是有害无益的，否则自己将会成为这种信条的牺牲品。南方的生活规律是爱、友谊，而在北方恶劣的环境中则是饥饿、棍子和獠牙等。如果不马上转变，适应北方的环境，自己就会成为牺牲品。杰克·伦敦在《野性的呼唤》中给我们留下这样一个印象：有时候，一个人为了自己的利益为了生存，可以牺牲别人的利益，甚至生命。即使剥夺别人的生命也是合乎情理的。在狗群中，巴克为了争夺自己的利益而变得凶残和不择手段。在战胜了斯皮兹之后，别的狗一拥而上瞬间把斯皮兹撕成了碎片，而巴克却像战胜的战士，站在一旁冷冷地观看。在它加入狼群以后，它开始向这个曾经伤害过它的社会展开了毫不仁慈的报复。在此，杰克·伦敦通过以狼狗巴克为寄托，着力刻画出现实生活中人性的变化，他那不同于常人的特殊人生经历和苦难生活使他有着与别人不同的复杂思想，也让他以别样的视角去观察社会，他从巴克一开始的善良本性，到兽性的呼唤，再到狼性的完全崛起，扭结着非常态的人性一步步被动地变恶，他用自己的笔杆辛辣地揭露着现实社会的状况，让笔底流泻出对人与人之间冷漠的社会关系的憎恨和无情的批判，字里行间无不透露着对资本主义社会的反叛。

杰克·伦敦用文学手法刻画了一个忍辱负重、自强不息的鲜明的巴克形象，当它的生活环境发生了巨大逆变：没有了名贵的身份，只有无尊严的劳作和受辱；没有了值得信赖的主人，只有利益熏心、凶狠毒恶的商人；没有了无忧无虑的生活，只有劳作的艰辛和忍气挨饿的生活……于是巴克在极度艰难的环境中顽强地挺立着站了起来，并在为了生存和适应的改变自我中学会了聪明和世故，它学会按照主人的脸色行事，学会了运用计谋将自己的敌人斯毕兹战胜，学会了用野性迎来王者的地位。在此，巴克表现的是强者的姿态，它适应了环境的变化，改变了刚开始受辱的状况，成为了自然选择中的最终胜利者。正因为如此，美国著名评论家斯蒂勒曾对《野性的呼唤》作出了这样的评价，即这本小说使得物竞天择、适者生存的残酷法则鲜活地呈现在我们眼前，而我们不得不承认这一法则就是支配我们社会进步的力量之一。在这里，杰克·伦敦所阐发的达尔文的物竞天择，适者生存，优胜劣汰的法则有一定的现实启迪意义。最可贵的就是巴克那样的百折不挠、艰苦奋斗，克服困难，勇于斗争，开拓进取的精神。“物竞天择，适者生存”的自然法则同样适用于市场经济条件下的激烈竞争，没有竞争的勇气，没有拼搏的意识，就无法立足于世界民族之林，增强综合国力也就无从谈起，也就很难在新的国际政治格局中占一席之地，因此，我们必须有一息尚存战斗不止的勇气和百折不挠、自强不息的精神。

三、西奥多·德莱塞《嘉莉妹妹》中自然主义因素研究

19世纪的自然科学以前所未有的重大成就大踏步地推动着人类文明、文化的进程。达尔文的进化论产生了强烈的冲击和震荡，于是科学主义作为一股思潮遍及于

世。正是在这种时代的社会风尚撞击之下，出现了自然主义文学流派。自然主义文学十分注重环境描写，特别强调客观环境对作品中人物性格命运的决定作用，强调环境决定人物，决定人性善恶，决定人的本质属性。自然主义文学流派还主张将文学纳入科学的领域，从科学的角度认识文学，用科学的态度对待文学，在文学创作中强调真实，把真实看作是文学的生命。受科学主义的影响，自然主义所说的真实包括两个层面的含义：一方面是在作品中对事物进行客观、精确的描摹；另一方面是努力探究事物的内在规律，换言之，即作家除了反映或再现事物，还要揭示和说明事物。

西奥多·德莱塞是美国杰出的自然主义作家之一，1900年发表的《嘉莉妹妹》是他的成名作。该作品具有鲜明的自然主义风格，注重环境描写，强调客观环境对主人公性格命运发展的影响。德莱塞以他的一个姐姐的真实经历作为小说的背景材料，小说贯穿了自然主义的“真实性”原则，深刻地揭示与批判了当时美国社会的道德沦丧及资本主义的丑陋本质。

1871年8月27日，德莱塞出生在美国印第安纳州特雷霍特镇一个德国移民的家庭。德莱塞的父亲是一个破产的毛纺工人，笃信宗教，在家中专横跋扈，使孩子们受到很大的精神压力。母亲出身于俄亥俄州的一个农民家庭，虽无文化，但温柔善良，在幼年的德莱塞的灵魂里播下了同情不幸者的种子。德莱塞兄弟姐妹众多，他的几个哥哥有的夭折、有的成为酒鬼、有的离家出走，几个姐妹有的失身后遭遗弃、有的沦为妓女。其家庭经历使他对人生与社会有了初步的了解。德莱塞从12岁起就当报童和店员，15岁即只身去芝加哥独立谋生，当过学徒、司机、雇员，也曾因失业而流浪街头。1888年因有人赏识其才气资助他入印第安纳州立大学深造，一年后辍学。之后他又在芝加哥底层干了两年杂活，接触了下层社会的民众，目睹了种种社会不平和黑暗。这种生活遭际，对他一生的创作影响极大。1892年，他发表了论文《天才的再现》即被报社聘为正式记者。他走遍芝加哥、匹兹堡、纽约等大城市，广泛地观察了社会。同时他还博览群书，尤其喜欢阅读巴尔扎克的作品和托马斯·赫胥黎及斯宾塞的著作，前者的现实主义创作方法与后两人的生物社会学观点，对他的创作道路都产生了深远的影响。他一方面相信社会达尔文主义弱肉强食的“丛林法则”理论；另一方面在感情上又深深地同情被压迫者，这种思想矛盾贯穿他的一生。1990年，德莱塞发表了他的第一部长篇小说《嘉莉妹妹》。在小说中，德莱塞运用自然主义创作手法，强烈地抨击了当时美国社会的道德沦丧，从而使这部作品成为美国现代小说史上的一个里程碑。

《嘉莉妹妹》写的基本是穷人的故事。18岁的农村姑娘嘉莉怀着一颗炽热的心从乡下到大城市芝加哥，投奔到姐姐门下。不料姐姐一家三口竟是一贫如洗，过得是左支右绌，挖肉补疮的日子。她到一家鞋厂找到一份工资很低的工作，后因生病又失掉了。在她贫病交加、一筹莫展的时候，曾在火车上邂逅相遇的推销员杜洛埃闯入她的生活。她接受了他的馈赠，开始与他同居。杜洛埃的朋友乔治·赫斯特伍德虽然薪俸优厚，社会地位高，但是家庭生活不够完满，他对嘉莉一见倾心。他多次私下到嘉莉的住所会见她，后来竟从他的雇主的保险柜里窃走一万美元，骗得嘉莉和他一起出走到加拿大，改名换姓，同他结婚。为了免遭起诉，他退回赃款的大部，后携嘉莉移居纽约。以所存款项与人合开酒馆，后亏本失业。嘉莉自己出外工作，在剧院找到一份差事。起初她用自己的薪水支撑家庭，后来她一日九迁，成为风靡一时的名优。她毅然和赫斯特伍德分手。而赫斯特伍德却每况愈下，他曾在电车司机罢工时充当司机而被打伤，万般无奈之下到一家旅馆打杂。后来束手无策，曾向嘉莉讨钱。慢慢地他沦为乞丐，终于在绝望中自尽，了却残生。杜洛埃听闻嘉莉发迹，前来相求重归于好，遭到拒绝。嘉莉坐在一家豪华旅馆套间里的摇椅上，似踌躇满志，又似惘然若失。

《嘉莉妹妹》展现了一个典型的自然主义世界。在这里，微不足道的人挣扎在一个庞大而冷漠的世界中。小说的第一章的标题便明确指出，人缈如碎屑，处于各种外部力量的左右之中。刚刚步入芝加哥的嘉莉妹妹举目四顾，所见无不以“大”惊人。高大的建筑物，巨大的起重机，宽大的铁路货场，大街，大门，大公司，大办公室等等，令她感到畏惧，心情沉重，一种处于力量和权威之中无能为力之感油然升上心头。这座正在兴隆而起的大都市给娇弱的小女子先来了个下马威。在芝加哥曾享有某种地位和体面的赫斯特伍德到了纽约宛如沧海一粟。在这个汪洋大海里，到处是鲸鱼，任何其他哺育种鱼种只能以销声匿迹为结局。这个世界是没有道德和情义可讲的。像汉森夫妇处于那种捉襟见肘的尴尬境地，他们无力顾及亲朋情面，连一个女孩的栖身之地也腾不出来。像嘉莉妹妹经过千辛万苦才找到一份工作，工资低，连病也不能生，否则便会失业。她失业了，肚中无食，身上无衣，严冬险些夺去了她的性命。像赫斯特伍德经营失利，后来落得个一贫如洗，没人去理睬他。他拖了病弱的身子，中午等赐饭，半夜排队等配发面包，处处遭人白眼，那纸醉金迷，灯红酒绿的纽约城是不给他一条活路的。这些普通人的际遇，个个都心余力绌，在劫难逃。

世界既然如此，人也就蜕变成没有道德和情义的人了。在这里没有爱和同情可言。有谁爱过嘉莉妹妹？她的姐姐或许尚存手足之情，然而就是她也除了丈夫和孩子外再也没有剩余的爱给他人。她爱不起，杜洛埃或许尚存恻隐之心，然而他的自私压过了他的良知，只是贪恋嘉莉的美貌。赫斯特伍德是唯一一个对嘉莉妹妹痴心的男子，可是他是有妇之夫，又是寄人篱下，他没有能力供养一个内怀深切期望的女人。他爱得不理智。在德莱赛看来，他的爱源于一种生理需要，这种爱已退化到动物阶段的性本能冲动去。女主人公嘉莉妹妹宛如风中黄叶，任她自己不能理解和控制的力量的摆布，境遇实属可悲可怜。这个18岁的乡村少女几经折磨，心灵受到严重摧残，心里再也没有什么爱和同情可言。

仔细品味《嘉莉妹妹》，她爱过谁，又同情过谁呢？她离家以后，父母便从她的脑际永远消失了。她住在姐姐家，食宿权是她买来的，谈不上感激。她离开姐姐家后，照说距离也不过几条街之遥，而她只给她写过一封短信；以后她很少再想起她们。她和杜洛埃同居，深知自己在典押自身以求苟且偷生。她离开他时，心地非常坦然。她虽然对赫斯特伍德拉她出走曾极为不满，但乘车旅行，加拿大和纽约的繁华，新住宅的舒适得体，这一切很快令她陶醉，把杜洛埃忘得个一干二净。在纽约的岁月里，不论是她生活坎坷，还是平步青云，她都未再想起过杜洛埃其人。她和杜洛埃，虽非夫妻，也算得有过夫妻的情分和恩惠，而她却不念旧情。诚然，杜洛埃在她功成之后又来求她破镜重圆是自讨没趣；可是嘉莉毫无动心的表示，也应当说是木人石心了。嘉莉对待赫斯特伍德的态度也难令人称许。赫斯特伍德为她丢掉当时世人欣羡的职业、地位、体面、家庭，而走上绝路。嘉莉对这一切并不领情。她对赫斯特伍德未表现出任何激情。在纽约的荣华富贵，锦衣玉食面前，她惊呆了，她忘掉了一切，包括赫斯特伍德为她所做出的牺牲。在赫斯特伍德生意顺利因而能为她提供舒服的生活条件时，她虽意犹未尽，但还是感到一定的满足。但他露出败相时，她毫无留恋地离开了他。此后她平步登天，而他却虎落平阳，她帮过他但却极不情愿，后来就干脆离他而去，很快把他忘在脑后了。其后她似乎对一个名叫艾姆斯的年轻人曾有好感，然而仅此而已。在小说的结尾时她坐在摇椅里，脑里装的，心里想的未必就有他。

嘉莉是一个没有感情的人，社会铸就了她。如果说她当初和母亲吻别时曾掉过几滴热泪，火车驶过父亲工作的面粉厂时曾感到一阵心酸；如果说自幼所熟知的绿色乡村从眼前匆匆退去时她曾长叹过一声，她的这一切人情味在大城市的繁华与喧嚣中都消失了，只有一种欲望在激励着她；与日俱增的物质欲。杜洛埃为她买的新衣令她欢喜不已，赫斯特伍德为她准备的小公寓叫她心满意足。她找到了工作，在剧院步步走红，名气越来越大，地位越来越高，钱越挣越多，她却并不知足。恰如摇椅不断地摇动一样，嘉莉的美梦极难圆满地实现。她是这个梦的奴隶和牺牲品。

在《嘉莉妹妹》中，德莱塞着力描绘了各种不同的环境对嘉莉所造成的深刻影响，他认为嘉莉的一切沉浮荣辱都是环境所造成的。嘉莉原本生活在平静而和谐的乡村，那里有一望无际的绿色田野，有蜿蜒流淌的涓涓小溪，有纯朴善良的父老乡亲，这种生活赋予了嘉莉少女时代天真、爱幻想的性格特征。十八岁那一年，嘉莉开始幻想过大城市的生活，向往孩提时代经常听到的一个地方——芝加哥，向往它的五光十色，向往它的熙熙攘攘，向往它的富裕……于是，嘉莉踏上了开往向芝加哥的火车，去追寻她心中的梦想。到达芝加哥之后，生活环境改变了，嘉莉也跟着改变了。嘉莉的姐姐是她在芝加哥唯一的亲人，嘉莉原本梦想着依靠姐姐过上她所向往的城里人的幸福生活，但她在姐姐家所看到的真实情景却只是寒酸、庸俗与贫穷。这种环境使嘉莉意识到她只能靠自己去养活自己，因此，嘉莉开始为自己寻找生活来源。她在鞋厂找到了工作，但工资低，活太重，生病后失了业。这时的环境则迫使嘉莉只好求助于在火车上认识的推销员杜洛埃。做了杜洛埃情人的嘉莉的境遇虽有所改善，但杜洛埃无意娶她，这不免又一次打击了嘉莉的生活幻想。于是嘉莉离开了杜洛埃，并与杜洛埃的一位朋友赫斯渥一起到了纽约，且举行了婚礼。嘉莉想要好好生活，但她很快又发现赫斯渥不仅是个盗窃公司巨款的罪犯，而且他们的婚姻还因不合法而无效。无情的现实再一次摧毁了嘉莉的幻想，嘉莉离开了赫斯渥。此时的嘉莉处于孤立无援的境地之中，除了年轻漂亮，她一无所有。然而这时的嘉莉却在一次偶然的机遇中，凭借着自己的年轻漂亮登台表演，且一跃成了当红明星，金钱名利滚滚而来，嘉莉终于得到了她所想要的一切，过上了她一直向往的城市的幸福生活。

不难看出，德莱塞在小说中过多强调了客观环境对人物性格命运的影响，他认为嘉莉的成败荣辱都是环境造成的，以至于对嘉莉的堕落抱有着一定的谅解。德莱塞认为，在当时特定的社会经济环境下，像嘉莉这样一个没有受过什么教育、没有什么文化的农村女子身处于芝加哥、纽约这样物欲横流的花花世界中，她的堕落是可以想象的，也是可以理解的。因此在德莱塞的笔下，嘉莉的命运从不会因她的堕落而遭到挫折，相反，她在别人一落千丈时却能够平步青云。当然，在小说中，德莱塞也同时运用了他的进化论思想来解释嘉莉的堕落：“一个没有教养的人，在宇宙间扫荡摆布一切的势力之下，只不过是风中的一棵弱草而已。我们的文明还处于一个中间阶段——我们既不是禽兽，因为已经并不完全受本能的支配，也不是人，因为也并不完全受理性的支配。老虎是不负责任的。我们看到造物赋予它强大的生命力——它生下来就受到生命力的照料，不用花费什么心思就得到保护。我们认为人类已远离在丛林里巢居穴处的生活，他们天生的本能已因太接近自由意志而变得迟钝了，而自由意志却还没有发展到足以取本能而代之而成为完美的主导力量。人已变得相当聪明，不愿老是听从本能和欲念；可是他还太懦弱，不可能老是战胜它们。作为野兽，生命力使他受到本能和欲念的支配；作为人，他还没有完全学会让自己适应生命力。他在这中间阶段里左右摇摆——既没有被本能拉过去和自然融合无间，也还不能恰当地使自已和自由意志取得和谐。他就像是风中的一棵弱草，随着感情的起伏而动荡，一会儿按照意志行动，一会儿按照本能行动，一下子错了，就等另一下来挽救，一下子倒了，就等另一下来扶正——是一种不可捉摸的变化无常的生物。然而，进化是持续不断的，理想是一种不会熄灭的光明，这是可以引以自慰的。他不会长此在善与恶之间摇来摆去，等到自由意志和本能的纠葛调整妥当以后，等到清醒的觉悟使自由意志有力量完全取代本能的时候，人就不会再摇摆不定了。在嘉莉的心里，正如世上的许多人一般，本能和理智，欲念和觉悟，正在争夺主宰权。在嘉莉的心里，正如世上的许多人一般，本能和欲念往往还是胜利者，她跟着她的欲念走。她是被动的时候多，主动的时候少。”

在《嘉莉妹妹》中，德莱塞还贯穿了自然主义手法中的“真实性”原则。德莱塞以他的一个姐姐的真实经历作为小说的背景材料，以新兴的工商业城市芝加哥作为人物活动的场景基地，真实地描摹了主人公嘉莉的一段命运发展轨迹，也真实地展现了在工业扩张和自由经济的黄金时代里，资本家们对工人的残酷剥削以及他们穷奢极欲、纸醉金迷的腐朽生活。在小说中，德莱塞将嘉莉的命运与赫斯渥的命运进行了鲜明的对照，嘉莉由贫穷走向了富裕，而赫斯渥却由富翁沦为了乞丐，德莱塞是在以此揭示金钱的作用和商品经济所带来的道德沦丧。嘉莉才疏学浅，却富于感情和欲望，她离开农村，投入混乱的城市世界之中，用自己的美貌和肉体换来了现代的物质生活享受，她的行为大大地违背了传统的良好的道德标准。由此，德莱塞尖锐地指出当时的美国社会是一个为了出人头地、为了金钱甚至可以胡作非为的社会，在这种社会中，只有那些最最没有道德观念的人才会取得成功，且成功的人所使用的手段都是极其卑劣低级的。《嘉莉妹妹》这部小说深刻地揭露了当时美国社会的道德沦丧，强烈地批判了资产阶级道德的虚伪，而这种揭露性和批判性正是这部杰作的真正成功之处，也正是这部杰作极其深远的现实意义之所在。

四、《街头女郎梅季》中的自然主义元素分析

美国自然主义文学思潮随着美国工业化进程以及后工业社会的形成而发生与传承，在美国文学史上占有重要地位。通过对克莱恩《街头女郎梅季》的阅读，克莱恩阐释社会转型时期主体心理理性判断标准丧失的动因，揭示了社会现实的不稳定性与主体心理浮躁之间的必然联系，分析了印象化的社会主体心理所导致的社会认知偏差和行为越轨以及社会态度转向悲伤的根本原因。

南北战争之后，美国农业文明下的大众理想和偶像受到普遍怀疑，那种坚定的宗教信仰与怀旧的国民心态随着工业化进程逐渐走向死亡。然而，旧的理想与偶像的消失需要新的理想和偶像的补充和替代。新的工业资本家取代了上帝或精神寄托者的位置，成为美国新文化中大众理想与偶像的代表。从社会层面上讲，传统小说中的和谐社会转化为残酷竞争社会，传统小说中的“父亲”与“家庭”则转化为竞争社会中的“老板”与“工厂”

斯蒂芬•克莱恩的小说《街头女郎梅季》经常被认为是美国小说史上自然主义作品的代表。小说中，一个叫梅季的年轻女孩沦落，最终死在纽约贫民窟，她的一生体现了明显的自然主义元素，尤其反映在小说下面的两个方面：贫民窟的破败场景和贫民窟下的道德观。斯蒂芬•克莱恩给他朋友的信中也说梅季的一生是自然主义环境对她的影响造成的。

1.贫民窟场景和环境对梅季的影响

小说开头第一句话是这样描述的："一个小男孩光荣的站在破败小巷的一堆碎石头上。"小说一开始就体现出克莱恩作品的主题和他运用的讽刺语言，比如光荣和小男孩在陋巷现实的对比。陋巷和一堆烂石头与自豪、荣耀是很难联系在一起的，因此小男孩的自豪感在这种环境下是不合适的。开篇句让我们看到小男孩自豪感来自于后面所描述的孩子们的恶意打架。吉米的衣服尽管在斗殴中被撕成了碎片也不愿退缩，帽子也不见了，身上有20处伤。这个场景体现吉米是个失去理智的小鬼。他用一堆碎石头与人作战就像一个真正的勇士只为体现他对自己生活其中的贫民窟神圣的忠诚。小说的开始就定下了主题，这个小说不仅仅是描述贫民窟的现实环境，更重要的是这样的环境对人们生活产生的影响，这种信仰成为他们生活和行为的动力和原因。

下来作者将分析梅季孩提时代约翰逊家的环境。他们家有两个场景给读者留下了深刻的印象：一个是在战场，另一个是在监狱。小说前三章对这两个场景描述的很清晰。小说开头就描述吉米和另外一帮称为"恶魔"的孩子们打架，后来他又和自己一伙一个叫比利的孩子斗殴。而围观的孩子和大人们不但不劝架还为他们叫好。后来吉米的父亲过来重重的一拳才把他们分开。在这肮脏的街道上，梅季正虐待她弟弟托米。她猛的推了托米两次，托米倒在地上。当梅季为吉米打架感到悲伤时，吉米威胁她，还打她。回家后，他们的的母亲约翰逊夫人因吉米打架打吉米，约翰逊夫妇时不时的吵架并诅咒对方。约翰逊夫人打梅季，因为她打碎了一个盘子。喝醉酒的父亲用空的酒桶打吉米。 约翰逊先生酒后回家后又与老婆打架。在小说短短的三章里，所有这些事件给读者详细，清楚的描述了约翰逊家就像个凶残的战场。克莱恩在前三章主要想表达他这样的观点：梅季的家庭不是个没有斗争，动乱的神圣地方，而是个战争更激烈的战场。在这样的家庭，人生战场中人的动物属性全面地表现了出来。权利，恐惧，暴力充斥着贫民窟和梅季的家庭。

约翰逊一家所在的贫民窟不仅是战场，而且是个封闭的、被遗弃的地方，梅季的家庭就生活在这个暗区。小说对梅季家庭的描述是这样的："爬上黑暗的楼梯，走过寒冷，昏暗的大厅，他们来到了自己的家。梅季的房子看起来就像个洞穴。"小说对约翰逊家孩子们吃红薯的描述让我想起了原始社会人们为食物竞争的野蛮情景：最小的孩子一边吃一边摇晃着从不稳当的婴儿椅上掉下来的双脚，他的小嘴狼吞虎咽着食物，吉米疯狂地加快了吃的速度，受伤的嘴唇上沾满了油乎乎的碎渣。梅季朝两边看看，就怕被打扰，吃起来就像个小母老虎。通过这些描述，克莱恩向我们展现了约翰逊家人的世界是个充满恐惧，狂暴的黑暗世界，在他们的世界里就没有道德法则而言。他们最基本，最主要的生活指导原则就是发自本能的非道德，一种保护自己，填饱肚子的需求。

小说在开始对这个贫民窟非道德的描述就为梅季以后的生活埋下了伏笔，她以后的生活一直被这样的残酷世界主宰着。约翰逊先生死后，儿子吉米取代了父亲的地位，家里的战争和以前一样继续着。等他们长大成人，工作了，梅季和吉米都感到成人世界里的竞争和冷漠。吉米成为鲁莽好战的司机，由于自己的无知和恶意入狱。在他的生活中，他只羡慕红色的消防车，应为它可以把小车撞得粉碎。梅季在一家生产衣领和袖口的工厂里工作，老板把那里的工人当机器使唤，从早到晚干那些无聊，重复性的工作。他们的生活是空虚的，只不过为了生存，他们不得不挣扎。这样的生存环境让他们感到皎洁的月亮看起来也想是地狱一般。

2. 道德价值观对梅季毁灭性的影响

上面对梅季所在贫民窟的外部环境和它的文化进行了详细的分析，接下来笔者要深入梅季的内心世界，剖促使她走向沦落的道德价值观。约翰逊一家持有的道德价值观来自于中产阶级道德观：强调家庭应作为美德和尊重的中心，应当得到他人的认同和尊重。这也是他们追求的最重要的道德目标。小说的第一章，梅季做了错事，约翰逊先生把他们往家里拖，他向吉米喊到：“把她（梅季）扔到街上，别让她回家。” 周围人对梅季沦落的态度也源自于这一道德原则。之后她被自己的母亲，兄弟抛弃，只因她让家庭蒙羞。梅季的情人彼得遗弃了她也是因为梅季在他工作的那个简陋的酒吧里对他的尊严产生了威胁。约翰逊一家和彼得所信仰的道德原则是如此可笑，脱离现实。毕竟约翰逊家庭和酒吧本身就不是他们认为美德的载体，相反这两个地方是战场。而就在这样的地方，他们还不切实际的要维护他们心目中的美德。

梅季所在贫民窟里的人们另外一个道德理念就是自欺欺人。克莱恩对这一点的描述很清楚的反映在舞厅和剧院里。小说中有这样一个场景：梅季和彼得在剧院看戏，剧中男主角为了他们的爱情勇敢地把女主角从她监管人的家里救了出来。看到这里梅季陷入了感动之的遐想之中，仿佛听到了唱诗班在唱《欢乐世界》。对梅季和其他的观众，剧中的场景是他们理想中的现实——超现实主义。看完之后，他们抱在一起为他们的现实和想象中的情景而惋惜。观众把自己想象成剧中的主人公，完全投入其中，他们欢呼，为剧中的美德鼓掌。他们道德本身就不怎么高，却明显地表现出对美德的羡慕。

小说中人物的实际行为和他们崇尚的思想美德的矛盾在小说中有大量的描述。甚至贫民窟的宗教也表现出这种不切实接的丑陋态度。他们的宗教与生活毫无关系，只是满足精神上的需求和社会肯定。

当梅季遇到问题，向当地那位肥胖牧师求助时，他的第一反应让人如此震惊，他说：“什么？”并回避梅季。现实中的教堂就好像那个感情寄托的剧院，只鼓励人们信奉诸多的道德信条，但忽略道德的本质是服务现实的，并且对现实中人的问题视而不见。

3. 自然主义在人物的体现

自然主义元素在小说人物的描述中也无处不在，最具代表性的人物是约翰逊夫人，也就是梅季的母亲。她粗暴的脾气代表了贫民窟人物的动物性，她不经过思考就武断下结论，辱骂诅咒梅季，最后把梅季赶出家门。所有的行为都是为了维护贫民窟所谓正直，体面的价值观。约翰逊太太是贫民窟原始野蛮性和敏感的道德意识的代表。所以梅季是被自己家人逼成妓女并最后死去的，这样说一点都不为过。约翰逊夫人为了挽救所谓的贫民窟的道德，她在梅季被彼得抛弃后拒绝梅季回家，认为这是为家人脸上抹黑。正因为梅季得不到家人的安慰和温暖，她没有办法仍然和虚伪的彼得在一起，最终让她走上绝路。

梅季本人的性格特点也体现出自然主义对她的影响。她一生最大的愿望就是摆脱那个贫穷、肮脏、监狱试的家庭。他被彼得吸引就是因为彼得表面所具有的男人力量和工作与她家庭的野蛮和丑陋形成了鲜明的对比。梅季对彼得错误的认识主要来自于她封闭的生活世界，彼得的出现给了她浪漫的幻觉。

克莱恩的文笔中透露着对梅季的同情，他让读者知道梅季是天真的。她的悲惨命运主要是那个冷漠的环境拒绝给予她温暖和力量。克莱恩关于对梅季出色描写的意图中写道：“我想表现环境在人的生活世界中的作用是巨大的，并能塑造人的生活。”克莱恩表现出自然主义特点，他相信环境塑造生活。

第十五章　美国20世纪文学研究

第一次世界大战和其后的经济繁荣对20世纪的美国文学造成了各自不同的重要影响。第一次世界大战对美国文学创作的直接影响是产生了一批厌战、反战的小说和在世界文学史上极有影响的“迷惘的一代”。20世纪初，侨居法国巴黎的女作家格特鲁·德斯泰因对海明威说“你们是迷惘的一代”。海明威把这句话作为他第一篇长篇小说《太阳照样升起》的题词。于是，“迷惘的一代”就成了美国文学史上一个专门名词，用来称呼那些在一战爆发时刚刚步入成年，并在20世纪获得文学上的声誉的年轻作家。在这些作家中间，有的参加过第一次世界大战，如福克纳、海明威、帕索斯和肯明斯，他们对这场战争感到深深的厌恶；有的则对战后的社会抱有幻想，却最终大失所望，如菲茨杰拉德。他们之所以迷惘，是因为这一代人的传统价值观念完全不再适合战后的世界，可他们又找不到新的生活准则。他们认为只有现实才是真理，而现实是残酷的。希望破灭以后的生活显得空虚而又毫无意义，于是他们只能按照自己的本能和观感行事，竭力反叛以前的理想和价值观，以沉溺享乐和放浪形骸来表达他们对现实的不满。20世纪20年代的美国作家们虽然将自己称作“迷惘的一代”，但他们并没有彻底消沉下去。他们虽然流落他乡，但仍自愿回国；他们虽然抨击市侩风气，但仍然热爱祖国。正是他们在这一过程中为美国奉献了文学史上最有生气、最激动人心的作品。

存在主义哲学是社会动荡和世界大战的产物。存在主义在19世纪已有所发展，但随着现代科学，特别是现代物理学的发展，现代思维中充满不确定性的因素，存在主义哲学因此也带上不确定性的特点。尼采在战前为了寻找人类存在的自由和可能，“杀死”了上帝。但是，上帝之死却把人类推向“存在”的困境。反过来，存在主义哲学对战后孤独和绝望情绪的弥漫起到了“催化”作用。而这种孤独和绝望在人类存在的概念中占据了统治地位，这对战后美国文学的发展产生了决定性的影响。

在战后美国社会中，最突出的特点是各种少数民族纷纷觉醒，追求自身存在的“民权运动”此起彼伏。他们在各自的文学作品中透露出一种共同的思绪，即：绝望而又不懈地揭露现代生活的荒唐，孤独地在虚无的社会环境中追求所谓存在的意义。可是他们追求的结果是令人啼笑皆非的。因此，一种特殊的文学形式便应运而生，那就是“黑色幽默”。“黑色幽默”小说在人类绝望的面容上涂抹了一层荒诞的戏剧色彩，因而更显出人类存在的无奈。

一、海明威写作风格分析研究

海明威是20世纪世界上最为出色的作家之一，他文风简练、朴实无华的特点为世人所称赞，他的小说《老人与海》荣获了1954年诺贝尔文学奖。他独特的写作风格对20世纪文坛产生了革命性的影响，为后来者所推崇和模仿。自从改革开放以后，我国大量引进西方文学作品，20世纪90年代以来，我国学者和作家对海明威作品的写作风格的研究，热情与增不减。

1. 海明威的“冰山”写作原则

诺贝尔文学奖得主海明威被评价为20世纪的“风格塑造者”，尤其是他早年的生活经历和阅历就是一副20世纪社会生活画卷，海明威将他生活的那个时代用文字表达出来，就好像与世界进行“生动的对话”。海明威写作风格凝练，一反过去那种浮华、冗长、曲折的写作文风，为20世纪文风的革新产生了深远的影响，他本人也成为当代最为欢迎的作家之一。海明威的写作特点可以用“冰山原理”来形容，所谓“冰山原理”指的是海明威的写作风格力求简洁、生动，用极少的文字表达更多的内容。正如他在《死在午后》一文中所说：“如果著名散文作家对他写的内容有足够的了解，他也许会省略他懂的东西，而读者还是会对那些东西有强烈的感觉的，仿佛作家已经点明了一样，如果他是非常真实地写作的话。一座冰山的仪态之所以庄严，是因为它只有八分之一露出水面。”这种风格犹如中国的唐诗言已尽而意无穷，耐人寻思回味。

（1）简明紧凑的语言。读过19世纪英美小说的人都有一种感受：句子长，形容词多，如果不努力集中精力是读不完一个句子的，不耗尽精力是读不懂的。这时如果再读海明威的小说，我们则会有一种清新、流畅的感觉——“我们穿过森林，上了路，绕过一块高地，只见前面绿油油的一大片平原，绵延起伏，路的尽头是焦黝黝的山峦。”海明威在语言的运用上不同以往，行文用语简洁、紧凑。他采用短小、干净的句子，而且常常是短句，或者是并列句，用最常见的连接词联系起来，并用一连串的动作描写来推进故事，

从而使句子结构简单明晰，行文干净利索，不拖泥带水，对话言简意赅，犹如电报行文。海明威不喜欢用空洞的大词，尽力摒弃空洞、浮泛的夸饰性文字，而选用普通的日常用语。他避免使用形容描写的手法，避免使用形容词，特别是华丽的词藻，而以凝练的文笔来勾勒人物，反映人物的思想。

海明威小说的语言运用主要是口语，其明显的特征是竭力简化词汇与语句的构

造。他往往只用短而普遍的字，既用得很经济，又用得非常鲜活。英国作家福德曾这样说过海明威的作品："每一个字都打击你，仿佛它们是新从小河里捞出来的石子。"

海明威的这种简洁、紧凑的语言艺术风格当然不是自然形成的。当年他接受记者采访时，记者曾问他："你说谁是你在文学上的先辈，你曾经学得最多的是哪些人？"他首先提到的就是马克·吐温的名字。海明威曾经这样赞扬过马克·吐温的《哈克贝利·费恩历险记》："这是我们最好的一本书。一切美国文学创作都来自这本书。在这以前没有什么东西，打它以后的东西也没有这么好。"当然，他的话也许说得有点过头。但是海明威对马克·吐温的评价应是从语言简洁这一点出发的。事实上，他们都是开启了一代文风的优秀作家，而且有意思的是他们的经历也十分相同：两人都曾当过新闻记者和驻外记者，两人都亲身经历过战争，两人都有深刻的人生体验，也许因此才使他们的文风和创作观点也较为接近。马克·吐温曾这徉表达自己对文学创作的见解："用平易的、简单的英语，短字和短句。这是现代的写法，最好的写法，英语就得这么写。坚持这么写，不要浮华花俏，不要赘言冗长。你想起一个形容词就消灭它。不，我不是说一个形容词也不用，而是说大多数不要用，这样留下来的就有分量了。形容词挤在一块儿，文章没力，离远一点儿就有力。一个一旦养成好用形容词的习惯，或者冗长、花俏，就好比染上其它恶习一样，很难改掉。"从这些话中可以看出，马克·吐温与19世纪后50年间的美国作家不大相同。这批美国古典作家被海明威认为是"像是从英国流亡出来的殖民地居民，从一个与他们无关的英国流亡到一个他们正在创建的美国，所有这些人都是绅士，或者想当绅士。他们都很有声望。他们不用人们常用的口头语言，活的语言。"这几句话涉及两个方面，一是说他们还没有完全摆脱英国的影响，写的虽然是美国的事情，可是做派还是英国绅士式的；二是说他们用的是书面语言，而不是"口头语言，活的语言"，与此相反，马克·吐温由于来自民间，当过水手，做过排字工，还在美国西部淘过金，所以他用的是活泼生动的民间语言。作为一位幽默的演说家和优秀的小说家，马克·吐温极其讲究语言的巧妙运用，他把市井的俗语提炼成为文学语言。这是一种自然的美国口语。他在美国口语中发现了清新的气氛。

海明威一方面继承了马克·吐温等作家的现实主义传统，另一方面又在创作思想和创作方法上进行了变革，形成了他自己独特的写作风格。"由于他有力地掌握了讲故事的艺术，对当代文体风格产生了影响。"因而获得1954年度的诺贝尔文学奖。现在看来19世纪50年代以前的美国文学虽然已经具有自己的民族特色，基本上摆脱了英国文学的束缚，但是这场文化方面的革新还没有深入到文学语言领域里去。当时的作家，大都出身于新英格兰地区的上层社会或知识阶层，因此文体上不具备革新的条件，只能因袭沿用。现在，19世纪那种冗繁的文风已不多见，而海明威式的文体——简洁、紧凑，已为许多现代作家广为采用。海明威创作风格的形成不仅受益于他所处的那个时代的变革，也不仅受益于他之前的一些有语言创新的作家，还与他曾有过的记者生涯是分不开的。

1917年之后，他曾作为见习记者在战前的堪萨斯城《星报》工作过。《星报》是当时美国十分有名的报纸之一，对记者的要求极为严格。这家报纸极为讲究文风，对每一名记者都提出文体上的要求。海明威努力遵循该报提出的摈弃华丽词句，用明快、生动、富有活力的英语语汇去写短句的要求，为最终锻炼出自己独特的写作风格创立了良好的开端。对此，他说："在《星报》你不得不去学习简单的陈述句子。这对任何人都是有用的。"他经过初步训练之后，又对自己提出更高的要求。他要摆脱新闻文体的影响，锤炼文学语言，于是开始训练自己用一句话写一个小故事，把环境、气氛、人物、行动和情绪浓缩在一句话里面。海明威不仅具有高度的语言敏感、天生爱好简洁，而且擅于聪明地汲取别的作家之所长。他领悟得极快，但从不跟哪个作家一路走到头，而是在汲取养分、充实自己的基础上，开拓自己的路。身处现代派文艺的氛围之中，他无疑汲取过现代派的某些技巧，但他决不是现代派文学盲目的追随者。他要有自己的风格——"海明威风格"。

海明威的写作风格的形成除了受益于多年做新闻记者的功底以及时代的机遇及前辈的启发和影响，还受益于他那种勇于探索和追求的精神。他的立意、构思、锻句、炼字都是十分讲究的。

这种不肯因循守旧和勤奋的精神是造就海明威独特写作风格的因素之一，这种严谨工整的文风主要存在、形成于他写作的过程中。为了更好地表达思想内容，他删去可有可无的内容，反复锤炼，精益求精。所以海明威写书写得很慢，他从不急于投稿。如在《永别了，武器！》中的描写：

> 河上起了雾，山上盖着云，卡车开过溅起一路泥水，兵士 的斗篷上尽是潮湿的泥浆。他们的枪也是湿的，斗篷里面有两只 皮子弹盒别在皮带前面，盒子是灰皮的，很重，里面有装着六点五 厘米、细长型的弹夹子，这些东西把斗蓬鼓了起来，于是这些行军中的兵士个个像是怀了六个月的孕。

这一段是小说中主人公在意大利军队战败撤退途中之所见。作者虽然一字未写士兵的心理活动，但是从文中可以感觉到士兵凄凉悲苦的心情以及兵士们满怀的厌战情绪，海明威的这种简洁、紧凑的写法在这里达到了此时无声胜有声的意境。

（2）含蓄的意境。海明威的另一个创新是尽力追求一种含蓄的意境。他靠着善于包罗及如实记载的敏锐感使文章前后串联得紧凑有力。在他的笔下，人物的感情，不论是失望、恐惧，还是悲愤、轻蔑，从来不作过分的描写，而总是被凝结在艺术形象里，如自然的景色、人物的动作、电文式的对话等。这种含而不露的写法为读者留下了联想的空间。为此目的他总是冷酷地压缩篇幅。这不只是他的写作技术手段而是他生活态度中不可缺少的一部分。正是这种毫不怜惜的简炼使得他的作品具有含蓄的特点。他一生都在追求含蓄的效果。他曾这样比喻他的写作特色："作家所看到的每一件事情都进入他知道或者曾经看到的事物的庞大储藏室。要知道它有什么用处，我总是试图根据冰山的原理去说明。冰山在海里移动很是庄严宏伟，关于冰山显现出来的每一个部分，八分之七是在水面以下的，这是因为它只有八分之一是在水面上的。你可以略去你所知道的任何东西，这只会使你的冰山深厚起来。这是并不显现出来的部分。如果一位散文作家对于他想写的东西心里很有数，那么也可以省略他所知道的东西，而只要作者写得真实，读者会强烈地感觉到他所省略的部分，就好象作者已经写出来似的。如果作家因为不了解而省略某些东西，他的作品只会出现漏词。"这就是说作家应该删掉一切可有可无的东西，要以少胜多，不要铺陈，不要把"八分之八"全盘推出，造成一览无余的乏味后果。艺术感染力的源泉就在这些意到笔不到的地方。因为这有点像是画家做画：可以用笔细腻，不尚节制地画；也可以留有余地，把主要人物画到入神处打住，以留下空间让读者去想象，如：

> 我上面那个人的血仍旧流个不停。在黑暗中，我看不清是从哪个地方流下来的。我试图把身体移开一点，但血仍旧滴在我的衬衫上，又暖又粘。我身体冷，腿又痛，上面的血一流下来，更是十分难受。过一会儿，上面那个伤员的血流少了，但仍然是一滴一滴在落，我听得见他动了动，以便死得舒服一些。（《永别了，武器！》）

海明威客观地、精确地描写了主人公亨利在救护车上所看到、听到和感觉到的一切。这里虽然言语不多，但是却充分地表达出一个不断流着鲜血的伤兵糊里糊涂地送了性命的过程，让读者自己感觉到了战争的残酷。这就写得凝炼、含蓄，非常富有表现力。从而达到了以少胜多、意在言外的效果。

（3）真切的可触性和可见性。海明威写作风格的第三个独特之处，表现在他的作品都具有一种真切的可触性或者可见性。

艺术的形象必须是具体的而不是抽象的，鲜明的而不是模糊的。这是叙事艺术的法则，任何时代都应是如此。海明威在写作上的成功，不仅在于遵循了这一法则，而且在于把这一法则作了充分的运用，发挥到了尽乎完美的地步。在他的作品中，形象描写具体、鲜明，他笔下的树叶、山峦、雨点、道路等等好象都看得见、摸得着，仿佛一切都历历在目。海明威是一位精细敏感的艺术家。

他凭着自己敏锐的视觉、触觉、听觉、感觉来塑造形象、描写动作。海明威作品的这种可触性首先表现在视觉上：

陆地上的云彩现在象是巍峨的山峦似的，升到上空去，海 岸只剩下一长条绿色的线，背后是一丛淡青色的小山。现在水是深兰色的了，深得几乎变成紫色。桑提亚哥低下头朝水里望了一望，看见兰色的海水里纷纷游走着红色的小生物，和阳光幻成一道道 奇异的光柱。（《老人与海》）

在这一段里，海明威只用了几个短句，就在读者面前展现出一幅画面。这完全是视觉的艺术。画面分远景和近景，很有层次。远景由云彩、海岸线和小山组成，用笔不多但很明快，远景虽然远但并不模糊。场景是海水和水里游走的小生物，具体、清晰、真切。这一切又用绿、青、蓝、紫、红等各种颜色衬托。有了这幅远近、静动结合的画面，海明威就不用再去叙述这个连续84天没有捕到鱼的老渔夫此刻的心情，读者已经通过这幅画面感觉到老渔夫在第85天出海时舒畅的心情了，而且让读者还感觉到他有信心今天捕到一条大鱼。可见，海明威的描写常常从视觉、感觉、听觉与触觉等着手。他尤其重视视觉的效果，原因在于他能够把他眼睛所看到的东西加以提炼，由远及近有所突出地呈现给读者。这种因情写景的方法在海明威的作品中随处可见：

一个戴金丝边眼镜的老人坐在路旁，衣服上尽是尘土。河上 搭着一座浮桥，大车、卡车、男人、女人和孩子们在涌过桥去。骡车从桥边蹒跚地爬上陡坡，一些士兵帮着推动轮辐。卡车噶噶地 驶上针坡就开远了，把一切抛在后面，而农夫们还在齐到脚裸的 尘土中踯蜀着。但那个老人却坐在那里，一动也不动。他太累了，走不动了。（短篇《桥边的老人》）

海明威因情写景，从视觉的角度把一幅嘈杂、混乱、令这位老人心烦意乱的情景淋漓尽致地表现了出来。他之所以能达到这种效果，主要在于写法的角度。在前面提到的《老人与海》那幅彩色画中，读者只见到了天空、大海、云彩和小生物，而没有看到船上的老渔夫，因为这一切景物都是来自这个老渔夫的视觉所见。如果这幅画上还有船，还有渔夫，那就成了作者的视。这就隔了一层，从而防碍了读者的视线。

海明威在开始学习写作时从别的作家那里学到不少东西，但是他能根据他自己的经验与擅长，到前辈那儿选出他认为是最有意义与吸引力的东西。他独特的个性加上他高超的写作技巧，使他能把借来的东西化为自己独特的一部分。这就是海明威的魅力。任何国家只要有人看美国书，他们的文学作品就不会完全不受海明威作品的影响。在美国他的影响是如此广泛和深入，使大家都不觉得他的影响的存在。他擅长表现孤独的男主人公。这些人物在他先后不同的作品中出现，思想面貌有时趋于雷同。他的主人公具有强烈的个性，勇敢、坚强，但是缺乏多方面的、丰富的性格特征。但是，海明威懂得扬长避短，他从不去尝试他所不擅长的，而对他所独擅的则予以淋漓尽致地发挥。所以，他在狭隘的天地之间，常有意到笔不到的神来之笔，从而登上了一个独特的艺术境界。海明威这种独特的艺术风格表现出一种新的审美方式，他的写作风格成为数十年来许多作家竟相效仿的榜样。海明威在写作风格上的独树一帜，使他在国际文坛上产生了相当大的影响。虽然他没有形成一支创作流派，但却影响了一代文风。在许多欧美作家身上可以发现海明威写作风格的痕迹。他将因简洁紧凑、含蓄凝炼、真切可见的行文风格而永载世界文学史册。

二、约翰·斯坦贝克和其代表作《愤怒的葡萄》的现实主义研究

约翰·斯坦贝克（John Steinbeck，1902—1968）是20世纪美国一流的现实主义小说家。他出生在加利福尼亚洲萨利纳斯谷地的一个中产阶级家庭，他的父亲是位司库，母亲是一位教师。在母亲的影响下，斯坦贝克自幼酷爱英国古典文学，一直把经典作品中讲述的故事看作是发生在他身边的事。中学毕业后，斯坦贝克考入斯坦福大学，但未能获取大学学位。他从小生活在山谷，喜欢家乡的自然风光，从中获取了关于大自然的知识。学校放假时，他经常帮助附近的农民干活，熟悉农民生活。他的整个青年时代都掺杂着做工的经历，他曾经当过修路工人、农场工人、木匠、泥水匠、助理化学师、记者、水手和画匠，这些经历使他能够亲自了解劳动人民的生活状况和言谈举止，为后来的文学创作提供了丰富的原始资料。1929年，斯坦贝克开始小说创作。1935年出版的小说《薄饼坪》是他首部受到欢迎的作品，该小说以幽默的笔调和对加洲墨西哥血统乡下佬的生动描绘使斯坦贝克崭露头角，并给他带来了一笔丰厚的经济收入。之后，斯坦贝克成为职业作家。1936年、1937年和1939年，斯坦贝克分别出版的《胜负未决》《人与鼠》和《愤怒的葡萄》三部小说奠定了他在美国文坛的坚实地位。《愤怒的葡萄》这部小说描写美国20世纪30年代经济恐慌期间大批农民破产、逃荒的故事，饱含了美国农民的血泪、愤慨、斗争，可以说是美国现代农民的史诗，也是美国现代文学的一部名著，是美国文学的一个里程碑。在1940年，该作品就获得了美国普利策文学奖。

《愤怒的葡萄》讲述的是美国20世纪30年代经济大萧条时期俄克拉何马洲以乔德一家人为代表的农业工人被迫流落到加洲的故事。小说真实地记载了大萧条时期大批俄克拉何马洲和邻近各州流动农业工人的艰难生活，生动地再现了流动农业工人惊心动魄的反抗和社会斗争的历史场面。经济大萧条时期，俄克拉何马洲和邻近各州的农民负债累累，他们的土地被垄断公司没收，失业破产，贫困交加、无家可归，纷纷踏上向西迁移的征途，梦想到加州寻找出路。贫困潦倒的乔德一家为了逃难，卖掉了一切家当，换来了一部旧汽车，摇摆不定地满载着一家老少，加入了向

西部加州行进的人流。然而，西进加州的旅程是漫长而艰辛的，途中，他们全家遭遇了各种磨难：尚未走出俄克拉何马州，不堪的旅途颠簸使体弱多病的祖父在途中死于中风，刚刚到达科罗拉多河，旅途的劳累使乔德的弱智哥哥弃家而去，接着是祖母的病逝。历经了千辛万苦，终于踏入了他们梦想中的加洲。然而，当他们抵达加洲后，乔德家族成员失望地发现加洲根本不是他们所向往的一片乐土，那里同样充满了失业、饥饿和困苦，等待他们的依然是剥削、压迫和迫害。

乔德一家在当地残破不堪的集中营之间展转，从一个集中营搬到另一个。后来，他们在一个叫胡佛村的集中营扎了营。这个集中营早已人满为患，住满了饥寒交迫的难民。这里工作很少，他们不得不到处寻求工作，但经常是徒劳而返。既是找到了工作，一家人全天工作获得的收入难以使他们饱餐一顿。他们往往靠寻找食物来维持生计，他们的生活太艰难了。加洲当地的农场主对蜂拥而来的人潮极度恐慌，害怕他们暴动。为了保护自身利益，农场主们让这些外来移民依赖于他们维持穷苦的日子，不把他们当人看待，拼命压低他们的工资。他们在流动工人中制造矛盾，迫使他们自相残杀。各种大小地主老财也变本加厉地对流动工人敲诈勒索和迫害。在胡佛集中营，流动工人与警官发生争执，汤姆·乔德狠踢了警官，惹怒了警方，仗义的吉姆·凯西把罪责全揽了过去，被警察带走。之后，警方还烧毁了营地，并夷为平地。

乔德一家来到了一个当地联邦政府的收容所，这里的生活还算舒适，他们感觉到能够过得上人的日子了。但除了汤姆·乔德外，家里其他人都找不到工作。最后，他们不得不离开收容所，继续北上寻找工作。后来，他们在一家农场找到了采摘水果的工作。但很快他们得知之所以能得到这份工资低薄的工作是由于他们成了“破坏罢工的人”，对此，他们感到无比的羞愧。

与乔德一家西进同行的牧师吉姆·凯西是这次罢工的组织者。他现在已经由基督教徒转为激进分子。他刚刚被释放就成为工会活动和罢工中具有影响的人物。警察四处寻找并企图抓到他。一次，吉姆和乔德正在交谈，警团突然包围了罢工委员会。冲突中，汤姆亲眼看到凯西被他们用棍子打死，发狂般的汤姆朝凶手冲了过去，从凶手手中夺过棍子，将其打死，自己也在争斗中受了伤。汤姆跑回家后，全家人在夜幕下悄悄地离开果园，向北行进，来到了一个棉花农场找到了摘棉花的工作。全家人住在一个货车车厢里，汤姆躲藏在附近的小丛林里。一天，乔德家族最年幼的女儿小露西与集中营的另一个女孩发生了口角，说出了他哥哥杀过人，现在正躲藏在附近。由于担心汤姆会被警察搜捕到，妈妈痛苦地告别了儿子。离别时，乔德给妈妈说，尽管他希望自己不被警方抓到，但他还是要继承吉姆·凯西的事业，继续做吉姆做过的事情，去将农业工人组织起来，将他们团结在一起为正义而斗争。

收棉花的季节意味着工作的结束。当他们干完活回到营地时，天开始下雨，雨水上涨淹没了农地，莎朗罗斯产下一名死婴，乔德妈妈为保家族平安，带领一家人搬离洪灾地，到了不远处的仓房。在这里，他们发现一个小男孩跪在濒临死亡的父亲旁。小男孩的父亲已经一连好几天没有吃东西了，把所有能吃的都给了他的儿子，再得不到帮助，他无疑会被饿死。意识到莎朗罗斯现在正处在哺乳期，乔德妈妈决定让她的女儿给即将死去的男子喂食。

在创作小说《愤怒的葡萄》之前，斯坦贝克亲自目睹了美国20世纪30年代可怕的经济大萧条给人民带来的灾难。1937年，他加入了俄克拉何马洲农民逃荒者西行的队伍，沿途看到了流浪农民流离失所、背井离乡、悲惨绝望的场景，数以千计的人即将饿死，他们正在死亡线上挣扎着……到达加利福尼亚洲后，斯坦贝克又与他们在田间并肩劳动。他对他们赋予极大的同情，他要描写迁移农民的遭遇，倾诉他们的痛苦，表达他们的心声……《愤怒的葡萄》就是在这种背景下问世的。该书叙述了流动农业工人所遭受的剥削和压迫，1933—1935年，美国大平原的一个地区连续三年干旱，庄稼颗粒不收，许多破产的佃户离乡背井去加州当农业工人。在斯坦贝克笔下，《愤怒的葡萄》一书中的主要人物生活在难言的贫困和悲惨之中。乔德一家人经常受到饥饿和死亡的威胁，充满绝望和悲愤。然而，最令人感动的是，当贫困的他们发现一个濒临死亡的男子时，乔德妈妈毅然决定让她的女儿给即将饿死的男子喂食。此时此刻，通过观察斯坦贝克笔下人物形象的发展变化，我们感受作者的人道主义有了新的升华，进入了新的境界。他在以自己独特的主题设计和非凡的语言表达才能使《愤怒的葡萄》成为一部名副其实的美国史诗。

《愤怒的葡萄》是一部现实主义小说，描写了一群穷困潦倒的农业工人为寻找出路所经历的艰难困苦和维护尊严所进行的人生搏斗。小说真实地记载了被干旱和经济萧条蹂躏的一群无助的人的悲惨遭遇。在20世纪30年代的美国，经济陷入严重危机，大量工厂倒闭，大批工人失业；在广大乡村，旷日持久的干旱和尘暴使万顷良田化为荒漠，无数农业工人流离失所，被迫向西迁移。在《愤怒的葡萄》的创作中，斯坦贝克始终把自己的创作重点放在人、人的本性和人的成功和失败上。他运用其精湛的小说艺术生动地反映了社会现实，真实地记载了乔德一家饱受创伤的西迁之行，准确地扑捉到了美国历史上大萧条年代的重要信息，逼真地描写了广大失业破产流浪农民西进加洲的艰辛历程和面临的严酷现实。

斯坦贝克在小说开篇第一章就以富有诗意的手法向读者展现了史诗般的背景：天空风沙弥漫、大路尘土飞扬、土地干旱荒芜、玉米干枯而死、到处是无孔不入的灰尘，恶劣的自然环境给人民的生活带来了极大的影响，给人民的精神带来了极大的创伤，男人们的耐力和尊严受到了前所未有的挑战。汤姆·乔德提着鞋子，赤脚走在尘土里。在一棵大树树阴下躲避焦烤的阳光，在那儿，他遇到了牧师吉姆·凯西。此时的吉姆·凯西已经丧失了对宗教的信仰，他和汤姆一起来到乔德的家。可是这里早已荒芜人迹了，土地被所有者从佃农手中收了回去。汤姆从一个邻居那里得知他爷爷和爸爸在被赶走时还同他们打了一架。无地可种，无家可归，乔德全家踏上了西进加州的征程。在艰难的西迁之行旅途中，妈妈是团结带动全家克服艰难困苦的精神支柱。她千方百计地将全家人团结在一起。途中，爷爷的死亡、哥哥诺亚的失踪没有动摇她的信心，相反更加坚定了她将家庭这样一个集体维持下去的信念。她渐渐地认识到了集体所产生的力量和保护作用，她认识到每一个受磨难的个体，无论对自己的遭遇怎样的愤慨，面临强大的逆境都会显得微不足道，只有将无数个不同的个体联合在一起才能形成一种真正的不可战胜的力量。她告诉儿子汤姆不要一个人去跟他们斗。她听说被赶走的人数以万计，要是所有被压迫的人都跟他们作对，那么，他们就不能够捉到什么人了……汤姆对妈妈这些革命性的观点心领神会，拍手称赞。饥寒交迫，艰难困境使受苦大众认识到了这样一个道理：生存存在于集体行动之中，小人物可以通过集体的力量在共同的利益方面赢得力量和安全保障。在这个理念的无形引导下，威尔逊一家与乔德一家相识后，两个群体融为一体，患难与共，在互相扶持下共同生存。在西进的其他的破落移民中，他们的房子都被拖拉机撞倒，土地被没收，不得不加入了西进加州的人流。面对困境，移民们的生计全靠他们的联盟。这正符合吉姆·凯西所说的“大灵魂”和“社会福利”的观念。在青草镇政府收容所周六的舞会上，三个骚乱分子被制服，正是团体行动发挥了作用。人们听说在一家俄亥俄洲橡胶公司从山里来的人成立了工会，发动了暴动。还有，一个星期天，足足有5000人带着枪浩浩荡荡地穿过市中心到野外打了一次火鸡。正如斯坦贝克那首原计划要印到书上的诗歌写的那样：“我的眼睛已经看到了正在走向这里的上帝的光芒，他正在践踏着葡萄园，那里储存着愤怒的葡萄；他已经把他那生命攸关的可怕的利剑拔出了鞘，他代表的真理还在大踏步前行。”

这个事件过后，一切都显得太平。连向来消极的爸爸也开始说世道要变了。在恶劣的生活逆境中，乔德一家人经受了巨大的痛苦，遭受了无法承受的损失，然而，困难并没有吓倒他们，相反，他们一家人从困难中站了起来，面对因饥饿而即将死去的人表现出了人道主义的慷慨和关切。在帮助他人的同时，乔德一家获得了心灵上的升华，在思想上实现了从“小集体”到“大集体”的转变。斯坦贝克在小说中处处都彰显出了乔德一家的尊严及敬意，强调了自尊自处的重要性。

在小说中，三位主要人物给读者留下了极为深刻的印象。他们的遭遇与互助使他们自发地提升了阶级意识，不断地提高阶级觉悟。面对社会现实和压抑，他们的心里充满了强烈的愤慨和怒火。吉姆·凯西原是一位美国乡村传统的、热中于传道的牧师。他是斯坦贝克以现代基督形象构思出来的一名典型人物。在通往加州的路上，他亲眼看到了大批流离失所的农民所遭受的苦难，目睹了大批农民饱受压迫奴役的残酷现实，他开始怀疑自己所宣传的宗教信仰，他渐渐地产生了一种新的信仰——政治信仰，由一名虔诚的基督教转向一名积极激进的政治活跃分子，决心为劳苦大众服务。他赞成和支持流动工人为要求正义和公正待遇团结起来形成合力。他出狱后积极组织罢工，号召广大农业工人团结起来，反抗财主的暴虐，与地主老财开展斗争。最后，他在暴力冲突中献出了自己的生命，汤姆·乔德继承了他的事业。

汤姆·乔德是个中心人物。他深受吉姆·凯西激进思想的影响，曾参加过多次罢工斗争。在斗争经历中，他深刻地体会到集体的力量、团结的力量。他极富个性，非常直率；既善良，又诙谐。在他身上，潜藏着一种势不可挡的强大力量。他认为个体的灵魂仅仅属于整体灵魂的一部分，只有将个体的一部分融入到整体的灵魂之中，方能显示出个体的意义和价值。吉姆·凯西死后，汤姆·乔德决心以他为榜样，继承他的意志，将他未竟的事业继续下去，他意识到，只有团结才有力量，只有斗争才有出路，才有他们的话语权利，他要团结更多的和他命运相同的人，为给自己家人和苦苦挣扎的人们寻找一条更好的生活之路而奔波，为社会改良而奋斗。

母亲作为家庭主妇，是乔德一家最有权力的发言人。同时，她也代表着理想的母亲形象。在乔德一家艰难的西迁之行旅途中，她渐渐地代替了意志消沉的父亲，成了团结带动全家克服艰难困苦的精神支柱。为了维持家庭这一集体，她能够同男人们进行有力的对抗。她还经常向其他贫苦乡亲伸出援助之手。她能很好地同自己的儿子汤姆进行沟通，支持儿子继承吉姆·凯西的事业。她让女儿罗莎香用自己的奶水去救一位饿得奄奄一息的陌生人。对家庭和社会，母亲都是爱的象征，在她身上充分体现了劳动人民的优秀品质。

在小说《愤怒的葡萄》中，斯坦贝克还表达了他对土地的深沉感情。他讨厌机器，坚持认为农业耕作应是耕作者和土地之间和谐关系的产物。在小说中，他描写了贫苦农民的苦难生活，揭露了地主富豪对流浪失业农业工人的残酷剥削，控诉了社会的不平等。但是，他主张的是人道主义，信仰的是博爱主义，宣扬的是人们之间普遍的爱和人道主义精神。斯坦贝克对失业流浪的农业工人给予深切的同情。他认为工会组织是解决无助的失业流动农业工人问题的一种最佳方式。他对破产失业农业工人的团结互助给予了积极的肯定和坚决的支持。他特别偏爱诸如像地方收容所、路边宿营地以及家庭为单位的人类互助小团体，他坚信人要比东西更可贵。

马丁·斯坦普茨·邵克雷在评价该小说时说："《愤怒的葡萄》不是一部地域性的小说，却产生了地域性的影响。经济滑坡、农场租赁、季节劳力不是一个地区的问题，而是全国范围的问题、或者国际性的问题，这些问题通过一个洲或者地区的行动是无法解决的。"《愤怒的葡萄》真实地反映了美国历史上特殊动乱时刻乔德一家的故事，受到了众多读者和学者的高度赞扬。罗伯特·狄莫称该书"走进了美国人的意识和良心"。《愤怒的葡萄》是一部充满社会意识的史诗般的杰作，具有极高的艺术价值，正如国内批评家吴丽所指出的：斯坦贝克以自己独特的方式书写了20世纪30年代美国的历史，反映了当时的社会现实、人们的梦想和追求，揭示了人们的幻想与社会现实之间的巨大反差。他在《愤怒的葡萄》一书中明确表达了他对当时美国社会现状的不满，揭露了社会的不公正。赋予劳动人民极大的同情。作为艺术家，斯坦贝克在亲自经历的基础上，高度赞扬了他们在寻求生存的斗争中所表现的勇气和不屈不挠的精神。创作了一部乔德一家以及千百万丧失土地的农民的西迁史。

三、约瑟夫·海勒文学作品研究

1.约瑟夫·海勒简介

约瑟夫·海勒，美国黑色幽默派代表作家，出生于纽约市布鲁克林一个犹太移民家庭。第二次世界大战期间曾任空军中尉。战后进大学学习，1948年毕业于纽约大学。1949年在哥伦比亚大学获文学硕士学位后，曾任《时代》和《展望》等杂志编辑。1958年开始在那鲁大学和宾夕法尼亚大学讲授小说和戏剧创作。1961年，长篇小说《第二十二条军规》问世，一举成名，当年即放弃职务，专门从事写作。除《第二十二条军规》外，海勒还发表过长篇小说两部：《出了毛病》（1974）和《象戈尔德一样好》（1979）。前者通过对美国中产阶级日常生活的描写，反映了60年代弥漫于美国社会的精神崩溃和信仰危机；后者把家庭中的勾心斗角和政府中的权力争夺交织起来描写，表明现代社会的政治权力怎样愚弄一个自视甚高的犹太知识分子，使他产生了飞黄腾达的美梦，荒谬得滑稽可笑。海勒还著有剧本《轰炸纽黑文》（1967）和《克莱文杰的审判》（1974），但影响不大。海勒是黑色幽默文学的代表人物，其作品在黑色幽默文学中影响最大，成为这一流派的支柱。他的作品取材于现实生活，注意挖掘社会重大主题，揭示现代社会中使人受到推残和折磨的异己力量，具有一定的象征意义。他的创作方法往往是从超现实而不是从写实的角度出发，经常以夸张的手法把生活漫画化，表现了一种和写实性质的真实完全不同的真实。

海勒一生的作品不算丰厚。1961年，他发表超现实主义反战实验小说《第二十二条军规》一举成名，后陆续发表《轰炸纽黑文》（1968）、《克莱文杰的审判》（1973）、《出了毛病》（1974）、《像戈尔德一样好》（1979）、《上帝知道》（1984）、《不是玩笑》（1986）、《描写这个吧》（1988）、《最后时光》（1994）和1998年出版的回忆录《此时与彼时：从科尼岛到这里》。此外，他还创作和改编剧本、电影和电视剧以及短篇故事。有评论家认为，他晚近发表的短篇故事堪称该文类的上乘之作。尽管作品数量相对羞涩，但海勒无疑被公认为20世纪最重要的经典作家之一。《第二十二条军规》被誉为20世纪60年代以来享誉最盛的小说，被译成几十种文字，发行量高达1000万册。他在读者中的声望远在贝娄、罗思、马拉穆德、厄普代克和诺曼·梅勒之上。

《第二十二条军规》产生于海勒参加二战的亲身经历。它与其他反战小说（如雷马克的《西线无战事》）的不同之处在于它对这种文类本身的超越，不仅仅是对战争和军事官僚制度的批判，而且是对生活本身日趋恶化的荒诞性的批判。

“第二十二条军规”一词现在已经是英语语言中的一个常用词，按《美国新世界辞典》的解释，该词的意思是“法律、规则或实践上的一个悖论，不管你做什么，你都会成为其条款的牺牲品”。这一定义具有深远的生存内涵，意指人类困境是模糊的、迂回的、不可名状的。因此，当小说主人公尤索林假装精神失常以逃避飞行任务时，他被告知他要求停飞这种企图本身就证明他是清醒正常的，因此，他的要求被拒绝。如一位批评家所说，“第二十二条军规”的荒诞性似乎既适于人的法律，也适于上帝的法律。小说最终假定“非理性的服从”与“理性的叛逆”之间存在着无法解决的冲突：理性的叛逆是惟一能够证实自身真实的可行途径，同时又必须承认，在压倒一切的、无所不包的一种荒诞性中，这种叛逆是注定失败的。

《第二十二条军规》在创作上深受赛利纳、纳博科夫和卡夫卡等文学创新大师的影响，在结构上一反传统的常规。事件的脱节，时间的零碎化，对话和叙述的不合逻辑性，叙事顺序的内在性（不按实际的编年顺序），故事总体的二律背反，以及其公认的超现实主义、黑色幽默和模仿史诗的特征，都证明该小说在类别上无疑属于本世纪中期以来盛产的实验小说。海勒促进了这种小说的发展，对当时和续后的后现代主义小说都发生了相当的影响。

一般认为，海勒始终关注的主题是死亡，这在《第二十二条军规》中已经显见：其情节力度就在于尤索林在生与死之间的选择。然而，海勒著作中也不乏其他的关怀。在1975年的一次访谈中，他谈到对“理性与非理性的相近性和现实的定位”问题。实际上，这种关怀是海勒全部作品的主要特征，具体体现在他对语言的滑稽运用上。语言的矛盾性和悖谬揭示了这种语言所描写的世界：这个世界上的一切都与其表象相违背，荒谬的错置和非理性的混乱是它的准则。使用这种语言的目的在于向既定的现实观提出挑战。海勒所描写的是一个堕落的世界，其显著特征就是普遍流行的权力滥用。在这个世界上，语言不但成为堕落的工具，而且本身也堕落了，也服从于非道德的权宜之计了。因此，真与假、对与错、现实与非现实已无从分辨。海勒的作品和他本人一样在困惑的蔑视与愤怒的尊严之间如履薄冰。在这个意义上，他的作品就是对一整个思维和话语模式的控诉，他的“黑色幽默”所表达的就是在“有组织的混乱”和“制度化的疯狂”之下的一种荒诞的绝望。

读者对海勒后期作品毁誉参半。《出了毛病》被公认为他的第二佳作，而《最后时光》则被视作《第二十二条军规》的续集。他的最后一部小说《一位老人艺术家的肖像》原计划于明年秋天问世，如果这位“老人”还未与世长辞的话。海勒是犹太后裔，具有犹太人随机敏捷的幽默感，但他并不信奉那个民族的宗教。他自称是美国犹太人，而从未写过真正的犹太民族的经历。他的惟一一部涉及犹太人的作品《像戈尔德一样好》描写的是住在科尼岛的东欧犹太人，而与德国犹太人丝毫无关。海勒描写死亡，但他不惧怕死亡。他经历了60次死亡的考验。1981年当长达35年之久的第一次婚姻破裂时他得了一种叫计兰–巴尔（Guillain-Barre）的综合症，落得个全身瘫痪，胳臂不能抬起，甚至连饭食都难以下咽，但是，“我没有想到死”，而且奇迹般地恢复了健康，尽管不是康复如初。他追逐女性，对此他毫不隐讳；他倔强自私，甚至对孩子们都小心谨防，但那正是他的特色，布鲁克林哺育出来的特色。他身材高大，曾有过健壮的体格，但稍有些古怪的一副脸庞和冠顶的一头白发，一双小而机警且深凹的褐色眼睛，使你越发感到那背后岁月的风霜。他喜欢和感激造就了他并为他保持声望的那部小说，但“我从未说过我是美国最伟大的作家”。海勒的秘诀是，你在特定的一天里的感受就是你确实得到的一切。

2. 试析约瑟夫·海勒与马克·吐温作品中黑色幽默之异同

随着时代的发展，幽默已越来越成为美国和其他许多国家生活中的一个主题。幽默在人类生活中可以起到缓解人与人之间紧张关系的安全阀作用，人们通过开玩笑的方式，将各种社会禁忌的欲望沿着社会可以接受的渠道发泄出去；同时，按照幽默的设想，揶揄或嘲笑被当作玩笑对待，而在没有这种幽默的情况下，公开受到嘲笑的人将会因感到羞辱而作出极端的反应。一般说来，幽默在文学作品中之所以被广泛运用，其宗旨就是要通过善意与真诚去揭示事物的可笑之处，以期获得规劝与纠正的效果。然而，美国的幽默文学从 19 世纪中期的马克·吐温发展到20世纪60年代的约瑟夫·海勒，已经有了根本的变化。本文试图从吐温的小说着手，将美国的传统幽默与黑色幽默作一比较，以期寻找某种变化轨迹与规律。

吐温的文学生涯与年轻的合众国开拓时期的历史具有深厚的血缘关系。他的小说有许多是汲取了美国西部民间文学的传统，在此基础上加工而成的。美国西部各州的农民、伐木者、金矿工人和渔民中间产生了许许多多荒诞无稽的传奇、极为有趣的故事和笑话。怪诞、极度的夸张、以及神怪和荒唐的渲染，这些就是西部民间文学的特色。

西部幽默的滑稽可笑、荒诞不经的故事在移民时期就风靡美国。例如说到一个猎人，受到熊和麋的夹攻，向岩石尖端开了一枪，子弹裂成两半，两只野兽同被杀死，岩石碎片还把近处树上的一只松鼠打了下来。猎人本来站在河边，枪的后坐力把他抛到河里，等他从水里爬了出来，发现浑身上下全都是鱼。这种故事在极度的夸张中表现了拓荒者豪爽乐观的精神世界。但也有一些将痛苦作为笑料的故事，例如说俄亥俄州有一天执行死刑，绞索还没有套到谋杀犯的脖颈上，警长问他有没有话要说，“假如他没有话说，当地有一个出名的演说家，从拥挤的人群中挤上绞台时说，假如我们这位不幸的同胞不想说话，而又不急的话，我倒想利用这个机会讲几句何以我们需要新的保护关税。”

吐温善于抽出西部民间文学中的精髓，予以创造性的艺术加工，使其成为伟大的文学。吐温较早的短篇小说《田纳西的新闻界》，明显受西部文学的影响，逗趣的成分较多。例如说到主笔先生向“我”开了一枪，“把我的一只耳朵打得和另一只不对称了。”接着是一颗手榴弹爆炸，“幸好只有一块乱飞的碎片敲掉我一对门牙，此外并无其他损害。”最后主笔先生一枪打中了上校的要害，上校很幽默地说，他应该告辞了，“于是他就探听了殡仪馆的所在，随即就走了。”在这里，吐温把新闻界信口开河、恶语中伤、相互攻讦的风气用枪战场面进行了形象性的夸张，而又把血肉横飞的枪战场面写得如此轻松有趣，体现了西部民间文学逗趣的特征。

随着对生活的了解加深，吐温的作品由轻松的幽默发展到锐利的讽刺。幽默与讽刺既有联系又有区别。幽默是通过影射、双关，在善意的微笑中来揭露社会中不通情理的事；讽刺则有暗示、劝告和指责之意，通过尖锐的言辞鞭挞可笑、可恶、可卑的事物。幽默是愉快的机智的放肆；讽刺是揭疮疤，是一种骄傲的蔑视。鲁迅说吐温的作品“在幽默中又含着哀怨，含着讽刺。”脍炙人口的《竞选州长》讽刺性是强烈的，小说写了一个“名声还好”的正派人被竞争对手搞成了伪证犯、小偷、盗尸犯、酒疯子、舞弊分子和讹诈专家，从而揭露了美国社会官场斗争的险恶，“民主政治”的虚伪。吐温对美国社会生活理解越深刻，他的作品的讽刺性就越强。当然，吐温既然从西部文学中脱颖而出，那种朝气蓬勃、独特新颖的幽默艺术便贯穿于他的整个文学生涯，他的不少作品都反映出作者对西部开发时期沸腾生活的敏感性，充满了追求自由天地的活泼生气。马克思曾说：“精神的主要形态乃是欢乐、愉快……当我轻松地对待可笑的事物时，我也是严肃地对待它。”可以说，吐温的作品是饱含着智慧与正义感的幽默与讽刺的融和，优美的抒情性风格与尖锐的政治色彩的融和。尽管吐温在借鉴西部民间文学创作的时候，有人指责他“败坏英语国家的文风，甚于任何一个现存作家。”然而历史过去了，吐温幽默文学的价值得到了全世界的公认。发源于西部边疆的密西西比河，用她那略带原始野性的乳汁，哺育了吐温的童年、少年、青年。打开吐温的一本本著作，读者可以看到字里行间那条长河的波光闪动，可以听到大河两岸拓荒者粗犷的喊叫。沿着这条历史的河流，吐温驾驭着木筏，以开拓者的胆识，以对沸腾生活的热爱，勇往直前地奔向了世界文学的海洋。

吐温开创的幽默文学对后世的影响是很大的。以《荒原》彪炳现代主义文学史册的英国诗人T. S. 艾略特赞扬他的作品开创了新的文风，是“英语的新发现”。赞美他塑造的哈克贝利·费恩形象可以与奥德修斯、浮士德、堂·吉诃德、唐璜、哈姆雷特等相比。美国作家海明威说：“全部美国文学起源于马克·吐温的一本叫作《哈克贝利·费恩历险记》的书。”由于有了吐温，才有了真正意义的美国本土文学。随着时代的进程，幽默文学经历了很大的发展。在今天的大多数作品中，人们都已认为强烈的幽默色彩是必不可少的，而在一两个世纪以前，轻浮的风格可以断送一部作品的生命。有学者指出：“如果说当代文学有一种比较明显的特征，那么这种特征就是嘲讽。嘲讽不但是普遍的社会现象，也是主要的文学现象。时代变了，严肃正经的诚挚总显得象一个傻瓜；文学作品都带着一种嘲讽的调子。”20世纪60年代在美国文坛出现的“黑色幽默”小说，就是继吐温之后人类幽默文学发展史上的新时期文学。其代表作家是约瑟夫·海勒(Joseph Heller），此外还有巴思、平钦、霍克斯、巴塞尔姆、弗里德曼等人。

何谓“黑色幽默”？英语为“black humor”，法语为“humour noir”。根据法国的《彩色拉露斯词典》：“黑色幽默是用尖刻的、辛酸的、有时甚至是绝望的笔调着重刻画人世间的荒谬。”美国韦氏大辞典的补编《六千词》一书对黑色幽默的解释是“这种幽默的特点是经常用病态的、讽刺的、荒唐而可笑的情节来嘲笑人类的愚蠢。”我们的问题又回到美国西部幽默中来，前面举到一例，在俄亥俄州执行死刑的时候，有一个演说家挤上绞台说：“假如我们这位不幸的同胞不想说话，而又不急的话，我倒想利用这个机会讲几句何以我们需要新的保护关税。”这个演说家未免有点儿玩世不恭。饶有趣味的是，黑色幽默被西方评论家称作“绞刑架下的幽默”（Gallows Humor），也可意译为“大难临头时的幽默”。美国作家尼克伯克是黑色幽默的理论家，他举了一个例子通俗地说明了这种幽默的性质：“当绞刑架上的人问道：‘你肯定这玩意儿牢靠吗？’他们（指美国观众）便和着他纵声大笑，因为他们的社会境遇看起来也同样岌岌可危。”这两个乍看起来十分相似的例子，正好说明了黑色幽默与传统幽默有一定的联系，这两个例子都是通过幽默对于痛苦加以戏弄，每一个玩笑的背后都隐藏着一出悲剧。但是问题并非如此简单，如果黑色幽默仅仅是某些传统幽默的延伸，我们就还没有找到二者的本质区别。

传统幽默与黑色幽默的相似之处是采用“逻辑错位”的方式，把两种不相干的事情搅在一起，造成主观与客观的矛盾，达到一种嘲讽的意图。在海勒的《第二十二条军规》中，美国军需官迈洛把德国飞机拉入自己的投机倒把勾当，当武装宪兵要把他的德国轰炸机没收时，迈洛竟然气炸了肺，“没收？”他尖叫起来，仿佛根本不相信自己的耳朵。

“请问打那一天起美国政府的政策要没收公民的私有财产？可耻啊！只要想一想这种可怕的念头就够你们可耻的了。”“你们怎么能没收自己的私有财产？”迈洛用私有财产不可侵犯来对抗没收德国飞机，这是从一个思想系列滑向另一个思想系列，从而产生了滑稽幽默的效果。根据读者的常识，迈洛已犯下叛国投敌的罪行，但在迈洛的观念中，除了“私有财产不可侵犯”外，哪里还有爱国与卖国的观念存在呢？读者坚持常识，当然觉得迈洛荒谬可笑，但仔细一想，的确是私有财产神圣不可侵犯的原则压倒了爱国和正义的观念。嘲笑迈洛的读者反过来应该嘲笑自己的天真。这个例子使我们联想到鲁迅《半夏小集》的一段对白：

A：B，我们当你是一个可靠的好人，所以几种关于革命的事情，都没有瞒你。你怎么竟向敌人告密去了？

B：岂有此理！怎么是告密！我说出来，是因为他们问了我呀。

A：你不能推说不知道吗？

B：什么话！我一生没有说过谎，我不是这种靠不住的人！

按照常理，B扮演了一个叛徒的角色，然而按照另一种逻辑，B的强词夺理与迈洛没有两样，这样就产生了荒谬滑稽的效果。

在吐温的小说中，这种“逻辑错位”的方法也经常采用，只不过吐温常常以头脑简单、不明就里的主人公造成主观与客观的“逻辑错位”，从而产生强烈的讽刺效果。《高尔斯密士的朋友再度出洋》的主人公艾颂喜是个中国人，天真、善良、头脑简单、抱着美好的愿望，不远万里到美国去寻求锦绣前程，哪知他天真的幻想被无情的现实碰个粉碎。海关没收了他的行李，尽管他早已出过天花，有脸上的麻子为证，但海关医生仍强迫他种痘，为的是敲诈他的美元。当他终于能够自由自在地在美国的大街上走动时，他简直想手舞足蹈。但就在这时，一条恶狗将他咬得浑身是血，警察反而以“破坏公共的安宁和秩序”的罪名逮捕了他。构成作品讽刺基调的，乃是艾颂喜天真的幻想与残酷的现实之间的矛盾。《竞选州长》也是如此，主人公“我”自以为“声誉还好”，对竞选内幕毫无所知，便贸然加入竞选。于是接二连三地遭到打击，先是感到“绝对难以置信”，“在深感羞辱之余”又“准备要答复那一大堆无稽的指控和那些下流而恶毒的谣言”，这个工作还没做完却又立即“陷入了恐慌的境地”，以至“简直把我吓得几乎要发疯”，最后终于不得不“偃旗息鼓，甘拜下风”。按常理，“我”是不会“甘拜下风”的，只因主人公对竞选充满天真的幻想，才造成这样的“逻辑错位”，产生了强烈的讽刺效果。

“逻辑错位”是幽默文学的重要特征。黑色幽默与传统幽默的根本区别在于，黑色幽默是存在主义哲学的产物，黑色幽默作品在表现存在主义哲学思想方面比存在主义文学更为出色。存在主义哲学有三个基本命题：存在先于本质；存在就是荒谬；自由选择。黑色幽默的代表作、海勒的《第二十二条军规》便是宣扬存在的荒诞，提倡“自由选择”。世界、社会、人生是荒诞不可知的，外在世界时时威胁人，作弄人，使人生象一场无穷无尽的梦魇，这便是《第二十二条军规》的一大主题。《第二十二条军规》满纸荒谬怪诞，既无逻辑，也非理性，与传统小说的真实性大相径庭。由于黑色幽默小说的核心是表现现代人大难临头的危机意识，所以作家们认为这种“大难临头”是一种支配世间一切现象的“最高真实”。文学作品应该摆脱拘泥于现象世界的真实，表现形而上的最高真实。荒诞就是最高真实。

小说中的军需官迈洛在第二次世界大战期间，接受德国军队的金钱，用美军自己的飞机轰炸自己的基地。他建立资金雄厚的跨国公司，把敌国政府也拉来入股。他的飞机从四面八方运来波兰香肠、马尔他的鸡蛋、西西里的苏格兰威士忌。他居然成为欧洲不少城市的市长，马尔他的副总督。这些荒诞不经的事在现实生活中是没有的，然而那种营私舞弊、大发战争横财的人的嘴脸不是刻画得淋漓尽致了吗？小说中的另一个军官谢司科普夫，为了讨好上级，居然挖空心思用镍合金钉子敲进每个飞行员的胯骨，然后用铜丝把钉子和手腕固定起来，这样在阅兵式中以整齐的步伐大出风头，被上司夸奖为“军事天才”。这样的事情既荒诞又可笑，然而谢司科普夫残酷自私的本性不是暴露无遗吗？迈洛的生意经，谢司科普夫的操练，都象征着统治世界的荒诞和疯狂的一种本体的存在。

最具有“形而上”真实的东西便是“第二十二条军规”。第二十二条军规规定：只有神经错乱的疯子，才能获准停止飞行，只要提出申请就行。但第二十二条军规又规定：只要你提出请求，就证明你头脑清醒，不是疯子，你就得继续飞行。主人公尤索琳问一个老太婆，第二十二条军规到底是什么，老太婆说，“法律说他们没有必要把第二十二条军规给我们看。”什么法律说他们没有必要？”

“第二十二条军规。”可见第二十二条军规就是那种捉弄人、折磨人、象梦魇般使人无法摆脱的荒诞的象征。美国黑色幽默作家弗里德曼说：“我有一种直感，黑色幽默可能早已存在于我周围，只要现实中还有伪装需要剥掉，只要还存在没有人肯关心去思索的问题，它就会以这样或那样的名义永远在我们周围流荡。”海勒虽然宣扬了存在的荒诞性，但毕竟在阴沉的“黑色”中抹上了“自由选择”亮色。主人公尤索琳作为美国空军的一名投弹手，认为个人既然无力改变世界的荒诞，他唯一可做的事情只能是争取个人的幸存。在战争激烈的时候，他躲在医院里装病；执行轰炸任务时他瞎说对话机出了故障，迫使轰炸机脱离战斗返航。最后尤索琳开了小差，逃往幻想中的自由天地——瑞典。具有讽刺意义的结果是，贪生怕死的尤索琳在反英雄的意义上成了英雄，而那些热衷于战争的军官们从传统眼光中的英雄变成了恶棍，成了官僚体制冷酷无情的象征。尤索琳拒绝收买以及最后出逃，说明在荒诞的存在中，人还是能通过“自由选择”确定自己的本质，获得人生的价值。吐温的《哈克贝里·费恩历险记》也写了黑人吉姆和“顽童”哈克的“出逃”，作者所歌颂的自由，就是“无拘无束，不做任何人的奴隶”“不分种族和肤色，人人平等”。应该说，传统幽默与黑色幽默在表现人类的自由精神方面是一致的。所不同的是，吐温的作品充满着对自由天地的热烈追求与美好憧憬，而海勒的作品则充斥着对荒诞世界的无可奈何的失落感。

黑色幽默与传统幽默另一个重要区别：传统幽默是一种喜剧，而黑色幽默则是一种变形喜剧，是以喜剧的形式来表现悲剧的内容。喜剧一般都强调人的社会性，从时尚中找出滑稽的情趣。与传统幽默不同的是，现实问题经过“黑色幽默”的处理，并不是变成了真正的玩笑，而是被强调到浓黑的程度，成为一种阴暗的、病态的幽默。 在传统幽默中，作家们用一种健康的笑，来唤起读者对美好事物的赞许和对丑恶事物的蔑视，它的思想基础是乐观主义，对嘲笑对象有一种优越感、崇高感，相信美能压倒丑，正义必将战胜邪恶。像艾颂喜这样的人物，虽然事实上受到美国邪恶势力的百般迫害，但作者仍然相信他们总有一天会结束这种不公平的待遇。虽然笑中带泪，却有信心，有希望，这种笑能唤起读者对美好事物的追求。然而黑色幽默就完全不同了，它是一种病态的苦笑，一种绝望的苦笑，它的思想基础是悲观主义。当一个痛苦至极的人发出的不是悲怆的哭声，而是哈哈大笑声的时候，听者不是更感到揪心的难受吗？所以黑色幽默作家冯尼格说：“最大的笑声是建筑在最大的失望和最大的恐惧之上的。”奥尔德曼在他著名的评论著作《超越荒原》中也说：“黑色幽默家和斯威夫特不一样，永远不能居高临下，高瞻远瞩；他永远只能是自己题材的一部分。他必须承认周围的疯狂，同时还必须承认对于这种疯狂他也有所贡献；然后他用大笑来控制所承认的痛苦；同时也控制自己，从而停止促进世界的疯狂。”《第二十二条军规》中的尤索林的故事是绝望的、痛苦的、自嘲的，它体现了黑色幽默的美学特征，即喜剧与悲剧的融和，滑稽与痛苦的融和，诙谐与恐惧的融和，异想天开的事实与不动声色的反应的融和，具有寓言式的讽刺幽默风格。

尽管吐温的传统幽默和海勒的黑色幽默都具有幽默讽刺文学的一般特征，但在哲学基础上，思想倾向上、价值取向上、感情色彩上、美学特征上二者都有本质的区别。由马克·吐温开创的美国幽默文学发展到今天，丑对美的抗争、消极、悲观、绝望的态度已经与美压倒丑的乐观自信精神相去甚远。

四、20世纪美国非本土作家作品探析

1. 阿富汗裔美国作家卡勒德·胡塞尼作品主题探究

《追风筝的人》和《灿烂千阳》是阿富汗裔美国作家卡勒德·胡塞尼创作的两部以阿富汗历史为背景的小说。两部作品曾分别荣登纽约时报畅销书的榜首。因其独特的背景和深刻的主题，揭示了战争前后阿富汗人民在自然，社会及精神上的变化和迷茫。

两部小说都关注了战争中阿富汗人民的痛苦：《追风筝的人》以阿米尔和哈桑的关系为主线，《灿烂千阳》以玛丽娅姆和莱拉为线索，在灾难深重的阿富汗大背景下，两部小说都夹杂着人性的救赎和对幸福和平生活的渴望。胡塞尼向我们展现了处在战争中父子，母女，手足之间的爱，创伤，背叛，性别阶层歧视及牺牲等诸多方面主题，这些也成为诸多读者研究这两部小说的切入点和热点。 但我们同时也应该注意到，作者在这两部作品中也详细地展现了对战前阿富汗诗意的自然，丰富的文化生活及和谐社会的深爱。这与小说中处在战争及塔利班恐怖主义下的阿富

汗及人民的遭遇形成了强烈对比。胡塞尼通过小说关注战争中人与自然的不和谐，旨在唤起人们的生态意识。身为一名美籍阿富汗人，卡勒德·胡塞尼觉得自己有义务将真实的阿富汗呈献给读者：战前乐土和战后荒园，以及在重重严酷的重压下维持着苦难生活的人们。

（1）生态批评。生态批评是文学研究与当代生态思潮的结合，是文学研究的绿色化，是对生态危机的综合回应，是20世纪90年代兴起英美的批评浪潮。生态批评通过文学文本考察文明与自然的关系，它不仅要解救作为人的生存环境的大自然，而且还要还人性以自然，从而解决人的异化问题.它的终极关怀是重建新型的人与自然合一的精神家园和物质家园，天人合一。生态批评可以简要地定义为本着拯救环境之精神研究文学与环境之间的关系。

“生态批评”这一概念是由美国学者威廉鲁克尔曼于1978年首次提出。在他的文章《文学与生态学：一次生态批评实验》中，他以“生态批评”概念明确地将文学和生态结合起来。 经过几十年的发展，生态批评从刚开始的边缘批评理论发展到在文学批评中占有举足轻重的地位。中外文学评论家们也对生态批评提出了自己的定义和理解。这些定义大致可分为狭义和广义两类：狭义的生态批评理论主要研究文学和自然之间的关系；而广义的研究包括文学艺术与自然生态，社会生态和精神生态之间的内在关联。本文将从广义的生态批评定义分析胡塞尼的这两部作品，即从自然生态，社会生态和精神生态的角度解读《追风筝的人》和《灿烂千阳》。

（2）自然生态。第一，战前的诗意家园，自然无处不在，它是我们生存环境中现实存在的事物和环境。阿富汗在战前，大自然充满生机与活力，是人们快乐的诗意家园。那时的天清澈透亮，花儿竞相开放，草翠绿繁茂。两部小说中都描述了各种具有生命力的树木。在《追风筝的人》中，作者描写了石榴树、白杨树、樱桃树等。《灿烂千阳》中，茂密的柳树围绕着玛丽娅姆和莱拉的家。

在《追风筝的人》中，石榴树长在离阿米尔父亲在瓦兹尔·阿克巴·汗区房子北面不远的山丘上。书中有这样一段描述：

山顶有已废弃的墓园，墓园的入口边上有株石榴树。某个夏日，我和哈桑在树干刻下我们的名字。这些字宣告：这棵树属于我们。放学后，哈桑和我爬上树枝，摘几个血红色的石榴。吃完，我们用杂草把手擦干净，之后我会念书给哈桑听。他盘腿坐着，阳光和石榴叶的阴影在他脸上翩翩起舞，心不在焉地摘着地上杂草的叶片。我们坐在石榴树下一坐就是数小时，直到太阳西下。我们分享着书中的故事，感受书中人物的喜怒哀乐。山丘和石榴树是阿米尔和哈桑的乐园。他们开心时跑去那里玩儿，在树下读书。他们甚至把自己的名字刻在了石榴树上来象征他们友谊长存。这是他们儿时最快乐的回忆。他们不开心时，也会去那里，从大自然中寻找安慰。当阿富汗政治发生动荡后，哈桑怕自

> 己要和阿米尔分离，他们首先想到的是他们的乐园，只有在大自然这个秘密乐园里他们才能忘记所有的担忧和不快，享受片刻的儿时乐趣。
>
> 他们也经常爬上白杨树，坐在高高的树枝上，光脚吊在空中。裤兜里装满风干的桑葚和坚果，用吃完的核掷向对方，空气到处是他们的欢笑声。温暖的阳光从树叶间泄下，照在脸上。阿米尔和哈桑在大自然中自由，开心，仿佛他们也成了自然的一部分。
>
> （引自《追风筝的人》，李继宏译）

在《灿烂千阳》中，玛丽娅姆和母亲娜拉住在离市中心2000千米远的偏僻农舍里。去她们家得经过一段崎岖的山路，路两旁是过人膝的草丛和亮黄色的野花。往上走是一片白杨树和棉花地，一条小河从山上流下。离山不远的地方，有一片环形的柳树群，在这一圈柳树中间的空地上坐落的正是玛丽娅姆的家。虽远离城市，但他们过着简单平静的生活：早晨起来玛丽娅姆和母亲挤羊奶，喂鸡，收鸡蛋。两人一起做面包，跟母亲学习缝补。夏天的夜晚，母女俩躺在屋顶一起欣赏月光。冬日的夜晚，她们在家里一起读书。玛丽娅姆所有美好的记忆都是远离城市和战争的那段田园的乡下生活。

（3）战后荒园。战争的到来让阿富汗人民深陷苦难之中，昔日美丽的大自然和生存环境遭到战火的破坏。冬季穷人砍树当柴火取暖，前苏联士兵砍倒成片树木为了找到潜伏在树林里的狙击手。

阿米尔多年以后回到喀布尔，来到曾经和哈桑度过快乐童年时光的那个小山丘。往日充满生机的乐园现在已经成为一片废墟：成堆的战后垃圾，炮火和地雷把地表的植被炸毁了，仅存的树干和干枯的草显得死气沉沉。通往父亲住所的道路两旁的柳树也基本被砍光了。玉米地里没有了庄稼，那株带给他们无限快乐的石榴树也多年不结果实，枯萎了。喀布尔河和美丽的湖水干涸了。空气里不再是甘蔗和烤肉串的香味，到处充斥着燃烧的柴油和炮火的刺鼻气味。

被砍伐的柳树、不再结果的石榴树、干涸的喀布尔河等景象象征着人与自然和谐共存、田园式美好生活的消失。受到战火的重创，大自然不再给人们提供美好的生存环境，人们也不能从中获取幸福生活和精神上的安慰。

（4）社会生态。社会生态研究人类社会和自然环境之间的相互作用。从社会学的角度，研究社会文化与生态环境的关系。从人与自然关系的角度研究社会与自然界的相互作用。美国社会学家穆雷·布克金曾指出生态问题的背后肯定存在深刻的社会问题，即生态问题是由非理性的社会生存方式和政治体系造成的。理想的社会生态支撑自然生态，保护生命，实现自然的最大价值。相反，糟糕的社会生态导致自然生态的破坏并阻碍其生命发展。在《追风筝的人》和《灿烂千阳》中，阿富汗经历了10年的战争和塔利班的统治：经济衰败，人际关系扭曲——女性遭受歧视，儿童被虐待，种族矛盾更加尖锐。

苏联的入侵让阿富汗人民过上了朝不保夕的日子。两部小说中都描写了战争的场面和人们的恐惧：到处都是地雷炸弹，到处都是墓地和受伤的同胞。而前苏联的撤军并没有给阿富汗带来希望，塔利班组织开始控制这个国家，要求大家都遵从被曲解的伊斯兰教法：禁止人们各种活动和传统节日的开展。甚至看电视，放风筝，看体育赛事中的欢呼鼓掌都被制止。塔利班的统治破坏了社会生态和阿富汗国家的文化生态。塔利班派“大胡子”在街上巡逻，他们手里的鞭子和武器随时都会找到发泄的对象，尤其对女性的严苛要求和惩罚程度令人发指。

在塔利班的统治下，社会中的种族歧视和人际关系矛盾也异常尖锐。由于不同的信仰，哈扎拉人被认为是低等的垃圾人。哈桑和玛丽娅姆作为哈扎拉人，他们的悲惨命运何尝不是种族歧视造成的，即使阿米尔和莱拉，作为普什图人，被认为是他们最好的朋友。但在关键时刻，他们并没有把哈桑和玛丽娅姆当做真正的朋友。哈桑对阿米尔全心全意付出，玛丽娅姆对莱拉的牺牲都证明了他们之间的友谊是不平等的。

在这样的社会生态下，妇女儿童受到了最大的迫害。丈夫战死，女人不许外出工作，大批儿童要么营养不良，要么被饿死。苏联士兵和塔利班份子肆意骚扰，强奸妇女和儿童，甚至男童。在《追风筝的人》中，卡迈勒被四名士兵强奸，之后他再也不和他人讲话。作为塔利班的官员，阿塞夫定期去孤儿院强迫院长给他提供女童或男童。其中索拉博（阿桑的儿子）就被阿塞夫选中，被打扮成女孩的模样供他娱乐，被他蹂躏。这在索拉博的心理留下了无法抹去的阴影。在《灿烂千阳》中，由于经济窘迫，玛丽娅姆的丈夫拉希德把自己的女儿送到了孤儿院。那里环境恶略，人身安全也没有保障。在塔利班的统治下，没有男士的陪伴女性是不允许一个人去孤儿院的。即使玛丽娅姆担心自己的女儿，但在这样的社会生态下，她也束手无策。

阿富汗在战争的摧残下，社会生态发生了扭曲，在这样的社会里，一切生命也都不能遵从自然的发展，诸多关系都发生了扭曲和恶化。

（5）文化生态。文化生态研究自然和社会环境对人类文化的影响，以及人类如何适应环境、利用和改造环境而创造文化，从而说明文化特征及其产生发展规律。阿富汗遭受他国入侵，国内政治动荡，这些因素导致阿富汗人民对自己文化身份的认同困惑。在极端的宗教教义下，人民已经失去了丰富的文化生活。阿富汗这种畸形的文化生态与被破坏的自然生态和病态的社会生态密不可分。

“身份”可以理解为区别于他人的有自己性格特质的品质和态度。文化身份（cultural identity）主要指文学和文化研究中民族本质特征和带有民族印记的文化特征，常由国家历史文化和人们的精神支柱等组成，如；宗教信仰，种族价值观，人生观等。

苏联的入侵导致很多阿富汗人民逃到美国，为了躲避政治迫害，他们被迫离开自己的家园，来到一个完全陌生的国度。他们竭尽全力接受并适应美国的生活方式和价值观，无形中与自己本国的文化身份形成了对立和冲突。作为移民，他们成为美国底层人民，有的成为汽车司机，还有很多人找不到工作，靠政府的接济度日。阿米尔的父亲在加气站找到一份体力活，在阿富汗，阿米尔的爸爸可是当地成功的企业家，有体面的事业，过着富足舒适的生活。在加气站工作非常辛苦，他时常怀念自己在喀布尔的日子：那里的一草一木，街道上碰到的打招呼的熟人，和自己有着共同祖先的亲戚以及自己打拼的事业。在美国，出于自尊，父亲拒绝好心的多宾斯夫人赠与的政府食物券，他认为这是对他自尊的羞辱。作为孩子，阿米尔很快适应了美国生活，来到新环境，没有人在意他的过去和他曾经在阿富汗犯下的错。在这里没有回忆，没有折磨他心灵的罪孽感。然而阿米尔仍然存在个人身份和社会身份的认同问题。在与拉辛汗通电话之后，阿米尔决定踏上回国之路，当回到阿富汗时，他感到自己的国家如此陌生："我已经离开祖国这么久，早已忘记和被忘记，再次回来，在自己的国土上我感到自己就像一个游客。"这样的身份认同障碍体现了阿富汗文化生态的破坏和丢失。

在塔利班的高压统治下，阿富汗人民往日丰富的文化生活几乎被全面禁止。伊斯兰教法罗列出诸多严酷的禁止条文：人们不许看西方电影，不许看电视，听音乐，跳舞。更不要说在阿富汗最令孩子们开心的风筝比赛。阿富汗人们什么文化生活也没有，只能祷告。他们整日苦闷，忧愁。身份认同问题和严酷的文化统治使人们不能过上正常的生活。战争和国内扭曲的社会生态造成阿富汗支离破碎的文化生态。

生态批评，作为文学批评的一种，探讨人与自然的关系。在文学作品的研究中，人们又通过审视自己的行为和人类文明来找到对待自然和环境的正确方式。本文从生态批评的三个方面，即：自然生态，社会生态和文化生态分析了卡勒德•胡塞尼的两部小说《追风筝的人》和《灿烂千阳》。从中让我们了解了生态平衡是自然、社会、人类文化相互作用核和平衡的结果，探讨了战争和社会制度对生态的影响。卡勒德·胡塞尼生态危机的意识给我们现在一些生态破坏性行为有很大的启示。作者通过作品号召人类远离战争，亲近大自然，进而创造一个适合人类生存的和谐世界。

2.《追风筝的人》中主人公阿米尔的人格成长之旅

《追风筝的人》是阿富汗裔美国作家卡勒德·胡赛尼公开发表的第一部长篇小说。自2003年出版以来，好评如潮。 小说叙述了生活在20世纪后半页的一位阿富汗少年阿米尔的一段心路成长历程。该书的出版引起了世界范围的广泛关注。在中国，《追风筝的人》自2006年出版以来，深受广大中国读者的喜爱。由于胡赛尼本人在小说中多次提及救赎的主题，因此中外读者分析这部小说的重点大都集中在这个主题上。其中种族歧视、风筝的象征意义、哈桑的悲剧以及背叛和救赎等也是小说的研究热点。胡赛尼在《追风筝的人》中对主人公阿米尔的人物刻画非常成功，在一定程度上反映了作者对人性的思考。

（1）弗洛伊德是精神分析学派创始人。他的精神分析学说影响深远，主要研究人类心理发展过程。1923年弗洛伊德发表了著名的理论著作《自我与本我》。书中弗洛伊德提出了人格结构假说，认为人格结构由三部分组成：本我，自我和超我。本我是人格结构中最原始的部分，与生俱来。构成本我的因素是人类的基本需求。本我受唯乐原则支配，为了满足自己的需要不惜付出一切代价。自我属于意识结构的一部分，是面对现实的我。自我遵从现实原则：它既要满足本我的需要，又要制止违反社会规范和道德准则的行为。自我介于本我与超我之间，对本我与超我具有协调作用。超我处于最高层次的控制地位，是道德化了的我。超我是在儿童时期受父母道德行为影响，在社会道德、文化传统和社会价值熏陶之下逐渐形成的。超我主要由道德和良心构成，通过良心惩罚违反道德标准的行为，让人产生负罪感。

为了保证人格的正常发展，弗洛伊德认为本我、自我和超我之间应是相互作用，相互统一的整体。相反，如果人格的三大系统不能协调、相互冲突，人就会产生心理障碍，甚至危及到人的生存和发展。人格结构理论深受文艺批评家的喜爱，常被运用在文学批评当中。通过分析小说文本中主人公人格构成三要素的表现状态及变化过程，帮助读者从全新的角度认识作品中主人公人格改变的心里因素，并为读者提供文学作品解读的新视角。

（2）本我的阿米尔。根据弗洛伊德的人格结构理论，本我包含了生存所需的原始欲望。它不会理会社会道德和行为规范，唯一的目的就是获得快乐，避免痛苦。本我通常伴有贪婪，利己自私等特点。小说《追风筝的人》的前半部分对阿米尔的刻画清晰地体现出主人公本我的诸多特征。

阿米尔出生在阿富汗富商家庭，母亲因为生产时失血过多而谢世。也许是因为阿米尔的到来带走了自己心爱的妻子，父亲对年幼的阿米尔没有温暖的父爱，相反对儿子非常严苛。因为缺少父爱，这让少年时的阿米尔感到非常焦虑。父亲作为他唯一的监护人，阿米尔一直处在一种恐惧失去父爱的状态下，因此本我就在无意识的指使下让阿米尔想尽一切办法获取父爱。他痛恨一切占据他父亲时间的人和事。当父亲忙于着手建造一所孤儿院时，阿米尔心里开始憎恶那些孤儿，因为他们缩减了自己与父亲相处的时间。“我已经讨厌那些没有父母的孤儿了，真希望他们也随着自己的父母死去。”

少年阿米尔可以看作是本我的化身，他以自我为中心，自私自利。在危难时候总是做出对自己有利的选择。哈桑作为地位低下的哈扎拉人，和父亲在阿米尔家做仆人，生来注定没有资格上学。他陪伴阿米尔少爷一起成长，唯一的学习机会就是听阿米尔少爷讲故事。但是自私的阿米尔发现哈桑好学的欲望和超强的学习本领后，便故意选取一些简单的故事读给哈桑，有时还刻意读错一些单词。阿米尔嫉妒哈桑解谜的本领比自己强，就只给哈桑出没有挑战性的谜语。他还故意乱解释哈桑不认识的词语来愚弄哈桑。

> 我（阿米尔）给哈桑读故事时最开心的时刻就是当他不知道一个单词时戏弄他，而他却全然不知，还信以为真。他的无知让我觉得很开心。有一次，我给他读故事，他打断问我："imbecile（傻瓜）"是什么意思？我故意给他说："'imbecile'指的是聪明，有智慧。我用这个单词给你造个句子吧。'在读书识字方面，哈桑很imbecile。'"。
>
> （引自《追风筝的人》，李继宏译）

为了满足自私的想法，阿米尔故意嘲弄哈桑，剥夺了哈桑唯一获取知识的机会。本我的"唯乐原则"特征在少年阿米尔身上体现的淋漓尽致。

少年阿米尔更是个自私的胆小鬼。哈桑善良，勇敢，从小受到父亲钟爱，这让阿米尔心存嫉妒。为了赢得父亲的肯定，在哈桑的鼓励下，阿米尔决定参加风筝比赛。追风筝大赛是每一个喀布尔孩子心中最大的盛典，对于阿米尔来说，他想通过风筝大赛向父亲证明自己。在哈桑的帮助下，阿米尔的风筝战胜了其他选手，成为唯一盘旋在天空中的一个。只要找回最后一个被自己割断的风筝，他就成为风筝比赛的冠军。然而，"追风筝高手"哈桑在追风筝的过程中遇到了恶少阿塞夫与其同伙的欺辱。阿米尔站在胡同口，亲眼目睹了全过程，可是由于害怕阿塞夫的恶行，他选择了逃避。此刻阿米尔的本我和超我做着激烈的斗争。阿米尔也曾犹豫着要不要像哈桑奋不顾身替他解围那样冲上前去解救哈桑。可为了保住那只可以"打开爸爸心门钥匙"的蓝色风筝，阿米尔最终离开了巷口，舍弃了哈桑。

> "我逃跑，因为我害怕阿塞夫，害怕受到伤害。我转身离开小巷、心里这样对自己说。我宁愿相信自己是出于软弱。为了赢回爸爸，或许哈桑是必须付出代价的，是我必须宰割的羔羊。这样公平吗？我来不及想，答案就冒了出来：他只是个哈扎拉人，不是吗？"在本我的驱使下，阿米尔做出了最终的选择：牺牲哈桑，赢回父爱。哈桑在他眼里正如阿塞夫对哈桑所说的："你在阿米尔的眼里什么都不是，只不过是一只丑陋的宠物。一种他无聊时可以作为玩伴的东西，一种发怒时可以撇开的东西，最终成为需要赢得父爱时的牺牲品，然而出于本我的自私选择日后一直折磨着阿米尔的心灵。
>
> （引自《追风筝的人》，李继宏译）

（3）超我对阿米尔的影响。超我是内化了的社会道德约束。在弗洛伊德看来，超我大都源于父母、老师的影响。小说中影响阿米尔的超我因素被外化为以下几个形象。

首先是阿米尔的父亲。阿米尔自幼丧母，父亲理所当然成为影响其人格形成的最重要的人。事实上，阿米尔的父亲在小说中是完美的超我化身：在阿富汗，他是地位颇高的普什图人，身材高大，传说他赤手空拳能和一只黑熊搏斗。在喀布尔因生意成功成为当地屈指可数的社会名人。然而他心底善良，为无家可归的孩子修建孤儿院，并亲自设计施工图，支付所有耗资费用。他伸张正义，对社会中偷盗等事件深恶痛绝。正是阿米尔父亲近乎完美的形象对年少的阿米尔形成了无形的道德压力，加之父亲对阿米尔严厉的要求最终把阿米尔推向了迷失的深渊。阿米尔喜欢阅读，可父亲并不认可，认为阿米尔骨子里缺少男子汉应有的气魄。他强迫阿米尔放下书籍从事户外活动。他带阿米尔去看血腥的马背叼羊比赛，这在幼小的阿米尔心中留下了挥之不去的阴影。年少的阿米尔似乎永远达不到父亲的期望，总让他感觉不到父爱。而哈桑果敢的性格和表现总能得到父亲的赞赏。为了获取父爱，阿米尔最终选择用欺骗的手段陷害哈桑，导致哈桑和其父出走。父亲的超我形象在心灵上一次次折磨着阿米尔，导致其人格的失衡，使其在迷失的道路上愈走愈远。

其次是拉辛汗，阿米尔父亲的朋友，是另外一个影响阿米尔人格的超我形象。当阿米尔因自己的写作爱好不被父亲认可而感到迷茫时，拉辛汗发现了少年阿米尔的内心痛苦。拉辛汗耐心地引导他，鼓励他做自己喜欢的事。在阿米尔的生日宴会上，收到众多礼物的阿米尔并不开心，只有拉辛汗看得出阿米尔苦恼。他送给阿米尔一个笔记本——这是阿米尔认为最珍贵的礼物，并成为日后阿米尔继续写作的动力。也正是拉辛汗日后打电话给身在美国的阿米尔，让他回阿富汗："来吧，因为那里有再次成为好人的路。"阿米尔清楚地知道电话连着的不只是拉辛汗，还有自己过去那些未曾还的罪行。在下决心回阿富汗之前，阿米尔的本我和超我再一次展开了一场激烈的斗争：本我指使他留在美国，安于现状，享受现有的幸福生活。超我却指责他懦弱的想法，促使他勇敢地踏上再次成为好人的路。

如果说阿米尔的父亲是一个严苛并使阿米尔精神上迷失的超我形象的话，拉辛汗则扮演着阿米尔精神上的父亲，引领阿米尔一步步找到自我，成为最终的好人。阿富汗普什图人对哈扎拉人的歧视和迫害的社会背景也是影响阿米尔人格形成的超我因素。严重的种族歧视不但影响着阿米尔，也影响着所有阿富汗人，包括阿塞夫、哈桑等。

（4）找回自我的阿米尔。自我是本我中因为受到外部世界影响而发生改变的一部分，代表着理性。自我负责满足本我、超我以及外部世界的要求，努力调节三者之间的矛盾。一个健康的人格结构，应该是由一个强大的自我支配的。阿米尔在阿富汗一直受来自父亲和阿富汗种族歧视超我的影响，对阿桑和哈扎拉人的歧视迫害，内心一度非常痛苦，迷失了自我。在苏联入侵阿富汗后，阿米尔和父亲被迫背井离乡，流亡美国开始生活。然而，这次迫于无奈的流亡使阿米尔彻底脱离了阿富汗社会严酷的种族偏见，同时父亲在异国他乡艰难度日，忙于养家糊口，几乎没有机会再像往日一样对阿米尔的爱好、事业进行干预。在新的环境下，阿米尔逐渐开始掌握自己的命运。他自主选择事业发展方向——励志成为一名作家；生活中也逐步被自己的父亲欣赏，成为父亲眼中的好儿子；事业上冉冉上升，他成为一名有作品出版的小说家，并在五个城市签售。然而，在其心底，那份年少时犯下的错仍潜藏多年，挥之不去。

阿米尔之所以最终能够找到强大的自我，关键因素之一是他是一个有良知的人。每次当他捉弄完哈桑，或是恶作剧后，他总是感到无比的内疚和罪恶，总是想做一点什么来弥补。“后来我总是对此心怀愧疚。所以我试着弥补，把旧衬衣或者破玩具送给他。我会告诉自己，对于一个无关紧要的玩笑来说，这样的补偿就足够了。”最终阿米尔逼走哈桑，精神上的折磨和内疚感一直伴随着他。

阿米尔找回自我的另一重要因素是拉辛汗的指引。在阿米尔的成长中，他一直扮演着阿米尔精神上父亲的角色。当阿米尔迷茫，困惑时，他总是及时给予阿米尔精神上的支持，牵引着阿米尔的超我去战胜本我。当阿米尔走进父亲的吸烟室，想请父亲看看他新创作的小说，父亲无动于衷，阿米尔不知所措。“也许我在那儿站了不到一分钟，但时至今日，那依旧是我生命中最漫长的一分钟。一如既往，仍是拉辛汗救了我。”日后拉辛汗叔叔的电话成为阿米尔最终找到强大自我的导火索，在其劝说下，阿米尔决定回到阿富汗弥补往日的遗憾，成为一个真正的好人。阿米尔的归国之旅象征着其找回自我的过程。阿米尔几乎付出了生命的代价从阿塞夫手中救出了哈桑的儿子索拉博。在拯救索拉博的过程，阿米尔付出了血的代价，从阿米尔体内流出的鲜红的血液洗刷了阿米尔曾经的罪行，甚至是整个阿富汗民族的“罪行”，不仅给索拉博带来了新生，更净化了阿米尔的心灵。在经历了种种身心折磨后，阿米尔终于找回了自我，实现了人格的升华。

阿米尔是小说《追风筝的人》中塑造最成功的一个人物。虽曾在本我的指使和超我的影响下，有过很多不道德的行为，然而在逃亡到美国并回到阿富汗救回索拉博的这段旅程中，阿米尔完善了人格中所缺失的自我，最终完成了人格的升华。小说通过对阿米尔归国之旅的叙述，使人们真正认识到什么才是成长。小说最后，阿米尔在美国为索拉博放飞代表新生的风筝。“为你，千千万万遍”是索拉博的父亲哈桑一直对阿米尔的诺言，此刻成为阿米尔对索拉博的承诺。“为你，千千万万遍”的轮回是阿米尔经历一番心灵苦难，找到自我后发自内心的告白。从人格结构理论上分析这部小说的主人公对处在本我和超我矛盾中的人们颇有指导意义，可以帮助迷失的人们找到自我，让每个人心中的风筝越飞越高。

参考文献

[1] ABRAMS M H. A Glossary of Literary Terms [M]. Beijing：Foreign Language Teaching and Research Press，2004.

[2] AUSTEN J. Pride and Prejudice[M]. Wordsworth Classics，1999.

[3] DICKENS C. Oliver Twist [M]. London： Bantam Books，1981.

[4] EZRA G. 剑桥文学指南：沃尔特・惠特曼[M]. 上海：上海外语教育出版社，2000.

[5] FORTH M. Cavalcade of the American Novel [M]. USA：Henry Holt and Company，1943.

[6] GUERIN W. L. A Handbook of Critical Approaches to Literature[M]. London：Oxford University Press，1988.

[7] KHALD H. The Kite Runner[M]. London：Bloomsbury，2003.

[8] KHALD H. A Thousand Splendid Suns[M]. New York：Riverhead Books，2007.

[9] Kim E. Asian American Literature：An Introduction to the Writings and Social Context[M]. Philadelphia：Temple University Press，1982.

[10] LITSZ A W. Modern American Fiction：Essays in Criticism [M]. London：Oxford University Press，1963.

[11] MURRAY B. What is Social Ecology [M]. New Jersey：Prentice Hall，1993.

[12] MARI Y. Embracing the East：White Women and American Orientalism [M]. London：Oxford University Press，2000.

[13] MILS P. Literature and Life in England [M]. Great Britain：Foresman Company，1943.

[14] PIZER D. The Theory and Practice of American Literary Naturalism[M]. Carbondale：Southern Illinois University Press，1993.

[15] QUINN A H. American Fiction：A Historical and Critical Survey [M]. New York：Division of Meredith Publishing Company，1825.

[16] ROBERT E S. The Cycle of American Literature [M]. New York：[s. n.]，1955.

[17] BAYM N. The Norton Anthology of American Literature [M]. New York：[s. n.]，1979.

[18] THOMAS A B. The American Spirit [M]. Boston：[s. n.]，1968.

[19] 萨义德，王宇根. 东方学[M]. 上海：生活・读书・新知三联书店，2007.

[20] 弗洛伊德. 精神分析引论[M]. 朱光潜，译. 北京：商务印书馆，1988.

[21] 王佐良. 美国短篇小说选[M]. 北京：中国青年出版社，1980.

[22] 金东雷. 英国文学史纲[M]. 吉林：吉林出版集团，2010.
[23] 拜伦. 唐璜[M]. 查良铮，译. 北京：人民文学出版社，2007.
[24] 波布洛娃. 马克・吐温评传[M]. 张由今，译. 北京：作家出版社，1958.
[25] 常耀信. 美国文学简史[M]. 天津：南开大学出版社，2008.
[26] 高瑞泉. 理性与人道：周作人文选[M]. 上海：上海远东出版社，1994.
[27] 侯维瑞. 英国文学通史[M]. 上海：上海外语教育出版社，1999.
[28] 伦敦. 杰克・伦敦短篇小说选[M]. 蒋坚松，译. 长沙：湖南文艺出版社，2001.
[29] 胡塞尼. 追风筝的人[M]. 李继宏，译. 上海：上海出版社，2006.
[30] 克莱门斯. 我的爸爸马克・吐温[M]. 郑州：海燕出版社，2001.
[31] 老舍. 老舍文集：散文、杂文与译文[M]. 哈尔滨：黑龙江科学技术出版社，2017.
[32] 威廉斯. 文化与社会[M]. 吴松江，张文定，译. 北京：北京大学出版社，1991.
[33] 毛信德. 美国小说发展史[M]. 杭州：浙江大学出版社，2004.
[34] 莎士比亚. 莎士比亚全集下[M]. 梁实秋，译. 呼伦贝尔：内蒙古文化出版社，1995.
[35] 刘炳善. 英国文学简史[M]. 上海：上海外语教育出版社，2007.
[36] 罗经国. 英国文学选读：上卷[M]. 北京：北京大学出版社，2005.
[37] 鲁枢元. 生态批评的空间[M]. 上海：华东师范大学出版社，2006.
[38] 斯特龙伯格. 西方现代思想史[M]. 刘北成，赵国新，译. 北京：金城出版社，2012.
[39] 罗志野. 西方文学批评史[M]. 桂林：广西师范大学出版社，1991.
[40] 孟庆枢. 西方文论选[M]. 北京：高等教育出版社，2002.
[41] 毛信德. 美国小说发展史[M]. 杭州：浙江大学出版社，2004.
[42] 钱满素. 美国文明[M]. 北京：东方出版社，2001.
[43] 莎士比亚. 哈姆莱特[M]. 朱生豪，译. 北京：国际文化出版公司，2017.
[44] 莎士比亚. 莎士比亚悲喜剧集[M]. 朱生豪，译. 桂林：漓江出版社，2011.
[45] 孙家琇. 论莎士比亚四大悲剧[M]. 北京：中国戏剧出版社，1988.
[46] 欧文. 华盛顿・欧文作品导读[M]. 武汉：武汉大学出版社，2003.
[47] 王治明. 欧美诗论选[M]. 西宁：青海人民出版社，1990.
[48] 王佐良. 英国文学名著选注[M]. 北京：商务印书馆，1983.
[49] 德莱塞. 嘉莉妹妹[M]. 裘柱常，译. 上海：上海译文出版社，1991.
[50] 雪莱. 雪莱诗选[M]. 江枫，译. 北京：外语教学与研究出版社，2016.
[51] 杨仁敬. 20 世纪美国文学史[M]. 青岛：青岛出版社，2003.
[52] 杨周翰. 十七世纪英国文学[M]. 上海：上海人民出版社，2016.
[53] 济慈. 济慈诗选[M]. 任士明，张宏国，译. 合肥：安徽文艺出版社，2006.
[54] 张伯香. 英美文学选读[M]. 北京：外语教学与研究出版社，1999.
[55] 张玉能. 西方文论思潮[M]. 武汉：武汉出版社，1999.
[56] 曾庆茂. 英语修辞鉴赏与写作 [M]. 上海：同济大学出版社，2007.

[57] 周作人. 欧洲文学史[M]. 北京：十月文艺出版社，2013.
[58] 杨仁敬. 20 世纪美国文学史[M]. 青岛：青岛出版社，2003.
[59] 陈焘宇. 哈代创作论集[M]. 北京：中国社会科学出版社，1992.
[60] 陈爱敏. 东方主义视野下的美国华裔文学[J]. 外国文学研究，2006，29（6）：112-118.
[61] 何爱平. 谈弗洛伊德三重人格理论在文学批评的应用[J]. 语文学刊（外语教育教学），2011，3（2）：98.
[62] 刘文良. 精神生态与社会生态：生态批评不可忽视的维度[J]. 理论与改革，2009，24（2）：95-98.
[63] 胡艳. 斯威夫特《一个小小的建议》赏析[J]. 太原科技大学学报，2009，30（2）：150-152.
[64] 李伟民. 莎士比亚在中国舞台上的大写意：纪念《李尔王》传入中国100年[J]. 四川戏剧，2004，27(9)：33-35.
[65] 李玉霞. 《论追风筝的人》中的背叛与救赎[J]. 南京工业职业技术学院学报，2008，8（1）：37-39.
[66] 罗益民. 等效天平上的“内在语法”结构：接受美学理论与诗歌翻译的归化问题兼评汉译莎士比亚十四行诗[J]. 中国翻译，2004，25（3）：26-30.
[67] 尚必武，刘爱萍. 托起 “灿烂千阳” 的 “追风筝的人”：阿富汗裔美国小说家卡勒德·胡赛尼其人其作[J]. 外国文学动态，2007，14（5）：6-8.
[68] 苏文菁. 华兹华斯在中国[J]. 中国比较文学，1999，16（3）：143-148.
[69] 孙亦平. 灵魂上的穆斯林：略论《追风筝的人》中的哈桑形象[J]. 名作欣赏，2013，34（8）：35-36.
[70] 孙霄. 朝圣路上发回的报告：梭罗的宗教观及其《瓦尔登湖》[J]. 南开学报（哲学社会科学版），2013，20（1）：118-124.
[71] 王诺. 生态批评：界定与任务[J]. 文学评论，2009，51（1）：63-68.
[72] 熊云甫，张杨莉. 《格列佛游记》的讽刺艺术论[J]. 湖南文理学院学报（社会科学版），2008，33（3）：112-115.
[73] 徐群晖. 论莎士比亚对中国现代戏剧的影响[J]. 文学评论，2003，45（3）：38-45.
[74] 张杰. 美国的鲁迅研究：上[J]. 鲁迅研究动态，1986，7（5）：26-32.
[75] 张玲. 浅析《格列佛游记》中的讽刺艺术[J]. 职业时空，2011，7（8）：146-147.
[76] 赵国新. 英国文化研究的起源述略[J]. 外国文学，2000，21（5）：55-60.
[77] 魏金梅. 《追风筝的人》的生态批评解读[J]. 名作欣赏，2011，32（15）：52-53.